이웃집 여자

THE WOMAN NEXT DOOR
by YEWANDE OMOTOSO

Copyright ⓒ Yewande Omotoso, 2016
First published by Chatto & Windus, an imprint of Vintage Publishing.
Vintage Publishing is part of the Penguin Random House group of companies.
The Author has asserted her right to be identified as the author of the Work.
All rights reserved.

Korean translation copyright ⓒ MUNHAKDONGNE Publishing Corp., 2020
Korean translation rights arranged with The Random House Group Limited
through EYA(Eric Yang Agency).

이 책의 한국어판 저작권은 EYA(Eric Yang Agency)를 통해
The Random House Group Limited와 독점 계약한 ㈜문학동네에 있습니다.
저작권법에 의해 한국 내에서 보호를 받는 저작물이므로
무단 전재와 무단 복제를 금합니다.

이 도서의 국립중앙도서관 출판예정도서목록(CIP)은
서지정보유통지원시스템 홈페이지(http://seoji.nl.go.kr)와
국가자료종합목록 구축시스템(http://kolis-net.nl.go.kr)에서 이용하실 수 있습니다.
(CIP제어번호: CIP2020040354)

The
Woman
Next Door

이웃집 여자

예완데 오모토소 장편소설

엄일녀 옮김

문학동네

일러두기

1. 주석은 모두 옮긴이주다.
2. 본문 중 고딕체는 원서에서 강조한 부분이다.
3. 장편 문학작품은 『 』, 연속간행물·영화·방송·음악·미술작품 등은 〈 〉로 구분했다.

에밀리 도린 버로나 아설리와
퍼시 리로이 라이스에게
아지바비 다라몰라 올라두모예와
가브리엘 오모토소 팔리부얀에게

차례

담은 그들을 갈라놓지만 또한 그들의 소통수단이기도 하다.

시몬 베유, 『중력과 은총』

1

산책은 피터가 병든 후 호텐시아에게 새로 생긴 습관이었다. 발병 초기는 아니고 나중에, 피터의 병세가 위중해져 자리보전하게 된 다음부터. 그날은 수요일이었다. 요리사 바시가 수요일마다 쉬었기 때문에 그녀는 기억하고 있다. 냉장고에는 적당한 크기로 동그랗게 썰어 타파웨어에 담아둔 새끼양고기가 있었다. 컨벡션 오븐에 따뜻하게 데워 올리브오일을 듬뿍 뿌려 구운 뿌리채소와 함께 먹으면 되었다. 그러나 호텐시아는 배가 고프지 않았다. 집이 작게 느껴졌다. 방 여섯 개짜리 집이 작고 답답하다니 있을 수 없는 일 같지만 그래도 그런 기분이 들었다.

"나 나간다." 호텐시아는 계단 난간에 대고 외쳤다. 간호사들 말을 따르자면 환자를 홀로 내버려둔 채 나가면 안 되지만 호텐시아는 간호사와 그들의 의견을 무시했다. 남편의 방문을 두드리고 자신이 나간다고 알릴 필요성도 느끼지 않았다. 피터의 청각은 악화일로를 걷는 그의 몸과는 달리 멀쩡하다고 그녀는 확신했다. 몇 겹의 이불 속에 파묻혀 있어도, 그녀가 보건실이라 부르는 방의 문이 닫혀 있어도, 계단 아래쪽에서 말하는 소리며 그녀가 현관문을 닫고 나가는 소리까지 그는 분명 들을 수 있다고 말이다. 호텐시아는 보행자용 출입구로 나와 캐터린 애비뉴를 위아래로 훑어보고 커피 언덕을 향해 오른쪽으로 꺾었다.

평탄한 풍경에 저 혼자만 나직한 오르막인 커피 언덕은 첫 산책 때도, 그리고 그후로도 매번 뻔한 코스였다. 건강하지도 젊지도 않은 호텐시아에게는 (특히 다리가 좋지 않았으므로) 수고롭지 않을 정도로 경사가 완만하면서 그래도 높이가 있어 오를 때마다 성취감을 느끼게 해준다는 점이 중요했다. 그녀는 체구도 보폭도 작았다. 해가 갈수록 걷는 게 힘겨워졌지만 젊을 때는 작은 키와 활달한 움직임 때문에 걸핏하면 어린애로—멀리서 보았을 때—오인받았다. 곱슬곱슬한 까만 머리칼을 머리통에 바싹 붙여 잘라서 더욱 성인으로 보이지 않았다. 그러나 가까이서 보면, 날카로운 광대뼈와 진지한 검은 얼굴과 갈색 눈에 어린애 같은 구석은 전혀 없었다.

일단 커피 언덕 꼭대기에 오르면 호텐시아는 잡풀과 낮은 관목들 사이로 느릿느릿 걷는 게 좋았다. 등산화를 신고 거친 땅을 디디며 신발 밑창에서 풀들이 부스러지는 소리를 즐겼다. 처음에는 이 모든 것이 놀라움이었다. 호텐시아는 자연을 음미하는 일에 그다지 흥미가 없었다. 하지만 이 나이쯤 되고 보니, 육십 년 남짓 망가진 결혼생활을 겪고 보니, 이런 즐거움도 내일을 기약할 수 없었다. 아주 작은 일에도 깨질 수 있었다.

커피 언덕 꼭대기에는 야생덩굴이 자랐고 군데군데 소나무가 흩어져 있었다. 웃자란 잡초 사이로 난 오솔길은 누군가 관리하는 것 같기는 했지만 호텐시아는 이곳이 방치된 땅이라는 생각을 지울 수 없었다. 일단 자신의 관심사가 되자 호텐시아는 동네 아이들이 여기 와서 놀지 않는다는 것을 재깍 알아차렸다. 그리고 캐터린의 어른들은 언덕의 존재를 평가절하하며 째리는 눈초리로 평탄화 작업을 거론했다.

호텐시아가 언덕에 오르기 시작한 지—죽어가는 남자에게서 달아나기 위해서인지, 그에게 더 빨리 세상을 뜰 여지를 주기 위해서인지, 시원한 바람을 쐬기 위해서인지 스스로도 알지 못했다—얼마 안 되어 캐터린 입주민협의회의 몇몇 멍청한 늙은이들이 평탄화 얘기를 꺼냈고 실제로 안건에 올랐다. 협의회는 평범한 일과를 두고도 기어코 야단을 떨었다. 시시콜콜한 부스러기에서 즙을 짜내느라 사투를 벌였고, 지난 모임 이후 협의회 회원들이 겪은 일과 무관한 사안 하나하나에 적어도 한 시간씩 허비했다.

커피 언덕은 그녀가 산책이 지닌 명상의 힘을 이해하지 못한 채 여든다섯 나이에 이르렀음을 일깨웠다는 점에서 또한 놀라웠다. 어떻게 이걸 여태 몰랐을까? 호텐시아는 자책했다. 하지만 지금, 피터가 숨넘어가기 직전인 지금에야 산책을 발견했다는 것, 그리고 산책을 정말 많이 하고 있다는 것, 산책이 유발하는 사색과 회상과 탐색에 저항하지 않는다는 것은 나름 이치에 닿았다. 사색과 회상 등은 전부 지금까지 호텐시아가 노련하게 회피해온 것들이었다. 그녀는 인생의 거의 모든 시간을 일에 쏟아부었다. 그 대가로 그녀의 회사 '하우스 오브 브레이스웨이트'는 그녀에게 부를 안겨주었다. 인테리어디자이너들, 최신 유행에 민감하고 해박한 직물디자인과 학생들, 그리고 특히 덴마크의 상류층 사이에서 그녀의 이름은 유명했다.

커피 언덕 산책 전에는, 기억이란 양쪽 귓불 정중앙에 자리한 불덩이였다. 나이지리아에서 처음 그런 증상이 나타났을 때 의사는 두통이라고 했지만 절대 아니었다. 그것은 억울함과 분함이었고, 호텐시아는 그 들끓는 것—기억들—에서 시선을 돌리면 행복하지는 않지만 고통스럽지도 않음을 깨달았다. 그러고서 많은 세월이 흐른 후 산책을 발견했다. 걸으면서 떠올리면 기억도 참을 만하다는 것을 발견했다. 갑갑하지 않게 탁 트인 공간에서 앞으로 나아가며 과거를 회상하면 으레 그런 건가? 그렇다고 산책이 기억을 달콤하게 버무려주는 건 아니었다. 기억은 분노와 함께 찾아왔으며, 외지고 황량한 커피 언덕은 고래고래 소리를 질러도 다람쥐 몇 마리 말고는 상관할 생명체도 없고, 낮은 모랫더미와 개미 한 무리 외에는 심판할 이도 없다는 점에서 유용했다.

캐터린은 케이프타운 근교 콘스탄티아에 위치한 약 40세대 규모의 이주민 거주지였다. 집주인이 모두 부지 내에 살지는 않았다. 소유주 대부분이 집을 세주고 저녁파티에서 자신들의 아프리카 여름별장을 뽐내는 유럽인들이었다. 원래 이 땅은 와인 농장이었다. 호텐시아와 피터가 남아프리카로 이주했을 때 부동산 중개인은 1600년대 후반까지 거슬러올라가는 캐터린의 훌륭한 역사를 언급하며 호들갑을 떨었다. 판데르빌트(호텐시아는 도무지 발음하기 힘든 이름이었다)라는 네덜란드 남자가 네덜란드동인도회사의 초청으로 희망봉을 방문했다. 회사에 부패가 만연해 있던 차에, 판데르빌트는 관리자들이 뇌물과 매수를 시정하기 위해 만든 부서에 마지못해 합류한 것이었다. 현지 담당자들은 거래에 기름칠을 하기 위해 그에게 땅 한 덩이를 선물로 주었고,

원한다면 임무를 완수한 뒤 아예 눌러앉으라고 부추겼다. 결국 진짜로 눌러앉은 그는 선물받은 땅을 활용해 과일과 채소는 물론 와인까지 생산했다. 캐터린이 그의 연인, 즉 현지 부인으로 삼은 노예의 이름이었다고 말하는 이들도 있지만, 다른 이들은—동네를 위해 탈색된 역사에 좀더 주안점을 두어—그의 딸 이름이었다고 주장했다. 노예의 역사는 어땠는데요? 당시에는 사람들을 불편하게 만드는 게 호텐시아의 습성이었으므로 그녀는 이렇게 물었다. 중개인은 캐터린의 노예들에 대해 전혀 알지 못했다. 그 대신 테이블마운틴*의 웅장한 풍경으로 그들의 주의를 돌렸다.

그게 1994년의 일이다. 남아프리카는 유혈사태를 겪고 선거를 치렀다. 미합중국에서는 월드컵이 열렸다. 나이지리아가 불가리아를 3 대 0으로 완파했다. 그때 이미 병을 앓던 피터는 그 어느 것에도 시큰둥했지만 축구에는 여전히 열광했다. 그리고 축구선수들이 골대 사이로 정정당당하게 슛을 날리고 있을 때, 민주적으로 선출된 나이지리아 대통령이 구속됐다. 한 해 전에는 완벽히 공정하게 치러진 선거가 무효화됐었다. 호텐시아와

---

* 케이프반도의 남북으로 뻗은 사암 고원지대 북단에 위치한 산으로, 남아프리카공화국을 대표하는 절경 중 하나.

피터는 나이지리아를 떠나기로 합의했다. 사시사철 따뜻한 이곳을 뒤로하고 영국의 쌀쌀한 기후로 되돌아가자니 내키지 않았다. 그렇다면 막 민주주의를 도입한 남아프리카, 그곳의 기나긴 여름과 명성이 자자한 의료시설은 점점 병세가 악화되는 피터에게 최고의 환경을 보장할 터였다. 둘이 새로운 집에 당도했을 때, 호텐시아는 자신이 캐터린에 자기 집을 소유한 유일한 흑인임을 깨달았다. 그녀는 자신을 둘러싼 상황에, 그녀 주변의 보호받는 백인 상류층에 역겨움을 느꼈고, 아주 내밀하게 울적한 순간에는 자기 자신에게도 역겨움을 느꼈다.

지내면서 보니 그 아름다움에도 불구하고 캐터린은 추하고 불쾌했는데, 처음에 호텐시아는 그 이유를 알 수 없었다. 불확실성을 좋아하지 않았기에 그저 그 아름다움을 외면하기로 했고, 그러고 나니 보기 좋은 외양이 어떻게 역겨움을 유발할 수 있는가 하는 수수께끼도 더이상 신경쓰이지 않았다. 집들은 흰색과 초록색이었고, 너른 잔디밭에는 야생성을 정교하게 손질한 듯 보이는 꽃과 관목과 풀이 심겨 있었다. 정원들은 제멋대로 자란 듯 보였지만 다만 그렇게 만들어진 것이었으며 실상은 장소에 어울리게 그려진 것이라 봐도 무방했다. 나뭇가지들을 길들이고 구부려 제멋대로 뻗지 못하게 했다. 캐터린 주민들은 실제로 아닌 것을 그렇게 보이게 하는 취미활동에 다들 도가 텄을 뿐이었다.

그러나 호텐시아가 그 모든 것을 깨달았을 즈음에는 너무 지쳐 다시 이사할 기운이 없었다. 게다가 바로 이런 곳이 자신에게 딱 맞는 장소가 아닐까 하는 생각도 없지 않았다.

캐터린 입주민협의회는 한 달에 한 번씩 모임을 했다. 호텐시아가 아는 한 매리언 아고스티노라는 여자가 나서서 협의회를 만들었는데, 공교롭게도 그녀는 호텐시아의 옆집 사람이었다. 그 재수없는 여자를 호텐시아는 좋아하지 않았다. 생각해보면 호텐시아는 거의 모든 사람을 좋아하지 않았다. 그녀는 캐터린에 도착한 지 얼마 지나지 않아 우연히 그런 모임이 있다는 걸 알게 되었다. 그런데 아무도 그녀에게 자가 소유자로서 다른 협의회 회원들과 어울릴 권리가 있음을 말해주려 하지 않았다. 관련된 정보들은 호텐시아를 지나쳤다. 최초의 누락이 깜박 잊은 게 아니라 고의였음을 알아차린 순간, 그 무시가 피부색에 기인했음을 짐작하기란 어렵지 않았다. 그 사실을 마음에 두고 호텐시아는 매리언의 집으로 짧은 나들이를 감행해 인터컴 버저를 눌렀다.

"옆집의 호텐시아 제임스예요."

호텐시아는 옆집이나 다른 주민들이 환영의 기미를 전혀 보이지 않았어도 딱히 언짢지 않았다. 캐터린에 친구를 사귀러 온 것도 아니고, 호텐시아나 피터나 인생의 상당 기간을 친구 없이 잘 살아왔다.

"잠시만요, 마님께 말씀드릴게요." 누군지 알 수 없는 목소리가 말했다.

호텐시아는 벽에 어깨를 기댔다.

"여보세요?" 이건 매리언이겠지.

"호텐시아입니다. 옆집에 사는."

"그런데요?"

그 순간 호텐시아는 자신이 집안으로 초대받지 않으리라는 사실을 알았다. 그런 무시에 살짝 짜증이 났지만 중요한 건 아니라고 흘려보냈다.

"모임에 참석하겠습니다." 허락을 구하는 것처럼 들릴 리는 없었다. "입주민협의회 모임에."

"흐음, 댁이 집주인인 줄 몰랐네요."

호텐시아는 여전히 동냥하는 거지처럼 버저에 귀를 기울이고 있었다. "네, 뭐, 우리가 집주인이죠."

"아, 그게, 내가 좀 헷갈리는데. 그러면 그……" 매리언이 또 적당히 끼워맞출 말을 찾는 소리가 호텐시아의 귀에 들릴 지경이었다. "……그 신사분이 댁의 남편인가요?" 매리언의 말은 질문이라기보다 질책처럼 들렸다.

"누구, 피터요? 네." 이번에도 호텐시아는 놀라지 않았다. 그녀는 1950년대 런던에서 백인 남자와 사랑에 빠졌다. 둘은 자신들의 교제를 증명하라고, 연인임을 확인하라고, 사랑을 입증하라고 수도 없이 요구받았다. 사귄 지 일 년도 안 되어 둘은 그런 상황에 단련됐다. "네, 피터는 내 남편이에요."

"그렇군요."

침묵이 흐르는 가운데 호텐시아는 매리언이 찬찬히 다음 행동을 고민하며 또다른 공격을 준비하는 중이라 추측했는데, 뜻밖에도 한숨소리가 들려와 하마터면 곧 다가올 모임의 세부사항을 못 듣고 놓칠 뻔했다. 매리언은 작별선물로 드레스 코드에 대한 팁을 얹어줬다.

"우리는 모임 때 격식을 갖춰 입어요, 제임스 부인. 예절을 엄격히 준수하죠." 매리언은 호텐시아에게 품격이라는 것을 가르쳐줄 필요가 있다고 생각하는 듯했다.

모임은 이웃을 감시할 목적으로 만들어진 것 같았다. '기본'은 하는지 주의깊게 지켜보기 위해서라고 협의회 회원인 캐터린 도서관 사서가 호텐시아에게 설명했다. 어리석긴, 호텐시아는 생각했고, 모임에 몇 번 참석하고 나니 이내 자신의 생각이 옳았음이 입증됐다. 존재하지도 않는 의의를 보여주기 위한 모임이었다. 늙은 여자들이 가발을 쓰고 손톱을 칠하고 쪼글쪼글한 주름에 다 배어들게 립스틱을 바르고 나왔다. 겁먹은 늙고 부유한 백인 여자들이 생의 더 큰 맥락에서는 자기들이 중요한 인물이라며 으스댔다. 그 모습이 참 가관이어서, 별 시답잖은 문제로 열과 성을 다해 재잘거리는 여자들이 재미있어서 호텐시아는 모임에 나갔다. 그들을 비웃고 있다는 생각에 즐거웠다. 어쨌든 시간은 진짜 잘 갔고, 딴생각이 나지 않았다.

그러나 이따금 모임이 웃기는 것에서 불쾌한 것으로 변질될 때가 있었다. 한번은 흑인 부부가 캐터린으로 이사와 큰길이 아닌 조금 떨어진 뒷길의 복층 집에 세를 들었다. 부부에게는 아이가 둘 있었다. 안색이 파리하고 앞니 하나가 빠진 이웃 노인이 그 아이들이 자기 우편함을 자꾸 건드린다고 불평했다. 그 문제가 협의회 안건으로 올라왔다. 노인은 그 집 아이들이 자기 우편함을 훼손하고 엉망으로 만든다고 주장했다. 그걸 어떻게 아십니까, 보셨어요? 아니, 우편물을 가지러 현관 앞베란다로 나가니 냄새가 나더라. 난 갈색 애들 냄새를 알아. 저 골칫거리를 좀 해결할 수 없나? 노인이 호소했다. 호텐시아는 노인에게 욕을 하고 그 자리를 박차고 나왔다. 그리고 하늘이 노인의 호소를 들은 듯 골칫거리가 해결됐다…… 노인이 세상을 떴다.

그러거나 말거나 호텐시아는 모임에 꼬박꼬박 참석했다. 사람들을 비웃기 위해, 그들의 위선을 지적하기 위해, 자신의 시간을 때우기 위해.

　호텐시아는 손목시계를 확인했다. 더하고 덜하고 차이는 있지만 평소에는 열 명이었다. 참석 가능한 집주인이 서른 명가량 중 열 명쯤 되었다. 그런데 그날 저녁에는 열두 명이 왕림하셨다. 죄다 여자이고, 예순이 넘었고, 백인이었다. 캐터린이 이랬다. 보통 때 모임은 따분했지만 이번에는 중요한 일이 생긴 것 같았다. 이웃집 매리언이 '중대사항'이라는 어휘를 사용했다.

　"안녕하세요." 호텐시아는 갑자기 이름이 떠오르지 않는, 정신세계가 약간 사차원인 사서에게 인사를 건넸다.

　"호텐시아, 여기서 보니 반갑네요. 오늘은 중대사항이 있대요."

　그 어휘는 매리언이 돌린 알림장을 통해 유포된 듯했다. 아니나다를까, 좀더 흥분된 기운이 감돌았다. 호텐시아는 늘 그렇듯 문에서 가장 가까운 자리를 골랐다. 자신이 도중에 나갈 수도 있음을 굳이 눈치채는 주민이 있다면 그에게 환기할 심산으로 그러는 것이었다. 뭐, 누구든 도중에 나갈 수 있지만, 호텐시아 자신이 제일 먼저 나갈 수 있다는 것을 그들이 아는 게 특히 중요했다.

　"안녕하세요, 여러분." 매리언 아고스티노가 코를 통해 소리를 짜내듯 말했다. 그녀의 미소는 붉게 채색됐는데, 호텐시아는 백인 피부에 과할 만큼 빨간 색이라고 생각하며 여봐란듯 혐오감을 감추지 않았다. "오늘 모임에서는 유달리 중대한 사항을 다룹니다."

좌중에서 몸서리가 일면서 아들리, 아나이스아나이스 향수와 탤컴파우더의 향취가 피어올랐다. 가끔 호텐시아는 저 여인들도 자신처럼 괜스레 호들갑을 떠는 것이기를 바랐다. 저들도 속으로는 자신과 똑같은 이유로 여기 있는 것이기를 바랐다. 부서진 채 방치된 울타리, 이전 공사에서 치우지 않은 벽돌에 관해 논의하기 위해서가 아니라, 다듬어야 할 산울타리나 세 가지 견적을 비교 검토하기 위해서가 아니라. 딱히 위협적이지 않은 주제로 기분좋게 따분한 시간을 보낼 수 있으니까. 그렇게 죽음에 가까워지기 위해서, 모든 것을 마무리하는 시간에 다가가기 위해서. 그 오랜 시간을 살아온 후—너무 오래 살았다—호텐시아는 죽고 싶었다. 그러나 자살할 생각은 추호도 없었고, 어쨌든 그녀 앞에 펼쳐진 시간을 느릿느릿 똑딱똑딱 잡아먹는 캐터린 입주민 협의회 모임이 있었다.

"자."

호텐시아는 매리언이 짤막한 목을 길게 빼고 깍지 낀 손을 알랑거리듯 마닐라폴더 위로 올리는 모습을 지켜보았다. 폴더에는

'캐터린 입주민협의회 회의록'이라는 (공들인 스텐실) 글자가 찍혀 있었다. 지난 이십 년간 호텐시아가 이런저런 회의에서 어영부영 시간을 갉아먹으며 저것과 똑같이 너덜너덜해진 폴더를 써왔다는 점에서, 저들이 얼토당토않은 일에 목매고 있음이 증명됐다.

"그래요. 무척 긴급한 사항이 있습니다만, 우선 지난 모임 때 부결된 사항들부터 처리하고 싶군요……"

예상했던 대로 매리언은 그 안건을 두고 말을 빙빙 돌렸다. 빙글빙글. 저 콘도르 같은 매리언. 호텐시아는 테이블을 죽 둘러보았다. 그들은 도시 중심부로 향하는 고속도로 바로 옆 공원의 그네를 두고 옥신각신했다. 부랑자 한 무리가 그네를 점령했다. 그네 기둥에 줄을 매어 널어놓은 빨래가 목격됐다. 불쾌한 냄새가 난다는 신고가 들어왔다. 시의회에 청원을 넣기로 결의했다. 다음으로는, 나무 몇 그루가 누구네 집의 테이블마운틴 조망권을 침해했는데 그게 예전에 다른 누구네 집 할머니가 심은 나무라고 한다. 그리고 다음 안건은……

"알겠습니다. 그럼 이제," 매리언은 그날 저녁의 빅이슈를 터뜨릴 채비를 했다. 그녀는 팔십 년 넘게 살아왔다는 사실을 숨기기 위해 머리를 연하게 염색했다. 어느 모임에선가 호텐시아는 매리언이 자기 나이를 육십대 후반이라고 얘기하는 소리를 어깨너머로 듣고 하마터면 마시고 있던 미지근한 루이보스차가 사레들릴 뻔했다.

"……마지막으로, 여러분, 이 문제가 눈앞에 닥쳤군요. 알고 계신 분도 있을지 모르지만—사실 제가 이걸 알아낸 건 오로지 우리 큰손녀 덕분이거든요. 여러분도 익히 아시다시피 그애는 법학도죠—그러니까, 캐터린의 토지를 요구하는 공고문이 떴어요. 공고문은 〈거번먼트 가제트〉에 실렸는데, 그걸 낸 곳이……'토지청구위원회'라는군요."

"그게 뭔데요?" 세라 클라크가 물었다.

세라는 협의회에서 다른 주민이 한참 말할 때 한마디씩 툭툭 던지며 잘도 끼어드는 두 사람 중 하나였다. 남 말하기 좋아하는 그녀가 지금처럼 질문을 던지는 상황은 낯설었는데, 세라 클라크가 이미 알고 있지 않은 일이란 좀체 없기 때문이었다.

"그건…… 위원회죠…… 토지청구라든가 그런 걸 다루는."

호텐시아는 눈을 흡떴다. 상관할 바는 아니지만 당연히 그녀는 토지청구위원회에 관해 잘 알고 있었으므로, 해당 위원회가 정당한 권리를 박탈당한 사람들에게 소유권을 반환해주기 위해 1990년대에 설립됐다고 설명했다. 매리언은 신성한 폴더로 손을 뻗으며 호텐시아를 죽일 듯 노려보았다.

매리언은 캐터린 지도를 꺼내 테이블 한가운데 공손히 펼쳤는

데, 종잇장을 저렇게 경배하는 모습을 호텐시아는 일찍이 본 적
이 없었다.

"토지청구위원회라는 명칭은, 세라, 그 자체로 자명한 이름이
잖아요. 자 이제," 매리언은 자리에서 일어나 몇 군데 땅덩이를
손가락으로 짚었다. "어느……" 매리언은 서류를 샅샅이 뒤졌
는데, 실제로 정보를 찾고 있다기보다 중요성을 과시하기 위한
쇼였다. "어느 세 가족이…… 흠, 하나의 대가족이라고 봐야겠
군요, 샘소딘 일가."

매리언은 더 열심히 뒤적였고, 결국 호텐시아는 그녀가 실제
로 정보를 찾는 중이라 인정해야 했다. 아니 그보다는 어딘가 초
조해 보였다.

"청구 내용이 뭔데, 매리언?"

"잠깐 있어봐, 호텐시아. 잠깐만."

매리언이 원하던 것을 찾았다. "청구 절차는 이달에 막 재개됐
고, 그래서…… 내 말은 그게 1998년 이후로 중단됐다 여러 이
유로 7월 첫날에……"

"왜 중단됐던 거래요?" 이름이 도무지 생각나지 않는 다른 여
자가 물었다.

"그게, 덜로리스, 중단됐던 이유는……" 매리언이 서류를 뒤
적였다. "여기에는 안 나와 있네요, 하지만……"

"위원회는 1994년부터 1998년까지만 열려 토지청구를 받았어요. 그때는 이른바 잠복기였죠." 호텐시아는 이렇게 말하며 느긋이 즐겼다. 이렇게 쉽게 주도권을 내주는 건 매리언답지 않았지만, 어쨌든 그녀가 후하게 내줄 때 호텐시아는 부지런히 챙기는 게 목표였다. 둘의 라이벌 관계는 다른 협의회 사람들이 뒤로 물러나 구경할 정도로 악명 높았다. 두 여자는 산울타리와 미움을 공유했고, 나이에 어울리지 않는 활력을 자랑하며 서로를 가지치는 것으로 유명했다.

매리언은 의기소침해 보였다. 물론 울워스 백화점 줄에서부터 우체국 앞에서까지 어디서나 호텐시아와 전투를 벌이는 데 익숙한 그녀였지만, 이 협의회 모임은 그녀의 성지이자 신성불가침 영역이나 마찬가지였다—매리언은 호텐시아가 자신의 권위에 의문을 제기할 때마다 충격에서 헤어나지 못했다.

"위원회는," 호텐시아는 매리언의 이글거리는 눈빛에 아랑곳하지 않고 말을 이었다. "당시 새로운 정부에 의해 통과된 '토지소유권반환법'의 결과로 생겨났어요." 호텐시아는 '새로운' 그리고 '정부'라는 단어를 즐겨 사용했고, 그 말이 사람들한테 얼마나 큰 영향을 끼치는지 의식하며 큰 기쁨을 느꼈다.

"알았어, 알았다고, 호텐시아. 여기 모인 우리가 처리해야 하는 실질적 안건으로 돌아갈 수 있다면 좋겠군. 역사 강의는 모임이 끝난 후에도 계속할 수 있으니까. 고마워. 그러니까 샘소딘 일가는 토지를 요구하고 있어요. 기본적으로는 포도밭 부지예요. 폰스트러워커 부부가 오늘 오지 않았다는 게 놀랍군요. 전화를 해서 다음 모임에는 참석하도록 요청하겠습니다. 그들의 토지이긴 하지만 이런 일은 우리 모두에게 영향을 미칠 겁니다. 당장 부동산 가격에 어떤 영향을 미칠지 말도 꺼내고 싶지 않군요."

호텐시아는 폰스트러워커 부부를 증오했다. 편견으로 꽉 막힌 상류층 사람들로 캐터린 포도밭의 소유주였고, 한정판 화이트와인과 이따금 레드와인을 병입해 냈는데, 호텐시아가 보기에는 어느 쪽도 마실 만한 것이 못 됐다. 맛이 문제가 아니었다. 그 와인들이 최상품이라 해도 호텐시아는 인정하지 않았을 것이다. 루드밀라와 얀 폰스트러워커가 만든 것을 입에 머금는다는 생각만으로 욕지기가 났다.

"메스꺼운 사람들이야." 세라 클라크의 집에서 저녁을 먹고 돌아오는 길에 호텐시아는 피터에게 분노를 토했다. 저녁식사 자리에서 루드밀라는 남편과 자신이 '작은 모험'을 시작하기 위해 케이프타운에 도착한 해에 관해 무신경하게 지껄였다. "그 여자는 1960년대에 남아프리카에 오는 게 뭐가 잘못된 건지 깨닫는 데도 시간이 걸렸을 거야."

루드밀라는 'v'를 'f'로 발음했고, 커다란 마트료시카인형을 닮았다. 그래도 한때 호텐시아가 자존심을 죽이고 어울려주겠다는 마음이었을 때, 양볼에 입맞춤 인사를 받으려 뺨을 내밀었는데 역한 냄새가 훅 끼쳤다. 호텐시아는 그 모든 세세한 일들을 범죄행위로서 차곡차곡 머릿속에 쌓았다.

"청구는 폰스트러위커 부부가 토지를 취득한 1960년대로 거슬러올라갑니다. 참석자 전원을 위해 내가 복사해 가져왔어요―각자 세부사항을 검토하고 다음 모임에서 논의하도록 합시다. 아주 많은 시간과 노력이 들 겁니다."

"그게 무슨 뜻이지?" 호텐시아는 투지를 느꼈다.

"흠, 우리는 당연히 이의를 제기할 테니까. 나는 단언컨대 그 청구를 용납치 않을 것이고, 루드밀라와 얀도 용납할지 의구심이 드는군. 보나마나 우리가 밀어붙이면 이런 사람들은 자기네 주장을 입증하기 아주 어려울 테니까. 사람들이 너무 날로 먹으려 들어, 개인적인 생각이지만."

"당신이 말하는 '이런 사람들'이란 실은 흑인을 뜻하는 거지, 내 말이 틀렸나?"

"아주 분명히 틀렸다고 할 수 있지, 그리고 난……"

"매리언, 오늘 난 당신의 편협함을 봐줄 기분이 아니야. 분명히 내가 인종차별적 대화는 당신의 저녁 식탁 앞에서나 하라고 말했던 걸로 기억하는데."

"미안하지만 지금 뭐라고……"

"자, 여러분. 모임은 이걸로 마무리합시다. 매리언, 오늘 안건은 그걸로 끝이죠?" 세라도 쓸모가 아주 없지는 않았다. 덩치 좋은 그녀는 훌륭한 방패가 되었다. "다음 모임에서 계속할까요? 위원회에 보낼 공식 답변서를 타이핑해야 하나? 매리언 당신이 루드밀라에게 제일 먼저 알리고 싶을 테니 그러고서 우리에게 피드백을 해줘요."

"뭐, 그러죠. 그런데 실은," 매리언이 싱긋 웃고 있었다. 저토록 빨리 회복하다니, 호텐시아는 애석하다는 생각이 들었다. "한 가지 안건이 더 있어요. 특히 제임스 부부의 소유지와 관련해서."

호텐시아는 귀를 쫑긋 세웠다.

"이번 안건은 특수한 사건입니다. 뭐, 사건이랄 것도 없지만. 법적 청구라기보다 요청에 가깝죠." 매리언은 이 순간을 만끽했다. 비록 조금 전에 잠깐 방심하긴 했지만 이 '특수한 사건'에 관해서는 세부사항을 몽땅 암기한 것 같았다. 한 자 한 자 똑똑히, 그리고 단어 사이의 간격까지, 마치 자신이 직접 쓴 것처럼 잘 알고 있었다.

"뷸라 히르딘이라는 여자한테서 편지가 한 통 왔어요. 그녀의 할머니 이름이 애너마리인데, 1919년에 태어났다는군요, 바로 이곳에서." 매리언이 말하자 몇 사람이 출산 후 부산물이 여태

의자 등받이에 매달려 있거나 푸른색 플러시 카펫 위에 펼쳐져 있기를 기대하기라도 하듯 회의실을 두리번거렸다. "애너마리의 어머니는 농장 노예였고, 지금 10호가 농장의 본채 자리래요." 매리언이 호텐시아를 노려보았다. "편지에는 본채에 인접했던 노예 거주구의 위치가 12호라고—그건 우리집이죠—적혀 있는데, 하지만…… 흠, 이 부분은…… 내 생각엔 이 사람들이 사실관계를 착각한 것 같네요. 그 점에는 이의를 제기할 생각이고, 하여간 어디까지 말했더라……? 어쨌든 좀 오래되고 괴상한 요청이라는 점을 말해두겠어요." 매리언은 이 순간을 즐기고 있었다. "돈과 관련된 문제는 아니야, 호텐시아. 그러니까 긴장하진 마."

"뜸들이지 말고 말해, 매리언. 집에 빨리 가봐야 해."

"바로 그 집에 뷸라 히르딘이 관심을 가지고 있다니까, 호텐시아. 당신네 집에 있는 나무 중 하나에. 여자는 그 나무를 '실버'라고 부르는군."

"은엽수야. 맞아, 우리집에 한 그루 있지. 왜, 그 여자가 나무를 달래?"

"그렇게 간단한 문제가 아니야."

사서 애거사가 콜록거렸다. 입술에 보톡스를 맞은 지 얼마 안 된 회원이 잔에 물을 따르더니 고투 끝에 목을 축였다. 사람들이

의자에 앉은 채 기지개를 켰다. 누군가 하품을 쩍 했고, 다시 회의실 안이 조용해졌다.

"보아하니 우리의 은엽수가—당신 집에 딱 한 그루 있고, 나머지는 우리집에 있지—그 당시에 부동산 경계를 표시한 듯해. 울타리는 없었고. 하여간 당신네 은엽수 둥치에 칼로 새긴 문양이 있을 거야." 매리언이 한쪽 눈썹을 둥글게 치켜올렸다. "그 부분은 당신이 확인해야겠지, 호텐시아. 그런데 여자가 말하길 그게 표식이라는군."

"무슨 표식?"

"그곳에 애너마리의 아이들이 묻혀 있다는 표식. 애너마리가 마지막 유언장과 유언에서 자신을 묻어달라고 한 곳의 표식." 매리언은 활짝 웃고 있었다.

"우리집에 자기 할머니를 묻고 싶다는 거야?"

"정정하지. 뷸라 히르딘은 할머니의 재를 그 땅에 묻고 싶어해. 할머니는 죽은 지 이미 꽤 됐어."

신바람난 여자들의 수다 틈바구니에서 호텐시아는 손가락을 튕겨 매리언에게 그 편지를 넘겨달라고 했다. 단정한 필기체로 쓰인 종이 몇 장이었다. 호텐시아는 페이지를 넘기며 내용을 살피기 시작했다.

"당신이 그 편지와 낯을 익히는 동안, 호텐시아, 우리는 잠깐 휴식을 가져도 좋겠네요, 여러분." 자리에서 일어나는 매리언의 얼굴에 화색이 돌았고, 나머지 주민들도 따라 일어섰다.

"그런데 뷸라 히르딘이 당신한테 편지를 쓴 이유는?"

매리언은 어깨를 으쓱했다. "〈콘스탄티아버그 신문〉을 통해 입주민협의회로 연락이 왔어. 집주인들이 해외에 살 거라 짐작해서 협의회로 편지를 보내는 게 가장 확실한 방법이라고 생각했나봐." 지역협의회의 의의를 외부인들이 인식한다는 건 늘 흐뭇한 일이었다.

호텐시아는 그대로 앉아서 편지를 계속 읽었다. 캐터린 부지는 원래 65헥타르에 달했지만 세월이 흐르면서 구획이 나뉘고 팔리고, 또 구획이 나뉘고 팔리고를 반복했다. 1960년대에 이르러 아주 작은 일부만 밭으로 경작됐는데, 그곳이 현재 폰스트러위커 부부가 소유한 땅이었다.

19세기 중반에 애너마리의 할아버지 주드가 당시 포도밭에서 일했다. 그는 또한 한 무리의 노예를 이끌고 그 일대 건물 대부분을 지었고 개중에는 아직 남아 있는 것도 있었다. 뷸라가 쓰기를, 우체국과 원래는 마구간이었던 도서관이 그랬다. 그들은 교차로도 만들었고 택지 내에 풍성한 숲을 이룬 나무도 대부분 그들이 심었다. 주드는 흰자위가 종잇장처럼 새하얀 흑인이었고, 작은 발 때문에 아내에게 꽤나 구박을 받았던 모양이었다. 호텐시아는 편지를 읽으며 얼굴을 찌푸렸다. 이런 식으로 과거를 더듬는 헛소리는 소화하기 힘들었다. 사람들은 개인적이건 집단적이건 자신의 역사를 지나치게 미화한다.

주드의 아이들은 노예로 태어났지만 자유인으로 컸다. 그들의 딸 세시가 애너마리를 낳았다. 주드와 그의 아내는 자유를 얻고도 농장에 임금 일꾼으로 남아도 좋다는 허락을 받았다. 애너마리의 부모도 같은 승낙을 물려받아 캐터린에 머물렀다. 일가를 꾸린 것이다. 애너마리는 읽는 법을 배웠다. 그러나 1939년이 되자 1913년 토지법이 이 작은 일가의 발목을 잡았고, 그들은 강제로 그 땅에서 이주해야 했다. 그때 스무 살이던 애너마리 본인도 어머니이자 아내였다. 다만 첫아이를 사산했고, 둘째마저 숨진 후 어느 날 밤에 밖으로 나간 남편이 호수에 뜬 시신으로 발견됐다. 아버지와 아이들은 10호의 은엽수 아래 묻혔다.

호텐시아는 고개를 들었다. 매리언이 다과 테이블 옆에서 뭔가 오물거리고 있었다. 둘의 시선이 마주쳤다. 매리언이 싱글거렸고 호텐시아는 모른 척 뷸라 히르딘의 편지로 눈길을 돌렸다.

애너마리는 비극을 겪은 후 라벤더힐에 정착해 재혼했다. 부부는 아들을 얻었고, 그가 뷸라의 아버지였다.

호텐시아는 편지를 내려놓았다.

몇 사람이 타르트 주변을 서성였고, 모임이 인내심의 한계를 넘길 만큼 길어진 듯했다. 누군가 플랩잭*을 준비해 왔는데, 처음에는 (지방 함유량과 크기가 지나치게 크다는 이유로) 거들떠도 안 보더니 결국 다 먹어치웠다. 주민들은 접시에 음식을 쌓고 컵을 가득 채워 제자리로 돌아와 앉았다.

"그럼 알겠지만, 호텐시아, 이건 당신이 좋아하는 주제인 인종에 관한 패가 아니야. 이번만은 우린 같은 편이지." 매리언의 미소가 금방이라도 터져 온 세상을 환히 비출 것만 같았다.

"그게 아니지."

"뭐라고?"

"그게 아니라고, 매리언. 우린 같은 편이 아냐. 이만하면 알 때도 됐는데. 당신이 무슨 말을 하든 난 거기에 반대해. 당신이 어떤 기분이든 난 정반대의 기분이야. 뭐가 됐든 우린 한편이 아냐. 난 위선자 편을 들지 않아."

매리언의 얼굴이 벌게졌다. 말문이 막혔다.

"나는 샘소딘 일가의 청구권에 이의를 제기하겠다는 당신 의견에 동의하지 않아. 토지—깡패들이 점유했던 토지라고 덧붙이겠어—에 대한 자신의 권리를 정당하게 요구하는 사람들을 놔둬, 청구하게 놔두라고."

---

* 귀리, 버터, 시럽으로 만든 두껍고 딱딱한 비스킷.

"그럼 이 뷸라라는 여자는?" 매리언이 꺽꺽거리는 소리로 겨우 내뱉었다.

"이건," 호텐시아는 자기 앞에 있는 종이 뭉치를 가리켰다. "감상에 겨운 헛소리지. 난 전혀 신경쓰지 않을 거야. 귀중한 입주민협의회 시간을 이런 하찮은 일에 낭비하려 했다니, 정말이지 나로선 알 수 없는 노릇이야."

매리언의 어깨가 낭패감에 축 처졌다. 세라 클라크가 후루룩 소리를 내며 차를 마셨다. 오늘 모임은 이걸로 끝이었다.

2

모임이 끝난 후 차를 몰고 집으로 돌아오며 매리언은 머릿속
에서 호텐시아의 조롱을 거듭 재생했다.

"흥, 그리 편리하게 싹 다 무시하고 넘어갈 순 없을걸." 매리
언은 핸들에 대고 말했다. "두고 보라고. 그냥 무시하게 내가 내
버려둘 줄 알아, 두고 봐."

선선한 저녁나절이라 그렇게 쌀쌀하진 않았고 다만 좀 어두
웠다.

"인종이 어떻고, 인종이 저떻고. 걸핏하면 인종차별이래—당
신이 말하는 '이런 사람들'이란…… 미친년!" 매리언은 간발의
차로 브레이크를 밟았고, 저녁 어스름에 잰걸음으로 길을 건너
던 고양이를 가까스로 피했다.

오랫동안 두 여자는 온갖 사안에 대해 옥신각신 다퉈왔고, 매번 마주칠 때마다 적대감으로 늘 새로운 긴장이 감돌았다. 아닌 게 아니라 그들은 서로 이보다 더 반대꼴일 수 없었다. 호텐시아는 흑인이며 왜소했고, 매리언은 백인이며 체구가 컸다. 매리언의 남편은 죽었고, 호텐시아의 남편은 아직 살아 있었다. 매리언은 슬하에 자녀 넷을 두었고, 호텐시아는 아이가 없었다.

초기에, 호텐시아가 주민들과 잘 지내보려던 무렵에 제임스네 맞은편에 사는 클라크 부부네 집에서 저녁파티가 있었다. 피터는 피로를 호소했고, 호텐시아는 따분함에 혼자서 갔다. 세라가 〈남아프리카 건축 요람〉 최신호에서 본 기사를 언급하기 전까지는 별일이 없었다. 호텐시아는 보지 않는 그 잡지는 지역 건축가들의 인명록 격이었다. 매리언의 이름이 여기 올라 있을 줄 알았는데, 라고 세라가 별생각 없이 말했다.

"흐음." 매리언은 허를 찔렸다. 그녀는 K(캐럴)까지 읽더니 잡지를 치워버렸다.

"매리언?" 호텐시아가 대답을 재촉하자 다들 갑자기 고개를 들어 쳐다보았다.

"이 명단에 우리 세대의 여성 건축가가 들어갔던 기억이 없네." 매리언이 말했다. "우리가 수적으로 많지 않아도 그렇지, 저걸 읽으면 아예 존재하지 않는 줄 알겠어요."

"저런 건 아무도 안 읽어요." 호텐시아가 모르는 누군가가 큰 소리로 이렇게 말하면서 말머리가 안전하게 다른 방향으로 돌려졌다. 그때 선물처럼 매리언이 무심코 세라의 매킨토시 의자*에 관해 말을 꺼냈고, 호텐시아는 응접실에 있는 사람들에게 다 들리도록 목청을 높여 그 의자가 모조품임을 과감히 지적했다. 게다가 누가 묻지도 않았는데 굳이 그 이유를 설명하는 수고까지 곁들였다. 그후 저녁파티는 누가 더 잘났나 으스대는 자리가 되어버렸다. 일단 매리언이 롱 스트리트를 보행자 전용로로 만드는 식견을 선보여 사람들의 관심을 끌었다. 그녀 자신이 그린 설계 스케치도 몇 장 보여주었다(매리언은 핸드백에 반드시 공책과 연필을 넣어 다녔다). 그에 대한 답례로 호텐시아는 비격식을 격식의 틀에 짜맞추는 잘못에 관해 몇 분 동안 얘기했다.

"롱 스트리트에서 차를 없애면 사람들도 없애는 꼴이 될 거예요. 공간은 매우 넓은데 활력은 확 줄어들걸."

매리언은 영리주의에 매몰된 조형예술을 은근히 헐뜯는 발언을 날렸다. 그녀가 보기에는 크레용과 실을 가지고 장난치는 거나 직물디자인이나 그게 그거였다—그런 건 세 살배기 어린아이도 할 수 있으니까. 호텐시아는 자신의 패브릭—금은실로 무늬

---

* 영국의 건축가 겸 디자이너 찰스 레니 매킨토시가 디자인한 의자.

를 넣은 두툼한 비단 작품—중 하나가 케이프그레이스에 새로 생긴 와인바에 벽면 장식으로 사용되었음을 언급했다. 일요 신문의 인테리어 섹션에 괜찮은 기사도 실렸는데(호텐시아는 자신의 작품에 관한 모든 기사를 스크랩했고, 이 기사도 역시 스크랩해 두었다), 이토록 불안한 시절에 아름다움이 주는 위안이라는 평이었다. 매리언은 그런 대수롭지도 않은 걸로, 라고 응수했지만, 호텐시아가 그까짓 벽 쌓는 법을 배우는 육 년간의 학위과정에 대해 공들여 경멸을 표하자 대꾸할 말을 찾느라 진땀을 흘렸다.

"건축물은 건축가 없이도 존재할 수 있다는 걸 알고 있죠?"

호텐시아는 건축가라는 직업을 세상에서 가장 악랄한 사기 중 하나라고 칭했고, 건축학계와 그 거창한 가정행위의 얼토당토않은 비논리성과 자기망상적 거만함을 봐줄 시간은 단 일 초도 없었다. 케이프타운대학 건축학과에 초빙되어 가본 적이 있었기 때문에 그녀는 좀 아는 게 있었다. 직물 제작이 포함된 프로젝트의 외부검토위원 자리였다. 자만심에서 승낙하긴 했지만 별다른 인상은 남지 않았다.

"당신의 모교를 방문했었어요." 호텐시아는 기회가 생기자마자 매리언에게 말했다.

"그래서요?"

확실히 호텐시아의 반감은 이루 다 말로 표현되지 않았다. 그녀는 인상을 한번 팍 구긴 다음 그냥 걸어가버렸고, 매리언은 자신의 건축학과가 방금 최악의 모욕을 당했음을 똑똑히 인지한 채 홀로 남겨졌다.

어떤 때는 하녀와 여자 직원을 두고 다퉜다. 싸움은 식료품점에서 시작됐다. 호텐시아는 가게 계산대에서 매리언의 바로 뒤에 서 있었다. 그녀는 이웃집 여자가 바구니 속의 물건을 계산대에 내려놓는 모습을 지켜보았다.

"잘 지내, 프레셔스?" 매리언이 계산대의 직원에게 인사를 건넸다.

"네, 잘 지내요." 여자가 대답했다.

"정말? 확실해?" 매리언이 거푸 물었다. "전엔 늘 좀더 즐거워 보였는데."

여자는 떨떠름하게 웃어 보였다. 매리언은 계산대에 물건을 늘어놓으며 자신이 왜 이 물건들을 사는지 프레셔스에게 설명할 필요성이라도 느낀 듯했다.

"이건 남편 거야. 배탈이 나서. 아, 이건 우리 손녀딸 줄 거고. 까탈스러운 아이라니까, 그 녀석은. 이 종류만 좋아하고 딴 건 전혀 안 먹어. 이건 애그니스 건데—애그니스 알지? 우리집에 있는. 아, 이걸 보니 생각나더라. 딱 니크넥스 닮지 않았어? 애그니스의 딸 니크넥스 말이야. 우리가 그 아이를 입양할까도 했는데…… 알다시피…… 전부 얼마 나왔어, 프레셔스?"

호텐시아는 그 모든 과정을 지켜보며 기가 찼고, 혀가 돌지 않아 말이 안 나오는 극히 드문 상황에 처했다. 그녀의 혀는 다른 모임에서 자유를 누릴 기회를 잡았다. 매리언이 자기 집 가정부 애그니스가 가족이나 마찬가지라고 말한 것이다. 요컨대 그 예순다섯 먹은 여자가 매리언의 일남삼녀를 도맡아 키웠으며, 매리언은 그 보답으로 애그니스의 삶을 더 수월하게 해주고자 그녀의 딸을 좋은 학교에 보내주고 집도 지어주었다는 얘기였다.

"지금 그걸로 칭찬받고 싶은 거야? 그건 피 묻은 돈이지, 선교사업과 복합된. 당신은 애그니스에게 해줄 만큼 해줬다고 생각하지, 안 그래? 왜, 훈장이라도 줘?"

매리언은 말문이 막혔다.

"성 매리언. 자선사업가 선생. 작작해둬! 그런 건 돈으로 살 수 있는 게 아냐, 매리언. 정녕 주고 싶다면 무얼 줬어야 하는지 잘 알잖아? 애그니스에게 당신의 집을 줬어야지. 당신이 그녀의 집을 갖고. 주택 대 주택으로 일대일 교환. 그렇게 했어야지…… 아냐, 이게 더 낫겠다. 영웅 매리언, 당신이 아파르트헤이트를 종식시켜야 했어…… 나중에 떠벌리며 자랑할 거리를 원했다면 말이야. 아, 그리고 애그니스는 당신 가족의 일원이 아니야, 당신한테 고용된 사람이지. 그녀가 가족이라면 당신 집을 방문할 때마다 청소를 해야 하진 않겠지."

호텐시아는 검지와 중지를 구부려 손가락 따옴표로 '방문'이
라는 단어를 강조했다. 매리언은 자리를 떴다.

호텐시아에게는 모든 게 인종에 관한 일일지 모르지만, 인생
은 그보다 훨씬 복잡하다고, 더 간사하다고 매리언은 생각했다.

매리언은 차를 세웠다. 현관 앞 계단을 올라가는데 핸드폰이
울렸다.

"애야…… 왜 그렇게 화가 났어?…… 미안, 내가 이네스의
생일을 놓쳤네…… 아니, 까먹은 게 아…… 아냐, 그게 아니라
그냥 못 간…… 매럴리나, 내가 여기서 좀 처리해야 할 일이 있었
어…… 회계사가 전화를 했는데, 네 아버지에 대해서…… 글쎄
다…… 그게 무슨 소리니, 놀랐냐고? 어떻게 아냐고?…… 네
오빠는 내 전화를 받지도 않고, 가이아는 퍼스의 집 전화번호를
알려주지도 않는구나…… 요전날 이메일을 보내긴 했는데 답이
올 것 같지 않아…… 설리나로 말하자면, 요하네스버그가 북극
에 있는 줄 알 거다, 걔가 나한테 연락하는 걸 보면…… 내가 도
움이 좀 필요해, 내 요지는…… 도움―도움이라고. 돈!…… 한
푼도 없대, 회계사 말이…… 매럴리나, 나도 말 좀 하자,
응?…… 매럴리나?…… 그래, 날렸어, 전부 날렸다고…… 깡

그리…… 그래…… 알아, 알아…… 맞아, 물론 네 남편하고 먼저 의논해야겠지…… 그럼 전화 줄래?…… 알았다. 끊어."

"애그니스." 매리언은 전화를 끊고 앞베란다의 의자를 본인이 좋아하는 대로, 은엽수에 가려 보이지 않는 위치에 놓았다. "애그니스!" 매리언은 현관문을 쾅 때렸다. "내가 지금 부르잖아!"

"마님." 애그니스가 나타났다.

"받아." 매리언은 열쇠와 협의회 서류를 건넸다. "내 책상에 올려놔."

당연히 호텐시아 말고도 신경써야 할 다른 일들이 있었다.

"오, 애그니스! 차. 차 가져와."

맥스가 그들의 재산을 끝장냈다. 그들, 매리언과 맥스는 돈이 정말 억수로 많았었다. 그런데 맥스가 죽기 직전에 몽땅 탕진했다. 그 멍청이가.

"애그니스!"

"마님?"

"차 말이야. 자기 세트에…… 제대로 짝을 맞춰서. 쌍안경도 가져와. 알바한테 줄 비스킷도."

매리언은 관자놀이를 가볍게 두드렸고, 패드를 덧댄 발소리가 앞베란다를 가로질러 집안으로 들어가 복도를 지나 부엌으로 향할 때까지 귀를 기울였다.

"깨면 안 돼!" 애그니스는 파킨슨병 같은 게 있는 게 분명했다. 무슨 질환인지 하여간 손이 떨리는 병 말이다. 핸드메이드 세라믹 앤티크 수프볼—청백자기—을 떨어뜨리다니. 떨어뜨려서 깨졌지. 도로 붙일 수도 없게.

회계사 말이 맞다면 어차피 애그니스도 결국 내보내야 할 것이다. 미련한 맥스. 바보, 멍청이, 얼간이.

"이리 온, 알바! 이리 와, 얘야."

알바는 두 살이 되어간다. 이 닥스훈트는 매럴리나와 손주들이 매리언에게 준 선물이었다. 아이들은 눈치 있게도 맥스가 세상을 떠나고 몇 달이 지날 때까지 기다리다가 노란 리본을 개의 목에 묶어 하얀 철망 우리와 함께 선물했다. 그렇다 해도 대용품이라는 느낌은 피할 수 없었다. 매리언의 아이들은 누가 봐도 뻔한 것에 대해서는 언급하지 않도록, 방안에서 악취를 풍기는 물건을 거론하지 않도록 배우며 자랐다. 매리언은 아이들에게 그 물건을 치우거나 아니면 참으라고, 절대 솔직히 말하지 말라고 가르쳤다. 지적질은 아주 불쾌한 일이었다.

실제로는 알바가 맥스보다 훨씬 좋은 동무가 되리라는 사실이 며칠 만에 명백해졌다. 인간의 정자를 전달하고 식구를 먹여 살릴 돈을 버는 경기를 제외하면 알바는 거의 전 종목에서 맥스를 압도했다. 유머감각이 훨씬 좋았고, 자면서 코를 골거나 방귀를 뀌지도 않았으며, 그녀를 보면 늘 즐거워했고, 그녀가 부르면 즉시 달려왔다. 매리언은 자신이 가장 좋아하는 건축가 알바 알토의 이름을 따서 개의 이름을 지었다. 개에게서 이 거장의 특징인 장식의 절제(천재의 증거다, 아무렴), 우아한 간결미, 자연 소재와 질감에 대한 심미안을 보았다. 다른 사람들은 개가 어떻게 위대한 건축가와 똑같은 특질을 가질 수 있는지 의아해하면서도 그냥 그런가보다 했다.

애그니스가 차를 가져왔다. 매리언은 무릎 위에 앉은 알바의 무게에 마음이 편안해졌다. "짝이 안 맞잖아. 제대로 맞춰 오라고 했건만." 매리언은 개 비스킷을 집었다. "비스킷 하나 더 가져와, 애그니스." 개한테 비스킷을 하나만 주는 사람이 어디 있는가?

매리언은 스물여섯 살이었고—본인 회사의 대표였지만 외로웠다—사업 동료들이 마련한 저녁파티에 맥스가 있었다. 친구하나가 그녀의 팔뚝을 붙잡고 어슴푸레 불을 밝힌 라운지 한 귀퉁이로 데려가 말했다. 이쪽은 맥스 아고스티노, 이탈리아인이고 부자야. 맥스는 겸연쩍은 듯 고개를 푹 숙이고 그녀와 악수를 나눴다. 친구는(누구였더라?) 이런 만남의 주선자가 으레 그러듯 이내 어슬렁어슬렁 떠나버렸고 맥스가 붙임성 있게 말을 꺼냈다. "이제 당신은 나에 대해 전부 알았으니 당신 얘기를 해보죠." 이런 식이었다. 매리언은 피식 웃었다. 그게 다는 아니었다. 친구—누구였든 상관없다—는 그의 키가 훤칠하고, 관자놀이를 따라 단정히 빗어넘긴 연회색 머리칼이 그의 눈동자 색과 똑같다는 얘기를 빼먹었다. 매리언은 은제 커프스링크와 진회색 정장 차림의 맥스가 꽤 차분하다는 점에도 주목했다. 그녀는 파티에 출근용 정장을 입고 왔다며 심술궂게 그를 놀리다 자신이 지분거리고 있음을 깨닫고 깜짝 놀랐다. 술잔을 보며 얼마나 마신 걸까 궁금해하는데, 잔이 빈 것을 눈치챈 맥스가 새로 따라주겠다고 했다.

매리언의 물음에 맥스는 자신이 돈을 버는 방법을 설명했지만 그녀에게 금융계란 연기에 둘러싸인 세계였다. 매리언은 맥스가 하는 일이 접근 불가능하고 이해 불가능하다는 사실을 즐겼다. 그녀는 둘의 연애관계에 그렇게 미스터리가 파고들 여지를 남겨두었고, 그것은 그가—적어도 그의 어떤 부분이—그녀에게 낯설게 보이는 요소로 작용했다. 사랑을 나눌 때조차 낯섦은 그 자리에 있었다. 그는 그녀가 완벽히 파악할 수 없는 사람이었다.

약간 의외인 면도 있었다. 그는 포경수술을 하지 않았고, 절정에 이르면 소처럼 울부짖었고, 남들 앞에서 눈물을 보이는 것에 개의치 않았는데, 별것 아닌 일에도, 가령 영화의 슬픈 장면이나 아기가 태어나는 일 같은 것에 엉엉 울었다. 그 외에는 기복 없이 예상 가능한 사람이었다. 그리고 그는 그녀를 사랑했다.

소박한 결혼식 후에 둘은 어디서 살고 싶은지 의논했다. 캐터린은 매리언이 선호하는 동네였지만 그 지역의 집들은 거의 매물로 나오지 않았다. 행운이 따랐는지 부동산 중개인과 밴트리베이에서 본 다른 집에 대해 얘기하다 캐터린에서 집이 한 채 나올 거라는 말을 들었다. 그 소식에 마음이 급해진 매리언은 집을 보러 가는 내내 남모를 소망을 간직했다. 비록 상세 문서에는 분명히 12호라고 적혀 있었지만, 팔려고 내놓은 집이 실은 10호이기를 빌었다. 캐터린 애비뉴의 10호는 매리언이 설계한 집이었다. 그냥 설계한 집이 아니라 그녀의 첫 작품이었다.

중개인이 열쇠를 받아 와 12호의 문을 여는 사이 매리언은 정신을 수습했다. 뱃속에 묵직한 실망감이 내려앉았지만 그녀는 벌써부터 집주인이 된 양 당당하게 집안으로 들어갔다. 방문 앞마다 팔짱을 끼고 서서 모든 것을 눈에 담았다.

"자기, 무슨 생각해?" 맥스가 자꾸 물었지만 매리언은 대꾸도 하지 않았고, 중개인이 있는 데서 집에 대해 좋고 나쁨을 따지면 안 된다는 기본도 모르는 남편한테 크게 실망했다.

그녀는 밖으로 나와 격자 나무문을 두고 왼쪽으로 몇 미터, 또 오른쪽으로 몇 미터를 걸었다.

"저 집은 어떤가요?" 매리언은 속으로 자신을 비웃으며 물었다.

"10호요? 아, 저 집은 매물이 아닙니다."

매리언은 고개를 끄덕였다. 10호의 주인이 이미 바뀌었다는 건 알고 있었다. 첫 주인이었던 노르웨이인 부부는 어느 컨설팅 법인에 집을 직매로 팔았다. 법인은 출장 직원의 숙박을 해결하고 VIP 고객에게 즐거움을 제공할 장소를 찾고 있었다.

"어때?" 참을성이 희박해진 맥스가 물었다.

매리언은 중개인에게 부부끼리 얘기할 수 있게 잠깐 자리를 비켜달라고 했다. 그러나 키 작은 중개인이 멀찌감치 떨어진 뒤에도 그녀는 맥스가 기다리거나 말거나 이리저리 거닐었다.

매리언은 과 수석이었다. 그녀의 존재를 눈엣가시로 여길 뿐만 아니라 그녀의 야망과 맹렬한 경쟁심을 천박하다고 여기는 남학생들 틈바구니에서 쟁취한 지위였다. 그녀의 졸업 프로젝트 발표 때 DLA의 대표이사 데이먼 루이스가 참석했는데, 발표가 끝난 뒤 그가 매리언을 한쪽으로 데려갔다. 신인 건축가 매리언은 입사원서를 쓴 적도, 면접장에 앉은 적도 없다는 사실에 짜릿함을 맛보았다. 그러나 입사 첫날, 학부 시절부터 오랜 적수였던 역겨운 해리 컴프리드를 보게 된 건 고역이었다. 처음에는 둘이서 다양한 건축 프로젝트를 함께 진행하도록 되어 있었는데, 이내 컴프리드에게 단독 프로젝트가 주어졌다─불타 무너진 동부 지역의 빵집으로, 시의회의 인정도 받고 상도 노려봄직한 문화

유산 설계였다.

매리언은 일 년 가까이 속을 끓이다 마침내 주택을 설계할 기회를 얻었다. 세간의 이목을 *끄*는 작업이었다. DLA의 명성은 고급주택 부문에서 기반을 닦았다. 새로운 의뢰인은 노르웨이인 부부였고, 영어는 서툴렀지만 프랑스어는 능숙하게 구사했다. 매리언은 대입시험에서 프랑스어를 선택해 만점을 받았었다. 그녀는 뒤에서 컴프리드가 가자미눈으로 흘겨보는 가운데 업무를 배정받았다. 그러나 한 가지 실수를 저질렀다. 능력을 증명해야 한다는 초조함에 쫓겨 그만 자신의 모든 것을 첫 설계에 쏟아부었다. 실은 본인의 집을 위해 남겨뒀어야 하는 세밀한 특징을 죄다 첫 작품에 집어넣었다. 자신의 실수를 알아차렸을 때는 이미 집이 완성된 후였다. DLA는 그녀에게 최상의 칭찬을 아끼지 않았고, 의뢰인은 집을 매우 마음에 들어했다.

한 일간지에서 그 집에 대한 리뷰를 실었다. 그리고 짧은 인터뷰를 하는 동안 비로소 공포와 경악이 밀려들었다. 친구에게 선물을 주고 나서야 실은 그게 바로 자신이 갖고 싶었던 것임을 깨달은 셈인데, 이건 그 정도가 아니라 훨씬 위태로운 느낌이 드는 큰일이었다. 축하와 칭찬과 포상이 그 집에 쏟아질수록 그런 느낌은 그녀를 더욱 깊숙이 파고들었다.

매리언은 이리저리 거닐었다. 눈길이 자꾸 낮은 담 너머 저쪽

부지로 가는 것을 막을 수 없었다. 10호 집은 12호보다 넓었다. 12호의 현관문은 대문에서 몇 발짝 떨어져 있지 않은 반면, 10호의 앞뜰은 더 널찍하고 근사했다. 옆집의 절묘한 특징(고급스러운 미묘함)은 경사진 뒤뜰의 가장 낮은 곳에 위치한 작은 잉어연못 덕분에 더욱 그 매력이 배가됐다. 옆집에는 떡갈나무도 한그루 있었고, 튼튼한 가지에는 그네도 매달려 있었다. 10호는 캐터린 부지에서도 가장 넓은 집에 속했다. 캐터린이 아직 하나의 사유지였을 때 웅장한 장원 저택이 서 있던 자리였다. 맥스의 사업 파트너로부터 마무리 단계의 거래에 관한 전화가 걸려왔다.

"좋아." 매리언이 말했다.

그녀는 발을 멈추고 차에 기대어 담배를 피우고 있던 중개인에게 걸어갔다.

매리언과 맥스는 한 달도 되지 않아 그 집으로 이사했다. 크리스마스 즈음 매리언이 아이를 가졌다. 그녀는 다름 아닌 해리 컴프리드와 회사를 차렸다. 컴프리드 쪽에서 동업을 제의해왔다. 거기 있는 사람들 중 우리가 최고였어, 그가 말했고 그녀는 이의를 제기할 수 없었다. 매리언은 출산 전날까지 일하다 일주일도 안 되어 유모에게 아이를 맡기고 일터로 복귀했다. 루프 스트리트의 요지에 자리잡은 그녀의 회사는 번창했고 신규 파트너사 한 곳, 협력사 두 곳, 네 명의 기획건축가, 다수의 제도사와 행정

직을 포함해 거의 서른 명의 직원을 거느릴 만큼 규모가 커졌다. 매리언은 대부분 주택설계 작업을 가져왔고, 컴프리드는 학연과 인맥을 활용해 회사를 어마어마하게 키워줄 거라고 여겨지는 더 큰 기획안을 물어왔다. 매리언의 고객은 억만장자들이었고 일감도 시시한 것과는 거리가 멀었지만 그럼에도 컴프리드는 그녀의 주택 작업을 놀려댔다. 이따금 둘의 가족도 함께 어울렸지만—컴프리드는 결혼해 쌍둥이를 두었다—매리언은 결코 그의 우정을 전적으로 신뢰하지 않았다. 함께 일하는 게 컴프리드를 주시하며 경계할 수 있는 가장 좋은 방법이었으므로 그와 동업하기에 이른 것이었다. 그도 똑같은 속셈이 아닐지 매리언은 못내 미심쩍었다.

매리언은 또 배가 불러와 일주일가량 모습을 안 보였을 뿐 대부분의 경우 늘 회사를 지켰다. 10호를 모르쇠한 시기도 있었다. 그러다 또다른 때는 그 집을 못 잡아먹어 안달이었다.

1969년, 스테퍼노와 매럴리나 두 아이를 두고 있던 매리언은 셋째 설리나를 낳을 예정이었다. 세번째 임신은 다른 때보다 힘겨웠다. 출산 전후로 꽤 많은 날을 침대에 누워 지냈다. 몇 주가 지나 정신을 차렸을 때 이삿짐 트럭이 밖에 서 있는 걸 보았다. 컨설팅 법인이 한 네덜란드 가족에게 집을 판 것이었다. 또다시 눈앞에서 10호를 놓쳤다.

설리나가 태어난 후, 아버지 같은 가족 주치의의 권고에 부담을 느낀 맥스는 매리언에게 집에 있기를 제안하는 모험을 감행했다. 무모한 요구인데다 그의 말투는 강요에 가깝게 들렸다. 매리언은 일축했다—당연히 터무니없는 얘기였다. 우선, 그녀는 주장했다, 나는 이미 집안에서 내 몫보다 더 많은 일을 하고 있어. 실상 매리언이 남편에 대해 가장 알 수 없어했던 그 부분과 관련해 맥스는 그녀가 애초에 생각했던 것보다 훨씬 빈번히 집을 비웠다. 그리고 매리언은 자신이 실제로는 주말이면 남편이 곁에 있기를 바라는 여자였음을 깨닫고 놀랐다. 남편이 보고 싶어서라기보다 집에 있는 남편이 필요했기 때문일지도 몰랐다. 부모 노릇은 쉽지 않았고, 매리언은 남편이 옆에서 같이 분투해주기를 원했다. 교환거래—그의 직업이 그들에게 가져다주는 돈과 어마어마한 안락함—가 그의 긴 부재를 보상해주진 못했다.

그런데 짜증나게도, 맥스가 집에 있을 때면 그가 얼마나 수월하게 아이들을 사랑하고 아이들도 어찌나 아버지를 좋아하는지, 그 모습을 도저히 봐줄 수 없었다. 매리언은 맥스의 잘 정돈된 생활이, 그의 빳빳한 정장과 출장여행이 부러웠다. 그에게는 복잡할 일이 별로 없었다. 그는 매럴리나의 울음에 담긴, 극기의 인내심을 요구하는 교묘한 명령을 알아듣지 못하는 것 같았다.

스테퍼노가 자다가 이불에 지도를 그리면 그냥 옆으로 밀어놓고 말았다. 설리나의 코가 좀 큰 편인데 맥스는 웃기다고만 생각했다. (매리언이 그의 가족앨범을 뒤지는 것을 보고 약간 성질을 내기는 했지만. 매리언은 남편의 고모할머니의 코를 손가락으로 가리키며 아하, 하고 의기양양하게 말했다.) 맥스에게 그런 시시콜콜한 것들은 대부분 문제가 되지 않았다. 매리언은 남편과 아이들의 아버지가 아니라 한줄기 회오리를 손에 넣은 것이었다. 그는 옆에 있으면 즐겁고 매우 사랑받는 사람이지만, 바람처럼 왔다 가는 현실감 없는 떠돌이였다.

다른 문제들도 있었다. 살면서 넘나드는 세밀한 선, 신중하게 밀고 당기는 협상. 한번은 애그니스가 이제 걸음마를 뗀 자신의 아이를 일할 때 데려와도 되느냐고 물었다. 평소 아이를 맡기던 어린이집이 한동안 문을 닫아서요, 괜찮을까요? 매리언이 안 된다고 하자 애그니스는 울음을 터뜨렸고, 아이가(스테퍼노였나 매럴리나였나?) 덩달아 울었다—아이들은 애그니스와 강한 애착을 형성했다. 결국 매리언은 항복했지만 그후로 며칠 동안 속을 태웠다. 매리언은 출장중인 맥스에게 전화를 걸었다.

"당신이 우려하는 게 정확히 뭐야?"

"난 그냥…… 아니 당신은 이해를 못해? 내가 일일이 다 설명해야 해?"

매리언의 소리 없는 분개에도 불구하고 그들이 진짜 싸움까지 가는 일은 매우 드물었다.

"지금 싸우자는 게 아니잖아. 봐봐, 내가 어떻게 도와줄까?"

"내 느낌엔 그게…… 어린애가…… 하나 더 옆에 돌아다니면…… 애그니스의 정신이 산만할 거야, 분명히. 그럼 일이 되겠어?"

매리언은 당혹스러움에 허를 찔렸다. 큰 소리로 입 밖에 낼 수는 없었다—내 아이들이 흑인 아이와 노는 게 싫다고. 만지는 게 싫다고. 하지만 말로 내뱉어버리면 진짜로 실체화되어 모른 척할 수 없게 될까봐 말할 수 없었다. 차라리 무시하는 게 훨씬 편했고, 그때껏 대체로 무시할 수도 있었다.

"그럼 그냥 안 된다고 해." 맥스가 말했다. 그는 아마 어딘가의 호텔 침대 가장자리에 걸터앉아 다리를 꼬고 있을 것이다. "다시 생각해보니 아무래도 좋지 않을 것 같다고 애그니스한테 얘기해."

그의 어조는 차분했고, 어딘가에 해결책 저장고를 둔 것처럼 해법을 구상해 내놓았다. 그는 일평생 끊임없이 지켜야 할 선을 가늠해야 하는 사람이 아니었다. 그의 삶의 경계는 알아서 저절로 유지되는 듯했다.

매리언은 머릿속으로 자기 자신과 싸웠다. 애그니스가 일터로 아이를 데려오지 말았으면 하는 이유는 아이가 있으면 한눈을 팔기 때문이다—그게 이유다. 그리고 애그니스에게 우리 가족의 빨래와 그녀의 옷을 함께 세탁하지 말라고 하는 이유는 그게 합리적이니까, 애초에 물건을 분리하는 게 실용적일 테니까. 왜 세탁물을 뒤섞어서 일을 더 만들어? 매리언은 최대한 조곤조곤하게 애그니스에게 설명했고, 몇 주에 한 번씩 애그니스가 지시를 잘 따르는지 확인했다. 그리고 애그니스의 이마에 멍이 든 이유는 (왜 그런지 물어온 건 매럴리나였다) 흑인은 위험하고, 경찰이 애그니스를 그런 위험한 흑인이라고 생각했기 때문이다. 그래, 흑인은 대체로 위험하고 말썽을 일으켜. 아니, 애그니스가 말썽을 일으킨다는 건 아니고. 아니, 그건 불공평한 게 아냐. 사실 매우 공평하지. 인생은 공평하거든.

전에는 인생이 공평했을지 몰라도 이제는 갈수록 통제를 벗어나고 있었다. 서서히 매리언의 에너지는 삶의 선을 지키는 데 더 많이 소모됐다. 맥스가 집을 자주 비울수록, 아이들이 커갈수록 경계선에 구멍이 더 많이 뚫렸다. 아이들은 질문을 했다. 매리언은 똑똑하고 능력도 완벽했지만 아이들의 질문에는 갈피를 잡을 수 없었다. 블랙 비치*에는 검은 모래가 있어? 저건 블랙 벤치인

---

* 인종분리정책에 의해 흑인만 사용하도록 지정된 해수욕장.

데 왜 흰색이야? 질문들이 매리언의 정신을 어지럽혔다. 그녀는 여전히 현장에서 일했지만 (컴프리드가 지켜보는 가운데) 온전한 경계를 지닌 정상인이 되기가 갈수록 힘들었다.

학생 때 그녀 자신에게 이 나라를 설명했던 방식을 지금 아이들은 받아들이지 않았다. 아이들이 그렇게 들쑤시고 닦달하니 전처럼 마음 편한 것만 보고 불편한 것은 외면하기가 점차 어려워졌다. 매리언이 행복해질 가능성의 끈을 완전히 놓아버린 건 바로 그 전투의 와중이었다. 또한 정부와 싸우는 것보다 남편과 싸우는 게 훨씬 쉬웠기에 매리언은 맥스를 상대로 소리 없는 전쟁을 벌이며 아이들의 사랑을 포병대로 활용했다. 그리고 10호를 주시하며 기다렸다.

1994년 중반에 10호가 다시 팔렸다. 이야기를 하나로 꿰맞춰보니, 네덜란드 가족의 증조모가 세상을 뜨면서 아프리카에 정착할 의지도 거두어가버린 것이었다. 매리언은 그 네덜란드 사람들이 집을 판다는 얘기를 자신에게 한마디도 하지 않았다는 사실에 발끈했다. 그녀는 그들이 앙심을 품고 있었다고 결론내렸다. 그 얘기를 자연스레 내비칠 만한 저녁파티가 충분히 있었는데도 집주인이 조용히 바뀌었다. 어느 날 아침 매리언이 일어나보니, 짧게 친 잿빛 머리에 가슴은 어디 있는지 알아보기 힘들고 허리는 비쩍 마른 흑인 여자가 우아한 손짓으로 이삿짐 오케

스트라를 지휘하고 있었다. 그 서늘한 아침, 북향인 앞베란다로 열린 유리문 뒤에서 그 여자를 지켜보며 매리언의 머릿속에 떠오른 단어는 '특공대'였다.

매리언이 수십 년 동안 손아귀에 넣고자 꿈꿔왔던 집에 난데없이 흑인 여자라니, 모욕도 이런 모욕이 없었다. 아니, 그 집은 다른 사람이 계속 점유하고 있었을 뿐 마땅히 자신의 소유였다. 더욱이 저 여자는 나름대로 유명인이었다. 호텐시아라는 이름은 들어본 적 없지만 세라 클라크가 말하길 디자인계의 구루라고 했다. 매리언의 눈에는 얼토당토않아 보였다. 매리언은 더 상세한 정보를 내놓으라며 세라를 쥐어짰다. 그 네덜란드 가족의 친구 하나가 직물디자인이 어쩌고저쩌고 말했던 것 같은데. 저 여자가 원단을 만든다고? 매리언은 너무 속상해서 성난 호기심을 차분함으로 감추지도 못하고 세라에게 물었다. 일주일 뒤 매리언은 사서와 만난 자리에서 그 여자를 폄하했다. 새 이웃이 왔다면서요, 매리언. 당신처럼 디자인하는 사람이라던데, 세상에 이런 우연이 다 있네요. 매리언은 사심 없어 보이기를 바라며 씨익 미소 지었다. 바보 같은 소리 말아요, 애거사. 나는 건축가이고, 그 사람은 바느질감 판매상 같은 거라던데.

그런데 정말이지, 세상에 이런 공교로운 일이 다 있을까. 타인의 집을 자신의 집인 양 디자인하고, 옆집에 살면서 절대 그 집에는 들어가지 못한 채 거기에 집착하게 되다니. 게다가 이제는 아무렇게나 선을 구불구불 그어놓고 디자인입네 하는 여자 때문에 미꾸라지 같은 저 트로피가 또다시 손가락 사이로 빠져나갔다. 저 여자의 남편으로 말할 것 같으면, 매리언은 저 남자가 남편이리라 추측했는데(지금까지 본 백인 중 가장 키가 큰 편에 속했다), 첫날 이후로 거의 눈에 띄지 않았지만 이따금 나타나 자기 아내 뒤를 졸졸 따라다니며 가벼운 음료나 핸드폰이나 과일 접시 따위를 건넸다. 손주들이 선물해준 쌍안경을 가지고도 매리언은 새를 관찰할 생각은 한 번도 하지 않았다. 동네 사람들을 몰래 염탐하는 게 훨씬 재미있었다. 그러나 옆집의 그런 장면을 본 아침에는 재미보다 울화가 치밀었다. 재밋거리라면 클라크 부부를 관찰하는 일일 것이었다. 그들은 유행에 굴복해 애완돼지 세 마리를 사들임으로써 스스로 별 볼일 없는 평범한 사람들임을 입증했다. 재밋거리는 폰스트러워커 부부일 것이었다. 부부싸움이 폭력적 양상에 이르면 다시금 이혼 직전이라는 뜻이었다. 부자들과 그 드라마는 재미라도 있지. 호텐시아 제임스는 강탈자였다.

3

주의깊게 유지해온 균형이 엉망으로 무너졌다. 평소보다 빨리 걸은 탓에 호텐시아는 숨이 가빴다. 매리언이 그 블라라는 여자의 헛소리로 자신을 괴롭힐 수 있을 거라 생각했다니. 그런데 아니나 다를까 짜증이 솟구쳤다. 심장께에서 열불이 나는 것 같고, 귓속에서도 팔다리를 따라서도 뜨거운 기운이 느껴졌다. 호텐시아는 걸음을 멈춘 뒤 마디진 소나무 껍질을 짚고 팔을 쭉 뻗었다. 매번 이 나무들은 그녀가 늙었음을, 나이들었음을 새삼스레 일깨웠다. 호텐시아는 고개를 떨구고 굵게 뻗은 나무뿌리와 떨어진 낙엽, 축축하게 젖은 땅을 응시했다. 한 발을 들어 줄지어 가는 개미떼를 무참히 학살했다. 개미들은 질척한 달팽이 껍데기를 둘러싸고 바삐 움직였다. 블라와 젠장맞을 그녀의 할머니와 빌어먹을 죽은 아이들. 호텐시아는 부글부글 분노가 끓어올라 언제라도 역정을 낼 태세가 되어 있었다. 역겨운 감상주의자 뷸라와 그녀의 조상은 이 낯익은 감정에 불을 붙이기에 더없이 좋은 땔감이었다. 호텐시아는 짐승처럼 울부짖으며 주먹을 휘둘렀다.

다시 걷기 시작한 그녀는 주변의 소나무를 이리저리 노려보았다. 정신이 멀쩡하지 않다는 징후일까, 나무한테 시비를 거는 건? 담낭에서 퍼올릴 수 있는 가장 쓰디쓴 원한을 내뱉으며 욕을 퍼붓는 건? 나무가 무슨 상관이겠는가? 호텐시아는 상대의 징징거림에 신경쓸 필요 없이 나무한테 자신의 증오를 전력으로 내뿜을 수 있었다.

그녀는 허파가 걸음을 잠깐 멈출 것을 강력히 요청할 때까지 급하게 몇 발짝을 걸었다. 나무껍질에 눈코입이 있었다. 분명 저 나무들이, 쉰일곱 그루가 전부 그녀를 쳐다보고 있는 게 틀림없었다(전에 세어보았다). 호텐시아는 걸음을 멈추고 나무에 몸을 기댔다. 제정신이 아니었다. 나무들에 화가 뻗치고 정신이 하나도 없었다. 그녀는 계속 걸었다. 걷기가 힘들다는 건 진심으로 서러워진 첫번째 일이었다. 흰머리가 우후죽순 나는 것, 있으나 마나 한 가슴이 약간 처진 것, 목에 주름살이 하나 더 생긴 것에는 전혀 연연하지 않았다. 시력은 좋았고, 치아도 모두 그녀 것이었다. 하지만 걸음의 자유를 잃는 건 세월이 심술궂다는, 시간에 도둑의 손가락이 달렸다는 첫번째 신호였다. 시간은 단순히 벽에 걸린 날짜가 아니었다. 전쟁이었다. 시간은 그녀의 걸음을 훔쳐갔다. 어느 날 아침에 일어나보니 왼쪽 다리가 쑤셨고, 욱신거림이 있다 없다 했지만 결코 깨끗이 사라지진 않았다. 그리하여 지금 그녀는 둔중하게 걸었다. 절뚝거렸다. 걷다 말고 앉기 일쑤였고, 예순다섯 살 이후로는 한가롭게 거닐어본 적이 없었다. 만약 당신이 호텐시아 제임스이고, 자부심은 하늘을 찌르지만 느긋한 산책은 물건너갔다면—거참, 인생은 쉽지 않다.

　호텐시아는 나무 수를 세었다. 다시 인간으로 돌아오기 위해, 독기를 내뿜는 악에 받친 뭔가가 아니라 그저 평소처럼 열받기를 잘하는 정상적 자아를 되찾기 위해. 나무들은 여기저기 마구 흩어져 심겼지만, 호텐시아는 거의 이십 년 전 처음 이곳을 찾은 이래 마치 그 셈법이 성난 기도문의 특별한 표기법이라도 되는 양 한 그루 두 그루 세면서 나무 사이를 누비는 법을 알아냈다. 열 그루. 그녀는 오른쪽 다리에 좀더 기대는 데 익숙해졌고, 병원에 가서 왼쪽 다리에 무슨 문제가 있는지 정확히 알아보기를 거부했다. 열다섯 그루. 어제 내린 비로 땅은 축축했고 이파리는 푸르게 빛났다. 호텐시아는 자신의 푸마 운동화가 개미를 제대로 짓이겼는지 확인했다. 우연히 실수로 그 생물을 밟은 게 아니라 작정을 하고 찾아냈다. 툭하면 열을 받는 평소의 정상적 자아다. 그녀는 입술을 굳게 다물었다. 스물다섯 그루.

서른다섯 그루에서 숨을 고르기 위해 발을 멈췄다. 다시 걷기 시작했지만 이내 다음 나무 앞에서 걸음을 멈추고 둥치에 기대어 한숨을 내쉬었다. 기대선 곳에서 그녀 자신의 집을 포함해 캐터린의 주택 지붕들이 대부분 다 보였다. 호텐시아는 나무를 밀쳐 몸을 떼어냈다. 한기가 들어 지퍼를 더 높이 채우고 운동복 바지의 벨벳 감촉이 나는 주머니에 양손을 찔러넣고 움직였다.

집으로 돌아올 때는 캐터린을 한 바퀴 휘감는, 동네 사람들은 누들*이라고 부르지만 그녀는 누스**라고 부르는 길로 멀리 돌았다. 고개를 들고 비가 또 언제 쏟아지려나 가늠했다. 개를 산책시키거나 손주들을 앞세운 이웃이 몇 명 지나갔고, 이 근방에서는 처음 보는 젊은 커플이 손을 잡고 걸어갔다. 사랑하는 사람이 내 손을 잡아주면 족하다 싶게 삶이 단순했던 때가 언제였더라? 걸으면서 호텐시아는 사람들을 못 본 척했다. 누군가 손을 흔들면 고개를 딴 데로 돌렸다. 마지막 모퉁이를 돌자 쑤시던 다리도 거실의 오토만 의자와 핫초콜릿 생각에 기운이 좀 나는 듯했다. 하지만 거기에, 12호 앞에 매리언 아고스티노가 양손을 허리에

---

* 국수.
** 올가미.

없고 서 있었다.

"호텐시아."

매리언을 향한 유별난 적대감 때문에 호텐시아는 걸음을 멈추고 응수했다.

"매리언." 둘의 시선이 몇 초간 마주치다 호텐시아가 가던 길을 계속 갔다. 대문까지 절뚝이며 걸어가면서 매리언이 자신을 주시하고 있음을, 머릿속으로는 콘도르처럼 자신을 낱낱이 쪼아 헤치고 있음을 느꼈다. 호텐시아는 열쇠를 찾아 들었다.

"호텐시아." 잠긴 대문을 여느라 잠시 지체하는 사이에 매리언이 다가왔다.

호텐시아는 최근 십여 년 중 가장 기도에 가까운 심정으로 눈을 감았다. 진짜로 기도—오 주여, 어쩌고저쩌고—를 올리던 시절도 있었지만 요즘은 그냥 부쩍 늙었구나 싶었다. 요즘 그녀는 눈꺼풀을 몇 초간 떨궜다 들기만 하면 전지전능한 주님께서 다 이루어주시기를 기대했다. 어떤 영향력을 발휘해주시기를. 저 여자를 눈앞에서 제거해주시기를, 이 여자가 입을 닥치게 해주시기를, 어쩌면 목 아래로 마비시켜주실지도. 저 여자가 내 존재를 잊도록 도와주시옵소서, 저 여자를 치워주시옵소서, 사랑하는 주님, 아멘.

"그래, 매리언." 호텐시아가 살짝 밀자 대문이 활짝 열렸다(호텐시아 제임스의 대문은 삐걱이지도 끼익거리지도, 하여간 그 어떤 품위 없는 소음도 내지 않는다). 그녀는 다음 말을 기다렸다.

"히르딘 집안의 요청을 모르쇠로 일관할 순 없을걸."

"아니, 있어. 좋은 저녁 보내, 매리언."

"잠깐…… 아직 할 얘기가…… 그 문제는 다음 모임 때 논의할 수도 있지만, 나는……" 매리언이 사근사근한 표정을 짓자 호텐시아는 토할 것 같았다. "방금 생각났는데. 피터는 어때? 괜찮아?"

"피터는 죽어가고 있어, 매리언. 또 할말 있어?"

"오 저런!"

"응, 안타깝지만 사실이야. 그럼 잘 가."

호텐시아가 안으로 들어가 대문을 거의 닫았을 때 매리언이 다음 포문을 열었다.

"다리는 어때?"

"안 좋아."

매리언은 백인이고 (호텐시아가 아는 한) 카키색 펜슬스커트와 살구색 블라우스만 입는데도, 살집이 더 있고 회색 머리를 금발로 미친듯이 염색하는데도, 호텐시아는 매리언을 보면 어머니가 생각났다. 여기, 호텐시아가 알기로, 나쁜 소식을 기대하며 질문만 하는 두 여인이 있다. 가령 매리언은 하우스 오브 브레이스웨이트가 잘되고 있는지 절대 묻는 법이 없었다. 왜냐면 그 답이 좋은 소식일 것임을 알고 있으니까. 〈빈티지 매거진〉에서 호텐시아를 인터뷰하고 그녀의 집 인테리어를 찍어 갔을 때 잡지 촬영은 어땠는지도 묻지 않았다. 매리언은 호텐시아의 은행계좌가 어떤 상태인지, 작년 동네 크리스마스 조명 대회에서 받은 대상 트로피를 어디에 두었는지 결코 질문하지 않았다.

호텐시아는 열쇠를 뽑아 다시 주머니에 넣고 계단을 올랐다. 잠깐 걸음을 멈추고 아프지 않은 다리로 화분 하나를 원위치로 쓱 밀었다. 기분을 잡쳤다. 제아무리 오토만 의자와 핫초콜릿이 있어도 회복 불가능할 만큼 잡쳤다. 하룻밤 자고 다음날이나 되어야 회복할 것이다.

어머니로 말하자면—호텐시아는 이제 혀에 감도는 쓴맛을 음미하며, 쌉쓰름함이 혀끝에 살짝 감기는 그 느낌을 즐기며 생각했다—그 여자는 살아 있는 동안 자신의 딸에게 오로지 한 가지 질문만 했다. 피터와 결혼한 뒤 해마다 이것밖에 묻지 않았다. 아이는 언제 낳을 거니?

호텐시아는 집안으로 들어왔다. 간호사들이 아래층 불을 하나도 켜놓지 않았다. 그녀는 쾅 소리가 나게 문을 닫아 말로써 자신이 돌아왔음을 알릴 수고를 덜었으며, 따라서 어깨를 옴쭉해 겉옷을 벗고 실내용 슬리퍼를 신을 때쯤이면 간호사들이 가방과 간호도구를 챙겨 계단을 내려올 것이다. 야간을 대비한 몇 가지 주의사항을 남기고 그들이 떠나면, 호텐시아에게는 평화가 주어지고 피터에게는 죽음을 향해 방해받지 않고 나아갈 수 있는 허락이 떨어진다. 죽음은 존엄을 지나치게 앗아가, 호텐시아는 생각했다. 이제 다시 핫초콜릿이 간절해졌고, 계단 디딤판을 딛는 간호사용 신발 특유의 소리에 귀가 쫑긋해졌다.

"제임스 부인이세요?"

간호사들은 이 집의 한 부분이 되었다. 피터가 더는 말을 못하고 모든 움직임이 설득행위가 된 이후로 병원에서는 매일 간호사 두 명을 파견했다. 밤 근무 간호사를 두면 어떠냐는 제안에 호텐시아는 강하게 반발했다. 밤까지는 안 됩니다, 호텐시아는 말했다. 제발, 이라고까지 했다.

"네, 왔어요." 그녀는 말을 섞고 싶지 않았지만 간호사들이 자꾸 말을 걸었다. 대체로 사람들은 노인에게 말 걸기를 좋아한다.

"산책은 즐거우셨어요?" 간호사 한 명이—그들의 이름은 들숨과 날숨처럼 그녀의 머릿속에 들어왔다 나갔다—전실 문간에 서 있었다.

호텐시아는 간호사의 질문을 못 들은 척하기로 했다.

"내가 알아둬야 할 사항이 있나요?" 호텐시아는 양말을 돌돌 말아 땅딸막한 갈색 바구니에 던져넣으며 물었다.

"남편분은 괜찮으세요, 지금 주무세요. 주무실 때 드리는 약도 드셨고, 별일 없을 거예요. 저희는 내일 날이 밝는 대로 일찍 올게요."

호텐시아는 이 여자가 활기 있게 통통 튀듯 계단을 내려오는 모습을 지켜보았다. 여자의 동료도 같이 내려와 집을 나섰다.

바시는 알아서 핫초콜릿이 담긴 주석통과 호텐시아가 제일 좋아하는 머그컵 —그림도 글씨도 없는, 분필처럼 말간 흰 성게색—을 짝 맞춰 내놓고 퇴근했다. 호텐시아는 1942 미니어처 은제 티스푼에 새겨진 홈의 감촉을 즐기며 초콜릿을 저었다. 아주 오래전 친구가 자기 삼촌이 요리사라며 들려준 일화가 생각났다. 그는 자른 토마토를 먹고 그게 자신의 은제 나이프로 자른 건지 아니면 흔하게 널린 칼로 자른 건지 알아맞히는 것으로 유명했다—맛을 보면 알 수 있다고 했다. 호텐시아는 한 모금을 마시고 전등을 딸깍 켠 뒤 오토만 의자로 향했다. 사는 게 짐스러웠다. 아름다운 것과 바르고 적절한 것에 대한 전문가다운 감식안만이 그녀에게 남은 유일한 위안이었다.

파산에 직면했음을 깨달은 매리언이 제일 먼저 한 생각은 이거였다. 이걸 어떻게 빠져나간다? 맥스는 허점이 있는 사람이었다. 그 허점 때문에 그가 어디까지 몰렸는지 보라. 그때 그림에 생각이 미쳤다.

매리언은 애그니스에게 오전 휴가를 주었고, 그 여인의 얼굴에 떠오른 충격을 못 본 척했다. 애그니스가 보는 앞에서 온 집안을 뒤지고 싶지 않았다. 수상쩍게 여기며 질문을 퍼부을 것이다. 앞으로 몇 주 내에 첫번째 빚쟁이 무리가 들이닥칠 거라고 매리언의 변호사는 말했다. 변호사는 최대한 그 일을 늦추는 중이었다.

매리언은 난간을 꽉 붙잡고 다락으로 가는 계단을 올랐다. 아킬레스건이 시큰하게 아려서 기분이 좋지 않았다. 빚쟁이들은 집을 삼키려 들겠지. 매리언은 부푼 문짝을 끼익 열었다. 누수 때문에 부푼 것이었다―1998년 폭우가 쏟아진 주말에 식구들은 집에 없었고, 돌아와보니 카펫이 다 망가져 있었다. 거미줄이 뺨에 들러붙어 다 떼어내려 했지만 잘되지 않았다.

"나 원!"

오직 필사적인 절박함만이 그녀를 여기까지 끌고 올라올 수 있었다. 한줄기 빛이 물적 증거처럼 손으로 만질 수 있을 듯 생생하게 느껴졌다. 매리언은 어슴푸레한 빛을 보았다. 자신이 치워둔 조그만 금박 액자에 반사된 빛이었다. 사진 속에서 결혼예복을 입은 그녀의 부모는 겁에 질렸어도 격에 맞게 있는 척하는 법을 배운 사람들답게 포즈를 취하고 있었다. 어머니의 방을 정리하면서(아버지가 돌아가신 지는 벌써 십 년이 넘었다) 그들의 이혼이라는 현실에 이의를 제기하듯 이 사진을 여태 간직한 것을 보고 매리언은 충격을 받았다. 어머니는 왜 이 사진을 없애버리지 않았을까? 그리고 매리언 자신도 그 사진을 차마 버릴 수 없었다. 이 사진에, 이 과거의 기록에 어떤 마법의 힘이 있기라도 한 듯.

매리언은 부모의 얼굴을 힐끗 쳐다보고 인상을 썼다. 이거 힘들겠는걸. 가능한 한 피하는 게 상책이다. 세상에, 저기 여행가방 하나 가득 맥스의 정장이 들었다. 매리언은 수십 년간 쌓아둔 수많은 물건 사이에 남겨진 공간을 불안하게 헤맸다. 진짜로 필요한 건 딱 하나뿐이었다. 그녀는 벽처럼 쌓인 상자 쪽으로 움직였다. 그 뒤에 숨겨둔 게 분명했다. 문 긁는 소리가 나서 화들짝 놀랐다. 다락문을 닫아둔 게 다행이었다.

"알바! 저리 가!"

개가 조금 더 문을 긁다가 이내 계단을 타닥타닥 내려가는 소리가 들렸다. 좀 이따 밥을 줘야겠다.

상자들과 겁먹은 사람들 사진 아래에 파묻힌 채 시신으로 발견되는 건 아닐까 내내 걱정하면서 매리언은 뒷벽 쪽으로 길을 더듬었다. 여기 있구나. 긴장한 줄도 몰랐던 근육이 풀어졌다. 에어캡으로 꼼꼼히 싸두긴 했지만 그렇더라도 그림을 이런 데

둔 건 경솔한 처사였다. 그래도 운좋게 망가진 데 없이 멀쩡했다. 맥스 말이 맞다면 이 그림은 그녀가 숨을 거둘 때까지 버틸 만큼 충분한 값을 받을 터였다. 그러나 앞으로 몇 달은, 아니 얼마가 됐든 저 하이에나떼가 배회하는 동안은 숨겨둘 필요가 있었다. 추적을 피해야 했다. 매리언은 그림을 들어보았다. 옮길 수 있을 정도로 가벼웠다. 그녀는 부모를 외면하며 문 쪽으로 돌아나왔고, 양볼은 수치심으로 발갛게 물들었다.

아래층에 내려오니 웬 소란이 들린다기보다 느껴졌다. 앞베란다로 나오자 10호 앞에 구급차가 서 있는 게 보였다. 저 양반이 기이이 세상을 하직했나? 알마가 그녀의 무릎 위에 웅크러앉았다. 매리언은 반쯤 정신이 딴 데 팔린 채 구급대원들을 지켜보았다. 그녀는 그림에 대해 생각하고 있었다. 그림을 어디에 숨길 것인가에 대해. 호텐시아의 집에서 들것이 나왔다. 그 위에 천으로 덮은 시신이 실려 있었다. 이웃의 불행을 즐기기에, 매리언은 파산 건과 변호사 때문에 너무 지친 상태였다. 구급차가 떠나자 호텐시아가 자기 차로 그 뒤를 따랐다. 호텐시아는 근심하기보다 짜증이 난 듯한 표정이었다.

"마님."

"아이고 깜짝이야, 애그니스, 식겁했잖아. 일찍 왔네."

"죄송합니다."

매리언은 자신이 옆구리에 끼고 있는 지저분한 에어캡 꾸러미를 애그니스가 의아한 눈빛으로 쳐다보고 있음을 깨달았다.

　"뭐, 됐고. 하던 일이나 계속해."

　일단 애그니스가 부엌일에 매여 안전해지자 매리언은 그림을 도로 위층으로 끌고 올라가 침실 벽에 세워놓았다. 그런데 그림이 그녀를 쳐다보았다. 매리언은 그림을 자기 곁에, 그러나 눈에 띄지 않는 곳에 두고 싶었다. 침대 밑이다. 그녀는 무릎을 꿇고 침실용 슬리퍼를 옆으로 치웠다―슬리퍼는 언제나 눈에 띄는 곳에 잘 놓여 있었다. 그림을 곁에 두는 건 어리석은 짓임을 알고 있었다. 변호사가 경고하기를, 일이 상당히 지저분해질 수도 있다고, 특히 탈법이 의심될 경우에는 심각할 수도 있다고 했다. 매리언은 엎드려 침대 밑으로 그림을 밀어넣으며 미간을 찌푸렸다. 어딘가 멀리, 아무도 찾아봐야겠다는 생각이 들지 않을 만한 장소에 숨겨야 하는데. 채권자들이 조사관과 같이 와서 꼬치꼬치 캐묻고 심문하고…… 조사하고…… 그 사람들이 절대 뒤져볼 생각조차 하지 않을 장소가 어디일까? 매리언은 그 자리에서 호텐시아에게 전화를 하려다 겨우 참았다. 새로운 해결책에 대한 흥분에도 불구하고 이게 경우에 맞지 않는 행동임을 알 만한 머리는 있었다. 얼마간 기다려야 했다, 비록 그녀에게 남은 시간이 풍족한 건 아니었지만. 게다가 호텐시아를 어떻게든 구워삶아 의심을 피해야 했다―남편이 죽은 지 얼마 되지 않았더라도 그 여자는 송곳처럼 예리할 것이다.

워낙 흥분한 나머지 미련한 짓이라는 생각도 없이 매리언은 그림을 다시 아래층으로 가지고 내려가 현관문 옆에 놔두었다. 차를 한 잔 우리면서 그 아이디어의 맛을 진하게 녹여냈다. 정말이지 완벽한 아이디어였다. 물론 파산에 대해서는 입도 뻥긋하지 않을 것이다―세상에, 당연하지. 경보기가 망가졌다거나 그런 척을 해야겠지. 호텐시아, 이것 좀 보관해줄 수 있어? 우리집에서 제일 값나가는 거야…… 무슨 일이 생기면 큰일이잖아…… 누가 집에 들어와서 훔쳐가면 어떡해…… 안 그래……?

그래, 우리가 다투기는 하지만 지난 몇십 년간 호의를 베푼 적도 몇 번 있었지. 정확히는 세 번. 피터가 조언을 구해서 맥스가 그에게 특정 주식에 관해 귀띔해주었다. 주식이 세 배로 뛰었을 때 피터는 영양 반 마리를 통째로 옆집에 선물했다. 그가 직접 사냥해서 잡은 녀석이었다. 매리언은 기가 질렸지만 결국 카루 고원 고기의 단맛을 인정할 수밖에 없었다. 맥스는 죽기 전에 또다른 금융 정보를 주었고 그것도 잘 맞아떨어졌다. 어떻게 딴사람들은 돈을 벌게 도와주면서 본인은 전 재산을 날릴 수가 있지? 하여간 요점은 제임스네가 아고스티노네에 빚을 졌다는 것이다. 이제 호의를 회수할 때였다.

그렇게 생각하니 마음이 안정되는 것 같았다. 몇 달 동안 경험하지 못했던, 맥스의 금융곡예를 그녀가 명백히 알게 된 이후로 느껴보지 못했던 차분함이 돌아왔다. 파산의 불가피함은 사람이 죽어 묻힌 후에만 나타나는 귀신처럼 모습을 드러냈다.

물론 호텐시아에게 도움을 청하려면 자존심 따위는 목구멍 속으로 집어삼켜야겠지만 그 상처는 어차피 아물 것이다. 극빈자로 죽지 않으려면 치러야 하는 최소한의 희생일 터였다. 매리언은 구사할 어휘를 미리 연습하며 쌍안경으로 이웃집—캐터린 애비뉴 10호—을 들여다보았다. 문장을 짓기가 참 힘들었다. 오십 년도 지난 그날, 도면 위에 트레이싱페이퍼를 놓고 처음 몇 개의 선을 그었을 때부터 10호는 매리언의 것이었다.

르코르뷔지에는 집이란 사람이 들어가 살기 위한 기계라고 주장했다. 매리언은 그에 맞서 자신의 입장을 표명했고 건축학 교수는 즐거워했다. 기계는 이미 우리에게 차고 넘치지 않나요? 가치 있게 만들려면 몽땅 톱니바퀴와 전선을 닮아야 합니까? 집은 사람이에요. 그녀는 교실의 다른 학생들이 모두 요란하게 웃어대는 가운데 주장했다. 매리언은 그대로 밀고 나가 리포트를 제출했다. 장갑裝甲과 위장僞裝과 생김새에 관한 연구가 아니라면 주택설계란 무엇이란 말인가? 공간형성의 가장 사적인 형태이자 역사상 초상화 기법에 가장 가까운 건축. 흥미롭군, 흥미로워, 하지만 입증이 미진하군, 교수는 말했다. 매리언은 교수가 바늘귀만큼이나 속 좁은 얼간이라고 생각했고, 자신의 열정을 꺾으려는 교수의 미적지근한 반응을 용납하지 않았다. 그녀는 또래 여자들이 아이를 낳고 싶어하는 것처럼 주택을 설계하고 싶어했다.

내 아이를 빼앗아간 사람한테 가서 까다로운 일을 도와달라고 어떻게 부탁해야 하나? 제발과 감사를 연발한다. 매리언은 머릿속으로 시도해봤다. 입이 떨어지지 않았다. 천천히 해봐도 마찬가지였다. 다른 방법이 없을까…… 가령 장례식에 가서 살짝 비위를 맞춰볼까. 매리언의 머릿속은 단계별로 왔다갔다했다. 전화벨이 울렸다.

"그래, 애야…… 응, 나도 이해가 안 가는 게…… 알아…… 그렇게 많은 돈을 해달라는 게 아니야, 매릴리나. 내가 액수를 말한 것도 아니잖니. 만약을 위해 알고 싶었던 것뿐이야…… 뭐, 그럼 네 남편한테 그 돈 필요 없다고 전해. 어쨌든 나도 생각이 있고, 어쩌면 네 도움이 전혀 필요하지 않을 수도 있으니까…… 다 해결되면 말해줄게…… 그게 무슨 소리니, 내가 뭘 그렇게…… 알았어, 매릴리나…… 그래, 너도…… 응. 끊어."

매리언은 그림을 응시했다. 꽃을 보내고, 장례식에 가고, 며칠을 기다린 뒤 적절한 시기에 공습을 감행한다. 해볼 만한 가치가 있었다.

매리언은 앞베란다로 돌아와 차를 홀짝였다. 차갑게 식어 씁쓸한 맛만 났다. 10호가 완성되고 그곳에 노르웨이인 부부가 살게 된 뒤로, 그 무엇도 매리언의 가슴 밑바닥에 자리잡은 이 난파당한 느낌을 희석해주지 못했다. 맥스와의 결혼도, 하나둘 태어난 아이들도. 본인의 설계사무소를 설립한 것도. 그 무엇도.

4

"보시겠습니까?" 장의사가 호텐시아에게 물었다.

이미 봤는데요, 하고 생각했지만 호텐시아는 어쨌든 고개를 끄덕였다. 고개를 끄덕여야 하고, 마지막으로 단둘이 작별인사하기를 원해야 한다. 웃기지 않은가, 시신한테 말을 붙이라고 부추기는 세상이라니. 장의사—이름이 메러디스랬나?—가 어딘가로 전화하는 동안 호텐시아는 장식용 단추가 떨어져나간 낮은 소파에서 좀더 편하게 자세를 잡았다. "부인이 들어가셔도 되나요?" 장의사는 수화기에 대고 말했다.

호텐시아는 신경을 끊었다. 나이들어 좋은 점은 말 그대로 청각을 끌 수 있다는 것이다. 요즘은 들을 만한 얘기가 거의 없었다. 장의사 사무실에는 의자 두 개와 소파 하나, 그리고 메러디스(아마도)의 양손과 탁상용 램프 외에는 아무것도 놓이지 않은 널찍한 책상이 있었다. 램프를 보고 호텐시아는 저 여자가 밤에도 일하나 생각했다. 가구는 하나같이 나지막했다. 미니멀하게 가려다 싸구려로 마무리된 모양새였다. 살집 있는 메러디스는 의자 밖까지 몸이 비어져나왔고, 바비 인형의 집에서 차를 마시려고 앉아 있는 누더기 앤 인형 같았다. 호텐시아는 여자를 빤히 살피면서 우연히 눈이 마주쳤을 때도 태연했다. 청각을 끈다는 건 스스럼이 없어진다는 뜻이다. 호텐시아는 여자의 검정 퍼프 소매 밖으로 나온 팔의 얼룩덜룩한 피부를 유심히 바라보았다. 토실토실한 손목도. 집게손가락 끝에 묘하게 생긴 모반이 있었고 그 잉크처럼 새카만 반점이 여자를 지저분해 보이게 하는 효과를 냈다.

"뭐라고요?" 호텐시아는 목소리를 높여 물었다.

"기다리게 해서 죄송합니다. 염습이 거의 끝났다는군요." 메러디스가 의자를 뒤로 밀고 일어났다. "금방 다녀올게요."

호텐시아는 어깨를 으쓱했지만 눈에 띌 정도는 아니었다. 이 또한 나이가 알려준 요령 중 하나였다. 이 극미한 몸짓으로 한 무더기의 비난과 절망을 쏟고, 저항할 틈도 없이 세상의 부당한 괴롭힘에 제물이 된다는 느낌을 쏟아낸다. 메러디스—아니 주디스랬나?—가 문을 닫고 나간 지 불과 몇 분 뒤에 다시 열렸다.

"준비되셨나요?"

등이 넓은 여자의 뒤를 따라 복도를 터벅터벅 걸어가면서 호텐시아는 어린아이가 된 기분이었다. 인파 대열의 후미에 섞여든 것처럼 안전했다. 장의사의 어깨, 그리고 어깨로 떨어지는 헝클어진 붉은 곱슬머리를 보고 호텐시아는 정원사 말라히에게 대문 옆 담쟁이덩굴 좀 정리하도록 해야겠다는 생각이 들었다. 말라히는 덩굴이 늘어진 걸 눈치채지도 못했을 것이다. 그는 도무지 눈치가 없는 유형의 정원사였다. 게다가 현관 계단 옆의 시멘트 화분이 끊임없이 문제를 일으켰다. 호텐시아가 특별히 조형을 떠서 주문제작한 화분이었다. 그녀는 페인트 가게에 산성염료를 사용해달라고 말했다. 현관에는 바로크풍 곡선에 대비되는 강한 직선과 각진 모서리가 필요했기 때문에 정사각형 모양의 화분 네 개를 두었다. 각각의 네모난 화분에는 가늘고 긴 주둥이가 우아한, 아마도 벌새인 듯한 실루엣이 하얀색으로 그려져 있는데, 가까이서 자세히 들여다봐야만 보였다. 화분을 제대로 놓으면 그녀의 의도대로 새들은 하늘을 향해 비상했다. 그런데 말라히가 화분을 자꾸 돌려놓았다. 가령 그가 화분 흙을 간다거나 그녀가 화사하고 예쁜 식물을 심어달라고 요구하면 말이다. 그는 현관 계단 우측으로 한 단에 하나씩 화분을 되돌려놓았고, 그러면 어떤 새는 동쪽을 보고 어떤 새는 서쪽을 보는 등 하늘로 날아가는 효과는커녕 뒤죽박죽이 되곤 했다. 안목 없는 정원사의 솜씨 때문에 겪는 고통이란.

"저는 잠깐 나가 있을게요. 천천히 보세요."

호텐시아는 침대 가까이 걸어갔다. 입을 가로로 꾹 다문 스스로에게, 지금은 울 때가 아니라고 자신의 얼굴과 맺은 협정에 놀랐다. 그녀는 천천히 다가가 쓱 훑어보았다. 물론 이건 피터가 아니었다. 결코 피터가 아니다. 그리고 불쑥 이런 생각이 들었다. 자신 또한 언젠가 이렇게 누워 다시는 일어나지 않으리라는, 그러면 누군가(청소부나 당직 간호사) 천천히 다가와 볼 것이라는. 당연히 청소부나 간호사겠지. 실제로 그녀를 아는 누군가일 리는(일 수는) 없다. 거기 누워 있는 이가 그녀가 아니라고 말할 수 있는 자는 아닐 것이다. 죽어 있는 이가 그녀 본인이 아니라고 말이다. 그렇다면 그건 실패한 삶이 아닐까? 그 자리에서 증언해줄 지인이 아무도 없다는 건? 당신이 죽을 때 생전에 당신을 알았던 사람들이 있다는 것, 그들이 관 속에 누운 당신을 보고 "이건 당신이 아니야"라고, 살아생전의 당신은 전혀 달랐다고, 그러니까, 죽음이 뭔가 앗아간 거라고, 앗아간 뭔가가 있다고 확언하는 것보다 더 적절한 추도가 있을까? 호텐시아의 시선은 그녀의 머릿속 못잖게 어수선하게 움직이며 목제 마감재를 두른 조그만 방의 구석구석을 향했다가 천장을 향했다. 사람들이 죽어 있는 당신이 생전과 똑같아 보인다고 증언했다고 상상해보라. 이윽고 그녀의 시선이 피터가 아닌 죽은 몸뚱이에 다다랐다.

얼굴은 푸르죽죽한 잿빛이었고 작았다. 아주 크게 숨을 들이쉬어 양볼이 패일 정도로 공기를 죄다 빨아들였다가 다시 내뱉을 기회를 찾지 못한 것처럼 쪼그라들었다. 안됐다는 생각이 들었다. 호텐시아는 손을 뻗어 피터의 광대뼈를 어루만졌다. 피부는 촉촉한 것 같았지만 그게 아니었다. 뭐랄까 눅눅했다.

그의 양손은 마디가 굵었고 특히 반지를 낀 약지가 그랬다. 손마디가 부풀어 금반지가 꽉 끼었다. 호텐시아가 반지로 손길을 옮기자 매끄러운 금속의 차가움이 닿았다. 이제 너무 늦었다. 호텐시아는 주의를 돌리려 혀를 찼다—이제 와서 우는 게 무슨 소용이 있나, 대체 그게 뭐가 중요한가? 호텐시아는 장의사를 도로 부르려고, 등이 널빤지처럼 넓은 그 여자한테 이제 볼 만큼 보았다고 얘기하려고 몸을 돌렸다. 바로 그때 페인트 가게 직원이 화분에 칠한 그 색을 '매직 틸'*이라고 불렀던 게 기억났다. 그리고 화분을 배달받은 직후 호텐시아는 이름하고 색깔이 어쩜 이렇게 다르냐고 생각했었다. 그에 대해 설명할 길이 없어서 그녀는 속았다는 기분이었다.

---

* 쇠오리 깃털처럼 진청빛을 띠는 녹색.

영안실에서 고인을 보고 나온 후 일이 꼬이기 시작했다. 쏟아지는 동정심에 대해서도, 그녀 나이쯤 되면 이미 여럿 물어보았을 테니 일이 어떻게 진행되는지 다 알 거라는 억측에 대해서도 호텐시아는 떨떠름했다. 결국 장의사는, 이제 확실히 기억나는데 이름이 주디스 멀리건이었다. 다소 황당하다 싶게 일을 건성으로 처리했다. 두번째 만남에서 주디스는 '고정 멤버'에게 알렸느냐고 호텐시아에게 물었다. 나중에는 피터가 페이스북을 하느냐고도 물었다. 비참한 시간이었다. 남편이 죽었기 때문이 아니라 살아 있는 사람들—호텐시아가 얼굴을 봐야 하는 사람들—대부분이 멍청이 같았기 때문이다.

웬 남자가 피터의 묘비 문제로 전화를 해왔다. 그래, 분명 피터는 본인의 묘비를 주문했었다. 호텐시아는 남자의 전화를 끊어버리려 했지만 그는 단호했다. 목소리가 걸걸한 게, 돌을 다루는 조각가라면 이래야 한다는 생각이 들 법한 그런 목소리였다. "왜 나한테 전화하는지 모르겠군요." 호텐시아가 말했다. 그 주에는 안 그래도 성마른 그녀의 성미가 바닥날 대로 바닥난 상태였다. 그러나 피터가 아내의 이 조우에 대비해 게리—조각가의 이름이었다—를 아주 단단히 준비시킨 게 분명했다. 게리의 끈덕지게 긴 설명을 들은 끝에 누그러진 호텐시아는 그의 방문을 받아들이고 묘비를 설치하기 전에 작품을 살펴보기로 합의했다. 비석은 피터가 일 년 전에 사둔 손바닥만한 땅 위에, 유골이 묻힌 자리에 바싹 붙여 세워질 예정이었다. 그때 당시 호텐시아는 땅이 너무 작아 차 한 대도 못 들어가겠다고 농담을 했었다.

게리는 흰 트럭을 몰고 왔다. 그는 쓸데없이 대문 앞에서 경적을 울렸다―멀쩡히 작동하는 인터컴이 있는데. 게리는 턱수염을 길렀고 눈은 너무 작아서 어디 있는지 잘 보이지도 않았다. 호텐시아는 살짝 냉소하며 저 눈으로 뭘 볼 수 있을지, 좋은 작품이 나오기나 할지 의심스러웠지만 조각가가 묘비의 덮개를 벗긴 순간 그 의심을 싹 걷어치웠다. 게리, 햇볕에 새까맣게 다고 피부는 가죽 같은 저 게리가 아름다움을 만들어낸 것이다. 기단부는 두꺼웠고, 얇은 판석이 기단부에서 비스듬히 돌출되어 있었으며, 전부 새하얀 대리석이었다. 호텐시아는 판석의 얇디얇은 두께에 놀랐다. "이거 깨지지 않으려나?" 그녀는 무심히 들리도록 조심했다. 둘은 트럭 짐칸을 들여다보며 진입로에 서 있었다. 게리는 고개를 저으며 "강화했습니다"라고 말했다. 판석 표면은 타르 거품 같은 검은 점으로 이루어진 미세한 패턴으로 되어 있었다. 호텐시아는 패턴을 쓰다듬고 싶었지만 참았다(벌써부터 그 요철들의 촉감이 느껴졌다). 그녀는 게리의 디자인이 마음에 들었고, 그 사실을 그가 눈치챘을까봐 우려했다. "알았어요." 호텐시아가 대꾸하며 길을 알려주려는데 게리가 괜찮다며 거절했다. 그는 이미 장지가 어딘지 알고 있었다.

그 밖에도 너무 많은 일이 벌어지고 있었다. 호텐시아가 자꾸 이것저것 잊어버리는 것도 문제였다. 장의사는 사망진단서에 서명한 의사가 누군지, 병원 이름이 뭔지 알고 싶어했다. 거기 다 쓰여 있을 텐데 왜 나한테 묻는 거지? "모르겠어요, 캐시 뭐라던데." 호텐시아가 말했다. "닥터 캐시 마커스나 뭐 비슷한 이름이었어요. 아, 하지만 의사가 많았는데. 아, 서명한 의사? 마커스……인가 뭔가."

호텐시아는 간단한 것도 자꾸 까먹었다. 말라히에게 현관 복도 탁자 위의 꽃병에 꽃을 부겐빌레아를 꺾어달라고 한다는 걸 그만 깜박했다. 유일하게 피터의 옷이 맞을 만한 덩치의 남자인 바시에게 남편 물건들을 살펴보고 갖고 싶은 게 있으면 다 가져가라고 한다는 걸 까먹었다. 피터가 나이지리아 이바단의 유니레버 사무실에 연락해주길 원했다는 사실을 까먹었다―옛 동료 중 누가 여태 거기 있을까? 그들에게 부고를 보내야 했다. 이른바 고정 멤버들이었다. 심지어 여동생 지피한테 말한다는 것도 잊었다. 지피는 피터가 어떻게 지내는지 너무나 걱정되어 런던에서 전화를 걸어왔었다. 일이 터진 지 사흘이 지나서야 동생에게 네 형부가 죽었다고 말하다니 바보가 된 기분이었다.

"아, 언니, 가엾게도." 지피의 연민은 누구를 향한 걸까? 나일까, 피터일까?

"괜찮을 거야." 호텐시아는 말했다.

"내가 가야 할까? 가야겠지? 언니 목소리를 들으니 괜찮은 것 같긴 한데, 왜 형부가 돌아가셨을 때 바로 연락하지 않았어? 금방 갈게."

호텐시아는 잠시 동생의 수다를 내버려뒀다가 남아 있는 기운을 모조리 끌어내 그녀를 설득하기 시작했다. 장례식은 별거 아니라고, 나중에 도움이 필요해지면 그때 와서 좀 오래 있다 가라고. 말이야 그럴듯하게 들렸지만 그중 진실은 하나도 없었다. 호텐시아는 어머니에게서 들어왔던 잔소리의 나이 어린 버전에 해당하는 질책에 좀더 귀를 기울이다, 그만 해야 할 일이 있다고 말하고 전화를 끊었다.

뜻밖의 놀라움도 있었다. 그것 없이 죽음은 완성되지 않는다. 호텐시아는 찻잔을 받침접시에 내려놓으며 챙그랑 하고 본차이나끼리 부딪는 맑은 소리에서 소소한 즐거움—올바르고 적절한 사물이 주는—을 느꼈다. 산들바람이 파티오 쪽으로 불어와 밖을 내다보니 구름이 비를 흩뿌릴 듯했다. 바시가 저녁을 준비하는 소리가 들렸다. 남편이 죽었고, 자신이 남편의 유언집행자가 아님이 명백하다는 사실만 제외하면 모든 것이 제자리에 있었다. 유언집행자는 다른 사람이었다. 그녀가 내일 만날 약속을 잡은 사람. 무심결에 호텐시아의 양쪽 입가가 축 처졌다. 만약 다른 사람과 함께 있는 자리였다면 그녀는 이 충동에 맞서 자연스레 땅으로 향하고자 하는 입꼬리를 의지의 힘으로 막았을 테지만 지금은 혼자였으므로 그냥 놔뒀다. 다시 찻잔을 들고 얼그레이를 한 모금 마셨다. 평소 마시던 실론이 아닌 중국 궁푸차와 같이 나왔다. 이런 사소한 디테일이 이 순간을 견딜 만하게 해주었다.

젊은 변호사와 만난 지 몇 초도 안 되어 호텐시아는 그가 마음에 들지 않았다.

"이쪽으로 와요." 호텐시아는 말하며 변호사의 당황한 눈빛을 보고 그가 사무적인 일처리보다 격식을 꼼꼼히 따지는 것을 선호하는 편임을 알았다.

"고인의 명복을 빕니다." 변호사는 그녀를 따라 서재로 들어서며 말했다.

"들어와 앉아요. 그쪽에."

변호사가 자리에 앉아 서류가방을 놓는 사이 호텐시아는 인터컴 버저를 눌렀다. "바시. 홍차 어떠세요, 마르크스 씨?"

"저는 커피로 하겠습니다, 제임스 부인, 크게 실례가 되지 않는다면요."

"블랙으로?"

"감사합니다."

호텐시아는 바시에게 지시를 내린 후 자신의 왕좌에 앉았다. 남들 들으라고 의자를 그렇게 부르진 않겠지만 그녀는 가죽시트에 엉덩이를 내려놓을 때마다 늘 그런 생각을 했다. 호텐시아는 싱긋 웃었고, 마르크스는 경솔하게 그녀가 자신과 우호적인 관계를 바란다고 생각했다.

"상심이 크시겠습니다, 제임스 부인."

호텐시아는 입술을 꾹 다물고 안경을 쓰면서 '자 이제 일 얘기를 해볼까요' 표정을 지었다.

"남편께서는," 그가 말했다. "어…… 제가 말씀드리고 싶은 것은…… 그러니까 제가 무엇을……"

호텐시아가 한 손을 들었다. 바시가 노크했다.

"들어와요."

바시는 가슴이 떡 벌어진 거구의 남자였다.

"거기 놓고. 고마워, 바시. 신경쓰지 마, 우리가 알아서 따라 마실 테니."

문이 닫힌 후 그녀가 다시 입을 열었다.

"피차 시간 낭비는 맙시다. 내가 늙었다는 건 차치하더라도 오늘 약속이 몇 건 더 있어서. 남편이 내게 유언장을 수정했다는 얘기를 안 했다는 건 아실 테고. 그런 일을 공유하지 않는 남편과 아내 사이가 어땠을지는 짐작하고도 남겠죠." 호텐시아는 독서용 안경을 콧잔등 아래로 밀고 연갈색 눈으로 청년을 똑바로 쳐다보았다. 사람들이 그녀의 눈빛을 상당히 두려워한다는 걸 알고 있었다. 변호사는 그녀의 기대를 저버리지 않았다. "자, 무슨 일을 해야 하죠? 거기 서류가방에 서류를 갖고 왔겠죠?"

호텐시아는 자신의 연설이 낸 효과에 만족하며 뒤로 기대앉았다. 그녀는 마르크스가 책상 위에 서류를 펼쳐놓는 동안 기다렸다.

"따라드릴까요?" 호텐시아가 물었다.

"고맙습니다."

"어서 시작하죠."

"제가 오리라고 예상 못하셨겠죠." 변호사는 정신을 수습했다.

"남편이 언제 유언장을 수정했나요?"

"서너 달 전입니다. 필요하시다면 정확한 날짜를 찾아보겠습니다."

호텐시아는 고개를 저었다. 피터는 최후의 구덩이로 굴러떨어지기 전 마지막으로 딱 한 번 돌연 몸이 좋아져 맑은 정신이던 순간이 있었다. 분명 그때 일을 처리했을 것이다.

"어쨌든 나는 남편 돈이 필요 없어요. 이 집은 내 명의이고. 오늘 일이 집에 관한 건 아니겠죠."

"네, 제임스 부인. 부인은 거액을 누릴 권리를 가진 분이에요."

"그런 식으로 표현하는 건 마음에 들지 않는군요."

"고인께 부인 얘기를 많이 들었습니다."

호텐시아는 저도 모르게 흥미가 생겼다. 피터가 무슨 얘기를
했을까? 전혀 감이 오지 않았다. 하지만 마르크스에게 좀더 말해
달라 청하지 않았고, 그도 그 문제에 대해 말을 더할 생각이 없
어 보였다. 마르크스는 테이블에 서류를 올려놓았다.

"그러니까, 이제 아셨다시피 남편께서는 저를 유언집행자로
지정하셨습니다."

"남편이 상속권자에서 나를 제외했나요?"

"아, 아뇨, 여전히 상속권자인 건 맞습니다." 그는 안절부절못
했다. 잔을 들었다가 도로 내려놓았다.

"뭐가 잘못됐나요? 그 커피?"

"뜨거워서요."

"아, 네."

그가 목청을 가다듬었다. "저는 정말로……"

"마르크스 씨, 단도직입적으로 말씀하세요. 내가 하루종일 한
가한 것도 아니고."

"여전히 상속권자가 맞으십니다. 다만 1순위가 아닙니다."

마르크스는 계속 고개를 숙이고 있었다. 커피를 간신히 한 모금 넘기자 이내 얼굴에 혈색이 돌아왔다.

"그럼 누가 1순위라는 거죠? 사냥 클럽에 넘겼나요? 어리석은 양반, 바보 같은 짓은 하지 말라고 일렀는데."

"저기, 실은, 제임스 부인, 다른 상속권자가 있습니다…… 개인이에요."

호텐시아는 기다렸다.

"이런 곤란한 상황에 대해 진심으로 애석함을 표합니다."

"마르크스 씨, 난 당신을 잘 알지도 못하고 당신도 분명 나를 모르죠. 분명히 말하는데, 곤란할 거 없어요."

"네, 제임스 부인. 다른 상속권자는, 아시겠지만, 제임스 씨의 딸입니다, 고인께서 그렇게 알려주셨습니다. 이름이 에스메이라고 하더군요."

마르크스는 부산스레 굴며 괜히 앞에 놓인 서류를 뒤적였다.

호텐시아는 의자 깊숙이 앉아 등받이에 몸을 기댔다. 잠시 시간이 필요했다. 그녀는 무표정을 유지했다. 언제나 표정을 감춰라—보통은 그 방법을 알고 있었다. 그러나 이번에는 뭔가가 파문을 일으켰고 오른쪽 뺨에서 경련이 느껴졌다. 그녀는 뺨에 손을 얹고 진정시켰다. 처음에는 혼란이, 그다음에는 분노가 왔다. 곧이어 세번째는 배신감이었다.

"알겠어요." 호텐시아는 변호사를 보며 생긋 웃었다. "이해해요. 뭐, 괜찮아요." 마르크스보다 그녀 자신에게 하는 말이었다. "흠, 그것 때문에 굳이 만날 것까진 없었는데. 이메일로 보내줘도 됐을 텐데요."

마르크스는 마주 웃어야 할지 말지 몰라하는 눈치였다. 그는 웃지 않기로 하고 자세한 설명으로 넘어갔다. 호텐시아는 에스메이와 연락을 취해야 하며 실은 그녀와 만나야 한다. 유언장은 호텐시아 외에 그 누구도 에스메이에게 유산 상속에 대해 고지하지 못하도록 '명백히' 못박았다. 피터의 술수다.

"그 여자애는 어디에 있죠?"

"여자애가 아니라 성인입니다, 제임스 부인. 제임스 씨의 계산에 의하면 마흔아홉 살입니다. 영국에 살고 있고요. 부인께서 에스메이 씨에게 연락하시면 곧장 비행기표와 숙박 등 필요한 사항이 준비됩니다."

부모끼리 미리 짜놓은 맞선 같군, 호텐시아는 생각했다.

남은 시간은 빈칸에 서명하기와 서류 귀퉁이에 이니셜 적기로 채워졌다. 서류 작업을 하느라 고개를 맞댄 탓에 형성된 친밀감 때문인지, 궂은일 혹은 그의 표현처럼 곤란한 소식을 공유하며 생겨난 친근감 때문인지, 변호사는 어느 순간 이런 말을 던질 정도로 느슨해졌다. "이 여자는 부자가 되겠군요, 그거 하나는 확실하네요."

호텐시아는 천박한 놈이라고 생각했다. 그녀는 여태껏 그를 친절하게 대했고, 그 말인즉 지금까진 불쾌하지 않았다는 얘기다. 그녀는 할 수만 있다면 여태껏의 정중함을 도로 물리고 싶었다. 실은 손에 무기가 있었다면 한 대 쳤을 것이다. 다만 이 순간 그녀가 정말로 치고 싶은—죽이고 싶은—인물은 피터였고, 그가 벌써 죽어버렸다는 사실이 대단히 쓰렸다.

독실한 신자는 아니었지만 종교적 신실함을 가장했던 피터가 호텐시아는 영 헷갈렸다. 피터는 휘파람으로 복음성가 〈그때와 같이 맑은 아침에〉를 불고 노래로도 불렀는데, 가사를 다 틀렸고 노래는 이내 목구멍 속으로 잠겨들었다. 일요일이면 골프를 치러 가면서도 크리스마스에는 캐럴을 찾았다. 그리고 이제 죽더니 장례는 교회에서 치러달란다.

호텐시아는 교회 입구에 섰다. 랜드로버 한 대가 자갈길을 밟고 들어와 빈 영구차 옆에 주차하는 게 그녀는 불경하다고 생각했다.

목사가 호텐시아의 어깨를 가볍게 두드리며 말했다. "저는 가서 준비하겠습니다." 호텐시아는 느릿느릿 통로를 걸어가는 목사의 발소리에 가만히 귀를 기울였다. 여자 목사는 앳되고 귀여운 천사 같은 얼굴이었지만 걸음걸이는 고되어 보였다. 호텐시아는 그녀를 지켜보기가 왠지 고통스러웠다. 마치 그게 자신의 잘못이라도 되는 양 죄책감이 들었다.

허리가 구부정한 남자와 통통한 여자가 주차된 차에서 내려 입구로 향했다. 여자는 점점 몸에 익어 결코 떠나지 않는 종류의 지방을 온몸에 둘렀다. 그리고 편안해 보였다. 호텐시아는 선글라스를 쓴 채 관찰하다 그들이 다가오자 한 손을 뻗어 악수를 청했다.

"심심한 조의를 표합니다."

호텐시아는 할말이 없었기에 고개만 끄덕였다. 본 적 없는 사람들이었다. 그들은 몇 초간 어색하게 서 있다 호텐시아를 지나쳐 텅 빈 신도석으로 걸어갔다. 호텐시아는 앉을 곳을 찾는 둘의 모습을 상상했다.

다섯 사람이 더 왔다. 한 여자는 피터가 자신의 주요 고객이었다고 말했고, 헤지펀드 종사자로 보였지만 진저리가 나서 묻지도 않았다.

"난 사이먼즈타운이 참 마음에 들어요." 굽이 뾰족한 하이힐을 신은 여자가 교회로 이어지는 가로수길을 돌아보며 말했다.

조의를 표하는 대신에 여자가 하우트베이에서 여기까지 차를 몰고 오는 길이 얼마나 아름다웠는지 얘기하자 호텐시아는 기분이 오락가락했다. 사랑하는 사람을 잃고 동정을 받아야 하는 과부가 되었나 싶으면서도, 아무런 연민을 표하지 않는 이 여자에게 적개심이 일었다.

늙은 부부도 왔는데, 그들은 피터가 자기네 클럽에서 가장 잘 치는 골퍼였다고 말했다. 또 피터가 아직 사냥을 하던 때 함께 사냥을 나갔다며 조그만 스프링복을 넘어뜨렸던 일화를 늘어놓았고, 호텐시아 곁에 돌아와 있던 목사가 남자에게 탄원의 눈빛을 보냈다.

호텐시아를 비롯해 모두가 자리에 앉은 뒤 한 남자가 뒤늦게 도착했다. 지나치게 감상적인 추도예배를 마치고 다른 사람들은 모두 일어섰는데 그 남자만 뒤쪽의 딱딱한 목제 신도석에 몇 분 더 앉아 있었다. 호텐시아도 앉아 있다가 결국에는 자리에서 일어나 남자 옆을 지나쳤는데, 굳은 얼굴로 눈을 감고 있는 모습을 보고 문득 그가 기도하고 있음을 깨달았다.

호텐시아는 금방 소진될 듯한 간단한 다과가 차려진 예배당 뒤쪽으로 걸어갔다가 거기서 자신을 뚫어져라 쳐다보는 이웃의 얼굴을 발견하고 소스라치게 놀랐다.

"매리언, 여기서 뭘 하는 거야?"

"피터 일은 정말 안타깝게 됐어. 나도 조문하고 싶었어."

매리언은 회심의 미소를 짓고 싶었다. 호텐시아는 이 재수없는 여자를 떨궈낼 방법을 궁리했다. 다과 테이블로 가서 바나나 머핀을 한입 물어야겠군. 호텐시아가 어깨를 모로 돌리고 지나가려 하자 매리언이 한 발짝 더 가까이 다가왔다.

"정말 유감이야."

호텐시아의 한쪽 시야 끝에 기도하던 남자가 일어나 교회 밖으로 나가는 모습이 포착됐다. 호텐시아는 사기가 돋았다. 저 남자가 기도를 올렸으니, 그가 무슨 흥정을 했든 그 축복의 날개에 올라탈 수 있을지도 모른다.

"매리언……"

"그래, 알아. 우리가 친구는 아니지." 매리언은 긍정의 합창을 기대하듯 주위를 둘러보았지만 아무도 그들에게 관심을 두지 않았다. 앳되고 귀여운 천사는 꽈배기도넛을 유심히 살피는 중이었고, 골퍼 부부는 말다툼을 하는 것 같았다. "그냥 와봐야지 하는 생각이 들었어. 그냥…… 와봐야지 싶어서." 매리언은 양손을 들어올렸다 이내 옆으로 툭 내리고 호들갑스럽게 어깨를 으쓱했다.

"매리언, 나 좀 지나가자."

매리언이 시무룩한 표정으로 비켜서자 호텐시아는 머핀을 찾으러 갔다.

예배를 마친 후 조문객은 모두(호텐시아는 매리언이 빠진 걸 알고 한숨 놓았다) 묘비가 기다리고 있는 피터의 장지로 향했다. 단아한 목제 상자에 담긴 유골이 구덩이에 놓였다. 호텐시아는 눈가에 고이는 눈물이 느껴졌지만, 그럼에도 깡마른 근육질의 남자가 삽으로 모래를 퍼넣기 시작하자 그를 잠깐 불러세워 나오게 하고 무덤에 침을 뱉고 싶은 마음도 없지 않았다.

5

그것이 시작된 후 어느 순간 호텐시아는 알아차렸다. 혹시 자신이 틀리지 않았나 고민하지 않았다. 혹시 남편을 오해한 건 아닌지, 일단 믿어야 하는 건 아닌지, 그런 생각은 전혀 없었다. 냄새에서, 난데없는 찌푸림이나 뜬금없는 미소에서 그냥 알았다.

그들이 나이지리아에서 산 지 오 년쯤 되어갈 무렵이었다. 호텐시아는 피터가 귀가해 집안을 돌아다니는 움직임에 빠삭했다. 현관에서 손님용 화장실까지 이르는 피터의 걸음 수를 말 그대로 외워버렸다. 그가 용변을 보는 데 걸리는 몇 초. 수도꼭지를 틀고. 그다음에는 서재로. 희미한 담배 냄새. 그다음에야 피터는 거실에 있는 그녀를 찾곤 했다.

"좋은 하루 보냈어?" 피터는 호텐시아의 뺨에 살짝 입맞추고 묻곤 했다.

언제부터 피터는 그런 식으로 귀가하게 된 걸까? 언제부터 그녀는 얼굴을 마주하기 전에 오줌을 누고 담배를 피우고 싶게 만드는 아내가 된 걸까?

거짓말이 뒤따르고, 한번 시작한 거짓말은 다음 거짓말을 부른다. 자정까지 계속되는 중요한 회의, 주말 내내 열리는 컨퍼런스. 때때로 호텐시아는 남편이 좀더 창조적이지 못함에 절망했다.

피터가 집에 돌아왔을 때 호텐시아는 미리 침실 불을 끄고 말똥말똥한 정신으로 침대에 누워 있기도 했다. 남편의 걸음 수를 세고, 집안을 이리저리 오가는 남편의 소리를 좇았다. 아내가 잠들었다고 생각한 밤이면 피터의 동선이 달라졌다. 화장실에 가야 할 압박감도 없었고 담배로 신경을 다스릴 필요도 사실 없었다. 그 대신 거실에 잠깐 들렀고, 카펫을 밟고 다니는 몇 분간 정적이 흘렀다. 호텐시아의 짐작일 뿐이지만, 피터는 종종 티크 협탁 위에 놓인 은쟁반 옆에 서 있었다. 가정부가 우편물을 놓아두는 곳이었다. 호텐시아가 귀를 쫑긋 세우면, 베개에서 고개를 들면, 피터가 종이칼로 봉투를 뜯는 소리가 들릴 것이었다. 그의 어머니에게서 온 편지 아니면 영국에서 온 쓸데없는 우편물이겠지. 20세기 초에 태어난 교양 있는 사람인 시어머니가 장식적인 비스듬한 필기체로 뭐라고 썼을지 호텐시아는 궁금했다. 아들에게 보고 싶다고 얘기했을까? 며느리의 안부를 물었을까? 새 생명의 마법, 그것이 결혼생활에 가져올 반짝임을 넌지시—절대 직설적으로 말하는 법이 없다—비쳤을까? 상황이 좋지 않은데다 아들이 따분해하며 심지어 다른 사람과 사랑에 빠졌다는 걸 알까? 짐작이나 할까?

몇 분 더 지난 뒤, 호텐시아는 남편이 침실에 들어서기 전부터 그의 존재를 감지한다. 그리고 침대에 그의 무게가 얹힌다. 둘은 털끝 하나 닿지 않는다. 일단 피터가 잠든 것을 확인하면 호텐시아는 일어나 욕조를 청소하러 간다.

욕조의 요긴함은 이렇게 증명됐다. 처음 이사했을 때 그녀는 이 주물 욕조가 예스럽고 멋지긴 하지만 끊임없이 때가 끼진 않을까 의심스러웠다. 제3의 인물이 그들의 결혼생활에 등장했음을 알게 된 첫날 저녁, 호텐시아는 침대에서 피터 옆에 가만히 누워 있을 수 없었다. 마라톤을 뛰는 것처럼 심장이 쿵쾅거렸다. 그러나 머릿속으로 상대가 될 만한 사람의 명단을 주르륵 훑는 대신 욕조의 오염물—겹겹이 쌓여 해악을 끼치는—에 생각이 미쳤다. 가정부가 몇 년 동안 엄청난 수고를 들였음에도 변함없는 저 욕조. 호텐시아는 가정부가 그저 충분히 힘쓰지 않았을 뿐이라고 확신하며 몸을 일으켰다. 그녀는 욕실에 무릎을 꿇고 앉아 욕조를 닦으며 이 동작이 상당히 빡빡하고 기계적임을 깨달았다. 호텐시아는 자신의 리드미컬한 숨소리가 좋았고, 뻣뻣한 솔로 세월에 찌든 법랑질을 박박 문질러 닦는 게 좋았다. 겉보기에는 오염된 흠집에 실질적 변화가 없었지만 호텐시아는 자신의 솔질이 효과가 있다고, 때가 조금씩 지워지고 있다고 자위했다. 욕조 닦기는 그녀의 과업이 되었다. 피터가 솔질소리를 들었는지 모르겠지만 입에 올리지는 않았다. 그 활동은 베개에 고개를 내던지고 죽은듯 잠에 빠져들기 위해 딱 필요한 일이었다. 남편 옆에서 뜬눈으로 누워 있기가 점점 견디기 힘들어졌다.

욕조 청소만으로 충분히 피곤해지지 않는 밤이면 세면대를 닦고, 거울을 광내고, 타일 바닥을 대걸레로 밀었다. 부부 욕실은 집안에서 가장 깨끗한 곳이 되었다. 그리고 집안일의 육체적 피로만으로 성에 차지 않을 경우, 호텐시아는 정신 에너지를 쏟으려 시도했다. 자신의 서재로 가서 책상 앞에 앉았다. 그녀의 가장 성공적인 디자인 몇 가지는 새벽 한시 이후에 나왔다. 마치 훌륭한 디자인을 위한 조건이 어둠과 피로와 침울한 고독인 양. 만약 그렇다면 그것은 호텐시아에게 새로운 통찰이었다. 베일러스 디자인 칼리지에 다니던 시절 호텐시아는 항상 대낮에 일이 잘됐다—실질적으로 햇살을 받아야 했다. 고향 바베이도스의 브리지타운에서 처음 브라이턴에 도착했을 때 굳은 각오를 다진

앳된 그녀가 깨달은 건, 이 낯선 도시는 이름에 오해의 소지가 있으며 햇살 공급이 부족하다는 점이었다.

도시의 이름은 시간이 흐르면서 자명해졌지만 날씨는 여전히 인상적이지 못했다.

호텐시아의 과에서 그녀 외에 유일한 비영국 출신 학생은 케힌데라는 여자애였다. 열여섯 살인 그녀는 동기들보다 어렸지만 재능과 당돌함은 타의 추종을 불허했다. 동기들 사이에 나이지리아 출신이라고 알려졌지만, 학부생활 사 년 동안 케힌데는 그것을 부인하며 자신은 미지의 이름 없는 행성에서 온 외계인이라고 했다. 동기들이 잘못 발음한(고의든 아니든) 여러 버전의 이름보다는 차라리 '케이'라고만 불러야 대답했다. 호텐시아는 케이와 친구는 아니었지만 둘이서 한번 솔직한 대화를 나눈 적이 있었다. 어느 날 저녁, 실습실에서 케이와 단둘이 있게 됐을 때였다. 당시 한 젊은 패션디자이너가 학교에서 한 학기 동안 강의를 맡아 가르치고 있었다. 그는 악명 높은 피렌체의 조르지니 패션쇼에서 '케이프와 클러치'라는 제목의 쇼를 선보여 흥분을 자아냈었다. 베일러스 칼리지에서 그는 학생들에게 직물디자인과 패션은 하나이며 동일한 것이라 강조하면서 패턴 제작법을 가르쳤다. 호텐시아는 재봉틀을 즐겨 사용했고, 페달의 힘(그 강력함)이 마음에 들었다. 오른손을 돌림바퀴에 얹고 흔들림 없이 바늘을 박았다. 그녀는 작업에 열중하던 손을 잠시 멈췄다.

"넌 왜 거짓말을 해?" 호텐시아가 물었다.

"뭘?" 케힌데는 가위질을 계속하며 고개도 들지 않았다. 흰 분필로 재단선을 표시한 뒤 자르는 중이었다.

"네 출신지에 대해서. 그게 창피해?" 한동안 호텐시아는 그 때문에 속을 끓였다. 둘 다 동기들한테 끝없이 괴롭힘을 당했다. 호텐시아의 경우에는 바베이도스 출신이라서, 노래하듯 말해서였다. 단어를 뭉개듯 발음하는 게 우스워서, 피부색이 어두워서였다. 하지만 대체로는 그녀가 훌륭한 디자이너였기 때문에, 그 디자인의 대담함 때문에 따돌림을 당했다.

"창피하지 않아. 그냥 그게 제일 쉬운 방법이잖아."

"뭐에?"

"옜다 가지고 놀아라, 하고 던져주기에."

케이의 전략에 호텐시아는 어리둥절했다. 그녀는 브라이턴에 오면서 전략을 취할 생각은 꿈에도 못했다—생기발랄한 상상력의 소유자인 그녀에게 흔치 않은 실패였다. 모두가 탐내는 영국 문화원 예술장학금(그녀의 선생은 실제 우격다짐으로 신청서를 넣으라고 협박했다) 수상이 확정됐을 때 호텐시아는 지피와 함께 축하했고, 아버지 콰이텔의 자랑스러워하는 눈빛을 즐겼으며, 어머니 에다의 장황한 잔소리를 감내했다. 다양한 형태로 반복되지만 실은 똑같은 경고성 발언이었다―조심해라. 어머니는 다가올 말썽의 가능성에 그 어느 때보다 단단히 웅크리고 아마 겟돈을 예고하며 킹제임스 성경으로 무장했다. 어머니가 암기한 첫 성경 구절은 가혹하고 끝없는 시련에 관련된 내용이었다. 호텐시아는 어머니의 경고를 무시했으나 전투에 무방비하게 도착했다가 이내 후회했다. 어쨌든 그녀는 집으로 간결한 편지를 써서 부쳤고 간결한 답장을 받았다. 어머니의 삐뚤빼뚤한 손글씨가 네모난 편지지를 거의 다 차지했다. 호텐시아는 검은색 잉크에 온통 대문자로 쓴 답신을 보냈고(자신이 펜글씨에 대단한 재능이 있음을 발견했다), 해변 같지 않은 해변, 어릴 때 놀던 해수욕장과 전혀 다른 바닷가에 대해 적었다. 어머니의 거듭되는 '괜찮니?'에도 불구하고 호텐시아는 예의 '냉대'에 관한 얘기는 쏙 빼놓았다. 동료 학생들과 교수들의 한결같이 차가운 시선, 사람을 보지 않고 관통하는 시선, 기를 쓰고 투명인간 취급을 하려는 시선, 스스로를 견고히 방어하면서 싸워야 하는 시선. 사람들은 복도에서 호텐시아나 케이를 지나칠 때마다 침팬지 소리를 흉내내는 게 문명인의 태도라고 생각했다. 그들이 베일러스 칼리지에 입학한 최초의 흑인 학생도 아니었는데, 흑인이 대학에 출석할 때마다 그건 풀어야 할 수수께끼가 된 것 같았다. 한 남학생은 호텐시아에게 남동생은 잘 있느냐고 물었다. 난 남동생이 없는데, 호텐시아가 대답했다. 아, 있잖아, 여기—그는 로버트슨 딸기잼 병에 그려진 흑인 인형을 가리켰다.

호텐시아가 베일러스 칼리지에 입학한 이듬해인 1950년에 나머지 브레이스웨이트 일가도 영국행 배에 올랐고, 스피그누스호가 도버에 입항한 뒤 그들은 워털루역까지 시외버스를 타고 갔다. 아버지의 사촌형 리로이가 카리브 연대에서 제대했기 때문이다. 리로이는 이탈리아에 주둔해서 전투는 구경도 못했음에도 심장발작을 일으켰다(아무래도 유전이다). 영국에 정착하기로 한 그는 이왕 호텐시아가 여기 대학에 와 있으니 콰이텔에게도 남은 가족을 데리고 건너오라고 부추겼다. 리로이는 런던을 더 나은 기회의 땅이라 선전했고, 콰이텔은 그것을 의심 많은 아내에게 팔았다. 런던에 도착하고 몇 주 만에 콰이텔은 우체부 자리를 구했다. 호텐시아의 동기가 용케도 그녀의 가족에 관한 이 정보를 캐냈다. 스스로 재미있는 인간이라고 자부하는 이들이 그녀에게 물었다. 흑인black 우체부가 우편물mail을 밤에 배달하면 그건 협박편지blackmail 아냐? 이것은 호텐시아에게 몇 안 되는 진짜 아픈 놀림 중 하나였다. 아버지는 그녀의 가장 친한 친구였을 뿐 아니라, 그녀가 아는 한 세상에서 제일 좋은 사람이었다.

콰이텔 브레이스웨이트는 콧잔등 양쪽으로 깊은 주름이 패었다. 두 딸 호텐시아와 지피는 어렸을 적에 조그만 스펀지 같은 손가락으로 그 주름을 만지며 좋아했다. 오랜 세월 공부하느라 파인 홈이라고 그의 아내는 경외심어린 어조로 말하곤 했다. 이 외형적 특징을 만들어내는 데 중요한 역할을 한 철테 안경은, 그로부터 수십 년이 지난 후 호텐시아가 케이프타운의 안경점에서 직원에게 열심히 묘사한 것과 같았다.

아버지와의 관계가 감탄과 존경으로 가득했다면 어머니와의 관계는 규제와 통제로 점철됐다. 어머니의 지배욕과 호텐시아의 반항심이 빚어낸 긴장이었다. 호텐시아는 모녀 사이에 자리잡은 반발력, 어떤 상황에서든 최소한 1미터는 밀어내며 유지되는 그 반발력에 어머니와 자신의 관계가 좌우된다고 생각했다. 우연히라도 모녀가 그보다 더 가깝게 다가가거나 심지어 닿기라도 하면, 단 몇 초 만에 둘은 힐끗 쳐다보며 같은 극의 자석처럼 서로를 밀쳐냈다.

늘 그런 식이었던 건 아니다. 호텐시아가 열두 살 때까지는 달랐다. 그때는 엄마와 딸이 흔히 그러듯 티격태격했다. 처음에는 별일 아니었다. 에다는 딸의 머리를 땋아주고 있었고, 호텐시아는 어머니의 허벅지 사이에 앉아 움찔거리며 그녀가 해준 머리 모양에 불만을 토로했다. 호텐시아는 어떤 게 자신한테 잘 어울리고 안 어울리는지 어머니보다 더 잘 안다고 생각했고, 다른 모양이 하고 싶어서 어머니에게 그렇게 해달라고 얘기했다. 가끔은 머리를 움직인다고, 불만이 많다고 꿀밤을 맞았다. 어쩌면 그날은 꿀밤을 너무 많이 맞았는지도 모르겠다, 어떤 다짐 같은 것이 호텐시아의 마음속에 확고히 자리잡았으니까. 에다가 머리를 다 땋은 뒤 앙상한 허벅지로 꽉 붙들고 있던 딸아이를 풀어주자 호텐시아는 지피와 함께 쓰는 자기 방으로 들어갔다. 식사 준비를 할 시간이 되어 에다가 호텐시아를 불렀다가 별안간 온 집안에 비명소리가 울려퍼졌다. 그날 저녁밥은 없었다.

호텐시아는 어머니가 땋아준 머리를 풀어버렸을 뿐만 아니라 가위를 찾아내 머리칼을 최대한 짧게 잘라버렸다. 그걸로도 분이 안 풀렸는지 아버지의 면도날을 찾아내 피 한 방울 흘리지 않고 보드랍고 매끄럽게 머리를 미는 데 성공했다. 에다는 퉁방울 눈 외계인 같다고 소리치며 그녀를 우주로 날려버리겠다고 악다구니를 부렸다. 아버지가 호텐시아를 구했다. 호텐시아가 보기에 아버지는 어머니한테서 딸을 감싸고 편을 들면서 아내의 애정을 얼마간 영구히 상실했다. 그날 저녁에 전쟁이 선포됐다. 호텐시아는 어머니가 영원히 낫지 않을 상처를 입었음을 알았다. 오랜 세월이 흐른 후에도, 호텐시아가 결혼생활에 절망했을 때도(슬프게도 어머니에게 끝까지 숨기지 못했다) 에다는 자신의 상처 때문에 큰딸─가장 소중한 존재─에게 위로를 건네지 못했다.

베일러스 디자인 칼리지를 졸업한 직후 호텐시아는 브라이턴에서 런던으로 올라갔다. 1953년이었다. 그녀는 어머니와 동생과 함께 홀러웨이로 이사했다.

호텐시아의 아버지는 일 년 전에 암으로 사망했고, 아버지 없이 살자니 묘한 기분이 들었다. 전등불 아래서 책을 든 아버지를 보지 못하다니. 콰이텔은 고등학교도 마치지 못했지만 역사를 매우 중요하게 여겼고 세상에 대해 알아야 할 대부분을 독학으로 익혔다. 그는 저녁마다 딸들에게 자신이 품었던 것과 똑같은 호기심을 심어주었다. 그에게 무엇보다 중요한 건 딸들에게 자신의 뿌리를 가르치는 것이었고, 그렇게 자부심을 키워주었다.

콰이텔은 죽기 직전에 아내에게 자신이 배에 오르기 전부터 병을 앓고 있었다고 털어놓았다. 자신이 시한부임을 알았지만 대서양을 건너 북쪽으로 향하는 이 성급한 이주가 가족에게 도움이 될 거라고 생각했다. 그리고 죽음이 가까워졌을 때 에다가 고향으로 돌아가자고 닦달하자 그는 영국에 묻히고 싶다고 아내에게 똑똑히 말했다. 본심은 아니었지만, 자신의 유해가 런던에 있으면 아내가 어디 가지 못할 것임을, 지피가 학교를 마치고 세상에 나가 성공할 수 있을 것임을 알았다. 그는 미신을 믿는 아내를 잘 알았기에, 그녀가 고향으로 돌아가고 싶어 미칠 지경이더라도 감히 이방인들에게 남편의 무덤을 맡기지는 못할 터였다.

콰이텔은 곧 세상을 떠났고 에다는 멍하니 그 임박을 지켜보며 남편의 죽음을 견뎠다. 에다의 억누른 비통함이 딸들에게 전염되어 셋 다 언제까지나 콰이텔의 죽음이 드리운 침울한 그림자에서 완전히 벗어나지 못했다.

홀러웨이의 집에는 두 가구가 살았다. 두 가족 모두 계단참에서 음식을 만들었고 욕실을 같이 썼다. 저녁이면 호텐시아는 아버지를 그리워하고 어머니한테 시달리며 앉아 있었다. 어머니는 딸을 자랑스러워했지만 결혼을 할 수 있을지 걱정했다. 지피는 열네 살이었고, 자매가 아주 친한 건 아니었지만 호텐시아의 맹렬한 보호의식과 지피의 집요한 호기심이 둘 사이에 형성한 유쾌함과 진심어린 온기가 있었다. 지피는 결코 싫증내는 법 없이 호텐시아의 드로잉을 유심히 들여다보았다.

"이거 좋다." 지피가 일련의 의자 스케치 중 하나를 가리키며 말했다.

"내가 알려준 번호로 전화했니?" 에다는 다림질을 하다 말고 고개를 들며 물었다. 그녀는 집에서 소소하게 세탁과 다림질 일로 생계를 꾸려갔다. 얼굴은 피곤에 절었고 남편이 죽은 후로 입꼬리는 항상 처져 있었다. 에다는 런던 운송에서 기관사로도 일했다.

"피곤해 보인다, 엄마."

"전화했어?"

"아니. 아직."

"흠…… 전화해. 청년이 기다리잖니."

호텐시아는 한숨을 쉬었다.

"이것도 좋네." 지피는 어머니의 잔소리를 한 귀로 듣고 한 귀로 흘리는 특별한 재주가 있었다. 호텐시아가 보기에 동생은 잔소리에 거의 영향을 받지 않았기 때문에 가능한 듯했다. 호텐시아는 스케치북을 휘리릭 넘기는 동생을 바라보았다.

"내 고유 디자인을 판매하기 시작할 거야." 호텐시아는 동생을 보고 얘기했지만 그 발언은 어머니를 겨냥한 것이었다. 그녀는 하우스 오브 브레이스웨이트를 설립하기 위해 서류를 취합하는 중이었다.

"네 고유 디자인?" 에다는 다리미를 들고 잠시 딸아이를 쳐다보았다.

"응."

호텐시아가 어머니에게 말하지 않은 것은, 어머니가 엮어주려는 그 '청년'에게 전화할 필요가 없다는 사실이었다. 피터와 그녀는 교제의 막바지 단계에 와 있었다. 피터는 호텐시아에게 청혼했고, 호텐시아는 승낙했다.

둘은 삼 년 동안 비밀리에 교제했다. 나중에 피터가 아름다운 것에 대한 호텐시아의 애정을 두고 놀려댔을 때, 그가 몰랐던 건 그 자신 또한 당시 그녀에게는 아름다운 것이었다는 사실이다—더이상 더하고 뺄 것 없는 완벽히 아름다운 존재. 그들이 만났던 해, 호텐시아가 영국에서 보낸 첫 여름에 피터는 크로이던 칼리지에서 일반수학과 통계를 강의하고 있었다. 호텐시아가 다니던 디자인 학부는 방학이었다. 베일러스 칼리지에 패션 강의를 도입했던 열정적인 선생인 리스트 교수가 호텐시아의 재능을 알아보고 그녀를 조교로 채용했다. 교수는 크로이던 칼리지에서 여름학기 동안 패턴 제작법을 강의했다. 베일러스에서 냉대에 익숙했던 호텐시아는 젊은 선생이 자신의 작품에 관심을 갖자 깜짝 놀랐다. 그녀는 부수입도 필요했던 참이라 조교 제안을 받아들였다. 그리고 리로이 삼촌의 집으로 옮겼다. 어머니는 가족도 곧 영국에 갈 거라고 자세한 내용을 편지로 써서 그녀에게 보냈다.

크로이던에서 일을 시작한 지 며칠 안 되어 호텐시아는 먼발치에서 피터를 관찰했다. 눈에 띄게 훤칠해서 못 보고 지나치기가 쉽지 않았다. 어느 날 식당에서 그를 가까이 보게 된 호텐시아는 피터의 얼굴에 난 주근깨가 짙은 갈색임을 알고 귀엽다고 생각했다. 그녀는 피터에게 미소를 지었고 피터는 말을 더듬으며 인사를 건넸다.

어머니는 영국에 도착하자마자 곧장 걱정거리를 찾아냈다. 에 다는 호텐시아의 통금시간이나 크로이던까지 오가는 거리가 마음에 들지 않았다. 그녀는 호텐시아에게 잔소리를 퍼부었고, 호텐시아는 평소처럼 눈썹 하나 까딱하지 않았다. 그런데 걱정이 위험을 불러들인 것처럼 일이 발생하고 말았다. 어느 날 밤 호텐시아가 학생 몇 명과 늦게까지 학교에서 술을 마신 뒤 집으로 가던 중이었다. 그날따라 하이힐을 신었는데, 작은 체구에도 불구하고 흔히 있는 일은 아니었다. 호텐시아는 하이힐을 신고 비틀거리며 천천히 걸으면서 추위에 바들바들 떨었다.(이런 날씨를 어떻게 여름이라고 할 수 있지?) 한 사람이 그녀의 왼쪽에 따라붙었고, 또다른 사람이 오른쪽에 붙었다. 허리를 지그시 누르는 손은 등뒤에도 누가 있다는 뜻이었다. 테디보이* 얘기는 늘 들었지만 그때까지 마주친 적은 한 번도 없었다. 결혼 초 아직 그들이 화기애애하던 시절, 호텐시아는 피터가 나타났을 때 이미 자신이 세 사람을 쓰러뜨린 뒤라고 주장했고 피터는 이렇게 응수하곤 했다. "쓰러뜨렸다는 게 놈들이 서서 허공에 대고 주먹질하던 상황을 애기하는 거라면, 맞아 그랬지."

---

* 1950년대 영국에서 로큰롤을 즐기던 반항적인 청년들을 일컫는 말.

그 건달들은 남자였지만, 피터의 덩치 때문이었든 호텐시아의 욕설 때문이었든(새된 소리를 지르며 극적 효과를 위해 왼손을 쫙 펴서 치켜들고 침을 뱉었다) 겁에 질려 결국에는 달아났다. 피터는 데려다줄까 물었고, 호텐시아는 괜찮다고 말했다. 제가 걱정하는 건 당신이 아닌데요, 피터가 말했다. 그는 새하얀 이를 드러내며 활짝 웃었다. 그 큼지막한 미소가 불쑥 호텐시아에게 더없이 귀중하게 느껴졌다. 그때까지 호텐시아는 한 번도 사랑에 빠진 적이 없었다.

6

상대가 누굴까 참을 수 없이 궁금해지는 시기가 왔다. 호텐시아는 게임하듯 이런저런 얼굴을 그려보며 상상했다. 그 여자를 찾아내 단둘이 있게 되면 이유 불문하고 죽여버리겠다고 아주 분명히 다짐하던 순간도 있었다. 그러다 며칠은 피터의 전화번호부에서 번호를 찾아내 여자를 만나서 얘기하고 조용히 타일러야 한다는 기분이 들기도 했다. 하지만 전화번호부 같은 게 있을 리 만무했다. 그리하여 어느 날은 남편을 미행하는 게 당연하게 느껴졌다. 남편이 미행을 알아차리지 못하게 변장하는 게 타당해 보였다. 변장복은 나중에 부엌 옆 저장고에 숨기면 된다—피터가 절대 들여다보지 않을 장소니까.

여자는 젊고 아담했다. 끈 달린 힐을 신었는데도 피터와 길게 입맞춤을 나눌 때 까치발을 들어야 했다. 굽슬굽슬한 검은 머리가 너무 반짝거려 호텐시아는 가발이 아닐까 의심했다.

전에 한 번도 본 적 없는 얼굴이었다. 직원 모임에서도 못 보았다. 새로 들어온 사람일 수도 있지만 회사에 여자 엔지니어는 거의 없었다. 비서인가?

피터와 여자는 걷기 시작했고, 호텐시아는 그들 뒤를 따랐다. 정오라 방가 시장이 가장 붐빌 때였다. 방가는 이바단의 오래된 시장 가운데 하나였지만, 호텐시아는 모르는 이유로 이주민 사회에서 인기가 없었다. 둘은 가판대 사이의 좁은 통로를 이리저리 몸을 피하며 누볐고, 호텐시아는 소낙비로 생긴 물구덩이와 쓰레기를 피해 발을 디디며 그 뒤를 쫓았다. 그라인더로 콩을 가는 윙윙 소리와 쉴새없이 호객하는 상인들 소리만 아니면 둘이 무슨 얘기를 하는지 들을 수 있을 텐데 싶었다. 호텐시아는 대담해졌다. 자신은 사람들 사이에 섞여들지만 저들 오잉보*는 눈에 잘 띈다는 점도 한몫 거들었다. 그녀는 닳은 나이키 운동화에 암녹색 운동복을 입었지만 그런 건 하나도 중요하지 않았다. 검은 부르카를 뒤집어써서 다 가려버렸다.

닭 한 마리를 손에 꽉 잡은 소년이 호텐시아를 밀치며 지나갔

---

* 나이지리아에서 아프리카권에 속하지 않은 백인을 일컫는 요루바어.

다. 사과는 했지만 굳이 돌아보지는 않았다. 그들은 시장의 축산 골목에 들어섰다. 여자가 소 발굽이 놓인 가판대를 가리켰고 피터는 여자의 말에 웃음을 터뜨렸다.

"보세요Alhaja." 후추 상인이 호텐시아에게 말을 걸었다. "어느 쪽이 더 맘에 들어요Èwo lè fé?"

호텐시아는 고개를 저었다.

시장 구석구석에 냄새가 배어 있었다. 기름에 튀긴 아카라*의 찌꺼기 탄내로 공기가 텁텁했다. 염소가죽에서 털 그슬리는 냄새, 젖은 닭털 냄새. 그 어느 것도 피터와 여자의 흥미를 끌지 못했다. 그들 서로 외에는, 어디가 됐든 그 목적지 외에는 관심이 없었다. 어느 노점상 앞에서도 걸음을 멈추는 일 없이 인파를 헤치고 꾸역꾸역 나아갔다. 길이 좁아지자 꺽다리 피터는 여자의 잘록한 등허리에 손을 얹고 여자 뒤에서 걸었다. 길이 다시 넓어지는 곳에 다다르자 그들은 손을 잡고 나란히 걸었다. 그들이 모퉁이를 돌자 방가 시장의 무겁고 탁한 잔향이 물러나며 껍질 벗긴 오렌지의 무해한 향으로 바뀌었다. 여자가 발을 멈추고 쟁반에 담긴 오렌지와 그 껍질을 벗기는 데 사용한 칼날이 남긴 섬세한 줄무늬에 찬탄을 보냈다. 호텐시아는 오렌지 가

* 콩가루 반죽을 둥글게 빚어 튀긴 간식.

판에서 두 수레 떨어져 초생강과 쌀과 콩 따위를 파는 아주머니 앞에 멈춰 섰다.

"살 거요, 말 거요Kí le fé, Mà?"

호텐시아는 고개를 저었다. 워낙 거리가 가까웠기에 말을 하면 피터가 들을까봐, 목소리를 알아듣고 돌아볼까봐 걱정됐다. 호텐시아는 미간을 찌푸린 상인한테 다시 한번 고개를 저으면서도 그대로 서서 건식품을 살피는 척했다.

"어느 게 마음에 들어요?" 상인은 말을 못 알아들어 그런가 싶어 언어를 바꿔 채근했다.

"아뇨, 됐어요." 호텐시아는 무심결에 불쑥 내뱉고 당황했다.

그러나 피터는 정신이 딴 데 가 있었다. 오렌지는 잊은 지 오래고 이제 허리를 숙여 여자의 입가에 귀를 가까이 댄 채 여자가 속삭이는 말에 귀기울이고 있었다. 피터의 손은 여자의 목에 올라가 있었고 엄지손가락은 여자의 귀걸이가 달랑거리는 지점 바로 아래를 누르고 있었다. 그가 여자의 머리를 쓰다듬자 머리칼이 탄력 있게 퉁기며 여자의 등뒤에서 찰랑거렸다. 호텐시아는 눈이 따갑고 점점 뜨거워지며 시야가 흐릿해지는 바람에 지나가던 행상이 갓 껍질을 깐 에구시*와 오크라를 들이미는 것도 보지

---

* 호박이나 멜론의 씨. 나이지리아 등에서 수프로 만들어 먹는다.

못했다. 무릎이 풀린 그녀는 쓰러지지 않으려고 가판대 버팀목에 기대섰다.

"이봐요E pèlé, 아줌마. 괜찮아요?"

호텐시아는 눈을 깜박였다. 피터가 뭔가 우스운 얘기를 했다. 여자는 고개를 뒤로 젖히며 입을 활짝 벌렸다. 저 입술, 붉은 혀. 피터는 뭔가 또 말하면서 손을 뻗어 여자를 잡았다. 여자는 꺅 비명을 지르며 그의 손을 피해 몸부림치다 가지런히 정렬된 속이 꽉 찬 토마토를 죄다 흐트러뜨렸다.

"어, 어! 거 좀 조심해요." 노점상이 영어로 말하고는 요루바어로 바꿔 욕을 중얼거렸다. 상인은 허리를 굽혀 진흙이 묻은 상품을 주워모았다.

상인의 질책을 귀담아듣는 사람은 없었다. 둘 사이의 잡기 놀이, 끈끈하고 소소한 춤은 계속됐다.

호텐시아는 흙길 한옆으로 비켜나 그들을 관찰했다. 오토바이두 대가 지나갔다. 한 남자가 하얀 병이 쌓인 수레를 끌며 확성기로 만병통치약, 피로회복제, 기적의 치료제가 왔어요……를 반복해서 틀었다. 누가 뒤에서 호텐시아한테 부딪혔다. 뒷자리에 고무를 잔뜩 실은 자전거를 탄 노인이었다.

"미안합니다E má bìnu. 이보시오E pèlé."

호텐시아는 다치지 않았고, 노인에게 괜찮다고 딱 잘라 말했다.

호텐시아가 다시 고개를 돌렸을 때 피터는 여자를 안고 있었다. 격하게 움직인 탓에 둘의 가슴과 몸이 들썩였다. 여자가 숨을 가다듬었다. 피터는 손끝으로 여자의 좁은 하관을 따라 양볼을 잡고 여자의 얼굴을 비스듬히 들어올렸다. 여자가 입술을 핥자 피터가 손등으로 그 입술을 훔쳐주었다. 호텐시아는 피터가 약지에 긴 차가운 금속이 촉촉하고 부드러운 살결에 닿을 때 어떤 느낌이 들까 궁금했다.

허리에 래퍼*를 두르고 하도 젖을 먹여 늘어진 마른 가슴을 드러낸 늙은 여인이 그들을 지켜보며 앉아 있었다. 노파는 해진 천 조각을 꺼내 땀에 젖은 목을 닦고 파리를 찰싹 때려잡았다. 피터와 여자는 자신들이 방가 시장에서 유일한 백인 연인이라는 사실을 망각한 채 입맞춤을 나눴다. "매춘부Aṣéwó!" 노파가 나직이 툴툴거렸다. "망할Shio!"

피터가 죽고 나서 몇 주 동안 어딘가에 있을 에스메이라는 아이에 대해 궁금해하다 호텐시아는 분노가 분개보다 삶의 질 측면에서 훨씬 이득이라는 깨달음에 다다랐다. 분개는 분노와 다르다. 분노는 화룡처럼 다른 것들을 태운다. 분개는 제 위장에

---

* 서아프리카에서 몸에 휘감듯 낙낙하게 두르는 여성 의상.

구멍을 내고 제 속을 태운다.

피터와 그의 애인은 아이를 만들었다. 어떻게? 호텐시아는 미련하게 자문했다. 언제?

밤이면 집은 한 사람이 빠졌다는 걸 아는 눈치였다. 호텐시아는 잠을 이룰 수 없었다. 피터의 병이 침실 공간을 너무 많이 차지하는 바람에 비워주었던 더블침대로 다시 돌아간 참이었다. 환자와 의료진은 넓은 공간을 필요로 했었다. 죽음의 여신은 바로 모퉁이 너머에 있으면서 많은 공간을 요구했다. 침대로 돌아가 원래 자신의 자리에 누워 이제 귀신에게 경의를 표하자니 기분이 묘했다. 귀신이 너무도 생생해서 호텐시아는 남편 자리에 눕기는커녕 한 다리를 침대 중앙으로 뻗는 짓조차 할 수 없었다. 옳지 않다는 기분이 들었다.

도무지 포착하기 힘든 편안한 자세를 찾아보고자 몇 차례 몸을 뒤척이다 결국 일어나 침대 옆에 쌓여 있는 책더미를 공략했다. 손님방에 쌓여 있던 것을 도로 침실로 가져왔다. 피터가 죽을 때까지 호텐시아는 손님방에서 잤었다. 책더미 아래쪽으로 갈수록 두꺼운 디자인 서적이었다. 두툼한 잡지도 모서리가 말린 채 쟁여져 있었다. 아무리 넘겨봐도 사람은 한 명도 안 나오는 잡지를 제일로 친다며 피터가 핀잔한 적도 있었다. 광고마저 사물의 이미지에 의존했다. 아름다운 것들이지, 그녀는 쏘아붙였다. 그게 어디가 어때서.

호텐시아는 자신이 아끼는 교과서의 책등을 쓰다듬었다. 교과서를 들어올리자 책더미가 와르르 무너졌다. 교과서가 그녀의 무릎에 바위처럼 안겼다. 호텐시아는 책장을 넘겼다. 완벽하게 반복되는 패턴, 그 자체로 이미 완결된, 넘치지도 빠지지도 않게 모든 것이 갖춰진 디자인의 간결미, 그것이 주는 달콤한 황홀경.

커피 언덕에 올라본 것도 며칠 만이다. 높은 곳에 서서 내려다보니 기분이 상쾌했다. 그러나 캐터린 애비뉴를 따라 돌아오다 기분을 잡쳤다. 매리언이 저 빌어먹을 개를 발치에 달고 씩씩거리며 걸어왔다.

"할 얘기가 있어."

"뭔데?" 호텐시아는 팔짱을 꼈다.

봄은 아직 한 달 가까이 남았지만 낮이 길어지고 비도 드물어진 것 같았다. 매리언은 최근 미용실에 다녀온 결과를 뽐내고 있었다. "저 트럭이 여기서 뭘 하는 거야?"

호텐시아는 매리언이 가리키는 방향으로 눈길을 돌렸다. 건축업자의 트럭이 10호 앞에 주차되어 있었다.

"주차되어 있네."

"그건 나도 알아. 딴청 피우지 마, 호텐시아."

"매리언, 나 이럴 기분이 아니야. 남편이 얼마 전에 죽었어. 상중이라고."

매리언은 아무 말이 없었다.

"저 트럭이 여기 있는 이유는 내가 계약을 했기 때문이야. 진짜 지금 약속이 있는데 늦고 싶지 않아."

"혹시 집에다…… 무슨 공사를 하고 있어?"

"당신이 상관할 바는 아니잖아."

"글쎄, 최소한 고지는 했어야지. 협의회에. 선의로."

"매리언, 그래야 한다는 규칙은 없어. 그리고 미처 깨닫지 못했나본데, 캐터린은 아파트 단지가 아니고 당신도 법인 대표이사가 아니야. 저 집은 내 소유이고, 맞아, 좀…… 개량을 하려고."

기어이 마지막 한 방을 즐겁게 날리고 호텐시아는 여자와 여자의 개를 빙 돌아 걸어갔다.

"어떤 종류의 개량인데?" 매리언이 그녀의 등뒤에 대고 말했다.

"누가 봐도 확실한 개량." 호텐시아가 대꾸했다.

트럭이 여기 있는 이유는 그것이 피터와 그 아이 생각에 대한 합리적인 대안이자 반가운 방해거리였기 때문이다.

처음에는, 특히 10호를 설계한 사람이 매리언이라는 사실을 몰랐을 때는 호텐시아도 이 집을 좋게 보았다. 적어도 받아들일 만하다고 생각했다. 집값은 터무니없는 금액이었지만 그 정도

돈은 있었다. 아니 그보다 몇 배는 더 있었다. 부동산 중개인이 외장과 내장을 찍은 사진을 이바단으로 엄청나게 보냈다. 물론 작성해야 할 신청서와 서명해야 할 서류도 있었다―없을 때도 있나? 부부는 서명하고 이사했다. 그리고 얼마 안 되어 호텐시아는 캐터린에 떠도는 소문을 통해 10호가 매리언의 첫 설계작이라는 얘기를 들었다. 분명 매리언은 이 집을 손에 넣으려고 별러왔을 것이다. 그들이 처음 이사왔을 때 매리언이 건넨 환영인사가 그 모양이었던 게 이해가 됐다.

더운 날에 커피 언덕까지 올라갔다 왔더니 목이 탔다. 호텐시아는 건축업자에게 간략히 자신의 아이디어를 설명했다. 업자가 돌아간 뒤에는 서재에 앉아 바시에게 얼음물 한 컵을 갖다달라고 했다. 손끝을 얼음물에 담갔다 관자놀이를 쓸면 시원했다.

그래도 열기는 환영이었고 비가 안 오는 것도 마찬가지로 환영이었다. 이제부터 시작하려는 공사에 고무적인 날씨였다. 비오는 날이 적을수록 좋았다. 호텐시아가 저지하려는 온갖 생각에 여지를 주지 않으려면 그 어떤 지연도 공백도 없어야 한다. 리모델링 공사는 그녀에게 아편이 될 터였다. 그 목적을 위해, 그 아이디어가 떠오른 후로 줄곧 호텐시아는 거기에만 매달렸다. 벽을 몇 곳 허물면 당연히 새로 벽을 만들어 칠해야 할 것이다. 기존 벽에 페인트만 다시 칠해 맞추는 소소한 작업으로는 어림없었다. 그러니까 전부 새로 칠할 것이다. 특정 장소에는 벽지도 몇 장 바를 거고. 호텐시아는 침실로 샘플을 가져왔다. 낮 동안 라벨을 만들고 업자에게 보여줄 스케치에 치수를 적었다. 오늘은 작업 일정표를 준비했다. 비오는 날에 대한 고려는 전혀 없었다.

호텐시아는 의자 깊숙이 눌러앉아 자신이 그린 스케치와 필요한 작업을 일일이 적어넣은 계획표를 살폈다.

10호의 설계에는 확실히 문제가 있었다. 셀 수 없이 많은 건 아니었다. 사실 한 가지 문제가, 적어도 호텐시아의 경험에 따르자면 몇 차례에 걸쳐 반복적으로 나타났고, 그녀는 디자인을 보는 눈에 확고한 자신이 있었다. 호텐시아가 보기에 10호는 불필요한 전망의 창문이 많은 반면, 눈여겨봐야 할 대상을 볼 수 있는 창문은 한 개도 없었다.

건축업자한테 창문 몇 개를, 특히 두 곳을 벽돌로 막는 작업부터 해달라고 지시해야겠다. 하나는 캐터린 애비뉴를 내다보는 거실 창문인데, 저게 무슨 쓸모가 있나? 또하나는 이층 손님방에 있는데, 적당히 포도밭을 향하곤 있지만 겨우 몇 센티미터 차이로 캐터린 옛 우물 전망을 막았다.

벽돌을 쌓아 막은 뒤 호텐시아는 집에 창문 세 개를 추가하고 싶었다. 첫번째 창은 부엌에서 정원을 보는 전망이다. 두번째는 계단

을 오르면서 오래된 교회와 묘지를 볼 수 있는 창이다. 마지막으로
는 서재 책상에서 커피 언덕을 볼 수 있는 창을 원했다.

그리고 작업하는 동안 떠올랐다. 수영장을 파면 어떨까? 호텐
시아는 섬에서 태어났는데도 물을 별로 좋아하지 않았다. 아니,
수영장을 추가하는 건 매리언과 그녀의 설계에 대한 모욕에 불
을 지피는 짓이었다.

한창 준비 작업을 하는데 마르크스 변호사에게서 전화가 왔
다. 전에 그가 보낸 두 통의 정중한 재촉 이메일이 호텐시아의
편지함에 들어왔었고, 그녀는 자신의 지메일에서 그가 보낸 메
일을 스팸으로 설정했다. 지금 변호사는 호텐시아를 다그치고
있었다. 부인께서 유언장에 따른 의무를 제대로 이해하지 못하
셨나본데요, 변호사가 한 대 치고 싶어지는 어조로 말을 꺼냈다.
난 백 퍼센트 이해했어요. 그럼 에스메이 씨에게 연락하셨습니
까? 아니요.

변호사는 한숨을 내쉬었다. 전화 목소리는 더 나이든 사람 같
았다.

"제임스 부인, 이 유언이…… 아주 이상하다는 건 저도 인정
합니다. 정말 여태껏 다뤄본 중에 확실히 가장 이상한 유언장입
니다."

이상하다는 건 맞는 말이다. 생의 마지막 해를 움직이지도 말

하지도 못하고 누워 지낸 남자가 갑자기 목소리를 내고, 또렷한 지시를 내리고, 권한을 발휘한다—무덤에서 돌아와서.

"제임스 부인, 듣고 계십니까?"

"오래 걸리지 않았으면 좋겠군요."

"저도 인정합니다만……"

"알아요, 방금 들었으니."

그는 다시 한숨을 내쉬었다. 호텐시아는 한숨을 듣는 데 익숙했다.

"이만 끊어야겠군요, 마르크스 씨."

"에스메이 씨에게 연락하실 거죠? 문제는 그로 인한 영향이 있다는 겁니다."

"그건 분명히 알아들었어요."

변호사와 처음 만나 서류를 검토하고 호텐시아는 피터가 전략적으로 이 마지막 유언장을 작성했다는 결론에 다다랐다. 그게 어떤 게임인지 잘 파악할 순 없었지만 이러나저러나 그를 향한 증오에는 변함이 없었다. 유언은 그가 한 아이의 아버지임을 아내에게 밝히는 수단임과 동시에, 호텐시아 외에 어느 누구도 에스메이에게 연락하지 못한다고 분명히 명시했다. 피터는 한 번도 딸에게 자신의 존재를 드러내지 않은 듯했고, 이제 그 딸에게 연락해 아버지가 누군지 등등을 얘기해야 하는 사람은 다름 아닌 호텐시아였다. 그의 재산은 그후에 다양하게 쪼개져 호텐시아와 에스메이, 서식스의 먼 사촌, 빌어먹을 사냥 클럽과 이런저런 자선단체 등에 분배될 것이다. 하지만 피터는 여기서 그치지 않았다. 만약 호텐시아가 에스메이에게 연락하지 않으면 그녀의 무위로 인해 유언장은 효력을 잃는다. 그는 유언을 남기지 않고 죽은 것으로 간주되고(이 지점에 이르러 마르크스는 호텐시아에게 그 의미를 자세히 설명했다), 그러면 남아프리카의 상속법이 발동된다. 법은 그가 남긴 빚을 청산하고 남은 재산을 상속인에게 분할 지급하는데, 법적으로 인지된 적 없는 에스메이는 그에 해당되지 않는다.

"그 영향이란 게 그 여자애가 피터의 돈을 한푼도 받지 못한다는 거죠."

"제임스 부인, 무엇이 옳고 적절한지 조언을 드리려는 건 아니지만……"

"고맙군요, 마르크스 씨. 조언하려는 게 아니라니. 할말이 그것뿐이라면."

"언제든 연락 주십시오, 제임스 부인. 더 미루면 안 됩니다. 전체 절차가 상당히 길어질 수 있어요. 저는 정말 유언대로 잘 처리하고 싶습니다. 하지만 부인께서 출발선을 끊어주셔야 하고, 에스메이 씨에게 고지가 갈 때까지 저는 아무 행동도 할 수 없습니다. 이 점은 잘 이해하고 계시죠?"

호텐시아는 바시에게 일러뒀다. 변호사가 전화하면 그냥 메시지만 받아둬.

공사 당일, 호텐시아는 도로 경계석에 서서 공사가 시작되기를 기다렸다. 그녀는 흥분과 열띤 에너지에 사로잡혔다. 매리언도 나와 있었다. 호텐시아가 고갯짓으로 인사하자 그 찌푸린 얼굴이 인사를 받았다. 해니라는 이름의 눈썹이 없는 여자 건축업자는 도착해서 몇 분 동안 호텐시아와 함께 서 있었다. 둘은 일정을 서로 비교했다. 이어서 해니가 준비 작업을 위해 안으로 들어갔고 일꾼들이 그 뒤를 따랐다. 벽돌 트럭이 도착하자 해니가 다시 나와 트럭 운전사와 짧게 얘기를 주고받았다. 바로 옆에 서 있던 호텐시아는 업자끼리의 대화를 들으려 하지 않을 정도의 분별은 있었다—아프리칸스어는 (확실히 배우기 쉬운 언어였지만) 늘 들어도 통 알 수가 없었다. 배우려는 노력이 부족했던 건 아니다. 그들이 얘기하는 동안 호텐시아는 트럭 쪽으로 걸어가 벽돌 운반대를 들어올릴 때 사용하는 크레인을 유심히 뜯어보았다. 해니는 다시 일꾼들에게 돌아갔다.

이런 소규모 공사에 저토록 많은 벽돌이 들어가다니 재미있네, 호텐시아는 생각했다. 크레인 기사가 크레인을 돌려 벽돌을 길가에 내려놓기 시작했다. 그다음에, 한참 후에 병원에서 눈을 떴을 때, 호텐시아는 다리에서 느껴지는 통증을 납득하기 위해 그날의 사건을 되짚어야 했다.

그녀는 캐터린 애비뉴 보도에 벌러덩 널브러진 제 모습을, '불량 크레인에 치인 과부 제임스 부인'의 모습을 떠올리고 싶지 않았다. 그러나 간호사가 알려준 소식은 그 무엇보다 혐오스러웠다. 그녀는 의식을 잃고 쓰러졌고, 쓰러지면서 안 그래도 약한 다리가 뚝 부러졌는데, 이 모든 사태를 초래한 그 망할 크레인이 12호까지 덮쳤다는 뉴스였다. 이웃의 소중한 집의 현관 일부가 무너져내렸다. 호텐시아는 매리언이 자기네 집 전면부가 길거리와 너무 가깝다고 투덜대는 소리를 들은 적이 있었다―그걸 바로잡았으니 그나마 좀 위안이 되려나?

애그니스는 뺨에 돌부스러기가 튀어 몇 바늘을 꿰맸다. 당시 뒷마당에 있던 매리언은 소란통에 졸도하기는 했지만 그 외에는 멀쩡했다.

콘스탄티노플 사립병원 직원들은 오래지 않아 호텐시아를 꺼리게 됐다. 호텐시아는 들것에 실려 병원에 도착했지만 정신이 들자마자 용케도 구급대원에게 제대로 모욕을 주었다. 몇 시간 내에 그녀는 수술실로 옮겨졌다. 크레인트럭의 브레이크가 망가졌거나 아니면 브레이크를 똑바로 걸어놓지 않았을지도 모른다. 트럭이 완만한 경사에서 미끄러졌고 호텐시아는 그 노랗고 육중한 물체가 다가오는 걸 보고 허둥지둥 피하다 넘어졌다. 기계는 계속해서 위태롭게 달려가 매리언네 울타리를 잔가지 더미로 만들며 그녀의 집으로 돌진하면서 크레인 팔이 빙 돌아 전면부를 강타했다. 호텐시아는 대퇴골이 부러졌다. 그 밖에도 몇 군데 자상을 입었는데, 그중 눈썹 바로 위 옆이마에 난 상처가 가장 컸다—흉터도 남을 거고, 특유의 두통도 생길 것이다.

수술 후 외과의사가 개방정복 및 내고정술을 시행했다고 설명했으나 그 단어들은 호텐시아에게 아무런 의미도 전달하지 못했다. 핀 하나 박고 표현 참 현란하군, 하고 짐작했을 뿐 굳이 확인해볼 생각은 없었다. 의사의 설명에서 빠른 회복과 기동성을 약속한 부분은 마음에 들었다. '환자분의 연세에는'이라는 언급은 달갑지 않았지만 그건 깁스를 하지 않은 이유를 설명할 때 나온 말이었다. 깁스는 환자분에게 너무 무거워 이동성을 저해할 테고…… 병원에서는 뼈가 다 낫기까지 최소 십이 주 진단을 내렸다.

크레인 기사는 용서를 빈다는 게 무슨 뜻인지 제대로 이해하지 못하는 남자였다. 그는 병원에 있는 호텐시아를 찾아와 짧게 끊기는 영어로 그날 정신이 산만했다느니 눈이 부셨다느니 커다란 떡갈나무들은 가지를 쳐야 했다느니 하며 떠들었다. 그가 기계의 결함에 대해 얘기했을 때에야 호텐시아는 일꾼은 결코 도구를 탓하지 않는다는 사실을 떠올리며 저 남자가 선심 쓰듯 사과하고 있음을 깨달았다. 거기에는 사과가 사과로 불리기 위해 필요한 한 가지 요소가 결여되어 있었다—잘못의 인정.

크레인 기사의 함량 미달 사과를 가만히 들으며 말없이 비평하다 문득 메스꺼움이 치밀며 그녀 자신도 해야 할 사과가 있다는 생각이 났다. 호텐시아 제임스가 지독히 싫어하는 게 있다면 바로 사과를 해야 하는 상황이었다. 사과를 해야 했던 때가 언제였는지 기억도 잘 나지 않았다. 잠시 그 고통이 부러진 다리의 통증을 압도했다.

병원에서는 자꾸 잠을 설쳤다. 호텐시아는 병원을 믿지 않았다. 왼쪽 다리는 욱신거리는 덩어리였다. 호텐시아는 눈을 뜨고 얼굴을 찡그렸다.

"아, 일어나셨군요." 간호사가 들어와 문을 닫으며 말했다.

"안 잤어요. 눈만 감고 있었지."

호텐시아는 간호사나 의사와 같이 있으면 우월감의 악취를 맡았다. 의료진을 사흘 동안 관찰한 뒤 호텐시아는 집에 가고 싶어졌다.

간호사가 문 앞에서 주저했다. "가정간호사 파견 문제가 있습니다."

호텐시아는 뻣뻣하게 굳어져 간호사 쪽을 쳐다보았다.

"됐어요. 필요 없어."

"퇴원하시기 전에 의사 선생님이 보러 오실 거예요. 선생님이 제게 가정간호사를 구하라고 하셨습니다."

"필요 없다고 말했잖아."

의사가 병실로 들어와 환자를 대하는 최상의 태도로 호텐시아에게 주간 가정간호사의 필요성을 납득시키고자 애썼다. 그동안 간호사는 병실 밖에서 기다렸다. 괴저를 막기 위해 치유 과정을 지켜볼 숙련된 사람이 없으면 호텐시아의 나이에는 아주 위험하다고 의사가 말했다.

"이런 식으로 해온 지 얼마나 됐어요?" 호텐시아는 대화 뒤에 이어진 침묵을 깨며 물었다.

"이 년 전에 인턴을 마쳤습니다."

호텐시아는 눈동자를 굴리며 한숨을 쉬었다. "내 말은," 호텐시아는 손을 내저었다. "사람들한테 강제로 간호사를 붙이는 거 말예요."

"질문을 이해하지 못하겠는데요."

"난 늙은 거지 무능한 게 아냐. 당신 말은 내가 내 몸 하나 건사하지 못할 거라는 얘기잖아. 언제부터 순진한 환자들한테 이런 폭행을 저질러온 거지? 난 당신네 한심한 스파이 간호사를 우리집에 들일 생각 없어요. 이미 그런 사람들은 볼 만큼 보았고, 난 싫어. 만약 간호사를 둬야 한다면 내가 직접 부르겠어."

의사는 뭔가 말하려 입을 벌렸지만 단어가 혓바닥에 붙어 나오지 않았다.

"자, 이제 우리 운전사한테 내가 갈 준비가 다 됐다고 전해줘요." 누구 엿듣는 사람이 있다면 이 회담이 끝났음을 알리려는 듯 호텐시아는 명령조로 말했다.

퇴원하면서 호텐시아는 전동휠체어를 선택했고, 머릿속으로 이제부터 일층의 동향 서재를 침실로 쓰기로 정했다. 적어도 의사가 계단을 다시 오르내릴 수 있을 거라고 예상한 팔 주 후까지는 말이다. 차를 타고 집으로 오는 길에 호텐시아는 걸인들뿐 아니라 산도 못 본 척하며 머릿속으로 서재 가구를 재배치했다. 해가 들어오는 자리에 임부이아 사주식 침대를 놓아야겠다. 노트북을 쓸 때 커튼으로 눈부심을 막을 수 있는 위치로 책상을 옮겨야겠다. 미니 냉장고도 하나 더 사야겠다. 호텐시아는 서재 창문을 열어놓을지, 휠체어를 타고 들어갈 때 상쾌한 공기가 나을지 세상과 격리된 수도원 같은 게 나을지 고민했다. 책을 일부 현관 복도로 옮기고 터키 옥션에서 구한 자기 램프 몇 점을 세인트위니프리드 여자고등학교에 기부한 뒤로 줄곧 비어 있었던 유리장

식장을 책장으로 쓸 수도 있겠다. 호텐시아는 늘 골동품 램프를 좋아했었다. 몇 주 전 그 앞을 지나다, 도무지 이해할 수 없지만 그 조잡한 디자인에 깊은 수모를 겪기 전까지는. 다시 주위 풍경이 눈에 들어오게 된 건 나이가 들어서라고, 운전사가 캐터린 애비뉴로 급히 꺾어 들어갔을 때 호텐시아는 생각했다. 그리고 진입로에 차가 섰을 때, 앞으로 몇 주 동안 공사는커녕 금간 회반죽 벽만 쳐다보며 지내게 생겼음을 깨닫고 후회가 밀려들었다. 이번주에만 두번째로 상처 그 자체보다 상처를 둘러싼 상황이 훨씬 더 속상했다.

7

"내가 죽은 건가?" 가늘게 뜬 눈으로 눈부신 빛만 간신히 알아본 매리언이 물었다.

"매리언 아고스티노, 내 말 들려요?"

"안 죽었군." 매리언은 목소리에서 실망을 감출 수 없었다. 머리가 아팠다. 소음이 들렸다. "여긴 어디지?"

"정신이 들었어. 괜찮아." 남자가 저쪽으로 고개를 돌리고 말했다.

"여긴 어디예요?"

"지금 들것에 누워 계십니다, 부인. 지금 부인의 집 앞에 있고요. 사고가 있었습니다."

무슨 사고? 하고 생각했지만 곧이어 서서히 조금 전의 사건이 떠올랐다.

"그림은?"

"네?"

"그림은 어딨어요?"

"부인이 무슨 그림을 찾는데?" 남자가 다시 한번 고개를 돌리고 말했다. 이 사람들 매너하고는, 참.

매리언이 몸을 움직이자 날카로운 통증이 일었다.

"잠시 누워 계셔야 합니다. 금방 괜찮아지겠지만 잠시 그대로 있어주세요."

매리언은 남자를 후려치고 싶었지만 근육이 협조해주지 않았다. 몸뚱이가 젤리 같았다.

"그림은?"이 그녀의 마지막 말이었고 몇 시간 뒤 매리언은 캐터린 게스트하우스의 을씨년스러운 방에서 눈을 떴다.

명한 상태로 프런트에 전화를 걸면서 부디 누군가 그림은 잘 있다고 말해주기를 반쯤 기대했지만, 여자의 음성은 매럴리나가 그녀를 데려와 체크인했다고 설명했다. 그 기억은 까맣게 없는 게 너무 놀라워 매리언은 딸에게 전화를 걸었다.

"얘야…… 그래…… 너희 집은 여의치 않았겠지…… 뭘 하지 말라고?…… 내 말은 그냥…… 그런데 난 여기 숙박비를 낼 돈이 없어. 하여간, 계속 수다를 할 게 아니고, 그림은 네가 갖고 있니?…… 그림…… 네 아빠 건데…… 그래, 그거. 갖고 있다고 말해줘…… 그래서 못 봤어? 포장된 거. 흠, 집안도 확인했어…… 그래. 있잖아, 이건 아주 중요한 거야, 네가 좀 가서…… 뭐라고?…… 알았어, 알았다고, 일 다 끝나면 다시 전화해."

매리언은 전문가가 아니었고 맥스도 마찬가지였지만 한 친구가 그들에게 조언했었다. 미술 투자야, 그 친구는 말했다. 둘은 이십 년쯤 전에 피에르네프*의 그림을 구입했다. 천재죠, 중개상은 말했다. 여기 이 색감을 보세요, 저 귀퉁이의 빛도. 북부 트란스발의 지형을 그린 그림이었다. 배경의 청회색 산맥, 한 줄로 계곡을 따라 늘어선 나무, 연두색 풀, 그림자와 흙. 그들 부부가 유사시의 대비책으로 생각해두었던 이 그림이 이젠 매리언의 구원이 될 터였다.

그림은 한 번도 벽에 걸리지 않았다. 매리언은 여기저기 벽장에 방치하다 어느 날 이것이 정말로 그렇게 엄청난 값어치를 갖게 될 거라는 사실을 맥스와 함께 처음 확인하고선 포장지로 잘 싸서 끈으로 묶어 다락에 넣어두었다.

매리언은 부재중 전화가 온 건 없는지, 매럴리나의 전화를 놓친 건 아닌지 핸드폰을 들여다보았다. 그림이 무사히 잘 있음을

---

* 남아프리카공화국의 대표적인 풍경화가.

확인하는 것이 중요했다.

식욕은 없었지만 저녁을 먹어야 했다. 쫄쫄 굶을 순 없었다. 매리언은 게스트하우스의 침대에 누웠다. 천장에 얼룩이 묻었는데 새로 생긴 건 아니었다. 누수 공사를 했는데도 자국이 남았다—멋지군, 진짜 고급이야. 이런 게 바로 가족한테 버림받은 늙은 여자의 기분이군. 돈. 늘그막에 그나마 수모를 유예할 힘을 지닌 유일한 것은 돈이다. 그리고 어쩌면 사랑도. 그러나 맥스는 나쁜 새끼였고, 옆에 있든 멀리 있든 어느 아이 하나 엄마에게 신경쓰지 않았다. 절망감에 사로잡힌 매리언은 그대로 누운 채 손을 뻗어 핸드폰을 집어들고 스테퍼노의 번호를 눌렀다. 아들의 음성사서함은 여전히 꽉 차 있었다. 그리고 메시지를 남기라는 목소리가 유난히 쌀쌀맞은 게 일부러 엄마더러 들으라고 그렇게 녹음한 것 같았다.

핸드폰이 울렸다. 세라 클라크였다. 매리언에게 주어진 걱정거리가 충분치 않았는지 이제 입주민협의회까지 코앞이었다. 취소 이메일을 돌려야 할까? 세라는 알고 싶어했고, 매리언은 애가 달았다. 모임을 주재할 상태가 아니었다. 하지만 시급한 문제들이 있었다. 〈거번먼트 가제트〉에 토지청구가 고지된 후 두 당사자, 즉 샘소딘가와 폰스트러위커가 사이를 중재하는 조정 절차가 개시됐다. 매리언은 루드밀라에게 협의회가 해당 사건에 대한 최신 정보를 계속 공유받는 것이 매우 중요하다고 설명했다—이 청구의 결과가 입주민 모두에게 영향을 미칠 테니까. 첫 번째 조정이 이미 열렸기에 매리언은 루드밀라에게 다음 입주민 협의회 모임에 꼭 나와서 상황을 공유해달라고 설득했다. 한편, 뷸라 히르딘이 또 편지를 보냈다. 협의회 역사상 이토록 흥미진진한 때가 없었는데 하필 몸이 불편하다니, 복도 참 없다 싶었다. 매리언은 고등학교 때 이야기 클럽 회장으로 동아리를 몇 년간 이끌었고, 스스로를 과소평가된 달변가라고 믿었다.

"어쩔까요?"

"응?"

"취소할까요?"

"으…… 저 재수없는 여자가!"

세라가 킥킥거렸다.

"뭐가 그렇게 재미있어?"

"그 사람 잘못이 아니잖아요."

"누구…… 호텐시아?"

"네. 매리언 혼자 졸도한 거니까."

"순진한 척하지 마, 세라. 당연히 그 여편네 잘못이지. 달리 누구 잘못이겠어?"

둘은 모임을 며칠 미루기로 했다.

매리언은 저녁식사를 하면서 몇 분에 한 번씩 근심에 찬 눈으로 핸드폰을 쳐다보았다. 매럴리나에게선 연락이 없다. 깜박했거나 나쁜 소식을 전하기 싫어서 피하는 거다. 그게 뭔지 알아내고자 딸에게 전화하기도 어려웠다.

형편없는 식사를 마친 뒤 매리언은 게스트하우스 복도를 따라 방으로 돌아왔다. 걸을 때마다 발자국에 카펫의 습기가 스몄고, 뭐라 이름 붙이기 애매한 색상의 카펫은 모서리 여기저기에 흰 곰팡이가 슬었다. 살갗에 오스스 소름이 돋았다. 말 그대로 도처의 흉측함에 등골이 오싹했다. 이 게스트하우스에 도착한 이래로 사람이라곤 저녁식사 때 식당에서 손님 한 명의 뒤통수와 커플 하나밖에 못 보았고─두 연인은 사랑에 눈이 멀어 자신들이 쓰레기장에 있다는 사실도 알아차리지 못했다─그들을 빼면 이곳에 인기척이란 없었다.

방문 앞에 오니 핸드폰이 울렸다. 변호사였다. 매리언은 공기가 답답한 방안으로 들어가 이젠 헛웃음만 나오는 자신의 인생이 무엇에 달려 있는지─보험금 청구라는 처량한 끈─그 현황에 대해 짤막하게 들었다.

변호사와 통화한 뒤 매리언은 매럴리나의 번호를 눌렀지만 신호만 계속 울렸다. 메시지는 남기지 않았다. 속이 불편했지만 방금 먹은 유감스러운 식사 탓인지 두려움 때문인지 알 수 없었다.

만약 그림이 망가졌다면 보험금을 청구할 수 있을지도 모른다. 하지만 그 그림은 등록되어 있지 않았다. 애초에 그녀가 상어떼한테서 그림을 빼돌릴 계략을 짠 것도 그 때문이었다. 등록 기록이 없다는 건 보험금을 청구할 수도 없다는 뜻이었다. 청구할 수 있다손 치더라도 결국 상어떼가 먹어치우겠지. 피터의 장례식 때 괜히 긁어 부스럼을 내는 통에 호텐시아가 아예 단단히 벽을 쳐버려 어떻게 호의를 구하고자 발끝을 슬쩍 디밀어볼 구석이 전혀 없었다. 바람 앞 등불처럼 위태로운 마당에 어쩌자고 이렇게 죽치고만 있는 건지. 아무리 머리를 쥐어짜도 제자리다. 매리언, 그냥 죽어버리지 그래? 누가 날 죽여주면 안 될까—아닌 게 아니라, 충분히 오래 살았잖아.

내년이면 여든둘이다. 부모님은 그녀 나이가 되기 전에, 같은 노인 요양원에서 각자 서러움과 증오 속에 조용히 살다 돌아가셨다. 왜 부모의 본을 따르지 못하지? 더 오래 살아야 할 이유가 있나? 오래 살아봤자 뭐해? 죽기는 힘든데 제대로 살아갈 돈은 없다. 비참함에 연고를 살살 발라줄 돈. 요점이 뭐냐고? 나는 돈이 필요하다. 삶은 돈다발의 그림자 없이는 너무 눈이 부시다.

매리언은 불도 켜지 않은 채 서랍장으로 걸어갔다. 바깥은 아직 완전히 어둠에 잠기지 않았고 색바랜 커튼을 통해 빛이 약간 비쳐들었다. 낡은 서랍장 위에 놓인 사진이 그녀를 쳐다보았다.

액자에 흠집이 좀 생기고 아버지의 얼굴 부분이 긁혔지만 그 외에는 말짱했다. 분명 애그니스가 저 조그만 상자에 이 물건을 챙겨넣었을 것이다. 게스트하우스에서 정신이 들었을 때 발견한 상자다. 이것과 서둘러 챙긴 옷가방과 세면도구와 화장품. 애그니스는 왜 사진을 꺼내서 서랍장 위에 올려놓았을까? 늘 부모님이 나를 지켜볼 수 있는 위치에. 매리언은 피식 웃었다. 어디에 놓았든 무슨 상관이랴, 어찌됐든 부모님은 언제나 나를 지켜보고 계실 텐데. 두 분은 살아서나 죽어서나 거의 모든 사안에서 의견이 갈렸으나 단결된 감정으로 당신들의 딸을 지켜보셨다─피로감. 매리언은 그들을 피곤하게 만들었다.

매리언은 부모님을 구워삶아 쥐똥만큼 찔끔찔끔 캐낸 정보를 기억했다. 그러나 그들은 대체로 고향과 출신에 대해서는 입을 다물었다. 기억이 나지 않는다는 말을 들었을 때, 매리언은 네 살이었음에도 부모가 거짓말을 하고 있음을 알았다. 그리고 어린아이의 간단한 논리로 거짓말은 기억을 대체하는 대안이 되었다. 세상에 당연하고 필요한 것이 되었다. 걷는 법이 그랬던 것처럼. 단어와 말하는 법이 그랬던 것처럼. 거짓말은 그녀가 배워야 할 또다른 것이었다.

과거에 대해 몇 가지는 알고 있었다. 그녀의 부모는 딸에게 한 번도 그 지명을 말해주지 않은 어느 리투아니아 마을에서 빠져나와 운이 좋았다고 생각했다. 부모는 케이프타운 6구에 정착했고, 아버지는 영어를 배우며 어머니에게도 배우라고 권했다. 아버지가 장사를 잘해서 얼마 안 있어 윈버그로 이사할 만큼 형편이 폈고, 그곳에서 매리언은 자신의 첫 기억이 될 일들을 겪었다. 리본을 좋아하는 소녀로 컸지만 갈색 리본만 좋아했고, 신발 신기를 싫어했으며 머리 빗기도 귀찮아했다.

어머니는 집에서 슐*이 있는 모티머 로드가 그리 멀지 않다는 사실을 마음에 들어하지 않았다. 부엌 싱크대 앞 창문으로 슐의 지붕이 보인다는 것도 마음에 들지 않았는데, 어머니가 대부분의 시간을 싱크대 앞에 서서 보냈기 때문이다. 몸서리쳐지는 끔찍한 위험에서 탈출한 어머니는 슐을 다시 보는 일 따윈, 더이상 기도하는 일 따윈 없기를 무척이나 바랐을 것이다. 내가 눈을 감으면 괴물이 나를 보지 못할 것처럼.

윈버그의 집은 크지 않았다. 지붕은 양철이었고 두꺼운 하얀 벽은 만지면 늘 까슬까슬하고 시원했다. 아무리 고쳐도 매번 물이 새는 데가 있었고, 부엌에 들어갈 때 문턱이 있어 매리언은 매주 한 번씩은 발을 찧었다. 한번은 뭔가 시답잖은 이유로 뛰어

* 유대교회당.

가다 문턱에 발을 쾅 부딪혀 피가 났다. 어머니가 반창고를 붙여주었다. 얘들아, 뛰지 마라, 어머니는 말했다. 여자애는 뛰는 거 아니야. 똑같은 질책의 다양한 변주가 있었다. 여자애는 껌 씹는 거 아니야. 여자애는 휘파람 부는 거 아니야. 그럼 여자애는 뭘 해요? 한번은 매리언이 어머니에게 물었다. 어머니는 당황해 잠시 말문이 막혔다. 콩을 까면서 매리언에게 껍질 까는 법을 가르쳐주던 참이었다. 여자애는 앉을 때 다리를 꼬지. 또요? 매리언이 물었다. 다시 기나긴 침묵이 이어졌다. 여자애는 콩 껍질을 까지.

어머니가 자기 때문에 곤란해하는 게 매리언의 눈에는 늘 빤히 보였다. 어른이 되어야만 '성가시다'는 개념을 이해하는 건 아니다. 맞춤법은 몰라도 된다. 아주 어릴 때부터 매리언은 자신이 일을 골치 아프게 만들 수 있음을 깨달았다. 다림질한 레이스 블라우스를 입혀놔도 금방 구겨졌고, 앙증맞은 벨루어 양말은 깨끗할 새가 없었다. 그럼에도 그녀의 귀엽지 않은 자아는 그대로였다. 매리언은 자신이 실패를 거듭하고 있음을 알아차렸다. 작고 귀엽게 구는 데 실패했고, 분홍색을 좋아하는 데 실패했다. 특별히 노력하지도 않았는데 그랬다. 그냥 아침에 일어나 똑바로 걸어가 입을 열고 뭔가 말만 해도 어머니를 짜증나게 만들 수 있었다. 매리언은 사랑을 원했으므로—어느 여섯 살짜리가 안 그러겠는가?—부모가 소개해준 적도 없는 신에게 조용히 기도하며 좀더 호의를 베풀어달라고 협상을 시도했다. 매리언은 가만히 앉아 있는 법을 배웠다. 애써 콩 까는 법을 완벽히 익혔다.

매리언은 집 밖에서 보내는 시간이 가장 즐거웠다. 집안은 규제가 심한 수도원이었다. 여덟 살 때부터 어머니가 앞베란다에 있을 때는 길가에서 놀아도 된다고 허락받았다. 그녀가 제일 좋아하는 시간이었다. 집의 수를 세고 집들에 말을 걸었다. 딴사람들은 몰라도 되는 작은 속삭임, 작은 비밀. 그리고 그녀가 집들과 벌이는 연애행각은 그녀의 부모가 친구들에게 들려주곤 하는, 심지어 만나는 아무한테나 얘기하는 단골 소재가 되었다. 가령 아주 나중에 매리언이 대학을 졸업했을 때 이미 이혼한 그들이 졸업을 축하하는 저녁 자리에 참석했다. 당시 그들은 서로의 존재를 극복하기 위해 온갖 용기를 쥐어짜냈다. 떨어져 앉아 있었지만 둘 다 정확히 동시에 옆사람에게 정확히 똑같은 얘기를 했다. 한번은 매리언한테 나중에 커서 뭐가 되고 싶은지 물었는데 집이 되고 싶다는 거예요. 집은 사물이고 너는 인간이니까, 집이 될 수 없다고 얘기했죠. 애가 한참 울더라고요. 그리고 나중에 우리한테 와서는 뭐가 되고 싶은지 결정했다고 하더군요. 그게 뭐냐고 물었더니 이렇게 대답하지 뭐예요—인간 집. 이 얘기만 하면 다들 웃었다. 어렸을 때는 그렇게 듣기 싫었는데, 부모가 늙어서 그 얘기를 기회 닿을 때마다 열심히 꺼내는 걸 보고 그들에게는 그것이 일종의 찬가였음을 깨달았다. 부모는 둘 다 보수적인 사람이었다. 매리언은 부모가 서로 포옹하거나 키스하는 모습을 본 적이 없었다. 어머니의 손길이 딸의 피부에 닿는 건 북북 문질러 씻길 때뿐이고, 머리를 만지는 건 머리를 묶어줄 때뿐이고, 볼을 만지는 건 뭔가 묻은 걸 닦아낼 때뿐이고, 엉덩이는 때릴 때뿐이었다. 아버지는 아예 스치지도 않으면서 이따금 딸의 정수리에 가만히 손을 얹을 때도 있었지만 그게 무슨 뜻인지 매리언은 전혀 이해하지 못했다. 아주 많은 시간이 흘러 매리언 자신이 아이를 낳은 다음에야, 인간 집 이야기와 그 이야기를 기억하고 말하는 것이 부모에게는 더 깊이 있는 종류의 어루만짐이었음을 이해하게 됐다.

매리언은 스스로를 다스리며 어린 시절을 보냈다. 진심으로 애는 썼지만 어머니가 그토록 신중하게 그어놓은 선을 자기도 모르게 밟고 넘어가는 일이 종종 있었다. 부모님은 집에서 모임을 여는 일이 거의 없었는데, 매리언 기억에 딱 한 번 저녁파티가 있었다. 모임의 이유도, 심지어 누가 몇 명이나 왔는지도 기억나지 않지만. 어머니에게는 스트레스가 심한 행사였고, 그날 저녁 내내 부엌에서 일하다 결국 손님들이 다 돌아간 후 그녀는 울음을 터뜨렸다. 그날 매리언은 프릴이 달린 하늘색 옷을 입었고, 어머니는 신고 걸을 수도 없는 높은 구두를 신었으며, 아버지는 말은 없었지만 우쭐해했다. 그때 먹은 음식도 생각난다. 맛있었다. 그리고 고작 여섯 살이던 자신이 어느 조용한 순간에 이 한 문장을 말해야 한다고 느꼈던 걸 기억한다. 엄마가 흑인은 깜둥이랑 같은 거래요.

손님 중 일부는 혀를 차며 못마땅함을 표시했다. 대체로는 매리언이 무슨 농담이라도 한 듯 껄껄 웃었다. 어쨌거나 다들 돌아간 뒤 어머니는 호된 매질을 했다. 딸을 체벌하는 게 창피를 느끼는 것보다 쉬웠다.

사춘기는 주도권을 건 줄다리기였다. 가끔 매리언은 진짜로 어머니가 요구하던 대로 요조숙녀가 된 것 같았다. 다른 때는 자아가 솔기를 찢고 옷을 터뜨리며 뛰쳐나왔다.

열한 살이 되어 비난도 할 줄 알게 되고 무서운 걸 보면 무서운 줄도 알게 됐을 때, 매리언은 어머니에게 물었다. 왜 엄마 아빠는 나한테 아무것도 안 줬어요? 종교도 없고, 삼촌이나 이모도 없고, 머릿속에 담아둘 기억도 없고, 의례도 안 지내잖아요? 외로움에 사무쳐 사실 세 명으로는 제대로 된 가족이 되지 않는다는 느낌에서 나온 질문이었다.

어머니는 생전 입 밖에 꺼내지 않은 얘기를 들려주기로 결심했다. 어머니는 매리언이 1933년 6월 21일에 태어났다고 말했다. 물론 매리언도 이미 아는 사실이었다. 그렇게 말하며 끼어들려 하자 어머니가 한 손을 들어 막았고, 그 손짓이 낯설고 어색해서 매리언은 잠자코 들었다.

어머니는 임신한 상태에서 배를 탔다. 어머니와 아버지는 런던에서 남아프리카로 몇 달 동안 항해했다. 그들이 살던 대학 기숙사와 그 밖의 수많은 것을 뒤로하고 떠난 참이었다. 블루메리호에서 어머니는 자주 토했다. 배멀미로 입덧으로 토했다. 또한 두려움과 세상의 추함에 대한 직접적인 감각과 쫓기는 기분에 토했다. 바다가 잔잔할 때면 갑판에 서서 대서양의 반짝이는 물결을 바라보았다고 어머니는 매리언에게 말했다.

아무도 몰랐지만, 어느 날 저녁 어머니는 갑판에 서서 뛰어내릴까 생각했다. 토사물 일부가 깐닥거리다 파도 아래로 가라앉았다. 열병처럼 광기가 일었다. 이걸 끝내는 유일한 방법은 뛰어내리는 거다. 이 난간 너머로 아직 태어나지 않은 아이와 자신의 몸을 던져 우리 둘 모두에게 간결한 평화를 가져오는 것이다. 어머니가 난간을 붙잡았을 때, 마치 돌풍처럼 그 느낌이 지나갔다. 자신들이 떠나온 암울한 곳으로부터 벗어날 수만 있다면―물리적으로뿐만 아니라―괜찮아질 것이었다. 어머니는 잊기로 결심했다. 이제부터 어떤 기억이든 되살려 자신에게 상처를 주려는 사람은 누구든, 심지어 남편이라도 내치기로 맹세했다. 느닷없이 자국민을 공격했던 나라에서 벗어나 이건 새로운 삶이 될 테니까. 그리고 새로운 삶에서는 기억할 필요가 없을 것이다. 어머니는 잊고 싶었고 잊히고 싶었다. 그토록 소름 끼치는 주목을 받고 난 이후로 그저 누구의 눈에도 띄는 일 없이 삶의 틈새로 빠져나가길 갈망했다.

매리언은 어머니가 그렇게 말을 많이 하는 모습에 깜짝 놀랐다. 그러나 그것은 가장자리 한 올 닳지 않은, 신중하게 만들어진 이야기였다. 매리언은 두 번 다시 질문하지 않았다.

캐터린 게스트하우스에 해가 저물고 매리언은 부모님 사진을 도로 갈색 마분지 상자에 집어넣었다. 값어치 없는 장신구들과 잊어도 되는 추억으로 꽉 찬 상자였다. 쓸모없는 사진 같으니. 어처구니가 없네, 돈 좀 되는 그림은 온데간데없고 이 사진은 멀쩡히 살아남다니. 이 지긋지긋한 사진은 참을 수 없다. 매리언이 상자를 발로 밀자 발꿈치가 아프다고 불만을 토했다.

창문으로 고속도로가 보였다. 잡목숲 너머로 잘 보면 폰스트러워커 대정원도 보인다고 프런트 직원은 말했다. 매리언은 눈을 가늘게 뜨고 창밖 풍경을 유심히 보았다. 사실 빛이 거의 없었다. 하지만 방안이 너무 고요해 창가에 서서 밖을 바라보면 그나마 기분이 덜 처졌다. 알바가 보고 싶었다. 당연히 그림을 제

148

외하고 제일 처음 궁금한 것이었다. 매리언은 최악의 경우가 두려웠지만 엄마로서의 실패에까지 정점을 찍듯 매럴리나가 알바를 데려갔다. 생각해보라, 딸이 개는 데려가면서 제 엄마는 게스트하우스에 집어넣은 것이다. 부아가 치밀었지만 더 예쁨받는다고 알바를 멸시할 순 없는 노릇이었다.

드디어 매럴리나의 번호가 핸드폰 화면에 떴다.

"찾았니?…… 그럼 말이야! 매럴리나, 그게 얼마나 중요한 건지 네가 이해를 잘 못하는 것 같은데…… 내가 언제 소리질렀다고 그러니?…… 하여간 확인할 수 있어? 좀…… 엄마가 최대한 상냥하게 부탁하고 있잖아ㅡ안 그럼 내가 잠을 못 잔다고…… 고맙다. 아까 변호사하고 얘기했어. 엉망진창이지 뭐, 할 수 없잖아? 변호사가 이렇게 돼서 시간을 약간 벌 수도 있겠다고 하더라, 빚쟁이들이 몰려오기 전에. 그동안 나는 주택보험이 어디까지 보장되는지 알아봐야지ㅡ수리비나 충당하면 다행이고…… 그게 무슨 말이니? 앞으로 어떻게 할지는 나도 모르지, 매럴리나, 나도 모르겠다ㅡ집을 팔거나…… 뭐?…… 그래, 너한테 얹힐 순 없겠지, 나도 그 정도는 알아, 애야……" 매리언은 웃음기 없는 웃음을 터뜨렸다. 한숨. "그래, 다 잘되겠지. 제발 그 그림이나 잊지 말고 꼭 찾아봐…… 응, 그럼 끊는다."

매리언은 틀니를 뺀 뒤 몸을 동그랗게 말고 손등으로 얼굴을

가린 채 잠을 청했다. 무엇을 막으려는 건지 그녀 자신도 알 수
없었다.

아침이 되자 애그니스가 편지를 가져왔다.

편지 쓰기는 지난했다. 호텐시아는 며칠째 머릿속으로 단어만
굴리는 중이었다. 보험회사의 손해배상청구서는 이미 받았다.
보험금청구서가 도미노처럼 차례차례 밀려들었다. 호텐시아는
리모델링 공사를 취소하면서 이 소식을 매리언이 들으면 즐거워
하겠다고 생각했다. 바시의 설명에 의하면―그는 애그니스에게
들었다―매리언은 길 아래 저 병날 것 같은 게스트하우스에 묵
고 있는데, 그런 상황을 전혀 달가워하지 않았다.

"제 가족들은 어쩌고? 축구팀을 꾸릴 만큼 자식도 많으면서."
호텐시아가 바시에게 물었다. 바시는 차를 갖다주고 서재 문간
에 잠시 서서 호텐시아의 뒷담화를 받아주고 있었다.

바시는 어깨를 으쓱했다. "애그니스 말이, 자식 둘은 해외에
산답니다. 나머지 둘은 국내에 있지만 없는 편이 더 나을 거라더
군요."

호텐시아는 코웃음을 치며 바시의 나무라는 표정을 무시했다.
세상 사는 즐거움도 갈수록 줄어드는 마당에 저 콘도르의 불행
을 즐기면 안 될 게 뭐람?

"하여간 뭐." 바시가 그만 가본다는 뜻으로 늘 사용하는 표현을 꺼냈다.

"무슨 일이 있었는데? 매리언과 그 집 애들한테?" 호텐시아는 바시를 붙잡고 얘기하고 싶어 안달이었다. 달리 할일이 없었다, 어차피 침대 신세였으니.

"애그니스는 자기가 예수를 계속 믿는 유일한 이유가 그 집에서 일하고 있기 때문이래요. 시련이 신앙을 단단히 해준다고."

"고약해라!"

"아고스티노 집안에서 일하자면 삶에서 예수가 필수랍니다." 바시가 몸을 돌려 나가자 호텐시아는 오랜 습관대로 그가 현관 복도를 지나 부엌으로 들어가기까지 발걸음 수를 세었다.

병원에서는 그 망할 간호사를 집에 두어야 한다고 고집했다. 호텐시아는 간호사의 일을 불쾌하게 만드는 데 최선을 다했고, 똑같은 사람이 다음날 또 오는 일이 절대 없다는 사실을 알고 기뻐했다. 콘스탄티노플 병원의 간호사 인력에도 한계가 있을 테니 조만간 사람이 없어서 그냥 내버려둘 거라는 게 호텐시아의 계산이었다. 괴저에 걸려 죽게 놔두라고, 제발. 그게 뭐 어때서?

병원에서 잔뜩 처방해준 진통제로 혼몽한 가운데 호텐시아는 사과문을 지어내려고 애썼다. 얼마 전 크레인 기사의 예시가 머릿속에 선명해서 그 남자가 빠뜨린 요소를 모른 척 생략할 수 없었다. 매리언에게 얘기하려는 여러 내용 중 어딘가에 잘못에 대한 인정이 있어야 했다. 나는, 호텐시아는, 공범이다. 나는 미안하다. 미안하다. 그 낱말 하나가 호텐시아의 자의식을 맹공격했다. 그래서 낮 동안 심한 욕지기를 여러 번 했는데, 그날 당번을 맡은 운 없는 간호사는 그게 통증과 관계가 있나보다고 생각했다. 바시가 방에 들어올 때마다 호텐시아는 매리언이 옆집에 돌아왔다는 소식을 들을까봐, 혹은 더 나쁘게 바로 집 앞에 와 있다는 얘기를 들을까봐 조마조마했다. 당연한 말이지만 매리언은 집으로 돌아오지 못했다. 그녀의 집은 망가졌고 일련의 보험 문제가 처리될 때까지 수리를 시작할 수 없었다. 누가 누구에게 무슨 짓을 했는가, 어떤 피해가 생겼고 누구에게 가장 큰 책임이 있는가, 누가 누구에게 채무를 지고 그게 얼마나 되는가.

매리언에게 전화를 해야 하리라. 그저 이 상태로 있으려 할수록 비겁자의 책임 회피밖에 되지 않음을 호텐시아는 잘 알았다.

전날 밤 연달아 악몽을 꾸고 나서(매리언이 호텐시아의 머리 꼭대기에 앉았다가, 플라스틱 이쑤시개로 이를 쑤셔달라고 했다가, 자신의 기름기 도는 흰머리를 호텐시아한테 치실로 쓰라고 했다) 유난히 컨디션이 나빴던 어느 날 아침에 호텐시아는 결심했다. 그만, 이제 됐어. 그녀는 바시를 소리쳐 부르면서 다음에 꼭 전기기사를 불러 침대 옆에 버저를 달아야지 생각했다.

"네, 말씀하세요."

"아고스티노 부인하고 얘기를 좀 해야겠어. 왜 그런 눈으로 보는데? 자네가 뭘 알아?"

바시는 물론 두 여인이 서로 못 잡아먹어 안달이라는 걸 알았다. 다들 알고 있었다.

"아무것도 아닙니다."

"흠, 그 여자하고 얘기를 해야 해. 그러니까 내 말은…… 사실 내가 그쪽으로 갈 수 없잖아, 보다시피?"

"네."

"그러니 자네가 애그니스한테 가서 말을 전해주겠어?"

바시가 고개를 끄덕였다.

"편지를 보내면 어떨까? 매리언한테 말이야. 애그니스를 통해서. 매리언이 올지 안 올지도 모르니까. 그 여잔 아마 내 이름자만 보고도 화염방사기를 꺼내들 거야."

바시가 빙그레 웃었다. 호텐시아는 바시가 자신의 신랄한 유머를 좋아한다는 사실이 늘 마음에 들었다.

"편지지 좀 줘. 두번째 서랍에 있어. 잠겨 있지 않아. 펜은 저기 있고."

친애하는 아고스티노 부인께.

호텐시아는 편지지를 구겨버리고 처음부터 다시 썼다.

　　매리언, 내가 당신을 곤란하게 만들었다는 거 알아. 직접 만나서 얘기하면 좋겠는데. 할 수만 있다면 내가 그쪽으로 가겠지만, 당신도 알다시피 내가 지금 침대에 묶인 신세라서. 도리에 벗어난 일이긴 한데, 그래도 부탁할까 해. 내가 직접 당신한테 사과할 수 있도록 당신이 와주면 좋겠어.

　　　　　　　　　　　　　　　　　　　　　　HJ

　　매리언이 과연 이것을 호텐시아가 응당 받아야 할 벌이라고 생각할지 궁금했다. 이리 와서 허약해진 내 모습을 봐, 와서 굽실거리는 모습을 보라고. 아니면 감히 어디서 오라 가라 하느냐고 격분할까? 아니면 이 두 가지의 오묘한 조합? 오긴 올까? 악몽은 계속 이어졌다. 며칠 동안 답장은 오지 않았다.

8

계속 딱딱거리며 톡톡 쏘아대는 악녀 호텐시아가 없으니 협의
회 모임도 나쁘지 않았다. 매리언은 주민들이 지난 모임의 회의
록을 돌려보며 서명하는 동안 기다렸다. 암울하고 따분한 게스
트하우스를 벗어난 것도 좋았고, 재정적으로 귀찮은 일들을 한
두 시간쯤 잊어버리는 것도 좋았다.

"미안해요, 내가 늦었죠, 매리언, 여러분." 루드밀라가 자리에
앉았다.

1964년 사람들이 집을 사서 입주했을 때 폰스트러위커 부부
는 이미 두어 해가량 전부터 캐터린에 살고 있었다. 매리언은 이
런저런 저녁파티에서 그들을 부러워했던 기억이 났다. 피부가
구릿빛인 얀(야니)은 이마로 내려와 왼쪽 눈을 찌르는 금발 몇

가닥을 가볍게 쓸어넘겼다. 루드밀라는 확실히 통통했지만(그리고 점점 더 살이 올랐다) 침착했고, 굳이 좋은 인상을 주려 애쓸 필요가 없어 보였다. 매리언은 그들을 좋아하지 않았기에 친구로 삼았고, 그들이 여는 파티마다 참석했으며, 돈을 빼면 시체인 그들의 결혼생활을 알아차리고 거기서 위안을 받았다.

"얀은 안 온대요?"

"이 건은 내가 알아서 처리하기로 했어요."

"좋아요. 그럼 토지청구 건에 집중해야겠지만 그보다 우선, 애거사, 그 뷸라 히르딘이란 여자한테서 또 편지가 왔다면서요?" 애거사는 사서함 확인 담당자였다.

"네, 이번엔 직접 만나자고 하던데요."

"매리언, 그 여자는 호텐시아하고 직접 연락하라고 넘겨요." 세라 클라크가 말했다. "둘이 알아서 처리하라고. 샘소딘 건처럼 법적 영향력이 있는 것도 아니고, 사실 우린 샘소딘가의 토지청구 건에 집중해야 한다고요."

"그 편지 좀 이리 주겠어요?"

애거사는 테이블 위로 몸을 뻗어 편지봉투를 매리언에게 건넸다.

매리언은 편지를 훑어보았다. 그녀는 아직도 이 뷸라 히르딘 건으로 호텐시아를 고문할 수 있다는 희망을 품고 있었다. 그렇게 쉽게 넘겨주고 싶지 않았다. "이 건은 내가 계속 알아보죠." 매리언은 편지를 가방에 넣었다. "애거사, 도서관에 캐터린의 역사에 관한 코너가 아직 있나요? 나중에 내가 한번 가서 히르딘 부인의 얘기가 맞는지 타당성을 확인해볼까 합니다."

"이제 샘소딘가의 청구 건으로 넘어가도 될까요? 첫번째 중재 후에 우리 변호사가 앞으로 어떻게 진행해야 할지 조언해줬거든요." 루드밀라가 참지 못하고 말했다. 그녀가 입주민협의회를 업신여긴다는 건 비밀이 아니었다. 루드밀라는 협의회를 항상 '그 모임'이라 불렀고, 늙은 여자들이 모여 입방아나 찧는 곳이라는 생각을 매리언에게 숨기지 않았다.

"변호사요?" 누군가 물었다.

"그런데 루드밀라, 아직 조정 단계잖아요." 매리언이 말했다.

"나도 알아요. 하지만 토지청구재판으로 넘어갈 수도 있으니 만반의 준비를 갖춰야죠."

"변호사가 뭐라던가요? 저쪽에서 재판을 건대요?"

"저쪽이 소송을 냈죠. 하지만 우리가 반박할 수 있어요."

"소송을 걸었다고?" 매리언은 충격을 감추지 못했다가 루드밀라의 눈빛에서 연민을 읽어내고 이내 얼굴을 붉혔다. 루드밀라가 세상물정 모르는 어린애를 보듯 한심하게 자신을 쳐다본 것 같았다.

"하지만 반박할 수 있다고요." 루드밀라가 재차 말했다. "샘소 딘가에서도 변호사를 고용했어요. 조정위원회는 금전적 보상을 제안하고 있지만 저쪽에서 거절할 것 같아요. 그러니 결국 법정 으로 갈 가능성이 매우 높죠."

루드밀라는 앞으로의 전략에 관해 말했지만 매리언은 건성으 로 흘려들었다. 샘소딘가에서 소송을 걸 가능성이 높다는 말에 정신이 아득해졌다.

"폰스트러워커가는 토지를 어떻게 취득했어요?" 매리언이 물 었다.

"경매로요. 집주인들이 절망적인 상황이라 돈이 필요했거든 요. 우린 정당하게 매입한 거예요."

매리언은 그저 고개만 끄덕였다.

간호사는 빡친 상태였다. '빡치다'가 사전에 있는 말은 아니었 지만 호텐시아는 그런 식으로 표현했다. 어머니가 쓰던 말이었 지 아마? 어쨌든 호텐시아 주변의 사람들이 흔히 보이는 행동을 그 단어 하나로 표현할 수 있었다. 그녀가 무슨 말을 하면―그저 간결한 말인데, 기분 상하게 하려는 게 아니라 다만 사실을 말한 건데―사람들은 빡쳤다. 어떤 빡침은 불쾌감을 드러내며 입꼬 리를 내리거나 전반적인 불만을 나타내려 몸을 흔드는 등의 신체적 특징을 동반하기도 했다.

"사과하시죠, 제임스 부인. 나한테 그런 식으로 말하는 사람은 없습니다."

어떤 사람들은 빡치면 이렇게 나오기도 했다. 사과의 말을 지어내 입에 올리는 게 호텐시아에게 얼마나 어려운 일인지 전혀 감안하지 않고 사과를 요구했다.

"수간호사님께 보고하겠어요."

협박하는 사람도 있었다. 그런데 뭐라고 보고하겠다는 거야? 내가 무슨 말을 했다고? 이 남자는, 이 간호사는 백인이라는 마음의 부담을 덜기 위해 자신이 얼마나 인종에 대한 편견이 없는지, 흑인 친구는 또 얼마나 많은지, 넬슨 만델라는 얼마나 훌륭한지에 관해 애써 잡담을 늘어놓는 우를 범했다. 그는 호텐시아의 집에 들어서자마자 이를테면 정치적으로 올바른 설사를 싸야한다고 생각한 듯했고, 거의 반사적으로 백인이 도처에서 싸지른 악행에 대한 책임을 피하기 위해 개인적 일화를 줄줄이 풀어내기 시작했다.

"보고할 게 뭐가 있는지 모르겠지만, 하고 싶은 대로 하시구려."

간호사는 은행 경비원인 자기 친구에 대해 얘기하면서 그 '녀석'이 '아프리카식 악수'를 가르쳐줬다고 말했는데, 그게 뭐가 문제인지 전혀 인지하지 못하고 있었다. 호텐시아는 그가 선택한 어휘를 고대로 돌려주면서 그 '녀석'과 친구가 된 이유가 뭐냐고 물었다. 그 녀석이 흑인이기 때문인가 가난하기 때문인가? 아니면 가난한 흑인이라서?

호텐시아는 심술을 부리는 게 아니라 정말 순수하게 궁금해서 물어본 것이었다. 그녀는 간호사가 묘사한 것 같은 그런 장면을 이미 수도 없이 목격했다. 불편할 정도로 가까운 거리에서 저절로 생겨나는 난처한 열의. 경비원이라는 직업과 빌어먹을 거추장스러운 악수는 백인이 자기네 겸양의 암호로 일찌감치 정해놓은 것이었다. 말하자면 편리한 지름길인 셈이다.

"그 녀석이 당신 친구가 아니라는 건 알고 있겠죠?" 호텐시아가 물었다. 그녀는 1994년 이후 이 나라의 상황에 대해 나름대로 공부를 마쳤다. 진짜로 필요한 것을 숨기기 위해 도입된 귀여운 속어 표현과 악수 같은 싸구려 트릭. 통합이 진정한 목표라면 진짜로 험난한 고투가 들어서야 할 자리를 대신한 슬로건. "분명 바보도 아닐 테고?" 호텐시아는 간호사에게 물었다. "그럼 결론은 당신이 거짓말쟁이라는 거네."

간호사는 이제 조그만 의료가방을 꾸리고 있었고, 그건 이 집을 나간다는 의미였다. 다행스럽게도 병원에서 그녀에게 보내준 마지막 간호사가 되었다.

"감히 나한테 그런 식으로 말해? 살면서 이런 취급은 처음이

160

야." 그는 들으라는 듯 침을 튀기며 똑똑히 말했다.

호텐시아는 고개를 끄덕였다. 그녀는 등을 대고 누워 몇 겹으로 쌓아올린 베개에 발을 얹고 있었다. 하라는 대로 고분고분 발목을 돌리는 운동을 하는 중이었다. 간호사는 호텐시아가 던진 돌에 맞기라도 한 것처럼 상처받은 얼굴이었다. 그러나 호텐시아에게 돌이 필요한 경우는 거의 없었다. 말이면 충분했다.

"이 약들은 여기다 두고 가죠." 간호사는 침대 옆 협탁에 약뭉치를 놓고는 가방을 집어들고 획 방을 나갔다.

이로써 사흘 만에 다섯 명의 간호사가 제 발로 나갔다. 호텐시아는 낮게 탄성을 질렀다.

바시가 들어오자 기분이 좀 나아졌다. 호텐시아는 늘 그에게 고마움을 느꼈고, 다행히도 그는 그녀에게 그것을 인정하라고 단 한 번도 요구하지 않았다. 제임스 부부의 집에서 근 이십 년 동안 일해오면서 바시는 용케도 호텐시아를 화나게 한 적도, 먼지처럼 사라지라는 말을 내뱉을 기회를 준 적도 없었다. 그는 과묵한 남자였고, 친구 같은 고용주가 되려는 피터의 모든 시도를 슬쩍슬쩍 쳐냈다. 그러나 체스를 두자는 제안에는 선선히 응했는데, 첫 체스 게임에서 바시가 피터를 크게 이겨 당황케 했다. 호텐시아가 기억하기로 그건 피터에게 꽤나 처참한 패배였다. 그다음부터는 이상하게도 바시가 두 번 다시 이기지 못했다.

움푹 들어간 바시의 두 눈은 가늘게 찢어졌고 피부는 반짝반짝 빛났다.

그는 입구를 봉하지 않은 봉투를 들고 있었다. 안에 든 종이는 상단에 게스트하우스의 이름이 찍혀 있고 반으로 접혀 있었다. 그리고 이렇게 쓰여 있었다.

알았어.

호텐시아는 매리언이 오겠다는 뜻으로 알아들었다. 매리언이 구체적인 날짜나 시간을 군이 명시하지 않은 것에 본능적으로 짜증이 났지만, 전반적인 상황으로 볼 때 이게 그나마 매리언의 수중에 남은 유일한 권한임을 받아들이기로 했다. 매리언은 호텐시아가 어디 갈 리 없다고 확신하면서 자기 마음이 내킬 때 나타날 것이다. 호텐시아가 할 수 있는 일은 기다리는 것뿐이었다.

아니나 다를까, 현관에서 들리는 높고 새된 목소리, 마카사르산 흑단 마룻바닥을 가차없이 찌르는 구두굽소리―다른 사람일 리 없었다. 바시가 문틈으로 고개를 내밀고 손님이 왔음을 알리려 했지만 매리언은 그가 입을 열기도 전에 방안으로 밀고 들어왔다.

"호텐시아." 매리언의 뻣뻣하고 사무적인 태도 덕분에 호텐시아는 눈앞에 놓인 업무가 극악의 난이도임을 새삼 깨달았다.

"매리언, 일단 앉지 그래."

호텐시아는 슬며시 자리를 피한 바시를 다시 불러들여 매리언에게 뭘 마시고 싶은지 물었다. 매리언이 레모네이드를 청하자 바시는 음료를 준비하러 나갔다. 호텐시아는 업무에 착수하기 전에 바시가 음료를 갖고 돌아올 때까지 기다리는 편이 현명하겠다고 생각했다. 한번 시작하면 방해받지 않고 단숨에 해치워야 했다. 매리언은 눈에 빤히 보이는 병상의 자질구레한 모습에도 무관심하게 아무 말 없이 앉아 있었다— 어디가 아파? 얼마나 있어야 다 낫는데? 따위는 한마디도 없이. 바시가 그들의 팽팽한 침묵 속으로 들어와 침대 옆 협탁에 레모네이드 유리잔을 놓아둔 후 다시 물러갔다.

"제법 바빴거든. 바로 올 수 없었어."

"와줘서 고마워." 이토록 상냥하게 남의 기분을 맞춰주려 마지막으로 애썼던 때가 언제였는지 기억도 안 났다. 꼭 연극을 하는 것 같았다.

"그래, 그런데 무슨 일이야? 서류 작업을 놓고 당신하고 상의할 생각은 없지만, 지금까지 보험사에서 장난친 일은 없으니 다행이야."

호텐시아는 매리언이 무슨 말을 하는지 잘 알 수 없었다. 무시하는 게 최선이다.

"아니 뭐, 내가 편지에서 얘기했던 대로······" 전혀 기억이 안 나는 척 저렇게 쇼를 하다니 정말 매리언답군, 호텐시아는 생각했다. "직접 얼굴 보고 사과하고 싶어서."

매리언은 이제 곧 국가가 연주되고 가슴에 한 손을 얹어야 되는가 싶게 주의를 집중했다. 호텐시아는 침을 삼켰다. 짧게 말해야지 다짐했었다. 말이 많아질수록 덜 미안해하는 것처럼 보이니까.

"내가 당신한테 잘못했다는 걸 알았어. 당신 집이 박살났고, 그건 내 잘못이야. 미안해."

짧아서였든 아니면 호텐시아의 바람처럼 터무니없이 솔직해서였든, 매리언은 사과를 받고 오히려 약이 오른 듯했다. 어쩌면 그것이 모든 사과의 진면목일지도 모른다고 호텐시아는 생각했다. 피해를 당한 쪽에 큰소리칠 권한을 주는 것. 어쩌면 크레인 기사가 피하려 했던 건 오로지 이것일지도 모른다. 그러나 호텐시아는 자신이 성심성의껏 사과해서 매리언을 약오르게 만들었다는 사실이 즐거웠다. 두 마리 토끼를 잡은 기분이었다.

"······그러니까 그게 어떻게 되어갈지 잘 알잖아." 매리언이 말하는 중이었다. "집을 팔아야 해서 타협해줄 여유가 없어─집

상태는 전부 완벽해야 해. 그리고 무엇보다, 집은 차치하고, 이 거부터 들어봐. 그 문제의 벽 맞은편에 그림이 하나 있었어. 원화였다고. 어딘가 손상됐을 거야." 매리언은 앉은자리에서 허리를 꼿꼿이 폈다. "피에르네프 작품이지. 그러니까 고작 세 문장을 내뱉은 걸로 당신 할일을 다 했다고 생각하지 마. 당신 때문에 난 몹시 곤란해졌어. 아주 몹시."

호텐시아는 풍경화에 열광했던 적이 단 한 번도 없었지만 매리언의 표정은 그 주제에 대한 토론을 허용하지 않았다.

"매리언," 호텐시아는 낼 줄 아는 가장 부드러운 목소리로 나지막이 말했다. "정말로 미안해."

매리언은 일어섰다. 레모네이드는 반밖에 마시지 않았지만 지금 가려고 일어섰다는 점은 명백했다. 그리고 나갔다. 이 모든 상황이 호텐시아에게 내려놓을 곳 없는 갈망을 안겨주었다.

9

콘스탄티노플 병원에서 마지막 간호사하고 무슨 일이 있었느냐고 묻는 전화가 왔다. 호텐시아는 제발 좀 그만하길 빌었다. 맨 처음 그런 낌새를 느꼈을 때부터 호텐시아는 간호사 따위 필요하지도 않고 원하지도 않는다고 누누이 얘기했다. 하여간, 수간호사가 발끈해서('빡치다'의 훨씬 누그러진 버전) 말했다. 다른 간호사를 파견하는 데 어려움이 있습니다. 이런 일은 전례가 없어요. 아세요? 뭐, 저희가 알아보긴 해야겠죠. 환자분의 건강은 저희 책임이고, 저흰 도와드리려고 노력하는 거예요. 알았어요, 호텐시아는 말했다. 자신이 적게 말할수록 통화는 더 짧아지고 성가신 일도 더 빨리 끝날 터였다. 하여간, 간호사가 말을 이었다. 지금은 가봐야 하니 나중에 다시 걸겠습니다. 그래요, 하고 호텐시아는 전화를 끊었고, 간호사의 말에서 전반부는 마음에 들었지만 후반부는 실현되지 않기를 바랐다.

그사이 호텐시아는 혼자서 몇 가지 계획을 세웠다.

"바시!" 그녀가 소리쳤다.

바시가 들어왔다.

"자." 호텐시아는 말문을 뗐다. "이제 내가 약간의…… 도움이 필요하게 될 거야."

그녀는 여태껏 세정 활동을 두 가지 방법으로 해결해왔다. 더 간단한 쪽의 활동은 바시가 낮은 테이블과 따뜻한 물 한 대야를 손 닿는 곳에 갖다놓기만 하면 됐다. 거기에 더해 깨끗한 스펀지와 나무받침에 얹은 흰 비누만 있으면. 그러나 더 내밀한 활동을 위해서는 있는 품위 없는 품위를 다 긁어모아야 했다. 그녀는 바시에게 환자용 변기를 가리킨 다음, 자신이 팔과 다리로 버텨(퇴원해서 매일 연습해온 덕분에 가능했다) 엉덩이와 침대 사이에 틈을 만들면 거기로 변기를 밀어넣으라고 설명했다. 고용주와 고용인이 전에 없이 가까워졌다. 친근한 냄새가 그들을 감쌌다.

"변기 겸용 의자를 주문하겠어." 호텐시아는 자신의 배설물을 버리기 위해 복도로 나가는 바시의 등뒤에 대고 말했다. "그리고 간호사도."

그녀는 사설 간호인력 광고전단을 손에 들고 전화번호를 눌렀다. 저편에서 전화를 받기를 기다리는 동안 이불자락을 만지작거렸다. 격주에 한 번씩 있는 하우스 오브 브레이스웨이트 수석 디자이너들과의 통화를 놓쳤다. 나이가 들자 호텐시아는 모든 디자인이 자신의 승인을 거쳐야 한다는 주장을 마지못해 접었다. 남아프리카로 이주하면서 회사 지분을 파트너인 아데바요에게 팔고 케이프타운 지점을 따로 열었다. 하우스 오브 브레이스웨이트는 여전히 런던의 스튜디오에서도 돌아갔다. 일흔 살이 된 2000년이 되어서야 피로를 느낀 호텐시아는 매일 출근하기를 그만두었다. 기술의 발달은 집에서도 회의를 주재할 수 있게 해주었고, 회사에서 일어나는 모든 일을 알고 있다는 자부심을 느낄 수도 있었다. 그러나 이따금 전화 통화에서 생색어린 겸양을 감지했고, 젊은이들이 노인을 대하는 고약한 버릇대로 디자인 스태프들이 그녀를 웃음거리로 삼는 건 아닐까 싶었다.

마침내 저편에서 누군가가 전화를 받았다. 호텐시아는 목청을 가다듬었다. "여보세요?…… 네, 간호사를 한 명 부르려고요. 키는 165센티미터에 몸무게는 52킬로그램 내외, 나이는 마흔에서 쉰 사이, 되도록 독신이면 좋겠어요, 아이가 없는. 내가 딱 질색인 사람은 누…… 여보세요?"

물리치료사는 곱슬거리는 짧은 노랑머리를 이마와 귀 뒤로 넘긴 키 큰 여자였다. 큰 발에는 호텐시아가 끔찍이 싫어하는 크록스 신발을 신었다. 끝에 e가 붙은 캐럴Carole이라는 이름의 물리치료사는 털털하니 거침없었고 그 점은 고마웠다. 그녀는 호텐시아를 갓 쉰 살쯤 넘긴 것처럼 대했으며, 환자의 상태에 일말의 동정심도 없었다. 오히려 멍청한 노파가 다리를 부러뜨린 일에 짜증이 난 듯 보였다. 그 모든 게 호텐시아에게는 잘 맞았다.

"우리 병원에선 간호사를 찾아드릴 수 없는 모양이던데요." 캐럴이 말했다.

호텐시아는 그 문제에 관해 전혀 아는 바가 없음을 시사하기 위해 방긋 미소를 지었다.

물리치료사는 일주일에 세 번 방문했고, 골절 부위가 회복됨에 따라 방문 횟수가 점점 줄어들 거라고 설명했다. 호텐시아는 캐럴과 있으면 편안했고, 그녀가 시키는 대로 일련의 운동을 수행했다. 특히 운동을 의욕적으로 하면서 다시 힘을 얻어 자신의 일을 스스로 할 수 있기를 갈망했다.

캐럴에 대해 감내해야 하는 유일한 고난은, 그녀가 호텐시아한테 어린애 대하듯 처음부터 끝까지 일일이 설명해야 직성이 풀린다는 것이었다. 말의 내용보다 말투가 더 가관이었는데, 이 아둔한 호텐시아도 아주 쉽게 이해할 수 있도록 한없이 느릿느릿 얘기했다.

"체중을 지탱할 수 있는 근력을 길러야 합니다." 어떤 종류의 운동이건 상관없이 캐럴이 주구장창 읊어대는 주문이었다.

캐럴이 오면 늘 정해진 순서가 있었다. 일단 집에 도착하면 사교적인 인사말 한마디 없이 호텐시아의 다리 근육 상태에 대한 질문을 몇 가지 던지고 곧장 침대에 누워서 하는 운동을 시켰다. 보통 침대 운동이 끝나면 캐럴은 사투를 벌이며 환자를 간신히 의자에 앉혔는데, 세번째 방문부터는 기세가 좀 약해졌다.

캐럴은 침대에서 호텐시아를 일으켜 앉히고 잠시 있더니, 아까 현관문을 열어준 덩치 큰 흑인이 안락의자에 호텐시아를 앉히는 걸 도와줄 수 있느냐고 물었다.

"그 사람 이름은 바시예요." 호텐시아는 전에 설치해둔 버저를 누르며 정색하고 말했다.

바시가 와서 요청에 응했다.

캐럴이 변기 겸용 의자를 조립했다. 나중에는 복도로 나가 호텐시아가 보행보조기를 잡고 왔다갔다 걸어다니는 동안 벽에 기대서 있었다. 운동법에 새로 추가된 항목이었다. 호텐시아는 보행보조기에 모욕감을 느꼈고 매우 싫어했다. 품격이라곤 눈 씻고 찾아봐도 없는 금속 기구 같으니.

"봤죠." 호텐시아는 엄청 힘들며 볼품없이 복도를 걸으며 말했다. "나는 간호사가 필요 없어요."

"제임스 부인, 우린 그냥 나 몰라라 할 수 없어요. 간호하는 사람 없이 이렇게 여러 날이 지난 것만으로도 충분히 문제예요. 밤 시간대에는 어쩌고요?"

"밤 시간대에 어쩌다니?"

"무슨 일이라도 생기면요? 넘어질 수도 있고, 뭐가 필요할 수도 있고. 내가 물어봤는데, 그 덩치…… 바시는 여기 살지 않는다면서요."

"무슨 말을 하는지 모르겠군."

캐럴은 미간을 찌푸리며 눈동자를 굴렸다. "병원에서 나중에 연락드릴 거예요, 제임스 부인. 또다른 문제는, 다음주에 저는 여기 없어요."

"오 맙소사." 호텐시아는 진심이었다.

캐럴은 인상을 썼다. 나름 웃어 보이려는 시도였을 것이다.

"패나 갑작스럽긴 한데, 이번주에 결혼하거든요. 신혼여행을 가요."

"근사해라." 이번엔 진심이 아니었다. "그럼 어떻게 되나? 병원에서 연락을 하려나?"

"음, 병원에서 연락할 거예요, 네. 그럼 안녕히 계세요, 제임스 부인."

병원에서는 연락이 없었다. 그 대신 호텐시아는 누군가의 목소리를 들었다…… 닥터 마마? 호텐시아는 넓은 복도를 걸어오는 두 사람의 소리에 귀를 기울였다.

"의사 선생님이 오셨습니다." 바시가 알린 후 문을 닫고 나갔다.

"마마 선생!" 호텐시아는 진심으로 놀랐다.

닥터 마마는 피터의 가정의였다. 호텐시아는 이 년 가까이 그를 보지 못했다.

"제임스 부인, 이게 무슨 일입니까…… 그래도 반갑군요."

그는 다초점 안경을 썼고 머리가 희끗희끗했다. 호텐시아는 만면에 미소를 머금었다. 그녀는 미소 짓는 흑인 여성이 겉보기에 전혀 무해하다는 점에서 위험천만한 무기임을 알게 됐다. 특히 이곳 케이프타운에서는. 그것은 사람들의 주의를 흩뜨리는 미끼였고, 그사이 호텐시아는 그들의 약점이 어딘지 파악했다.

"진짜 뜻밖이네요!"

"뭐, 세상 소식이라는 게 돌고 도니까…… 제가 와야 했죠."

"무슨 말도 안 되는 소리를. 친절하기도 하셔라." 바로 그때 호텐시아는 예전에 의사가 한 말이 기억났다. 남편의 병세를 설명하고 경고하며 마음의 준비를 하라던.

"다리가 부러진 사람치곤 아주 즐거워 보이시는데요." 그가 침대 가까이 다가섰다.

그다음으로 호텐시아는 그가 잘생긴 남자라는 걸 깨닫고 놀랐다. 대체 어디서 이런 감상이 생겨난 거지? 이 년 전에는 그런 생각을 전혀 안 했는데.

"나야 언제나 사는 게 즐겁죠." 호텐시아는 거짓말을 하고서 이 가당찮은 주장에 이어 터진 자신의 웃음소리를 듣고 기분이 좋아졌다.

닥터 마마도 같이 웃음을 터뜨렸다. 그의 왼쪽 뺨에 보조개가 파였다. 두 눈이 맑았다. 피부색은 짙고 살갗은 매끄러웠는데, 그걸 보고 호텐시아는 바시의 장바구니 목록에 카카오 85퍼센트 린트 초콜릿을 추가해야겠다고 생각했다.

"통증은 좀 어떻습니까? 이게 지금껏 드시고 계신 약인가요?" 의사는 침대 옆 협탁에 놓인 약들을 꼼꼼히 살폈다. 셀레브렉스 한 통, 항염증제, 파라세타몰, 진통제.

"어떤 통증요?" 호텐시아는 또 웃었다. 웃는 것을 즐기고 있었다. 웃을 이유가 거의 없었지만 닥터 마마도 충분히 괜찮은 이유가 되는 것 같았다.

"그 얘기 아시잖아요." 의사가 말을 이었다. "우리 나이에 통증 없이 잠에서 깨면 틀림없이 죽은 거라고."

거듭 터지는 웃음.

"좀더 진지하게 말씀드리자면, 부인은 확실히 강한 여성입니다. 하지만 통증이 너무 심하면 휴식에 영향을 미칠 겁니다. 잠은 잘 주무십니까?"

호텐시아는 재무장했다. 의사는 간호사만큼 나쁘진 않지만, 그래도 정신을 바짝 차려야 했다. 심지어 그가 저런 눈빛으로 힐끗⋯⋯

"네?"

"미안해요, 못 들었어요."

"주무시는 것 말입니다, 제임스 부인."

"호텐시아라고 불러요."

"호텐시아, 여덟 시간은 깨지 않고 주무시나요? 못해도 일곱 시간은?"

그녀는 웃었다, 이번에는 흥에 겨운 웃음이었다. "디자인과 학생이었을 때부터 일곱 시간을 내리 자본 적이 없어요. 적당히 해요, 의사 선생."

"고든입니다."

"고든."

"좋아요. 그럼 그에 대한 조치를 취해야겠군요."

"수면제는 안 먹어요."

"알아요, 그건 권하지도 않을 겁니다."

"잘됐군요."

"잠들기 전에 느긋하고 편안한 생각을 떠올리시는 건 어떨까요? 낮에 주무실 때도 있나요?"

"이따금. 달리 할일이 없어서."

"낮잠은 되도록 피하세요. 밝은 대낮에 쓰기보단 밤 시간대를 위해 잠을 모아놓는 거죠."

호텐시아는 싱긋 웃었다. 한 점의 악의도 없는 해맑은 미소였다.

"진통제도 바꾸겠습니다. 그리고 생균제를 좀 처방해드리죠. 매일 맞는 주사는 누가 놓고 있습니까, 와파린 투여는?"

"아, 나의 하루 가운데 하이라이트죠. 캐럴이 바시에게 어떻게 하는지 알려줬어요."

그가 고개를 끄덕였다. "그럼 이것들은 제가 치우겠습니다……" 그는 호텐시아가 보기에 마치 요술을 부리듯 줄줄이 약병을 치우고 다른 약병으로 대체했다. "이건 한꺼번에 복용하세요. 여기, 용법이 적힌 표를 두고 가겠습니다. 가기 전에 저 신사분께 설명을 해드리죠."

호텐시아는 사실 그를 제대로 쳐다본 적이 없었다. 피터와 결혼생활을 유지하는 것만으로 정신없이 바빴다. 그런데 닥터 마마에게는 어딘가 '어지럽고 엉망진창'인 느낌이 있었다. 누구든 의사한테 결코 그런 느낌을 받는 걸 원하지 않을 텐데, 참 이상했다. 다만 호텐시아가 의료산업 종사자에 대해 가장 혐오하는 건 그들이 아는 모든 지식을 과대포장해 환자와 자신들 사이에 산처럼 쌓는 태도였다. 닥터 마마, 아니 고든은 그런 태도가 전혀 없었다. 어쩌다 실수로 의사가 된 것 같았고, 그의 잘못은 아니지만 어쨌든 유감인 듯했다. 그는 무력하면서 지적으로 보이면서도 우연히 뭘 알게 된 바람에 의사가 됐다는 식으로 초연했다. 그걸 또 남들 앞에서 흔들어댈 필요도 없어 보였다. '그냥 잊어주세요' 타입에 가까웠다.

"좋아요. 그럼 다른 건 없나요? 소화는 잘되십니까? 그러니까 장운동 말입니다."

"다시 한번 말씀해주시겠어요?"

"알겠습니다. 그럼 변비일 경우 제게 알려주실 점잖은 방법을 좀 찾아주시겠습니까?" 그가 윙크했다.

호텐시아는 적잖이 누그러졌지만 그래도 방어막을 완전히 내려놓지 않았다.

"내가 지금 헷갈려서 그러는데, 이제 선생이 내 담당의인가요? 병원에서 선생을 내게 보냈나요?"

"꼭 그런 건 아니고요. 저는 부인의 건강을 염려하는 친구로서 왔습니다."

"거짓말!"

"캐럴이 부인의 물리치료사 맞죠?"

"아, 캐럴. 착한 아가씨죠. 예의바르고."

"캐럴이 부인에 대해 얘기하더군요." 의사가 말했다.

"험담?"

"전혀요. 하지만 콘스탄티노플 병원에서 부인과 관련해 겪고 있는 '어려움'에 대해 자세히 얘기해주긴 했습니다. 제가 여기에…… 뭐, 가보겠다고 했죠." 그는 서글서글하게 웃었다. "병원에선 부인이 저를 마음에 들어하길 바란 것 같습니다."

"알겠어요. 그러니까 이 모든 게 비밀 의료종파 모임이었군요?"

"여전히 재치 있으십니다, 호텐시아. 제 기억에 당신은 무척 재미있는 사람이거든요."

아무도 호텐시아의 유머감각을 알아주지 않았다. 신랄하다, 그건 맞지. 하지만 재미는 아니었다.

"그리고 이 말도 하고 싶었습니다. 삼가 고인의 명복을 빕니다. 제임스 씨가 몇 주 전에 돌아가셨다고요."

호텐시아는 도로 미소를 꺼내 갑옷으로 장착했다. 표정을 관리했다. 표정 관리야말로 그녀의 장기였다. 친절함을 앞세운 낯선 이의 매복 공격을 피하는 방법이었다.

"……제게 전화하세요." 그가 말했다.

호텐시아는 그가 방금 섹스 파트너가 필요할 때 연락해도 된다는 건지 아니면 같이 영화 보러 가자는 건지 듣지 못했다. 그녀는 다만 고개를 끄덕였다.

"그럼 이제 마지막 문제가 남았군요, 가정간호사 말입니다."

"내 몸은 내가 알아서 돌볼 수 있어요, 의사 선생. 아니 고든."

닥터 마마는 들어올 때 가져온 갈색 가죽가방의 버클을 잠갔다. 그 가방만으로도, 그 우아한 재단과 대담한 빨강 스티치만으로도 호텐시아는 그에게 키스해야 할 판이었다.

"이해합니다, 호텐시아. 다만 가정간호사에 대해 설명드리지 않은 게 있어요."

호텐시아는 허리를 쭉 폈다.

"우리 의사가 가정간호사를 파견하는 건 사실 환자의 복리를 위해서가 아닙니다."

"뭐라고요!" 호텐시아는 믿지 못하겠다는 듯 웃었다.

"뭐, 물론 환자의 복리에도 도움이 되겠죠. 하지만 부인의 경우처럼 의사가 매일 들여다보고 모니터하지 못할 때 간호사의 존재는 환자보다 우리에게 더 중요합니다. 간호사는 우리가 환자에게 가능한 최선의 치료를 하고 있는지 확인해주는 역할을 합니다. 그러지 않을 경우에는 위험요소가 너무 많아요."

호텐시아는 귀를 쫑긋 세우고 경청했다. 그녀는 닥터 마마가, 나긋나긋하게 말하는 그의 태도가 마음에 들었다. 알다시피 그는 호텐시아가 들을 필요가 있는 말만 하고 있었지만 그럼에도 그녀는 고마워하지 않을 수 없었다.

"요컨대 당신 생각엔 나한테 간호사가 꼭 필요하다는 말이군요."

"반드시 필요합니다, 호텐시아."

그녀는 앞머리를 후 불었다.

"나는 간호사가 싫어요."

"유감이군요."

호텐시아는 창밖을 내다보았다가 리모델링 공사가 연기됐다는 사실에 짜증이 일었다. 망할!

"그러니 확답을 주시겠습니까? 더이상 간호사를 냉대하지 않겠다고? 그들은 해를 끼치려는 게 아니에요, 호텐시아."

"누가 나하고 같이 있어주기만 하면 되는 거죠, 맞아요?"

"네, 맞습니다. 어느 정도 능력을 갖춘 사람이. 그저 누군가라도…… 뭐, 비상시를 대비해서요, 예를 들자면."

호텐시아는 고개를 끄덕였다. 이미 바시에게 부탁해보긴 했다. 성질을 돋우는 태도로 거절했지만 그녀는 바시의 대답을 존중했다. 그녀는 그를 소유한 게 아니고, 그도 그녀에게 빚을 진 건 아니니까.

"아주 훌륭한 간호사가 있습니다. 전에 한번 같이 일해본 적이 있어요, 트루디라고."

트루디? 무슨 이름이 그래? 호텐시아는 웃는 것처럼 보이길 바라며 억지로 표정을 지었다. 하지만 어쩔 수 없이 혹사당하는 기분이었다.

"그럼 된 거죠? 만족하신 거죠? 트루디는 내일부터 나올 테고, 최소한 일주일은 밤에도 머물 겁니다. 그다음에 다시 보죠. 어떻습니까?"

호텐시아는 패배의 표시로 손가락을 튕겼다.

"같이 일을 해결하게 되어 기쁘군요."

호텐시아는 그날 내내 구토감에 시달렸다.

트루디라는 그 불운한 사람은 흑인이었다. 잠비아 출신이라고 했고, 미국식 억양으로 말했으며, 키가 아주 작고 통통해서 첫 일주일이 지난 후 호텐시아는 트루디가 바시의 거구에 대비되는 완벽한 코미디 콤비라는 느낌이 들었다. 둘을 무대에 올리면 자연스레 웃음이 터질 것이다. 게다가 트루디는 새파랗게 어렸다. 트루디가 오고 하루 지나서 호텐시아는 닥터 마마에게 전화를 걸었다.

"나한테 릴리퍼트* 사람을 보냈네요."

---

* 『걸리버 여행기』에 등장하는 소인국.

그가 껄껄 웃자 호텐시아는 농담이 아님을 강조했다.

하지만 트루디거나 아니면 아무도 없거나였다. 더이상 간호사가 남아 있지 않았다. 또 트루디의 젊음이 아주 쓸모없지 않을 수도 있었다. 호텐시아는 젊은이들이 눈치 빠르고 요령 좋다는 세간의 통념에 동의하지 않았다. 오히려 나이들고 보니 젊은이들은 일반적으로 둔감함이라는 특수한 솜털에 둘러싸여 세상의 영향을 별로 받지 않았고, 관찰자가 약간만 무딘 눈으로 보면 영리함으로 쉬이 착각할 수도 있었다. 트루디도 그런 식으로 코팅되어 있는 덕분에 다행스럽게도 호텐시아의 신랄함에 거의 영향을 받지 않았다.

"그런데 트루디가 원래 이름인가?" 호텐시아는 트루디가 도착한 지 한 시간도 되지 않아 포문을 열었다.

"저도 진짜 싫어요." 트루디가 푸념하는 그 말이 망입유리처럼 호텐시아를 둘러쌌다.

주고받기는 거기서 끝났다. 이번만은 호텐시아도 대꾸가 없었다.

10호의 일층에는 공용 공간과 별도로 지금은 병실로 전환된 호텐시아의 서재가 있었고, 피터가 병든 이후로 사용한 적 없는 그의 서재도 있었다. 노인용 별채로 이어지는 세탁실도 있었다. 바시는 늘 들고 다니는 가방을 별채에 두었다. 호텐시아는 그가 밤에 머물기로 한다면 그 별채에서 지내면 된다고 을러댔지만 바시가 그녀를 위해 일해온 수십 년간 그런 일은 한 번도 벌어지지 않았다. 세탁실에 인접한 별채는 욕실이 딸린 아담한 게스트 룸인데 요즘 트루디가 그곳에서 잤다.

트루디는 노크도 없이 호텐시아의 서재에 들어왔다. "오늘은 평소보다 늦잠을 주무시네요, 벌써 아홉시가 다 됐는데. 놀라운 진전이군요."

호텐시아는 손이 닿는다면 한 대 때려주고 싶었다. 저들은 저런 말투를 어디서 찾아내는 거지? 자신들이 정신적으로 결함 있는 사람한테 말을 걸고 있다고 생각한다는 걸 의미할 뿐인 바로 저 억양.

"사람들이 자네한테 뭘 가르치는 거지?"

"네?" 트루디가 계속 말을 못 알아듣는 건 좋기도 하고 나쁘기도 했다.

"뭐야, 귀먹었나?" 나쁜 점은 자신의 말을 사람들이 잘 들어주기를 호텐시아가 바란다는 것이었고, 좋은 점은 아주 저열한 모욕을 해도 되는 여유가 생긴다는 것이었다.

"네, 사실 왼쪽 귀가 안 들려요. 죄송해요, 그 얘기를 미리 한다는 걸 자꾸 까먹네요. 저는 입술 모양을 읽어요. 이거 좀 내려놓고 제대로 주의를 기울일게요." 트루디는 호텐시아의 운동 기록을 책상 위에 내려놓고 뒤로 돌아 환자의 얼굴을 똑바로 쳐다보았다. "뭐라고 하셨어요?"

호텐시아는 불만에 차서 입술을 삐죽 내밀고 고개를 저었다.

"지금 단계에서 잠을 푹 자는 건 좋은 일이라는 얘기였어요. 의사 선생님도 약이 잘 듣는다는 이 소소한 변화를 알게 되면 매우 기뻐할 거예요. 씻을 준비 되셨나요? 그럼 오늘은 복도를 걸어볼까요. 재미있게 하시라고 약간 장애물 코스를 만들어놨어요." 그 말을 하며 트루디는 킥킥거렸다.

호텐시아는 신을 저주했다.

마르크스 변호사가 전화해 에스메이에게 연락했는지 물었다. 아니, 연락하지 않았어요, 호텐시아가 말했다. 에스메이 따위 알게 뭐람. 아니, 내가 좀 천천히 하겠다는데 그게 범죄라도 되나? 나 같은 노인이.

약 때문에 호텐시아는 기분이 오락가락하면서 슈퍼히어로가 된 것 같다가도 아무나 걸리기만 하면 한 대 치고 싶어지기도 했다. 요컨대 별 효과가 없었다는 얘기다. 알약을 삼켜야 하는 시간이 되면 그녀는 트루디와 한판 붙어야 지당하다는 느낌이 들었다.

"이건 또 뭐야?" 지난 두 주간 복용했던 것과 동일한 약인데도 호텐시아는 물었다. "또 모르핀을 먹으라는 건가?"

"바뀐 건 하나도 없어요, 제임스 부인. 모르핀은 끊었어요. 캐럴이 끊었어요. 차트를 보니 그러네요. 이건 그냥……"

"그리고 수면제도 안 돼. 내가 분명히 수면제는 안 된다고 얘기했어."

"당연하죠. 마마 선생님도 그 점은 제게 분명히 얘기했어요. 그나저나 내일 전화하신댔어요. 안부를 확인하러."

트루디는 호텐시아에게 물컵을 준 다음에 알약을 하나씩 건네주었다.

"이게 무슨 소리지?" 호텐시아가 깜짝 놀라서 물었다.

트루디는 고개를 저었다.

"바시!" 호텐시아가 외쳤다.

"제가 가서 데려올게요."

"바시!" 호텐시아는 버저를 내리 누르면서 다시 불러댔다.

바시가 나타나자 호텐시아는 소음에 대해 물었다.

"옆집입니다." 그가 설명했다.

보험 문제가 해결됐으니 저 콘도르 매리언이 제 둥지를 고치고 있는 것이었다. 호텐시아는 질투심에 배가 아팠다. 건축업자가 10호의 리모델링 공사를 계속해도 되는지 물었지만, 그 일을 관리할 기운이 없는 자신의 상태를 인정하고 포기해야 했다.

호텐시아는 하루종일 그 소리에 귀를 쫑긋했다. 저건 돌무더기 치우는 소리겠고, 이따금 일꾼끼리 서로 부르는 소리도 들리네. 저건 무너진 집을 여기저기 뜯어내는 소리군. 그리고 늦은 오후 무렵 초인종이 울리고 매리언 본인의 소리가 들렸다. 호텐시아는 현관에서 무슨 일이 벌어지는지 알아내려 애썼다. 그리고 현관문 닫히는 소리가 난 뒤 바시를 들들 볶아 설명을 들었다. 매리언은 단지 마실 물이 필요했을 뿐이었다. 옆집 수도관은 잠겼고, 일꾼들은 시추공과 연결된 바깥 수도에서 물을 마셨지만, 현장을 보러 잠시 들른 매리언은 그게 마실 만한 물이라고 생각지 않았다. 저 쭈글탱이 할망구가. 호텐시아의 말에 바시는 얼굴을 찌푸리고 저녁을 준비한다며 나갔다.

10

매리언은 머리에 뭘 담아둘 정도로 현장에 오래 있지 않았다. 기분은 좋았다. 그녀가 들렀을 때 현장 감독이 자리에 없어 매리언은 전화를 걸어 이튿날 만나기로 약속을 잡았다.

아침에 일어난 매리언은 어느 걸 입어야 할지 알 수 없었다. 옷가지가 얼마 되지도 않는데 말이다. 전화벨이 울렸다. 프런트에서 애그니스가 그녀를 보러 아래층에 와 있다고 전했다. 매리언은 머릿속으로 예행연습을 했다. 축축한 계단을 내려갈 때에야 옷 단추를 잘못 채웠다는 걸 알았다.

"애그니스." 매리언은 자신의 하녀가 서 있는 프런트로 다가갔다.

"안녕하세요." 애그니스가 말했다.

"열쇠를 이쪽으로 주세요." 프런트 직원이 말했다.

매리언은 길쭉한 나무패에 달린 열쇠를 카운터에 내려놓았다. 그리고 의자가 놓여 있는 곳으로 걸어갔다. 애그니스가 따라왔다. 매리언은 그 나이에도 여전히 맵시 있는 몸매를 가진 애그니스가 늘 부러웠지만 인정할 용기는 결코 없었다.

"앉아, 애그니스." 매리언은 제 목소리의 울림이 마음에 들었다. 생각보다 기운차게 들려서 안도했다. 지시를 내릴 수 있어서 안도했다. 혼란에 명령을 내린다.

애그니스가 추레한 소파에 앉았고 매리언이 그 옆에 앉아 있었다. 매리언은 주위를 둘러보았다. 되도록 목소리를 낮추고 말을 삼가야지. 애그니스는 소란을 피우지 않을 것이다.

"알겠지만…… 우리집 상황이 좀 달라져서." 매리언은 이유 없이 입을 가리고 기침을 했다.

애그니스의 얼굴은 늘 매리언을 놀라게 했다. 눈 두 개, 코 하나, 입 하나, 그래, 하지만 저 평온함이라니. 어디 가서, 더군다나 돈도 없는데, 저런 평화를 살까? 지금 여기서도 나쁜 소식을 들을 게 뻔한데. 틀림없이 알고 있을 텐데.

"애그니스, 내가……"

"이걸 찾았어요, 마님." 애그니스가 치마 주머니에서 기다란 목걸이를 꺼냈다.

"오, 세상에."

돌무더기 속에서 영영 잃어버린 줄 알았는데. 그걸 찾으면서 가장 최근에 감정인이 그 값을 얼마로 매겼는지 기억해내려 머릿속을 갈퀴로 긁었었다. 굵은 나선 고리로 연결된 금목걸이였다. 부모님이 이혼하기 전에, 삶이 더 헝클어지기 전에 아버지가 준 선물이었다. 굵은 금목걸이는 늘 우아함이 떨어진다고 생각했지만 지금은 그저 감사할 뿐이었다. 그것과 알 굵은 사파이어까지.

"어디서 찾았어, 애그니스?"

애그니스는 어깨를 으쓱했다. "돌아가봤거든요. 사고 후에 니크낵스가 소형 트럭으로 제 짐을 챙기러 갔었어요. 그때 저는 같이 안 갔는데 나중에 보니 빼먹은 게 있어서 제가 다시 갔죠. 딸아이가 아직 어릴 때 아빠랑 찍은 사진이요. 그때, 뭔지는 잘 모르겠지만 저 고리 하나가, 잔해를 보고 있는데 반짝 빛나더라고요. 약간 깨진 데가 있긴 해요." 애그니스는 어디를 말하는지 매리언에게 보여주기 위해 손을 뻗었다. "하지만 그 외엔 멀쩡해요."

"돌아가봤다고. 아, 그럼 혹시……?" 매리언은 그게 얼마나 중요한 건지 티나지 않게 질문하고 싶었으나 그런 충동에 스스로도 겸연쩍었다. 그렇게 오랜 세월을 곁에 두고도 애그니스가 그림을 훔칠지도 모른다고 생각하다니. "내가 그림을 하나 포장해놨었거든. 사고가 나기 직전에. 그런데 매럴리나가 그걸 못 찾네. 돌아갔을 때 비슷한 건 못 봤어?"

애그니스는 얼굴을 찌푸리고 생각에 잠겼다.

"아, 물론 이건 고마워. 목걸이 말이야, 정말 고마워. 그런데 그림은 못 봤어?"

"못 봤어요, 마님."

매리언은 울고 싶어졌다. 애그니스의 뒷주머니에 피에르네프의 작품이 있으리라는 확신이 잠깐 들기도 했다. "뭐, 괜찮아. 그건 놔두고. 사실 무슨 말을 해야 할지 모르겠네. 애그니스는 우리와 그토록 오래 같이 있었는데."

"괜찮습니다, 마님. 어쨌든 니크낵스가 저보고 은퇴해야 한다고 계속 말했으니까요. 몇 년 전부터."

"아." 애그니스 앞에서는 왜 늘 이렇게 안간힘을 쓰는 기분인지. 자신의 품격을 위해 분투하는 기분.

"딸아이가 안부를 전해달라더군요. 그리고 그…… 사고에 대해서도 안타깝다고요."

"그래. 고맙다고 전해줘."

그들은 그대로 앉아 있었다. 매리언은 애그니스에게 줄 돈이 없었던 터라 생전 처음으로 정부와 실업보험 정책에 감사하게 됐다. 맨 처음 고용했을 때는 보험 가입을 미적거렸지만 애그니스가 성가시게 졸라댔었다. 이제는 애그니스가 그래줘서 다행이라는 생각이 들었다.

두 여자는 양손을 무릎 위에 모으고 앉아 있었다. 매리언은 자신의 로퍼를 내려다보며 이게 공사 현장에 어울리는 신발인지 의문이 들었다.

"그럼⋯⋯" 애그니스가 일어나려 했다.

"그럼 이제 뭘 할 거야, 애그니스?"

"니크넥스가 곧 아이를 낳아요. 사업도 잘되고, 그래서 제 생각엔⋯⋯ 딸아이가 자꾸 물어보네요. 제가 할머니 노릇을 해줬으면 좋겠다고요." 애그니스는 매리언이 이전에 들어보지 못한 식으로 한숨을 내쉬었다. "하지만⋯⋯ 남자친구가 휴가 때 같이 여행을 가자고 해서⋯⋯ 모잠비크로요. 전에 거기서 망명생활을 해서⋯⋯ 하여간 먼저 여행부터 가볼까 해요."

남자친구. 휴가여행. 매리언은 공감되지도 않는 이해를 전하려 고개를 끄덕였다. 입이 떨어지지 않았다.

"괜찮으시겠어요?" 애그니스의 질문에 매리언은 좀더 힘차게 고개를 끄덕였다.

매리언은 충격을 받은 채 설명할 수 없는 분노에 차서 게스트하우스에서 집으로 가는 짧은 산책에 나섰다. 여전히 선택한 신발이 적절한지 걱정스러워하며 주머니에 든 보석을 만지작거렸다. 애그니스의 얼굴이 머릿속에서 지워지지 않았다. 목걸이를 되찾았는데 왜 기쁘지 않은지 이상했다.

한때는 하앴을 셔츠를 입은 남자가 매리언의 대문 앞에서 그녀에게 인사하며 자신의 이름을 프리키라고 소개했다. 매리언은 눈을 깜박였다. 누가 저 흑인을 프리키라고 불렀을까! 전화로 얘기했을 때 그의 영어 발음은 굉장히 훌륭했다. 아프리칸스 사람이 아주 영국 본토인처럼 말해서 인상적이었기에 매리언은 자신이 흑인과 얘기하고 있는 줄은 꿈에도 몰랐다.

"그래요." 매리언은 현관 계단이었던 곳 바로 앞에서 걸음을 멈추고 서서 양손으로 허리를 짚었다.

누군가 공사용 경사로를 만들어놓았다. 현장에서 일하는 사람은 두 명이었다. 셔츠를 허리께에 둘러묶은 남자는 돌무더기를 분류하고 있었다. 쓸모 있는 것과 그렇지 않은 것이라고 매리언은 추측했다. 그녀는 숨을 들이쉬었다. 현장의 냄새, 흙먼지와 쇠와 땀. 그리웠다.

"오늘하고 아마 내일까진 현장을 정리하면서 준비할 겁니다. 간이 화장실도 주문했습니다. 곧 도착할 겁니다."

매리언은 고개를 끄덕였다. 집안의 화장실에는 출입하지 말아달라고 한 건 합리적인 요구라고 생각했다.

"죄송하게도 어제는 현장에 나오지 못했네요. 잠시 시간이 되신다면 지금 일과 관련된 논의를 할 수 있습니다만." 프리키가 벤치 하나와 의자 두 개가 있고 서류 몇 장을 돌로 눌러놓은 곳을 가리켰다.

"그러죠." 매리언은 임시 사무실에 그와 함께 자리했다. "그럼 이 사업은 당신이 하는 건가요?" 그녀도 전에는 사업을 했었다.

프리키가 고개를 끄덕였다. 매리언은 낮은 의자에 앉아보기로 했다. 그럭저럭 앉을 수 있었지만 뻐근함이 없지는 않았다. 프리키가 부축하려고 그녀의 팔을 잡았다. 매리언은 팔을 휙 뒤로 빼고 제힘으로 앉았다.

현업에서 떠나기로 한 건 누구 생각이었을까? 매리언은 전적으로 맥스 탓을 하고 싶었지만, 엄마로서 자신을 증명하고픈 매리언 본인의 무시할 수 없는 욕구를 잊을 순 없었다. 셀리나를 난산하고 병원에 입원해 약을 맞고 누워 있을 때 이미 그녀는 두 아이의 엄마였고 여전히 일을 하고 있었다. 의사의 '쉬엄쉬엄'하라는 권고는, 해가 갈수록 심해지는 엄마 노릇에 대한 맥스의 암시와 결합하면서 금세 주 2일 근무와 사업 파트너 해리 컴프리드와의 점점 짧아지는 대화로 번역됐다. 저 빌어먹을 얼간이! 매리언의 주식을 매수하기 훨씬 전부터 해리는 이미 회사를 컴프리드 건축사무소라고 불렀다. 더이상 바우만 앤드 컴프리드 건축

사무소가 아니었다. 현업을 포기한 뒤로도 언제든 해리에게 압력을 넣어 복귀할 수 있다고 생각했지만 하필 그때 넷째 가이아가 들어섰다. 부주의한 섹스의 결과였다. 회의가 길어져 늦게 귀가한 맥스가 미안했는지 그녀를 기쁘게 해주고 싶어 안달이었다. 넷째 아이가 태어난 뒤 매리언은 머리가 멍해졌다. 네 아이가 각자 다른 이유로 엄마한테 소리를 질러댔고, 세상은 숭숭 뚫린 구멍으로 슬금슬금 기어들어왔다. 도저히 감당이 안 됐다. 1972년, 자신의 사무실을 연 지 거의 십이 년이 흐른 뒤 매리언은 전업주부가 되었다.

"잠시만요." 매리언은 핸드폰으로 전화를 받기 위해 의자에서 일어나 프리키에게서 몇 발자국 떨어져 음성을 낮췄다. "매럴리나? 내가 회의중이라…… 응, 집에서…… 얼마나 걸릴지는 아직 얘기 안 해봤는데, 이제 막 일정을 잡는 중이라. 그치만 솔직히 몇 주는 걸리지 않겠니, 비오는 날도 있을 테고, 거의 두 달은 걸리지 않을까 싶은데…… 나도 알아, 네가 게스트하우스 숙박비를 대고 있는 건…… 그래, 넌 전업주부지…… 매럴리나…… 매럴리나, 엄마도 말 좀 하자, 응? 아냐, 사위가 지원해줄 거라고 생각하는 건 아냐…… 두 달은 길지, 나도 알아. 어쨌든 게스트하우스에서 내내 지낼 계획은 아니었어…… 뭐, 가령 지붕만 고치면 바로 집으로 돌아와 지내면 되지…… 그래, 그건 당연히 알지…… 응…… 그래, 그럼 끊자."

무엇 때문이었을까? 지나치게 자신만만한 프리키 때문에? 그래서 프리키가 이렇게 싫은 걸까? 아니면 딸에 대한 양심? 한때는 내 뱃속에서 벌레만 했던 게, 완전히 무력해서 나한테 의존하던 게. 매리언은 이유를 알아내지 못한 채 핸드폰을 핸드백에 넣고 양손으로 얼굴을 감쌌다. 조용히 우는 법을 아는 게 천만다행이었다.

저 여자가 울고 있다. 콘도르 매리언이 울고 있다. 호텐시아는 고개를 쭉 빼고 쳐다보았다. 보행보조기를 잡은 양팔에 체중을 실은 채 머리가 차가운 유리창에 지그시 눌려 멈출 수밖에 없을 때까지 목을 늘렸다. 매리언을 물웅덩이 수준으로 쪼그라들게 만들었다면 범상한 전화 통화일 리 없었다. 호텐시아가 자신의 적수를 과대평가한 게 아니라면. 호텐시아는 줄곧 그녀를 쳐다보고 있었다. 저렇게 한참을 울다니, 생각도 못했다. 구경에 몰두하느라 바시가 등뒤로 다가오는 것도 듣지 못했다. 바시가 목청을 가다듬자 호텐시아는 깜짝 놀랐다.

"간 떨어지는 줄 알았네."

바시는 호텐시아가 서 있는 창가로 걸어와 바깥 풍경을 내다보았다. 매리언이 어깨를 들썩이던 울음을 그쳤다. 가방에서 거울을 꺼내 얼굴을 매만졌다. 호텐시아의 시선은 매리언과 바시 사이를 왔다갔다했다.

"뭐 들은 거 있나?" 호텐시아는 엿본 데 대해 켕기는 기분이 들었지만 결국 묻고 말았다.

"무슨 말씀이십니까?"

이 남자는 정말이지 언제나 품위의 완벽한 본보기다.

"알면서."

"뭔가…… 어려움이 있는 듯합니다." 바시가 헛기침을 했다. "재정이라든가 뭐 그런 종류의."

이튿날 호텐시아는 초인종소리를 들었다.

"바시," 그녀도 침대에서 같이 버저를 누르며 소리쳤다. "바시!"

바시의 머리가 나타났다.

"안으로 들어오라고 해. 그런 눈으로 보지 마…… 매리언한테 들어오라고 해."

매리언이 들어오며 말했다. "호텐시아, 나는 당신 멋대로 오라 가라 할 수 있는 사람이 아냐. 무척 바빠서 여기 있을 시간이 없다고. 그저 마실 물이 한 잔 필요했을 뿐이고, 그건 여기 있는 친절한 양반이 갖다줬어."

바시는 두 사람만 놔두고 물러갔다.

"자, 용건은?" 매리언이 팔짱을 끼고 호텐시아 쪽으로 턱을 내밀었다.

호텐시아는 누워 있자니 너무 쉬운 먹잇감이 된 기분이어서 자신도 서 있으면 좋겠다 싶었다. 휴, 어쩔 수 없지.

"뭘 좀 묻고 싶은 게 있어서." 호텐시아는 말을 신중히 골라야 한다는 게 싫었다. 그쪽 방면으론 워낙 서툴렀다.

"뭔데?"

"매리언, 내가…… 어제 당신을 보았어."

매리언이 영문을 모르겠다는 표정이어서 호텐시아는 창문 쪽을 손짓했다. 매리언은 창가로 다가가 자신의 마당을 내다보았다. 틀림없이 그 낮은 전원풍 담을 원망하고 있으리라. 이윽고 호텐시아에게 몸을 돌린 매리언의 얼굴이 파리했다. 호텐시아는 더 큰 승리감을 간절히 바랐다. 하지만 이 자리에는 없었다.

"그래서?" 매리언의 음성은 나직했다.

"난 가십이 싫어."

"그래, 뭐, 내가 여기 있어야 할 이유가 그렇게 없다면 이만 가보는 게 낫겠네." 매리언이 문을 향해 걸음을 옮겼다.

"매리언. 여기 와 있어."

"뭐? 무슨 소리야? 지금 여기 있잖아."

"아니, 내 말은…… 이 집에. 여기로 들어오라고."

매리언은 그 자리에 붙박인 듯 서 있었다.

"저 모든 피해와 소동은 내게 책임이 있어. 여기로 들어와서, 당신의 구역에서 지내…… 이 집은 충분히 크니까. 그럼 현장과 게스트하우스를 왔다갔다할 필요도 없잖아. 저 지독하고 궁색한 게스트하우스는……"

매리언이 코웃음을 쳤다. 그들은 적어도 한 가지에는 동의했다. 매리언이 입을 열고 뭔가 말하려 하자 호텐시아가 손가락을 세워 막았다.

"생각해봐. 지금 대답하지 말고. 우린 친구가 아니야, 매리언. 난 그냥……"

"생각해보지."

매리언이 방을 나갔다. 호텐시아는 현관문이 쾅 닫히는 소리는 듣지 못했다.

계획이 확실히 먹히도록 호텐시아는 닥터 마마에게 전화해 집에 들러달라고 청했다. 자신이 의사를 귀찮게 하는 것 같았지만 그래도 개의치 않았다.

"뭔가 불편한 점이라도 있습니까?" 먼저 진찰을 마친 후 닥터 마마가 물었다. 의사를 부른 이유는 그게 아니었지만 어쨌든 장단을 맞추기로 했다.

호텐시아는 목소리를 낮췄다. "트루디가 마음에 들지 않아요."

닥터 마마가 싱긋 웃었다.

"트루디는 훌륭한 간호사입니다."

호텐시아는 천천히 고개를 끄덕였다. 매리언한테서는 아직 연락이 오지 않았다.

"내 말은, 트루디가 하는 일이 대체 뭐가 있어요?" 호텐시아는 계속했다.

닥터 마마는 일어나서 왕진 가방을 놓아둔 곳으로 걸어갔다. "그럼 불편한 점은 없는 거죠?" 그의 말에 두 사람은 같이 웃음을 터뜨렸다.

"아니 난 진지한데. 전에 그저 누군가만 있으면 된다고 했죠?"

닥터 마마는 어리둥절한 표정이었다.

"비상시를 대비해."

"호텐시아, 저도 이런 말 하긴 싫지만, 더이상 사람이 없어요. 사실 트루디는 우리 병원 직원이에요. 콘스탄티노플 사람들하고 얘기해봤는데…… 아무도 여기 오려고 하지 않아요."

닥터 마마는 그녀가 본 중 가장 심각한 얼굴이었고, 그녀는 자신이 그 원인을 제공했다는 사실이 애석했다.

"고든, 내가 하려는 말은…… 제3의 사람이 가능하다면 어때요?"

그는 그 생각에 안도한 표정이었다. "친구입니까?"

"뭐, 친구라고까진 할 수 없고."

"와서 머물러달라고 하고 싶은 사람이 있습니까?"

"있다면요? 그건…… 용인할 수 있어요?"

"물론이죠."

"트루디 없이도?"

닥터 마마는 한숨 놓은 얼굴로 고개를 절레절레 저었다. "트루디가 그렇게 싫습니까?"

"사람 문제가 아니라서, 이해하겠지만. 그러니까 측은해서 그래요. 트루디같이 좋은 아이가. 그런 사람은 날 돌보면 안 되지."

"다른 사람이 분명 있는 거죠."

"아, 그 여자는 정말 지독해. 나 같은 사람한테 딱 맞춤이지."

닥터 마마가 껄껄 웃었다.

"그럼 그분을 만나봐야겠군요. 제가 '그저 누군가'라고 말하긴 했지만 그땐 기분을 맞춰드리려고 그런 거고요. 일단 그분께 몇 가지는 여쭤봐야겠습니다. 농담이 아닙니다. 호텐시아. 이건 당신의 건강에 관한 문제예요. 당신의 행복에 관한."

닥터 마마가 너무도 열정적이어서 잠시 그가 생긴 것보다 동안으로 보였다. 꼬마 보이스카우트. 귀여운 녀석.

"외할머니?"

문을 두드린 건 작은손녀였다. 프런트에서 전화가 왔었다. 뜻밖의 방문객에 매리언은 블라우스를 매만지고 립스틱을 새로 바를 시간밖에 없었다.

"들어오렴, 이네스."

매럴리나와 달리 두 외손녀는 전혀 바우만가의 피가 드러나지 않았다. 짙은 머리색과 가느다란 눈썹이 제 아빠를 쏙 빼닮았고, 동생은 언니와 거의 판박이인데 크기만 작았다. 라라가 둘 중 더 예뻤고 패션지에 나올 법한 스타일이었다. 라라는 바비인형과 화장품 세트를 갖고 싶어하는 쪽이었고, 두꺼운 안경을 쓰고 머리를 짧게 치고 깨끗한 손톱에 매니큐어는 바르지 않은 이네스는 책을 갖고 싶어하는 쪽이었다는 걸 매리언은 알고 있었다. 삶 그 자체가 클리셰 같았다.

"언니는 어디 갔니?" 라라는 외할머니를 멀리하는 것으로 역겨움을 표현하는 중이리라 매리언은 짐작했다.

"날 내려주고 갔어요. 할아버지한테 다녀오는 길에 전화할 거래요."

매리언은 잠깐 인상을 썼다가 이내 풀었다. 아이들한테 안색이 칙칙한 친할아버지가 아직 있다는 사실을 자꾸 까먹었다. 그는 이웃한 주택가에 살았다. 그걸 잊고 있었다.

"아, 그렇구나."

매리언은 이네스에게 좀전에 급히 정돈한 침대에 앉으라고 손짓하면서 자신은 의자에 앉았다. 의자 다리 하나가 흔들거렸다. 게스트하우스란 정말이지. 체중을 이리저리 옮기며 중심을 잡으면서 보니 이네스는 방안을 둘러보는 중이었다. 둘의 눈길이 마주치자 매리언이 빙그레 웃었다. 이 방문을 허락받기 위해 이네스가 얼마나 당돌하게 부딪혀야 했을지 매리언은 그저 상상만 할 뿐이었다. 아이는 제 엄마가 들려주는 이야기를 견뎌야 했을 것이다. 부모로서, 그리고 아마 인간으로서 매리언의 부적절함을 보여주기에 꼭 알맞은 사례로만 골라낸 특정 회상 장면들.

"화장실 써도 돼요?"

"그래, 저쪽이야."

라라는 분명 법대 일학년다운 태도로 끼어들었을 것이다. 인권이 이러쿵저러쿵하면서. 라라는 매리언이 애그니스를 대하는 태도를 못마땅해했다. 늘 그랬다.

"이건 뭐예요?" 몇 년 전에 매리언의 집에 놀러온 라라가 물었다.

"숟가락. 포크. 컵. 그릇." 매리언은 라라가 높이 쳐들고 있는 커다란 밀폐용기를 힐끗 보며 답했다.

"왜 이렇게 따로 싸놓은 거예요, 할머니?"

"애그니스 거니까." 매리언은 딱 잘라 말했다. "애그니스 거라서."

그 말에 라라의 눈이 휘둥그레졌다. 아이는 울면서 제 엄마한테 돌아갔다. 그 며칠 전 일만 아니었어도 그렇게까지 험악해지지 않았을 텐데. 그때는 매럴리나도 와 있었는데, 라라가 두루마리 휴지를 찾으러 저장고에 갔다가 한 겹짜리 휴지를 들고 왔다.

"그건 애그니스 거야." 매리언은 소리친 후 중얼거렸다. "대체 왜 자꾸 내 저장고에 제 물건을 놔두는 거야?"

아이는 어리둥절한 표정이었다. 할머니가 왜 두루마리 휴지를 두 종류로 사는 거지? "왜냐면," 매리언이 말문을 뗐다.

왜냐면 두 겹짜리는 더 비싸고, 여기서 애그니스의 지위와 신분을 고려할 때 한 겹짜리를 쓰게 하는 것이 완벽히 합리적이니까. 아이는 매리언이 생전 이유를 톺아볼 필요가 없었던 것들에 관해 물었다. 매리언은 그렇게 살았다. 그럴 만한 이유가 있었다.

그러나 이미 엎지른 물이었다. 라라는 속상해했고 매럴리나도 기분 나빠했다. 매럴리나는 아이를 달래고 인상을 쓰며 제 엄마한테 쏘아붙였다. "아직도 엄만 진짜, 그런 것 좀 이제 그만하실 때도 됐잖아요." 매리언은 심판을 받았다. 오해를 받아서 기분이 상한 매리언은 애그니스한테 따졌다.

"애그니스, 왜 자꾸 네 두루마리 휴지를 내 저장고에 두는 거야? 장바구니를 풀 때 네 물건은 따로 갖고 가서 별채에 둬야지."

"아닌데요, 마님."

"뭐야?" 애그니스는 매리언과 얘기할 때 '아니다'라고 말하는 일이 거의 없었다. 실제로 매리언은 애그니스가 아니라고 말하는 것을 들어본 역사가 없었다.

"그건 제 휴지가 아니에요, 마님. 제 건 제 돈으로 사요."

"왜 네 돈을 주고 사는데?" 매리언이 물었다. 대체 무슨 변화가 생겼길래? 애그니스는 여기서 수십 년을 일했고 규칙을 잘 알고 있었다.

애그니스는 작은 반점 무늬가 있는 대리석 조리대를 닦으며 어깨를 으쓱했다. "더 나은 게 필요해서요."

어느 날, 그런 대화가 있고 나서 얼마 지나지 않아 애그니스가 빨래하느라 정신없을 때 매리언은 몰래 별채에 들어가 화장실을 조사했다. 거기에 문제의 두루마리 휴지가 있었다. 세 겹짜리였다. 그걸 보고 뺨이 시뻘게진 매리언은 뒤질세라 울워스에 가서 새하얀 세 겹짜리 두루마리 휴지를 대용량 묶음으로 골랐다.

그런 일이 있은 후로 라라는 매리언을 하나의 숙제로 받아들였다. 도무지 변하지 않는 외할머니를 바꿔야 하는 것이다. 그러나 매럴리나는 회의적이었다. 매리언은 어느 날 어깨너머로 매럴리나가 라라에게 이렇게 얘기하는 것까지 들었다. 외할머니한테 너무 많은 걸 기대하지 말라고. 왜요? 라라가 물었다. 그때 라라는 열두 살쯤이었을 것이다. 왜냐면 할머니는 늙었고, 낡고 나쁜 태도를 고집하니까. 매리언은 딸이 엄마에게 내린 냉정한 최종변론을 언제까지고 기억할 것이다. 낡고 고집스럽다.

"차 마실래? 루이보스 어떠니?"

매리언이 일어나 주전자 쪽으로 가며 말했다.

"고맙습니다, 할머니."

"과자도 좀 먹으렴."

웬 불필요하고 효과없는 가식인지 매일 저녁 게스트하우스의 베개 위에 비스킷 한 봉지가 놓였다. 투명한 비닐 포장지에 담긴 갈색 과자였다. 불량식품처럼 보였지만 이네스가 좋아했으면 싶었다.

"할머니가 네 생일을 깜박해서 미안하구나. 그게……"

"알아요. 괜찮아요, 할머니."

"너한텐 투웰브 홍차가 좋겠지. 우유 넣어줄까?"

"네, 넣어주세요."

매리언은 침대 옆 협탁을 끌어당겨 그 위에 찻잔을 놓고 다시 의자에 앉았다. 이네스는 앞니 하나가 빠졌다. 매리언은 가슴에 손을 얹고 요 꼬마 아가씨가 공원에서 넘어졌던 날을 떠올렸다.

"학교에서는 잘 지내니?"

매리언은 이네스를 세인트위니프리드에 보내라고 열심히 설득했지만 매럴리나는 남녀공학을 신뢰했다. 매리언은 자청해 이네스를 보살피겠다고 나서며 요 덜 여문 꼬마가 공립학교 아이들의 손에 놀아날 거라고 확신했다.

이네스는 비스킷을 한입 가득 물고 고개를 끄덕였다. 보통 이네스가 찾아오면 알바가 짖어대고 애그니스는 샌드위치를 만들거나 하면서 집안이 좀더 활발히 움직였는데. 할머니와 손녀는 수줍게 웃었다. 차를 고작 세 모금 홀짝였을 뿐인데 이네스의 핸드폰이 울렸다.

"아, 네 언니가 왔나보구나." 매리언은 벌써부터 방안에 홀로 우두커니 남은 제 모습이 눈에 선했다.

이네스는 인상을 쓰고 핸드폰을 노려보았다. "어휴, 온 지 얼마나 됐다고."

"와줘서 고맙구나, 아가." 매리언은 손녀딸이 짜증을 내는 모습에 감격했다.

알림음이 다시 딩동 울렸다.

"자, 비스킷은 가져가렴. 기다리게 하면 언니가 화낼 거야. 자, 이네스, 얼른. 할머니랑 꼭 안아보자!"

아이의 가는 뼈마디가 매리언의 배와 가슴에 부딪혔다.

"참, 까먹을 뻔했다. 프런트 언니가 이거 할머니한테 갖다주랬어요."

이네스는 하얀 봉투를 건네고 문으로 쏙 빠져나갔다. 매리언은 방문을 닫고 나서 봉투에 든 접힌 종이를 꺼내 펼쳤다. 호텐시아의 손편지였다.

안녕, 매리언. 내 제안에 대해 생각해봤는지 궁금하네. 만약 내 얘기를 받아들이겠다면, 내일 우리집에 잠깐 들러서 닥터 마마를 만나주면 좋겠어.

대체 닥터 마마는 또 누구야? 왜 나더러 그 사람을 만나달라는 거지?

매리언이 서재로 쿵쾅거리며 들어섰을 때 호텐시아는 보행보조기에 의지해 서서 트루디에게 주의사항을 듣고 있었다.

"매리언, 일찍 왔네." 계획은 아주 교묘했다. 하나만 삐끗해도 수포로 돌아갈 것이었다. 각자 제 역할을 제대로 해내야 했다.

"나를 다시 불러내다니 언짢군, 호텐시아. 그 점에 대해서는 제법 명확히 의사표현을 했다고 생각하는데."

"그렇지. 저기, 트루디, 잠깐 괜찮을까?"

트루디가 문을 닫고 방에서 나갔다.

"알 만하군. 당신은 다리를 다쳤고, 나한테도 폐를 끼쳐서 도움을 주고 싶다는 얘기잖아. 하지만…… 나한테 오라 가라 하는 건 마음에 안 들어."

"정말 미안해."

정중한 사과에 매리언은 발을 헛디뎠다. 다시 중심을 잡는 데 몇 초가 걸렸다. 호텐시아는 그대로 서서 기다렸다.

"그런데 이 닥터 마마라는 자는 누구야? 내가 왜 그 사람을 만나야 하는데?"

"그게 말이지……"

초인종이 울렸다. 곧장 바시가 와서 의사가 왔음을 알렸다.

"아, 이거 멋진데요." 닥터 마마가 들어오며 말했다. "전에 얘기했던 그 친구분이군요."

호텐시아는 매리언의 표정이 일그러지는 걸 보았다. 이걸 어떻게 수습한다? 어떻게 망하지 않고 선방할 수 있을까?

"고든, 이쪽은 매리언이에요. 매리언, 이쪽은 고든, 닥터 마마예요. 매리언은 옆집에 살아요."

"아. 그렇지 않아도 이분 집이 좀 망가진 걸 보았어요." 닥터 마마가 빙긋 웃었다. "여기로 옮겨오시면 딱이겠군요."

매리언의 눈썹이 대번에 치켜올라갔다.

"그게……" 호텐시아가 말문을 뗐다.

"아뇨, 설명하지 않아도 됩니다, 호텐시아. 이분이 분명 당신의 기운을 북돋아주겠죠."

"난……"

"자, 앉으세요, 매리언." 닥터 마마는 비어 있는 의자를 가리키고 자신도 자리에 앉았다. 호텐시아는 보행보조기를 꽉 잡고 그대로 서 있었다. 이번만은 이 바보 같은 물건에 매달릴 수 있어서 다행이라는 생각이 들었다.

"만나뵙고 싶었습니다, 매리언. 이 조치를 수월하게 받아들이실 수 있는지 확인하려고요. 그리고, 좀 재수없게 말해서 죄송합니다만, 당신이 이 일에 적격이라는 건 분명히 해야겠군요. 신체적으로 건강하시다는 뜻이에요, 제 취지는."

호텐시아는 포기했다. 매리언이 이 사태를 파악할 때까지, 닥터 마마가 매리언이 이해할 수 있을 만큼 충분히 구구절절 설명할 때까지 기다렸다.

"혹시 드시는 약이 있습니까?"

매리언이 고개를 저었다.

"두 분이 알고 지내신 지 얼마나 됐나요?"

두 여자는 서로를 쳐다보았다. 호텐시아가 선수를 쳤다.

"얼추 이십 년이죠."

닥터 마마가 휘파람을 불었다. "세상에! 두 분 모두 존경스럽습니다. 정말로요. 그리고 매리언, 기꺼이 희생을 감수해주시다니 정말 감탄했어요." 그는 의자에 앉은 채 몸을 돌려 호텐시아를 마주보았다. "당신의 아이디어가 통하지 않을 이유가 없네요. 원하시는 대로 바로 시작하죠. 매리언이 들어온 뒤에도 처음 며칠은 트루디가 계속 머물면서 임시절차를 점검하고, 심각한 건 아니고요, 그다음에 일단 모든 게 자리를 잡으면," 닥터 마마는 활짝 웃으며 한 손을 허공에 부채질하듯 흔들었다. "당신 마음대로 하세요." 그가 자리에서 일어났다. "그럼 저는 다음 약속이 있어서 이만."

완벽해, 호텐시아는 속으로 생각했다. 빙고!

"의사를 다시 불러서 당신을 잘못 본 거라고 얘기해."

"내가 그런 짓을 왜 해. 당신이 직접 불러서 의사가 당신을 잘못 본 거라고 얘기하든가." 이제 다 드러났으니 호텐시아는 거리낄 것 없이 시원했다.

매리언은 코웃음을 쳤다. 닥터 마마의 옅은 체취가 공기 중에 떠돌았다. 매리언은 지금 일어났다간 다리 힘이 풀려 주저앉을까봐 겁이 났다.

"그치만 이건 말이 안 돼. 난 여기로 들어오겠다고 동의하지도 않았고, 당신의 보모 노릇을 하겠다고 동의한 기억도 전혀 없어."

"글쎄, 얼마든지 말할 기회가 있었는데 그냥 잠자코 있었잖아. 이젠 너무 늦었어. 아니면 닥터 마마한테 전화해서 어쨌든 당신은 사실 희생할 생각이 전혀 없다고 말하든가." 호텐시아는 스스로 너무 대견해서 씩 웃었다. 그녀는 비밀 병기를 사용했다. 즉 매리언의 자존심을 건드리는 것.

"내가 왜. 그 의사는 날 잘못 본 게 아닌데, 난 늘 기꺼이 희생할 자세가 되어 있으니까. 반면에 당신은……"

"그럼 이사 준비나 하시지. 트루디가 계속 머무는 건 정말이지 사양이고, 그게 의사의 마지막 선택지인 것 같으니."

"그래서 뭐 어쩌라고? 그게 무슨 상관인데?"

"글쎄, 당신이……"

"아, 젠장! 날 속였어, 호텐시아."

"설마. 내가 보기엔 이게 서로 돕는 길이야. 내가 당신의 재정 상황이나 가족상황을 자세히 알아야 할 필요는 없지만, 하여간 여기 있으면 당신도 스트레스를 덜 받고 눈물 짤 일도 덜할 거라고 생각하는데." 호텐시아가 눈썹을 동그랗게 치켜올렸다. "이 집은 넓어. 서로 마주칠 일은 전혀 없어."

매리언은 말이 없었다.

"당신은 당신 일을 보고 난 내 일을 보고, 서로 방해되지 않게 가자 살자고."

"저 의사가 당신 말에 동의한 유일한 이유가 내가 당신을 돌볼 거라고 생각하기 때문인데."

"누가 고자질하겠어?"

매리언은 지친 듯 고개를 절레절레 저었다. "호텐시아, 자신이 무슨 천하무적인 줄 아나본데, 당신은 다쳤고 돌봄이 필요해. 그런데 당신을 돌봐줄 유일한 사람을 내보내려는 거야."

"난 혼자서도 완벽히 잘 지낼 수 있어. 혹시 궁금하다면, 트루디는 돌봐주는 사람이라기보다 귀찮게 하는 사람에 가까워. 성가신 참견쟁이라고! 한시라도 빨리 트루디를 내보내고 싶어. 난 죽는 건 아무렇지도 않아, 알겠지만."

매리언은 한숨을 내쉬었다. "이게 다 무슨 일인지 모르겠네."

그렇게 말하는 그녀의 음성에는 패배감이 배어 있었다.

11

계획은 단순했다. 집을 고치는 동안(건축업자는 육 주에서 팔
주를 얘기했다) 매리언은 10호에 들어와 산다. 사고 이후 이미
몇 주가 흘렀다. 물리치료사 캐럴은 호텐시아의 뼈가 충분히 붙
을 때까지 최대 십이 주가 걸릴 거라고 보았고, 도움 없이 움직
일 수 있을 때까지는 팔 주가 걸릴 거라고 예상했다.

집 공간은 나누어 할당했다. 호텐시아는 아래층에 있는 자신
의 서재 겸 병실에 머물렀다. 매리언은 이층의 손님방을 썼다.
바시는 식사를 쟁반에 담아 날랐다. 호텐시아의 식사는 호텐시
아 방으로, 매리언의 식사는 매리언 방으로 갖다주었다. 호텐시
아가 파악하기로 매리언은 매일 공사 현장에 들르는 것 말고는
아무데도 가지 않았다. 방에서 나오는 일이 거의 없었다.

트루디의 마지막 임무는 화장실 변기 시트의 위치를 높이고 안전 손잡이(그 흉측함에 대해서는 호텐시아와 매리언의 의견이 일치했다)를 달고 샤워실에 미끄럼방지 시공을 할 업자를 물색하는 일이었다. 트루디는 운동 목록을 작성했다. 몇 가지는 책상 앞에 앉아서 할 수 있는 것이고, 복도를 따라 걸어다니며 해야 하는 것도 있었다. 가끔은 바시의 도움을 받아 트루디가 장애물 코스라고 칭한 것을 설치해야 할 때도 있었다. 중간에 앉도록 놓은 의자. 그 주위로 돌아가도록 복도 한가운데 놓은 탁자. 변기 사용은 좀 까다로웠지만 그 물건이 호텐시아에게 으스댈 일은 거의 없었고 하물며 그녀의 방광이 으스댈 리는 만무했다. 옷 입기도 힘들어서 종종 운동복 상의와 소변보기 편한 치마를 입거나, 제일 좋아하는 선홍색 잠옷과 그에 어울리는 실내복을 걸쳤다. 매리언이 집에 있으니 좀더 갖춰 입어야 하는 게 아닐까 고민했지만 그러기에는 기운이 딸렸다.

잠에서 깬 호텐시아는 그대로 눈을 감고 있었다. 바람이 떡갈나무를 흔들고 창유리 바깥으로 잎사귀들이 지껄이는 소리가 들렸다. 되새 한 무리가 쨱쨱거리는 그 소리가 호텐시아는 반가웠다. 커피 언덕이 그리웠음을 인정해야겠다. 언덕 오르기가 단지 자학적 의례가 아니었음을, 쥐죽은듯 고요한 적막 속에서 직박

구리를 발견하고 지저귀는 새소리와 산들바람에 몸을 비트는 나뭇가지를 즐길 기회였음을 인정해야겠다.

호텐시아는 끙 소리를 냈다. 그러면 침대에서 일어나 나오는 수고가 조금은 덜 고통스럽게 느껴졌다. 몸을 씻는 데 걸리는 시간은 제법 길었지만, 일단 준비를 마치고 나면 보행보조기를 움직이며 동시에 그것에 욕을 내뱉고 복도를 따라 운동을 시작했다. 바시가 부엌에서 고개를 내밀고 아침을 준비할까 물었다. 당면한 과제에 집중하느라 호텐시아는 동의의 뜻으로 고개만 끄덕였다. 복도 저쪽 끝에서 집전화가 울렸다. 바시가 전화를 받으러 가는 사이 호텐시아는 입속으로 툴툴거렸다.

"전화 받으세요, 호텐시아."

"메시지 남기라고 해." 그녀가 앙다문 잇새로 말했다. 나날이 혹독해지는 건 그녀 자신일까 아니면 통증일까?

바시가 수화기에 대고 말했다.

"급한 일이라는데요. 마르크스 씨예요."

"빌어먹을!"

바시가 무선전화기를 가져왔다. 호텐시아는 벽 쪽으로 걸음을 옮겨 어깨를 벽에 기대고 전화를 받았다. 바시가 옆에서 서성이다 몇 발짝쯤 떨어진 곳에 있는 의자를 가리켰다. 호텐시아는 고개를 저었다.

"마르크스. 이렇게 자꾸 채근하는 게 나는 영 고맙지 않군요. 내가 상태가 좋고 준비가 되면 어련히 알아서 할까, 그전엔 어림 없어요."

"시간이 얼마 없습니다, 제임스 부인. 조만간 행동을 취하시지 않으면 저는 부인께서 유언을 거부했다고 상정해야 하고, 그러면……"

"상관없다고, 알아들어? 맘대로 해!"

"소리지르실 것까진 없잖습니까."

"내가 언제 소리를 질렀다고!"

"흥분을 좀 가라앉히시면 다시 전화드리겠습니다."

통화 종료 버튼을 아무리 세게 눌러도 분이 가시지 않았다. 호텐시아는 전화기를 집어던지고 싶은 걸 겨우 참았다. "깜짝이야, 놀랐잖아. 인기척 좀 내고 다녀!" 호텐시아는 매리언이 계단을 내려온 것도 몰랐다.

"좋은 아침이야." 매리언이 말했다.

"그런 것 같군." 호텐시아는 의자 쪽으로 몇 걸음 옮겨와 의자 위에 전화기를 내려놓았다. 그리고 매리언이 저렇게 쳐다보지 말고 자리를 뜨길 바라며 계속 걸었다.

"내가 들은 게 그 전화 통화였나?"

염탐꾼 같으니.

"아니, 노트르담의 종소리였어." 이번 일은 뼈아팠다. 그만큼 오래 살았으니 더 겪을 감정은 없을 거라고 생각했는데. "괜찮다면 이만 실례할게, 매리언."

"아, 미안해. 내가 방해가 됐네."

예의바르게 삼가는 대화.

"그건 뭐야?" 호텐시아가 옆을 지나갈 때 매리언이 물었다.

"뭐가 뭐야?"

"다리에 신은 거."

"스타킹이잖아, 매리언, 달리 뭐겠어? 압박스타킹이라고 하더군. 성가신 물건이지."

매리언이 숨죽여 웃었다. 전화기가 다시 울렸다. 바시가 받더니 울상을 하고 호텐시아를 쳐다보았다. 바시는 송화구를 손으로 가리고 목소리를 낮췄다. "또 그 변호사예요."

"메시지를 받아둬. 아니, 내가 죽었다고 전해. 조금 전에 통화를 하고 몇 분 있다가 내가…… 젠장…… 꽉 골로 갔다고 해."

바시는 무선전화기를 부엌으로 가져가 나직한 목소리로 얘기했다.

"대체 누구길래 그래?" 매리언이 눈을 동그랗게 뜨고 물었다.

호텐시아는 현관문 앞에서 빙 돌아 심호흡을 한번 하고 서재까지 돌아가는 긴 경로를 눈으로 훑었다. 엄지를 너무 꽉 눌러

얼얼했다. 그녀는 인간적으로 가능한 한 매리언을 무시하기로 결심했다.

"그리고," 이웃집 여자가 동화책을 읽을 때나 어울릴 목소리로 말을 이었다. "그 사람들이 바라는 게 대체 뭐길래?"

"아무것도. 바라는 건 아무것도 없어. 자, 이제 날 그만 내버려…… 방해되니까 비켜."

호텐시아가 힘겹게 발걸음을 옮기는데 매리언이 실제로 장난기어린 표정을 띠고 그대로 서 있는 모습에 짜증이 났다. 자기가 즐거울 일이 어디 있다고? 호텐시아는 지쳐빠진 매리언을, 완패당해 적의 샘물에 물을 뜨러 온 매리언을 고대했다. 그녀는 쉬기 위해 등허리를 굽히고 고개를 돌려 매리언을 쳐다보았다. 아무리 작은 것이라도 어떤 승리감을 느끼고 싶은 마음이 간절했다. 매리언이 먼저 시선을 피했다.

"알았어." 매리언이 말했다. 하지만 곧이어 그 신경 거슬리는 활달한 어투로 말을 건넸다. "아, 말이 나왔으니 말인데, 호텐시아, 지난 입주민협의회 모임에 빠졌잖아. 그때 나왔던 내용을 알려줄까 하는데."

"뭐?" 그들은 얘기를 나누는 중이었다. 그리고 그게 바로 문제의 발단이었다. "매리언, 난 다리가 부러졌어. 당신이 보기엔 내가 그 시시한 모임에 관심이 있을 사람 같아?"

"오, 호텐시아. 나는 우리가 울타리를 고칠 수 있을 거라고 생각했지."

"아니. 울타리는 절대 못 고쳐. 난 당신이 이 집에 머물러도 된다고 했지, 우리가 대화를 나눠야 한다고 하진 않았어."

"내가 말하고 싶었던 건 단지……"

매리언은 주절주절 얘기를 계속했다. 호텐시아는 듣지 않기로 했다. 평소의 가시 돋친 말도 지금 매리언에겐 씨도 안 먹힐 것 같아 호텐시아는 후회가 밀려들었다. 그때는 몹시 훌륭한 계획이라고 생각했는데. 트루디를 도무지 참을 수 없었으므로.

"그래서 말인데 당신 생각은 어때?"

"매리언!"

"좋다 싫다 둘 중 하나로 말해."

"싫어!"

"젠장!"

매리언은 짜증을 내며 팔을 흔들었지만 어정쩡한 짜증이었다. 호텐시아는 이제 매리언 아고스티노를 약올릴 능력마저 없어졌는가 싶어 당황스러웠다. 저 여자 혹시 약에 취해 헤롱헤롱한 상태 아냐?

"그럼 뷸라 히르딘의 요청을 여전히 거부한다 이거지?"

"당연하지. 그리고 지금 우린 그 논의를 하는 게 아니야, 매리언. 당신이 내 운동을 방해하고 있는 거지."

"뭐, 그 여자가 다시 편지를 보냈는데, 이번에는 만남을 요구 했어."

호텐시아는 입속으로 혀를 쯧 찼다.

"우리가 그 안건에 매달리는 동안 루드밀라가 지난 모임에 참석했고. 변호사를 구했다더군. 토지청구위원회에서 이제 폰스트 러위커가와 샘소딘가 사이를 중재할 사람을 임명했어. 우린 그들의 청구가 다 거부되길 바라고 있지." 싱거운 소리였다. "법원이 끼어들지 않기를 바라는 거야."

"뭐, 한결같네. 당신을 포함해 캐터린의 구태한 작자들은 흑인이 들어오면 이라도 옳을까봐 걱정이시겠지." 아하. 호텐시아가 곧잘 도발하던 격노의 번득임이 돌아왔다.

매리언은 치마 앞자락을 매만졌다. "흠, 당신이 별로 어울리고 싶은 기분이 아니라는 거 잘 알겠어. 이만 가볼게."

어휴! 바시가 요리사 겸 암살자이기만 했어도 저 콘도르 매리언을 해치워버렸을 텐데. 뒷마당에 무덤을 파야지. 아무개의 불쌍한 할머니의 유골을 묻는 건 관두고 매리언을 묻어버리는 거다. 찾는 사람은 아무도 없으리라.

마치 그녀의 생각을 듣기라도 한 듯 바시가 나타났다.

"괜찮으세요?"

"괜찮아. 고맙군."

바시가 이 집의 가사도우미 면접을 본 게 지금보다 이십 년은
젊었을 때였다. 그때도 오른쪽 다리를 절뚝거렸고, 몇 년 전부터
는 안경을 쓰기 시작했다. 호텐시아는 바시와의 관계를 신중히
관리해왔다. 돈을 갖게 되면서, 나이지리아에 살 때 가정부들에
게 '마님'이라 불리면서 그런 강박이 생겨났다. 돈의 무게에 비례
해 생긴 강박이었다. 호텐시아의 부모는 바베이도스에서 런던으
로 왔을 때도 거의 빈털터리였고, 바베이도스에서는 그보다 더했
다. 부모는 일을 해서 번 돈을 전부 딸들의 교육에 쏟아부었다.
호텐시아는 어느 날 어머니가 귀가했을 때를 기억했다. 온 가족
이 이주한 첫해였고, 호텐시아는 스물한 살이었을 것이다. 크리
스마스를 맞아 대학에서 집으로 왔다. 그날 어머니는 늦게 퇴
근했다. 싸락눈이 내리고 있었고 찬바람이 어머니와 함께 들어와
집안에 머물렀던 게 기억났다. 아무도 반기지 않는 찬바람이 어
떻게 집안에 한참을 머물 수 있었는지 참 기이하다. 어머니는 일
터에서 돌아오면 늘 그러듯 홍차를 끓였다. 오후 네시 반쯤이었
지만 밖은 어두웠다. 어머니는 계속 사시나무처럼 떨었고, 호텐
시아는 찬바람이 스러지길 기다렸다. 호텐시아와 지피는 식탁 앞
에 앉아서 차를 받았다. 짭짤한 비스킷과 사과도 나눠 먹었다.

"춥네요." 호텐시아의 말에 동생과 어머니는 동의를 표했다.

그러나 아버지가 귀가했을 때—아직 병을 진단받기 전이었지만 움직임이 굼뜨고 비실비실했다—어머니는 아버지에게 달려들어 그때까지 묵혀두었던 불만을 몽땅 쏟아냈다. 딸들이 보는 앞에서 에다는 콰이텔에게 모피를 입은 어느 부유한 백인 여자가 길을 걷다 자기한테 부딪히더니 코를 쳐들고는 바나나보트로 돌아가라고 말했다며 분을 토했다. 호텐시아는 그렇게 열받은 어머니의 모습을 생전 처음 보았다. 그것은 단순한 분노가 아니라 수치심이었다.

피터의 꽤 높은 급여뿐 아니라 그녀 본인의 사업이 성공해 돈세례를 받게 되자 호텐시아는 그것이 관리 대상임을 깨달았다. 그녀는 결코 돈이 없어서 덜덜 떨며 집에 와 남편에게 화내고 소리지르는 여자가 되지 않을 것이었다.

바시는 간단한 광고를 보고 찾아왔다. 다른 사람들도 왔었는데 그들은 면접을 보면서 호텐시아의 비위를 맞췄다. 성실한 사람이 돈 있는 사람에게서 일자리를 구하기 위해 그래야 하듯 알랑거렸다. 바시는 오토바이를 타고 왔다. 그게 뜻밖이라 호텐시아가 물었더니, 바시는 돌아다녀야 하는데 차를 살 여유가 없어서라고 대답했다. 그때나 지금이나 바시의 겉모습은 별반 차이가 없다. 호텐시아는 유난히 튀어나온 그의 울대뼈와 과거에 애연기였음을 알려주는 검게 변한 손톱을 눈여겨보았다. 바시는 담배를 피우지 않는다고 잘라 말했지만. 피터가 가사도우미를 구하는 지루한 일에서 자기는 빼달라고 사정했으므로 호텐시아 혼자서 면접을 봤다. 여름날에 그녀는 예비 고용인들과 함께 앞 베란다에 앉아 있었다. 지나가는 이웃들의 흘깃거림은 무시했 다. 바시와 관련해 호텐시아를 강타한 사실은, 처음 인사를 나누 고 고리버들 의자의 뜨개방석 위에 각자 앉으면서 그녀가 곧장 그에게 뭘 바랐다는 것이다. 섹스나 집안 살림은 아니었다. 성실 함도 아니었다. 아주 미세한 무언가, 그가 여기서 몇 년을 일한 다 해도 뭐라 꼬집어 말할 수 없는 성질의 것이었다. 그러나 한 가지만은 분명했다. 그녀는 절대 그것을 얻지 못할 것이다. 그래 서 호텐시아는 바시를 고용했다.

바시는 모든 질문에 '아니요'라고 대답했다. 아이, 아내, 입 주. 세월이 지나면서 호텐시아는 바시가 동성애자일 수도 있다 고 추측했다. 단순히 독신주의자라고, 종교적 이유보다는 철학 적 이유에서 혼자 사는 거라고 생각한 적도 있었다. 아니면 벌 거벗은 몸을 공유하고 체액을 교환하는 일에 무관심한 걸지도. 호텐시아는 바시에게 육욕을 위한 기능이 있을 거라고 상상하 기 어려웠다. 만약 그런 일이 생긴다면, 바시의 섹스는 일직선 일 거라고 생각했다. 그에게는 어딘가 영구적으로 정돈되고 균일한 느낌이 있었다. 그것은 호텐시아가 늘 감지하듯 그녀 사신이나 피터를 향한 가벼운 업신여김으로 나타났다. 그러나 혐오가 아닌 뭔가 다른 것이다. 연민도 아니었다. 호텐시아는 바시가 자신의 맞은편에 앉았던

바로 그 첫날 그것을 알아보았다. 지친 왕처럼 그의 눈에 미세하게 깃든 피로감. 호텐시아는 바시의 당당함과 오만함에 어리둥절하기도 했지만 동시에 그 때문에 그를 좋아했다. 그는 자신의 입에서 나온 말이 아주 고귀한 것이라는 듯, 지금 대화하는 상대방이 실은 자신의 말을 들을 수준이 안 된다는 것을 잘 안다는 듯 말했다. 그의 표정에는 관대함―타인을 돌보는 이들 특유의 고요하고 오랜 괴로움―의 흔적이 어려 있었다.

매리언은 흥분하지 않을 수 없었다. 밤에 호텐시아가 자는 동안 10호를 여기저기 점검하며 돌아다녔다. 오래전에 자식과 헤어진 어머니가 모반을 찾아 확인하듯. 콘크리트 상인방을 노출해 색조에 잿빛을 더하고 무게감도 주자는 것은 그녀의 아이디어였다. 그리고 저기, 현관에서 복도를 따라 이어진 저 벽. 건축 당시 매리언이 현장에 와서 보았을 때 벽이 세워져 있었는데…… 똑바로였다. 그녀는 그게 아니라고 건축업자에게 말했다. 비스듬히 세워야 한다고. 나이가 지긋하고 몸집이 있는 남자는 매리언

이 실수한 줄 알았다고 대꾸했다. 당신이 일이나 제대로 할 줄 아냐고. 남자는 그녀를 '계집애'라고 불렀다. 비스듬히 세워야 한다고 매리언은 거듭 얘기하며 현장 도면을 요구했다. 왜요? 남자는 눈썹을 씰룩이며 따지고 들었다. 일꾼들이 보고 있었다. 왜냐면 내가 그렇게 설계했으니까요. 저 풍경을 품고, 저 채광을 품고, 현관 복도에서 펼쳐지면서 우아한 전망을 만들어내거든요. 남자는 이를 갈았다. 다시 하세요, 그녀는 말했다. 다시 하시고, 비스듬히 하세요. 건축업자는 하라는 대로 했다. 매리언은 그때 생각이 나서 씨익 웃었다. 가슴 한편이 부풀면서 자부심의 언덕이 솟았다.

10호에 들어오는 건 그녀가 늘 그리던 일이었다. 제자리를 찾았다는 느낌이 되살아났다. 애를 끓이며 조바심치던 것이 몽땅 뇌리에서 까맣게 잊혔다. 매리언은 어머니 자궁에 되돌아온 듯 푹 잤다. 이곳은 그녀의 집이었다.

그러한 주인의식은 10호의 인테리어에 대한 관심까지 부추겼다. 고맙게도 호텐시아가 거의 나다니지 않아서 매리언은 주로 바시에게 자문을 구했고, 바시는 그녀의 행동에 당황했지만 정중하게 대했다. 가령 매리언은 바시에게 거실 커튼의 선택에 관해 물었다.

"좀 지저분한 노란색이지 않나?"

바시는 고개를 옆으로 돌리고 1인치가량 갸웃했다. 그러고서 잠시 기다리는가 싶더니 이내 하던 대로 진공청소기를 돌렸다.

어떤 때는 바시를 부엌 한 귀퉁이로 몰아갔다.

"처음엔 여기에 벽난로를 놓으려 했는데, 이쪽이 올바른 판단이었던 것 같네. 어떻게 생각해? 사실 스토브도 일종의 벽난로니까…… 당시 내 구상은 이랬어. 이런 공간의 한중간에는 역시 난로다."

잊지는 않았지만 서랍에 넣고 치워버린 자잘한 부분들을 다시 알아보는 기쁨도 쏠쏠했다. 이층 손님방에서 바라보이는 산. 거실과 응접실 공간을 분리하는, 다양한 크기의 네모 격자로 이루어진 목제 파티션. 줄줄이 구멍을 내 색유리를 넣고 작은 콘크리트 선반을 단 벽.

"아무거나 멋진 걸 올려놓으면 돼, 바시. 꽃병이나 뭐 그런 거. 호텐시아한테 그런 게 있다면 말이지만. 원래 아이디어는 빛에 색을 입혀 굴절시키는 거였어. 해가 그쪽에서 뜨거든. 상상이 돼?"

문 두드리는 소리가 났다. 바시의 노크 소리가 아니므로 보나마나 매리언이었다. 바시의 노크는 긴급한 용무다. 빠르게 연이어 두드린다. 매리언은 띄엄띄엄 세 번을 쾅쾅쾅 두드렸다.

"네에?"

매리언이 문을 닫고 들어와 침대 쪽으로 다가왔다. "방해해서 미안해, 호텐시아."

"무슨 일인데?"

"손님이 와도 괜찮은지 물어보려고."

마침내 뉘우치는 매리언이군. 감사를 표하는 매리언. 허락을 구하는 매리언.

"당신한테 손님이 와?"

"이네스라고, 막내 손녀딸이야. 우린 서로 꽤 좋아하는 사이거든."

호텐시아는 누가(그 어리석은 개는 예외로 치고) 매리언을 좋아한다는 말에 강한 의구심이 들었지만 반박하지는 않았다. 저 여자 너무 주눅들어 보이는데. 심지어 키도 좀 작아진 것 같다. 콧대가 팍 꺾였다. 호텐시아는 싱긋 웃었다.

"안 될 거 있나? 그러니까, 아무쪼록 매리언, 여기서 편하게 지내. 하고 싶은 대로 마음껏 해."

문가에서 매리언은 화려하고 묵직한 액자에 담긴 부부 사진 옆에 서서 어물쩡거렸다. 호텐시아가 전부터 치워버리고 싶어하던 사진이었다.

"봐도 될까?" 뻔히 보이는 뭔가를 봐도 되느냐고 묻다니, 바보 같은 질문이었다.

매리언이 사진을 자세히 살폈다. 호텐시아는 괘념치 않았다. 어쨌든 사진 속의 그들은 젊었고 아직 아름다웠다.

"치울 생각이었어." 호텐시아가 말했다.

매리언이 그녀를 돌아보자 두 사람의 눈이 마주쳤다.

"실은," 호텐시아는 말을 이었으면서도 고개를 돌려 시선을 피했다. "뒤에 있는 얼룩을 가리느라 걸어놓은 거야."

매리언은 방을 나가기 전에 손을 뻗어 액자를 살짝 들고 확인했다. 그러고는 벽에 묻은 얼룩을 보고 고개를 끄덕였다.

이네스가 왔을 때 애그니스도 함께였다.

"애그니스, 자네가 여긴 웬일이야." 매리언이 말했다.

"동생이 아파서요. 며칠 대신해달라고 하더라고요."

매리언은 애그니스한테 여동생이 있고, 매럴리나가 결혼해서 아이를 갖자마자 그 여동생을 고용했다는 사실을 매번 까먹었다.

"아."

이네스가 외할머니의 허리를 껴안았다. "엄마는 바빠서 애그니스가 저랑 함께 왔어요. 나는 내 자전거로 왔고, 애그니스는 언니 걸 탔어요."

매리언은 현관 앞에 자전거 두 대가 세워져 있는 걸 그제야 알아보았다. "자전거도 타?" 매리언이 애그니스에게 물었다.

이네스는 현관 복도로 들어왔다. "그러니까 여기가 그 집이군요. 할머니, 집 구경 좀 시켜주세요."

"급할 거 없으니까요." 애그니스는 매리언에게 말하고 바시를 부르며 부엌으로 향했다.

정신이 멍해진 매리언은 이네스를 따라 들어왔고, 몸이 편찮은 할머니가 주무시고 계시니 조용히 하라고 아이에게 주의를 주었다.

"다 들려." 호텐시아가 소리쳤다. "이게 다 무슨 일이지?" 그녀가 병실에서 모습을 드러냈다.

"안녕하세요."

"그래, 네가 이네스고, 나는 배가 고프구나."

그날 오후는 매리언의 혼을 쏙 빼놓기로 작정한 것 같았다. 먼저 애그니스가, 가슴이 크고 손끝이 야물지 못한 애그니스가 자전거를 타고 손녀의 보호자로 함께 왔다. 그다음에는 호텐시아가…… 사근사근하달까? 매리언은 호텐시아가 쉰 살 이하의 사람과 함께 있는 모습을 본 적이 없음을 깨달았고, 그 결과 저 여자는…… 다정하고 친절한 사람으로 변신한 듯했다.

"이리 오렴." 호텐시아가 이네스를 안내했다. "바시는 핫초콜릿을 끝내주게 만든단다."

따스한 분위기 속에서 부엌이 시끌벅적해졌다. 바시와 애그니스는 담소를 나누었다. 호텐시아는 중앙의 아일랜드 식탁에 기대어 바시를 성가시게 괴롭히며 핫초콜릿을 몇 잔 만들어달라고 했다. 매리언은 이 부엌을 설계하면서 도안을 그리고 배치도를 짰던 게 기억났다. 공간이 어떻게 사용될지, 요리사가 어디에 서고 냉장고에서 거리는 얼마나 먼지 등을 열심히 계산했다. 이네스는 호텐시아에게 다리가 부러졌을 때 울었는지 물어보며 상처를 보여달라고 부탁했다. 제발, 제발요…… 이네스는 비명을 지르지 않겠다고 약속했다.

손님맞이는 뜻밖에도 성황이었다. 매리언은 마음이 자꾸 이랬다저랬다 했는데, 이네스와 호텐시아가 너무 빨리 친해져 샘이 나면서도 호텐시아의 서글서글한 태도에 안도하기도 했다. 저 호텐시아가 말의 창을 날리지도 않고 신경을 긁지도 않는다. 세치 혀로 사람을 두들겨패는 데 익숙한 여자라는 낌새를 하나도 비치지 않는다. 이네스가 돌아갔을 때 매리언은 몇 초간 고민했다. 그렇게 공손히 예의를 차리고 난 다음에, 다시 위엄 있게 그들 서로가 익히 잘 아는 편안한 반목과 적의로 돌아갈지 말지. 그러나 괜한 걱정이었다.

"귀엽고 사랑스러운 아이네." 현관 앞에서 캐터린 애비뉴를 따라 멀어지는 자전거 두 대를 바라보며 매리언과 나란히 서 있던 호텐시아가 말했다. "저 아이가 당신을 '할머니'라고 부르지

않았다면 둘이 혈연관계일 거라곤 상상도 못했을 거야." 호텐시
아는 획 돌아서 집안으로 들어갔다.

12

그들이 만났을 때 피터는 스물여섯 살이었고 임피리얼 칼리지 화학공학과에서 공부를 막 끝마친 상태였다. 호텐시아는 그가 크로이던에서 학생들을 가르치며 무엇을 하는지 알고 싶었다. 피터는 자신의 아버지 얘기를 꺼냈다. 호텐시아가 결국 만나게 될 그 사람은 아들과 마찬가지로 덩치가 컸지만 잘 웃지는 않았다. 그리고 호텐시아의 입에서 무서웠다는 고백을 나오게 한 유일한 사람이었다. 아버지는 아들을 위해 일류 엔지니어링 기업에 자리를 알아놓았는데, 피터는 핑계를 대고 시간을 버는 중이었다.

"일하기 싫어?"

초기에 그들은 데이트를 한다기보다 나란히 서서 걸으며 얘기를 나눴다. 함께 술집이나 식당에 가지 않는 건 암묵적 신중함이었다. 마음은 점점 끌렸지만 테이블을 사이에 두고 마주앉거나 특별한 만남을 약속하는 건 지나치게 확실한 제스처였다. 테디보이 사건 이후, 호텐시아는 하루 일과를 마치고 건물을 빠져나올 때 대학 정문 앞에서 매일 보이는 피터의 모습에 배꼽 근처가 간질간질했다. 그러나 나란히 길을 걸을 때 그들에게 쏟아지는 눈초리는 그녀의 상상이 아니었다는 사실이 엄연히 존재했다. 스카프로 머리칼을 감싼 (혹은 모자를 쓰거나 머리를 틀어올린) 여자가(수많은 다른 얼굴의 수많은 다른 여자였지만 결국 하나였다) 그들 옆을 지나치며 쯧쯧 혀를 찼다(혹은 콧잔등을 찡그리거나 침을 뱉었다). 피터는 알아차리지 못할 때도 있는 듯했지만 호텐시아는 결코 잊을 수 없었다.

"일하고 싶지. 열심히 일할 의향은 있는데…… 아버지랑 별로 사이가 안 좋거든. 내 직업은 내 힘으로 찾고 싶어."

호텐시아는 고개를 끄덕였다. 그에게는 강직하고 신중한 면이 있었다. 피터는 스스로를 전쟁남의 아들이라고 불렀고, 그가 자신의 아버지에 관해 알려준 내용은 그것뿐이었다. 나중에 그들이 마침내 서로 사랑하고 있음을 알고 결혼해야겠다(피터의 말이었다)는 생각에 이르렀을 때, 그들이 마침내 각자 부모에게 말할 용기를 냈을 때, 호텐시아는 전쟁남을 만났다. 그는 호텐시아와 악수하고 눈을 똑바로 쳐다보며 아이를 가질 계획인지 물었다.

아버지, 무슨 질문이 그렇습니까, 피터가 말렸다. 그러나 나중에 집으로 찾아가 뵈었을 때 그 질문이 다시 나왔다. 그런데 아이들이 어떻게 되겠니? 어떤 애가 나오겠니? 호텐시아가 보기에 피터의 부모는 자신들의 최상품 종마가 의심스러운 암말과 교배했을 때 나올 결과를 걱정하는 말 사육자 같았다. 이 교합에서 어떤 혈통을 얻게 될 것인가? 그때 소리 높이지 않았던 것을, 그들의 입을 다물게 만들지 못한 것을 호텐시아는 후회하곤 했다. 대학 시절의 그녀는 험담을 듣는 일에, 공공연히 놀림을 받는 일에 익숙했다. 그러나 이 경우는 더 얇고 더 날카로운 칼이었다. 그의 부모는 쳐다보는 눈길만으로 그녀가 누군지, 그녀가 진짜로 속한 곳이 어디인지 말해주는 재주가 있었다. 그 방면으로 조예가 깊었고, 그 방면의 전문가였던 조부모에게 그 기술을 배웠으며, 또 조부모는 증조부모에게 배웠다.

하지만 그전에 워낙 많은 것이 쌓여왔다. 세상에서 가장 느린 연애. 한 걸음 한 걸음에 나뉘어 담긴 구애와 설득.

"당신은?"

호텐시아는 수줍어하지 않았다. 생애 단 한 번도 수줍어한 적은 없었다.

"나는 사물의 선이 좋아. 선과 형태."

피터는 좀더 설명해달라고 했다. 호텐시아는 오래전부터, 장학금을 받고 영국에서 공부하기 훨씬 전부터 세계가 세 부분으로 나뉘어 있다고 생각했다. 세계에는 공간이 존재한다. 피터는 빙그레 웃으며 그녀의 얘기를 들었고, 그가 즐거워한다는 사실에 호텐시아는 심장이 날뛰었지만 불쾌한 방식은 아니었다. 피터는 중간에 끼어들어 말했다. 넌 생각하는 게 좀 이상하지만 그게 마음에 들어. 호텐시아는 얘기를 계속했다.

"공간에 더해 사람들이 있잖아…… 동물이라든가 그런 게?"

피터는 고개를 끄덕였다.

"그리고 사물이 있어. 난 정말, 진짜로 사물이 흥미로워. 사물의 선이. 그 형태가."

그런 모든 얘기는 마주보고가 아니라 나란히 옆에 선 채 이루어졌다. 그들이 처음 테이블 앞에 마주앉았을 때는 일 년이 지나 있었다. 호텐시아는 브라이턴으로 돌아가 이학년을 마친 다음 여름에 크로이던에서 일하기 위해 다시 런던으로 왔다. 피터는 아버지가 주선해준 일자리를 거부하고 따로 면접을 봐서 유니레버에 취직한 지 거의 육 개월이 지났다. 떨어져 있는 동안 그들은 전화로 몇 번 통화했고 편지를 한 통씩 주고받았다. 피터가 앉아서 차를 마시자는 제안을 했다. 그리고 회사로 오는 길을 알려주었다. 회사에 도착했을 때 호텐시아는 자신이 가쁜 숨을 내쉬고 있음을 깨달았다.

"호텐시아." 피터가 로비에 들어서며 말했다.

그는 차분해 보였다.

"안녕, 피터."

둘은 악수를 나눴고 호텐시아는 자신을 바라보는 그의 표정에서 소소한 기쁨을 감지했다. 그가 몇 초 동안 그녀를 들여다보는 게 마음에 들었다.

안내 직원은 제자리로 돌아갔지만 호텐시아는 자신의 존재가 사물의 균형을 무너뜨렸음을, 일종의 폐해임을 확신했다.

"널 보니 참 좋다."

호텐시아는 배시시 웃으며 고개를 비스듬히 기울였다. 젊은 날의 버릇이었고, 몇 년 안 되어 없어졌다.

"내가 너무 일찍 왔나?"

"전혀. 지금 휴식시간이거든. 나가자."

그들은 템스강 북쪽 둑길을 걸었다. 근처에 건설 현장이 있어서 그 굴착기 소음과 전후 재건의 노력이 그녀에게 말을 하지 않아도 되는 좋은 핑계가 됐다. 호텐시아는 할말이 없었다. 사람들이 걸어가는 그들을 쳐다보았고 다수가 일부러 고개를 돌려 돌아보았다. 그녀는 자신들이 둘 다 잘생겼기 때문이라고 생각하기로 했다. 호텐시아는 피터에게 더욱 바짝 붙으며 팔짱을 끼면 어떨까 생각하다 관두기로 했다.

"너 참…… 예쁘다." 피터가 말했다.

"뭐라고? 아, 고마워." 호텐시아는 땅바닥을 점검했고, 자신의 발을 감시했고, 보도블록을 주시했다. 자신의 배짱과 용기가 다 어디로 간 건지 궁금했다.

채링크로스 근처에 찻집이 있다는 피터의 말에 모퉁이를 돌아 기차역을 향해 걸었다.

피터는 카페라테를 주문했고 호텐시아는 홍차를 달라고 했다. 그들은 지나다니는 사람들의 시선을 피해 창문에서 멀찍이 떨어져 카페 한쪽 구석에 앉았다. 크림색 벽에는 촛대가 줄지어 달려 있었고, 호텐시아는 테이블을 덮은 무명천을 손가락으로 쓸었다. 손끝에 부드럽고 보송보송한 감촉이 느껴졌다. 안쪽 구석자리는 따뜻했지만 호텐시아는 앉아서도 여전히 양손바닥을 비볐다. 다시 용기를 찾은 그녀가 입을 열었다.

"넌 꼭…… 제대로 된 직장인으로 보인다. 좋네."

피터의 눈은 짙은 청회색이었지만 이따금 그가 특정한 방식으로 지그시 쳐다보면 초록빛도 좀 섞여 있다는 어이없는 생각이 들기도 했다.

"아직 임금 수준이 최상위는 아니지만 전망 있는 직종이야. 어쩌면 아프리카로 발령날지도 몰라."

"저런!"

그들이 떨어져 있던 시간이 무슨 묘기를 부린 것 같았다. 마침 내 테이블을 사이에 두고 둘이 함께 앉은 지금, 호텐시아는 여자 가 된 기분이었고, 그는 그녀가 가는 곳마다 우연히 마주칠 수 있는 남자가 아닌 듯했다. 만남은 계획되고 준비된 것이었 다…… 목적을 가지고.

"선은 어때? 형태는?"

"아직 이 년 더 남았어."

대화는 저절로 진도가 나갔다. 피터에게는 자신이 흑인이고 여성이라 그동안 학교에서 찍혔다는 얘기를 하기가 어쩐지 수월 했다. 그는 고개를 끄덕이고 인상을 쓰더니 마치 그가 조금이라 도 가담하기나 한 듯 사과했다. 그는 머리칼보다 더 짙은 갈색 눈썹을 찡그렸다. 호텐시아는 그가 입증해보라고, 명확히 설명 해보라고 요구할 줄 알았다. 실은 피터가 그럴까봐 두려웠다. 그 건 그가 이해하지 못했다는 의미이기도 하지만 그녀에게 증거가 없기 때문이기도 했다. 그녀 본인의 촉과 감뿐이었고, 그래서 그 가 믿어준다는 건 그녀에게 굉장한 의미였다.

그들은 음료를 홀짝이며 둘 다 따뜻한 머그잔을 양손으로 감 싸쥐었다.

"부모님은?" 안부를 묻는 질문이었지만 내심 이렇게 묻는 것이기도 했다. 우리가 지금 뭘 하는 거지, 우리가 이러면 나중엔 다 어떻게 되지?

"늘 똑같지." 피터는 잔을 들며 싱긋 웃은 뒤 음료를 한 모금 마시고는 잔을 내려놓고 가게 안을 둘러보았다.

호텐시아는 피터의 회사까지 함께 걸었다.

"그럼, 여행하고 싶다고 생각한 적 있어? 그러니까 세계여행 같은 거?"

호텐시아는 얼굴을 찡그렸다. "아니, 별로."

"가령 아주 멀리 가는 거 말이야. 아프리카 같은 데로, 말하자면."

그녀는 피식 웃었다.

"어때?"

"고향에 가는 셈이겠는걸. 난생처음으로."

피터가 고개를 끄덕였다. "그러게." 그는 당혹스러움에 얼굴을 살짝 붉히며 말했다. 그러고는 신발 밑창을 보도에 대고 몇 번 문질렀다. 그의 동료가 지나가자 두 사람은 한옆으로 비켜섰다. "들어가봐야겠다." 마침내 이렇게 말하고 피터는 허리를 굽혀 그녀의 볼에 키스했다.

뜻밖이었다. 나중에 호텐시아는 그가 마음을 정하기까지 일

년이나 걸린 것을 두고 놀려댔다.

"나중에 봐." 피터는 말하고 문을 통과해 안으로 들어갔다. 그는 뒤돌아보지 않았다.

호텐시아가 브라이턴으로 돌아가기 전까지 둘은 몇 번 더 만났고, 피터의 연락처에 그녀의 주소가 단정한 서체로 똑똑히 적혔다. 그의 주소는 그녀의 머릿속에 새겨졌다. 둘은 편지를 주고받았다. 전에는 가장 친근한 만남조차 어느 정도 정중함을 띠었던 반면, 편지에서는 교태를 부리고, 느슨해지고, 에로틱할 때도 있었다. 피터는 그녀의 왼쪽 쇄골 바로 아래에 그가 쓰는 펜의 잉크처럼 새카만 점이 있음을 알아챘고 신경쓰였노라고 고백했다. 세번째 편지에서 그는 그 점을 만지면 어떤 느낌일까 궁금해했다. 호텐시아는 처음엔 좀더 실용적으로 접근했다. 이전에 그가 누구와 편지를 교환했는지 알고 싶었다. 나 말고 사귀는 사람이 또 있나? 누가 바람을 넣지 않아도 의심이 자연스레 똬리를 틀었다. 부당함이 존재하거나 닥칠 거라는 에다의 끝없는 불안이 조성한 안갯속에서 자란 탓이었다. 그 한 해 동안 피터의 잦은 서신과 농담과 열정은 호텐시아에게 사랑이 거품처럼 보글보글 일어나 흩어져 삶의 표면을 따라 톡톡 터지도록 허용할 용기를 주었다. 피터는 그녀에게 그림을 그려달라고 청했다. 형태와 선에 대한 둘만의 농담이었다. 피터는 호텐시아에게 화합물에 관해 끄적인 낙서를 보내면서 그것들의 이름과 작용을 설명했다. 어째서 이런 것에 그토록 끌려? 호텐시아가 그에게 물어본 적 있었다. 피터의 대답은 간결한 만큼 아리송했다. 난 '결합'을 연구하는 게 좋아. 결합 과학에 관해 깊이 숙고하는 게 좋아. 호텐시아는 그런 그의 마음가짐을, 그녀에게는 추상적일 뿐인 과학적 세부를 파고드는 그의 치열함을 즐겼다. 그와 똑같은 치열함을 그는 그녀를 연구하는 데도 적용하는 듯했고, 밤늦게 그런 생각이 들면 호텐시아는 살갗이 달아올랐다.

이듬해 5월, 콰이텔이 숨졌다. 호텐시아는 장례식에만 참석하고 대학으로 돌아와 여름 내내 브라이턴에 머물렀다. 런던을 감당할 수 없었다. 죄책감이 느껴졌지만, 앉아서 책을 읽는 아버지가 없는 집으로 돌아갈 용기를 어디서도 찾을 수 없었다. 피터가 차를 끌고 호텐시아를 보러 왔다. 와서 그녀를 위로하고 지탱해주었다.

도서관은 생각지도 못했다. 뷸라 히르딘은 호텐시아 제임스에게 뭔가를 얻어내야 하는 딱한 처지지만 결코 원하는 걸 얻어내지 못할 거라고 매리언은 속으로 중얼거렸다. 원래는 앙심을 품고 뷸라가 한 요구의 정당성을 입증해야지 마음먹었는데 그게 희미해져버렸다. 그 대신 매리언은 왠지 호텐시아에게 호기심이 생겼다. 호텐시아의 역사에 대한 비상한 관심과 고독한 생활이 궁금해졌다.

지난 입주민협의회 모임 말미에 매리언은 루드밀라에게 정보 공유의 중요성을 강조했다. 루드밀라의 스칸디나비아 사람다운 독단성이 못내 불안했다. 매리언이 주관하는 입주민협의회가 자칫 열외로 밀려날까 우려스러웠다.

최신 정보는 없었지만 루드밀라가 매리언에게 전화해 도서관에 이미 갔다 왔는지 물었다. 만약 가지 않았다면, 어떤 세부사항을 자기 대신 찾아주지 않겠느냐고 부탁했다. 루드밀라는 커피 언덕과 그 주변 토지의 역사에 관심을 보였다. 법원까지 가지 않고도 샘소던가에 캐터린 안쪽의 땅을 보상으로 한 덩이 떼어주고 해결할 방법이 있을 것 같아서요. 그걸로 그들을 막을 수 있을지는 회의적이지만 또 모르는 일이니까요. 루드밀라의 말에 매리언은 메스꺼우면서도 동시에 우쭐해져 속이 거북했다. 매리언은 가보겠노라 대답했다.

호텐시아에게 도서관에 간다고 하면서 전에 없이 배려심이 돋아 책이나 한 권 빌려다줄까 물어볼 생각이 들었다.

"틈마다 윌버 스미스는 수도 없이 쏟아져나오면서 월컷*이나

---

* 세인트루시아 태생의 시인 겸 극작가.

래밍*, 아이두**의 책은 단 한 권도 없는 그 구차한 변명투성이 도서관에서?" 호텐시아는 쯧 하고 잇소리를 냈다. "무식한 것들."

매리언은 그 말을 '됐네'로 알아들었다. 책가방을 챙겨 나와 거리를 걸으며 목덜미에 떨어지는 햇살을 음미하면서 목도리를 안 해도 된다는 사실이 즐거웠다. 알바가 보고 싶었지만 10호에서 알바를 길러도 되는지 가능성을 타진했을 때 호텐시아는 어림도 없는 소리라고 고개까지 흔들어가며 못박았다.

세 개의 박공지붕 때문에 매리언은 도서관 건물이 한때 와인 창고였을 거라고 짐작했다. 뷸라의 편지에는 '마구간'이라고 쓰여 있었지만. 건물의 건축연도는 18세기까지 거슬러올라간다. 억새 지붕은 나중에 슬레이트로 바뀌었지만 입구는 아직 원형 그대로 돌바닥이었다.

"애거사."

애거사는 반드시 갈색 머리를 정수리에 동그랗게 틀어올려 하얀 뼈로 만든 빗핀으로 고정해야 하는 여자였고, 두꺼운 안경 때문에 두 눈이 하얗고 까만 대형 단추처럼 보였다.

"안녕하세요, 매리언. 반납인가요?"

---

* 바베이도스 태생의 소설가 겸 시인.
** 가나 태생의 작가 겸 시인이며, 교육부 장관을 역임했다.

매리언은 가져온 책 꾸러미를 앞으로 내밀었다. 질리 쿠퍼는 무슨 내용인지 기억도 안 났다. 애거사가 윌버 스미스의 책 세 권을 스캔할 때는 양볼이 뜨듯해졌다. 여기에 대해서는 호텐시아에게 반박할 힘이 없었다.

화요일 한낮에 캐터린 도서관은 텅 비어 있었다. 하긴 어느 때고 북적이는 도서관을 본 적은 손에 꼽을 정도였다.

"주문하신 잡지들이 왔어요." 애거사는 책상 위로 광택지 표지의 잡지 한 무더기를 쭉 끌어다놓았다. "몇 권 더 대출하실 거죠? 이 책들은 일단 여기 놔둘게요."

"고마워, 애거사. 사실 좀 찾아볼 게 있어서 왔는데…… 그런데 또 궁금한 게, 이 책들은 다 어디서 난 거야?"

"도서관 장서요? 기부받은 거죠. 시의회에서 예산도 좀 받고."

"그럼 구매하는 책은…… 누가 사는 거야? 그러니까 도서관에 비치할 책은 누가 선정해?"

"제가 하죠. 추천도 받아요, 동네 주민들이 읽고 싶어할 만한 책들로."

"그렇구나…… 혹시…… 다른 문화권의 책들도 있나……" 굳이 속삭일 것까진 없었는데.

"흑인 말씀이신가요?"

"애거사."

"따로 특별칸이 있어요. 저쪽 구석에."

매리언은 고개를 끄덕였다. 좋아하는 작가들을 찾아 호텐시아가 구석탱이로 보내지는 장면을 상상해보았다.

할머니와 어린 소년이 회전문으로 들어왔다. 할머니는 지팡이를 짚었고 아이는 책가방을 줄에 맨 강아지처럼 질질 끌고 다녔다.

"안녕하세요." 애거사가 그들에게 인사를 건넸다. 아이와 할머니는 안내데스크를 지나 어린이책 서가로 걸어갔다. "무슨 얘기를 하고 있었죠, 매리언?"

"찾을 게 있다고. 사료인데. 기억할지 모르겠네, 내가…… 뷸라 히르딘 건을 조사중이었잖아. 마저 알아보는 게 나을 것 같아서."

"네, 당연하죠. 관심을 둘 만한 게 있다는 건 좋은 일이죠. 제가 그 건을 인계받았을 때 몇 가지 사료를 우연히 발견해서 나름대로 열심히 정리했어요."

애거사는 신난 것 같았다. 그녀는 자리에서 일어나 책상을 돌아 나왔다. 실제보다 더 육중한 사람처럼 걸었고, 걸음은 자신의 뼈에 실리지도 않은 무게를 감안해 움직이는 것 같았다. 애거사는 길을 안내하고자 한 손을 매리언의 팔에 얹었다.

둘은 도서관의 중앙 열람실을 가로질렀다. 줄지어 놓인 긴 의자와 지붕 돌출창 아래 움푹 들어간 아늑한 독서용 자리. 안쪽 방은 거대한 서고였고 축축한 곰팡내가 났다. 밖은 환한 대낮인데 이곳은 어두침침했다. 높다란 정사각형 창문 두 개 말고는 자연광이 들어오지 않았다. 책상 하나와 좁은 의자 한 개가 매리언을 기다리고 있었다.

"여기 앉으시면 돼요. 몇 가지는 파일에 있고, 몇 가지는 아직 저기 안쪽 상자에 담겨 있어요." 애거사가 숨죽여 말했다.

매리언은 의자를 끌어내 엉덩이를 얹고 균형을 잡아보았다. 애거사는 발을 끌며 한쪽에 정리된 책장과 밀봉된 상자들을 향해 걸어갔다.

"이젠 여기 올 일이 거의 없거든요." 애거사는 헐떡이며 책장에서 서류철을 꺼내 책상 위에 올려놓았다. "조심해서 다뤄주세요." 애거사가 매리언의 눈을 똑바로 쳐다보며 말했다. 그리고 자리를 떴다.

매리언은 고개를 절레절레 저었다. 애거사는 정신 상태가 좀 이상한 괴짜로 알려져 있다. 서류철을 만지니 손끝에 먼지가 막처럼 들러붙었고 눈이 매워 눈물이 고였다.

뷸라가 말한 날짜, 즉 아이들의 사망일은 애거사가 내준 서류들의 시기와 맞았다. 주드에 대한 내용은 없었지만 사망진단서뿐 아니라 의료기록도 한 뭉치가 있었다. 매리언은 한 장씩 넘겨보았다. 문득 스스로 아이들의 죽음을 기록한 서류를 훑어보고 있음을 깨달을 때까지 손가락은 자연스레 휙휙 종이를 넘겼다. 너무 많은 죽음. 뷸라의 말대로라면 애너마리의 아이들도 이중에 있을 터였다. 매리언은 수치심을 느꼈다. 한 여자가 장례식을 치르고 제 할머니의 유언을 들어주고 싶다는데 자신은 할 짓이 없어 여기서 사료나 넘겨보고 있는 건가. 그녀는 뷸라의 이야기를 입증하기 위해 온 것도―그럴 만큼 관심이 남아돌지 않았다―반박하기 위해 온 것도 아니었다. 루드밀라는 매리언이 여기저기 냄새를 맡고 다니며 샘소딘가에 캐터린의 토지를 주지 말아야 할 이유를 뭐라도 찾아내기를 바랐다. 매리언은 갑자기 피로감이 몰려들면서 자신이 이 일에 맞지 않는다는 생각이 들었다.

다른 서류 뭉치에는 손으로 그린 지도가 몇 장 있었는데, 네덜란드어인 듯한 언어로 라벨이 붙어 있었다. 단순히 숫자로만 된 또다른 서류는 일종의 장부 같았다. 이름들이 적힌 것도 있었는데, 특이한 종이에 아랍문자로 쓰여 있었다. 서류 뭉치 맨 밑에 일련의 그림이 몇 장 있었다. 우기에만 호수가 되는 캐터린 저습지를 그린 스케치. 이 일대 전체를 개략적으로 나타낸 지도에는 건물 몇 개에 이번에는 영어로 라벨이 붙어 있었다. 매리언의 눈은 캐터린 애비뉴가 어디 있는지 찾았다. 그 자락에 10호가 있었다—원래 농장주의 저택이었고 화재로 전소됐다. 한때 헛간이 었던 우체국도 있고, 시의회에서 기념물로 복원하고 싶어하는 캐터린 우물도 있고, 현재 도서관이 분명한 곳에는 라벨에 판데 르빌트 농장의 노예 거주구라고 적혀 있었다. 하나의 건물이 몇 번의 생을 입을 수 있을까? 지형을 보여주는 지도가 몇 장 있고, 모든 나무에 일일이 번호를 매긴 지도도 있었다. 좁먹은 커피 언 덕 지도가 있었는데 커피라는 지명 표시는 없었다. 3헥타르에 가 까운 농경지가 언덕을 따라 포도밭에 인접해 펼쳐져 있었다. 글 씨가 번져서 알아볼 수 없는 이름들이 적힌 페이지도 있었다. 매 리언은 아래쪽에 있는 문장 몇 줄을 읽었다. 이가 딱 맞부딪히며 목구멍 안쪽에서 불쾌한 맛이 느껴졌다. 거기에는 각양각색의 기계장치와 끈과 회전륜을 그린 그림이 있었다. 그리고 누군가 가 단정한 글씨체로 핸들을 몇 바퀴 돌려야 뼈가 부러지기 시작 하는지 설명을 적어놓았다. 그림을 지도로 덮은 매리언은 손이 덜덜 떨려 난처했다.

안내데스크로 돌아온 매리언은 목소리가 나오지 않아 애거사 에게 작별인사조차 건넬 수 없었다.

"필요한 정보는 다 찾으셨나요? 가져가시는 건 없죠, 네."

매리언은 꼼짝도 하지 않았다. 시선을 애거사가 목에 건 십자 가 목걸이에 고정했다. 은제 목걸이는 애거사 같은 여자에겐 너무 크고 트렌디해 보였다. 매리언은 뒤돌아 도서관을 나섰다.

"여기 잡지요, 매리언."

매리언은 걸음을 멈추지 않았다. 애거사가 잡지에 관해 큰 소리로 묻는 말이 들렸지만 뒤돌아보지 않기로 했다. 나중에 빌리면 되지. 밖에서 매리언은 크게 다섯 번 심호흡을 했다. 다들 애거사한테 어딘가 나사가 몇 개 빠져 있다는 건 알지만, 그래도 매리언은 이미 깔끔한 머리를 또 매만지려고 손이 올라가는 걸 어쩔 수 없었다. 반지도 똑바로 하려고 보았더니 이미 알이 제대로 바깥쪽을 향해 있었다. 매리언은 10호를 향해 다시 걷다가 두 번 멈춰 서서 어깨너머로 뒤를 돌아보았다.

루드밀라가 전화를 걸어 건진 게 있는지 물었을 때 매리언은 사실대로 말했다. 서류들이 하도 낡고 해져서 제대로 조사하고 싶다면 차를 몰고 시내 기록보관소로 가야 할 거라고. 매리언답지 않게 통화가 짧았으니 루드밀라가 어리둥절해하는 걸 느낄 수 있었다. 매리언 본인도 혼란스러웠다.

그들은 계획을 세웠다. 실제 절연테이프로 무대를 표시하고 그 위에 서서 할 얘기를 미리 연습하기도 했다. 호텐시아가 졸업하면 먼저 에다에게 말하고(피터는 자신의 계획을 편지에 써서 보냈다) 그다음에 둘이서 피터의 부모님을 만나러 갈 것이다. 불

안한 마음에 예행연습까지 몇 번 하고 두려움에 떨었던 것치고
본 대화는 좀 맥이 빠졌다. 딸이 평생 독신으로 늙어 죽을 거라
확신했던 에다는 흑인 사위를 선호한다느니 고국 사람이 더 좋
다느니 하는 말은 꺼내지도 않았다. 제임스 부부와는 좀더 큰 싸
움을 각오했다. 피터는 자신의 부모가 못마땅해할 거라는 사실
을 호텐시아에게 알리기 위해 입도 벙긋할 필요가 없었다. 그때
첫 만남에서 그들의 평가에 모욕감을 느꼈던 호텐시아 또한 그
들이 침을 뱉고 씩씩거리고 하다못해 욕을 내뱉으리라는 터무니
없는 상상을 했다. 정중하게 편견을 드러내는 태도, 그 교활함은
예의바른 상처를 남겼다. 그것 말고는 자신들의 불행을 체념하
고 받아들이는 것 같았다―호텐시아의 피부색과 그녀가 그들에
게 안길 갈색 손주.

둘의 결혼식은 에다가 다니는 교회에서 조촐히 치러졌다. 피
터의 어머니 제임스 부인은 자신이 다니는 교회를 선호했겠지만
고집하지는 않았다. 카리브 연대에서 제대한 리로이 삼촌은 조
카딸의 앙상한 손을 잡고 짧은 통로를 느릿느릿 걸었다. 그들은
고개를 들고 목사를, 놀란 표정의 피터를, 그 너머 노랑 빨강 파
랑 스테인드글라스에 새겨진 후광을 두른 순결한 예수를 응시하
며 걸어갔다.

아침에 예식을 준비하며 호텐시아는 거울에 비친 제 모습을

한참 동안 바라보았다. 이렇게 예뻤던가. 그녀는 결혼식 날의 낭만적 기운에 흠뻑 취했다―머리에 화관을 쓴 여동생 지피, 빛바랜 장밋빛 부케를 손에 들고 쿵쾅쿵쾅 몰려다니는 꼬마 아가씨들, 저마다 호텐시아를 위해 아껴둔 밝고 환한 미소, 최대로 볼륨을 높인 웃음. 그날의 호텐시아만큼 미소와 웃음을 받은 사람은 없을 터였다. 그녀는 웃음소리에 귀가 멀 지경이었다.

결혼식 다음날 아침까지 귀청이 울렸다. 피터와 사랑을 나눈 다음에는 더더욱 감각이 없어졌다. 고통과 쾌락이 공존할 수 있다는 걸 안 첫 경험이었다.

이튿날 아침 잠에서 깼을 때 호텐시아는 수줍어하면서도 피터의 볼을 양손으로 감싸고 자신이 몹시도 좋아하는 얼굴을 물끄러미 들여다보았다. 지난밤의 열정은 싹 가시고 멍한 얼굴이었다.

"괜찮아?" 그의 물음에 그녀는 놀랐다. 안 괜찮을 게 뭐가 있지? "얼굴이 좀…… 뭐랄까."

말로 건넨 것도 아니고 그의 표정에 드러난 것도 아니었지만 호텐시아는 이렇게 생각할 수밖에 없었다. 겁먹었구나. 피터의 질문에 호텐시아는 대답하지 않았다. 실제로 대답을 바라고 물은 것도 아니었다. 하지만 그녀는 정신이 번쩍 들었고, 피터가 회사에서 승진하고 나이지리아 지점으로 발령받은 몇 년 후까지 냉철한 정신을 유지했다. 사실 사랑은 복부의 통증 외에 두 번 다시 아무것도 자아내지 않았다. 그날 아침 피터의 차가움은 그래도 금세 그녀에게 좀더 익숙한 성질들—치열하고, 학구적이고, 별나고, 따스한—로 대치됐다. 그들은 사흘 동안 신혼여행을 떠났다.

호텐시아는 하이베리에 있는 피터의 아파트로 옮겼고, 매일밤 그들은 사랑을 나눴다. 일단 겉보기에 유부남이 됐다는 충격에서 헤어나온 피터는 매우 열정적이었고, 그녀가 보아온 그 어느 때보다 행복했다.

호텐시아가 졸업하자마자 그녀에게 흔들림 없는 믿음을 갖고 있던 리스트 교수가 당시 준비하고 있던 컬렉션에 디자인을 내보라고 권했다. 리스트 교수의 드로잉은 호리호리하고 뾰족한 느낌의 여성들을 보여주었고, 패브릭은 보석 장식 잠금쇠로 목에서 고정해 바닥에 끌리도록 길게 늘어뜨렸다. 허리의 잘록한 부분에서 깔끔하게 잘린 것도 있었다. 클러치백과 케이프가 한 세트로 된 것은 돈 많고 할일 없는 사람들 사이에서 점차 인기를 모았다. 〈하퍼스 바자〉에 실린 한 기사에서 리스트 교수는 호텐시아의 하우스 오브 브레이스웨이트를 비롯해 이번 컬렉션을 성공적으로 이끄는 데 공헌한 그녀의 디자인을 숨김없이 격찬했다. 호텐시아가 감지한 첫 스포트라이트였다.

호텐시아 디자인의 주요 특징은 일부러 교묘히 엇갈리게 배치한 일련의 가로선이었다. 그것을 몇 야드나 되는 직물에 반복해 인쇄하면(색깔은 고동색, 점점이 뿌린 흰색, 달걀노른자 같은 노란색, 코발트색 등의 다양한 변주였다) 시간이 남아도는 사람이 할일 없이 앉아서 외계인의 암호에 줄을 찍찍 그은 것처럼 보였다. 이 모티프는 그녀의 시그니처가 되었다. 어떨 때는 딱 떨어지는 정확한 선이었고, 어떨 때는 정신없이 휘갈긴 다양한 굵기의 선이었다. 늘 조밀했다. 후기 버전에서는 가로선의 길이에 변화를 주었다. 한 컬렉션에서는 날개를 펼친 검은 새들을 스텐실로 찍어 잎사귀를 닮은 문양 사이에 숨겼다. 또다른 컬렉션에서는 띠 같은 여백으로 패턴이 끊어지기도 했다. 특별 주문(카펫과 커튼)이 들어오면 고대 알파벳처럼 생긴 철사 같은 모양으로 암호를 아로새겼다. 수십 년 후 디자인계에서 그녀의 명성이 확고해지면 저 풍부한 암호들이 경이로움으로 언급되리라.

처음에 피터는 패브릭에 넣은 선을 굳이 암호라고 부를 것까지 있나 싶었다. 피터의 시큰둥한 반응에 호텐시아는 상처받았고 둘은 말다툼을 했다―피터가 수학과 화학을 내세워 그녀의 일을 진지하게 또는 가치 있게 여기지 않을 가능성에 관하여. 피터는 사과했고, 둘은 뒤엉킨 채 잠들었지만, 그때의 느낌은 결코 호텐시아를 떠나지 않았다. 비록 피터는 그녀의 작업에 흥미를 느끼고 진심으로 그녀의 성공을 기뻐하는 것 같았지만 그 의미와 중요성을 제대로 이해하지는 못했다. 표식을 심는 일은 오로지 호텐시아에게만 의미가 있었다. 자신이 가진 최고의 능력이 남편에게는 수수께끼일 뿐이라는 게 슬펐다.

기사가 나가고 얼마 안 있어 하우스 오브 브레이스웨이트는 독일 쾰른의 루프트한자 사무소와 대형 계약을 체결하고 임원실에 붙일 벽지를 생산하기로 했다. 호텐시아는 런던 북서부 디자이너협회의 가입 자격을 얻었다. 파트타임 조수도 고용했다. 호텐시아는 판목 날염과 스텐실 기법을 선호했지만 시간이 너무 많이 드는 작업이었다. 결국 리스트 교수의 가장 열성적인 고객 중 한 사람이 자기 요트의 전체 직물 디자인을 맡겼을 때 그녀는 스웨덴제 새 스크린 인쇄기를 사들였다. 자기만의 작업실을 구하고 일을 도와줄 사람도 한 명 더 뽑았다.

하우스 오브 브레이스웨이트가 유명해질수록 피터에게 자신의 일을 정당화하고픈 욕구가 희미해졌다. 호텐시아 자신에게는 자명했다. 그녀는 늘 아름다운 것을 만들고 싶어했고 지금 그런 일을 하고 있었다. 호텐시아는 일 잘하는 사람에게 쏟아지는 밝고 눈부신 평가를 좋아했다. 집에 돌아와서는 남편을 사랑했지만 그와 동시에 밖에 나가 주목을 받는 것도 즐겼다. 어느 날 피터는 그녀가 선을 넘은 것 같다고 말했다. 호텐시아가 밀라노와 스톡홀름에서 열리는 전시회에 다녀오는 동안 그는 아내를 보지 못해 서운해했다. 그때 호텐시아는 그의 말을 막았지만 더 나중에는 자신의 성공의 광휘에 의문을 품고 여자의 진정한 성공은 바깥 세계가 아니라 집안에 있다는 생각에 끌리게 된다. 그리고 벌받은 기분이 되어 뭔가 다른 것—자신의 어머니, 피터, 불공정한 신—을 탓하기에 이르지만 결국 그녀 본인 탓이었다.

1956년 결혼과 사업이 모두 삼 년을 넘길 무렵, 피터는 윗선에서 자신을 나이지리아 이바단으로 파견하고 싶어 안달이라고, 자신도 무척 가고 싶다고 말했다.

에다는 딸을 그렇게 멀리 보낼 생각을 하니 마음이 좋지 않았다. 호텐시아의 만류에도 불구하고 에다는 여전히 기차 운전을 했다. 호텐시아가 일을 그만둬도 된다고 제안하자 에다는 어리둥절해했고, 그 제안은 모른 척했지만 홀러웨이에서 벗어나 좀더 쾌적한 아파트로 옮기자는 얘기는 받아들였다. 대입을 위해 A레벨 시험을 치르는 중이던 지피는 대학을 마친 뒤 회계사가 되고 싶어했다. 지피는 호텐시아가 나이지리아로 가는 게 도전이라고 생각했고, 서아프리카에서 온 학교 친구들의 얘기를 전하며 에다의 두려움을 녹였다.

호텐시아는 이바단이 런던의 이웃 동네라도 되는 것처럼 정착했다. 그녀를 둘러싼 새로운 환경과 투박한 억양이 낯설지 않았고, 본인 차는 직접 끓이고 걸레질도 직접 하면서 자라왔지만 가정부가 불편하지 않았다.

그 시절 둘은 여전히 섹스를 했다. 부엌 싱크대 옆, 업자가 호텐시아에게 값싸게 넘긴 차콜블루색 이탈리아제 타일 위에서. 혹은 피터가 선 채 밀어붙이고 호텐시아는 자신이 좋아하는 칸나릴리 벽지(지금은 타계한 직물디자이너의 마지막 작품) 위로 양팔을 뻗은 채. 피터는 운전사가 모는 차를 타고 출근했고, 호텐시아는 이사하자마자 곧바로 작업실로 개조한 헛간에서 일했다. 그녀의 작품은 그녀가 마지못해 지피의 감시하에 조수에게 맡긴 런던 스튜디오에서 여전히 팔리고 있었다. 호텐시아는 아베오쿠타에 갔을 때 나이지리아 전통 피륙인 아디레를 보았고, 부티크를 열면서 함께할 현지 디자이너를 물색했다. 날이 저물면 피터가 귀가했고 둘은 저녁 식탁에서 눈길을 마주쳤다. 열기는 끈적하고 사랑은 미끈거렸지만 호텐시아의 자궁은 전혀 신경쓰지 않았다.

몇 해가 지났다. 1958년 호텐시아는 스물여덟이었고, 에다는 딸한테 왜 아기가 생기지 않는지 알고 싶어했다. 피터는 말이 없었다. 그러나 새로운 장소에 당도해 피어난 시끄러운 신음소리는 점점 잦아들었고, 호텐시아는 결혼생활의 외로움을 발견했다.

부부는 하찮은 일로 싸우기 시작했다. 호텐시아는 피터에게 의외로 욱하는 성질이 있음을 알았고, 드물긴 했지만 충분히 끔찍했다. 한번 폭발할 때마다 둘 사이의 틈은 더욱 벌어졌다. 피터가 호텐시아를 거의 만지지 않는다는 게 점점 기정사실화됐다.

밤이면 그들은 침대에서 등을 돌리고 자고 낮에는 아주 드물게 나란히 걸었지만 손을 뻗어 맞잡지는 않았다. 결혼은 기대에 어긋났다. 호텐시아가 생각했던 것보다 차가웠고, 주일학교에서 들은 노아의 설화에 대한 믿음—짝과 함께하는 삶이 최고다—에 서글픈 종지부를 찍었다. 결국 결혼은 그리 대단한 게 아니었다. 소소한 집안 살림의 권태로움이었다. 서로의 따분한 버릇과의 타협이었다. 결혼 때문에 호텐시아는 새로운 사람을 만날 때 의심이 많아졌다. 이 사람의 고약한 점은 뭘까? 가게 주인에게 잔돈을 건네거나 예의바른 재봉사가 치수를 재는 동안 혼잣속으로 그런 생각을 하곤 했다. 피터가 다친 새를 조심스레 감싸안아 차분히 진정시키는 모습을 본 적 있었다. 또한 그가 성질이 뻗쳐 접시를 바닥에 내동댕이치는 모습도 본 적 있었다. 다른 접시도 아니고 그녀가 몇 달 동안 협상한 끝에 마침내 런던의 딜러한테서 구매한 황금색 잎사귀가 그려진 중국산 자기접시였다. 그녀가 가장 아끼는 그 접시의 앞면에는 꿩 네 마리와 난초 네 그루가 배열되어 있고 그 사이에 마법의 가루처럼 금박이 춤추듯 점점이 흩뿌려져 있었다.

무슨 일이 있었던 걸까? 호텐시아는 스스로에게 평범한 질문을 던졌다. 그러고는 그들이 함께했던 시간을 돌이켜보며 일련의 크고 작은 언쟁, 받은 상처들과 되돌려준 모욕들을 복기했다. 종종 집안은 몇 주씩 부식성 침묵에 빠져들었다. 대화를 해보려는 부비트랩 같은 임무보다 침묵이 편했다. 그러나 침묵은 때로 구원이 아니라 일종의 벌이었다. 침묵은 며칠씩 지속되기도 했지만 늘 잡아뜯기듯 느닷없이 끝났다.

"신문 왔어?" 피터가 아침 식탁에서 물으면 호텐시아는 청아하고 다정한 목소리로 대답하곤 했다.

또는, 침실에서 피터가 출근하기 위해 옷을 갈아입고, 운전기사는 아침 세차를 마치면서 노래를 흥얼거리고, 가정부는 아침을 차리면서 그릇 부딪는 소리를 낸다. 호텐시아는 이미 옷을 갈아입었다. 그녀는 창가에 서서 마당을 내다본다. 테니스코트 너머 수영장에서는 정원사가 매일 염소를 풀어넣고 청결한 파랑을 유지하느라 고투한다.

"올해는 하르마탄*이 늦네." 그녀가 말한다.

그러면 피터는 고개를 끄덕인 뒤 이내 등을 돌리고 선 아내가

---

* 겨울철 사하라사막에서 불어오는 건조한 열풍.

고갯짓을 볼 수 없음을 깨닫고 자신의 침묵이 싸움을 장기전으로 끌고 가자는 의도로 읽힐까봐 대꾸한다. "응, 그렇네."

이따금 사랑을 나누기도 했지만 의무적인 행위일 뿐이었다. 호텐시아는 아버지가 어렸을 때 허리케인이 얼마나 무서웠는지 얘기해준 기억이 났다. 전기가 끊기면 달걀을 어떻게 상하지 않게 보관하는지도. 며칠에 한 번씩 달걀을 뒤집어주면 된다. 그렇게 그들은 사랑을 나눴다. 뭔가를 상하지 않게 유지하기 위한 집안일이었다.

13

이런 기분은 매리언이 흔히 느끼는 것이 아니었다.

그녀는 문을 두드렸다.

"매리언." 호텐시아의 대답이 돌아왔다. 저 여자는 문을 투시하나보다.

"들어가도 될까?"

한숨 비슷한 소리가 들렸고 그건 결코 '그래'라는 의미가 아니었다.

"방해해서 미안해."

바시가 퇴근해서 집에 아무도 없었다.

"얘기나 좀 할까 하고."

호텐시아는 입을 꾹 다물고 침대 옆으로 의자를 끌어다놓는 매리언을 지켜보았다.

"매리언, 미안하지만 내가 말벗이나 해주려고 당신을 우리집에 들인 건 아니야."

늘 간결하다. 늘 대못을 박는다.

"도서관에 갔었어." 매리언은 호텐시아의 탐탁잖은 눈길을 모른 척하고자 말을 꺼냈다. 그리고 호텐시아가 아무 말 없자 대담하게 밀고 나갔다. "난······ 내 생각엔······ 가끔 당신도 좀 그런 기분이······"

"매리언······"

"나도 말 좀 하자. 설명해볼게. 뭐가 떠올랐거든."

"꼭 그래야 해?"

"응."

매리언은 학교 다닐 때 기억이 떠올랐다.

"학교 다닐 때 말이야, 윈버그의 세인트위니프리드 여학교였어. 이름은 들어봤겠지."

호텐시아는 굳은 표정으로 고개를 끄덕였고 매리언은 말을 더듬었다.

"난······ 내가······"

"매리언, 정말이지."

매리언은 치마를 매만지며 자리에서 일어났다. "당신의 평화를 깨지 않도록 하지."

어느 날 역사를 가르치는 시버트 선생이 칠판에 주소를 적었
다. 학생들은 등뒤에서 그녀를 빅토리아 여왕이라 불렀는데, 머
리를 엉덩이까지 기르고 발목까지 오는 긴 치마를 입었기 때문
이었다. 시버트 선생은 학생들에게 책을 파는 곳의 주소라며 나
중에 꼭 가보면 좋을 거라고 말했다. 그녀는 수업중에 학생들에
게 남아프리카 선주민 호텐토트나 영국에 관한 얘기를 들려주었
고 서점에 있는 책들을 언급하기도 했다. 이 역사 수업의 말미가
반 전체에 잊지 못할 기억으로 남았는데, 시버트 선생이 세인트
위니프리드에서 가르치는 마지막 수업이 되었기 때문이다. 수업
말미에 시버트 선생은 평소보다 목청을 높여 말했다. "여러분,
내 말 똑똑히 들었는지 모르겠지만 꼭 가보도록 해요. 이 책은
꼭 봐야 해요." 그리고 황급히 칠판에 책 제목을 휘갈겨썼다.
"왜냐면 알다시피 이 책은." 그녀는 지금까지 자신이 가르쳐왔
던, 나중에 매리언이 벼락치기로 외워 A를 받았던 주황색 교과
서를 가리켰다. "진짜 역사가 아닙니다."

시버트 선생은 돌아오지 않았다. 한 학생이 시버트 선생은 공
산주의자이고 정원사와 잤다고 떠벌렸다. 빅토리아 여왕이 칠판
에 적은 책은 금서였으며, 시의회에서 일하는 아버지한테 정의

를 위해 이걸 말씀드렸다고 그 학생은 우쭐거렸다. 학교 이사회에서는 그런 반동적 행위가 학교 안에서 일어났다는 사실에 치를 떨었다.

매리언은 어리둥절해서 집으로 돌아와 부모에게 물었다. 시버트 선생이 했던 얘기에 관해, 그 서점과 진짜 역사에 관해. 그러나 그녀의 질문은 꺾이고 내팽개쳐졌다. 그 일로 매리언의 마음속에 파문이 일긴 했지만, 어떤 게 진짜 역사이고 가짜 역사인지 물어볼 데가 없었다. 그녀의 부모는 두 종류의 역사를 구분해서 말해줄 생각이 없었다. 그들은 역사에 전혀 관심이 없었다.

매리언이 다시 노크했다. 젠장, 저 여자가!

"들어와!" 호텐시아가 소리쳤다. "이번엔 또 뭔데?"

"아까 말한다는 걸 깜박했어. 실은 저 얼룩에 대해 생각해봤거든."

호텐시아는 눈썹을 치켜올렸다. 저 여자는 확실히 어딘가 문제가 있다. 좀전엔 횡설수설, 지금은 저 망할 얼룩이 어쩌고저쩌고. 호텐시아는 눈을 흡떴다. "뭐야, 매리언? 원하는 게 뭐냐고."

"얼룩 말이야, 당신도 알잖아. 허락해준다면 내가 좀 어떻게…… 지워볼까 하는데."

"어째서 내가 이미 지우려 해봤다는 생각은 안 하는 거야? 사람만 부르면 되는 일이야. 내가 이렇게 누워 있지만 않았다면 다 처리했을걸."

"해도 되지?" 매리언은 호텐시아의 항의를 못 들은 척하기로 했다.

호텐시아는 한숨을 내쉬었다. 매리언은 복도로 나가더니 화장 솜과 종지에 든 액체를 들고 돌아왔다.

"지금 매리언……"

"걱정 마, 걱정 마. 난 전문가니까."

매리언은 호텐시아가 보기에 쓸데없이 조심스럽게 액자를 떼어내 바로 옆 책상에 내려놓았다. 지긋지긋하게도 매리언은 손을 놀리면서 입도 놀렸다.

"봐, 좀 골치 아프게 됐잖아, 당신이 바른 벽지 때문에. 당신 작품인가? 하여간 처음엔 기름때였을 거야." 매리언은 숨을 헐떡이기 시작했다. "그런데 누가, 바시였겠지, 이걸 지워보려다 얼룩이 번진 거야, 아마 표백제를 썼을걸. 합리적 선택이긴 한데…… 아, 이거 봐…… 이 벽은 각도가 비스듬해. 알고 있었어?…… 자, 좀만…… 다 됐다."

"그 종지에 든 게 뭔진 묻지 않겠어."

"묻지 마."

"당신이 왜 그런 데 신경쓰는지 모르겠군."

매리언은 어깨를 으쓱했다. "이건 어떻게 할까?"

사진은 스튜디오에서 찍은 것이었다. 사진사는 근엄한 사람이었는데 갑자기 흥이 오르더니 말했다. "키스하세요, 바보처럼 서있지 말고! 거기 뺨에다." 그러고는 찰칵 셔터를 눌렀다.

"바시에게 줘. 내다버리라 그래."

정보의 편린들이 서서히 형태를 갖춰갔다. 여자의 이름은 밸러리였다. 영국인이었다. 매년 나이지리아에 와서 몇 주 머물다 잉글랜드로 돌아갔다. 그녀가 정확히 무슨 일을 하는지 호텐시아는 여전히 알지 못했다. 그러나 밸러리가 이바단에 머무는 동안 일과가 늘 정해져 있었기에 호텐시아는 그들의 뒤를 쫓았다.

한번은 어느 금요일 저녁에 몰래 뒤를 밟았다. 그들은 모텔 앞에 차를 세웠고 호텐시아는 집으로 돌아왔다. 피터는 일요일 밤늦게 컨퍼런스에서 돌아왔다.

호텐시아는 그들이 함께 있는 모습을 떠올렸다. 모텔은 지저분했다. 피터는 분명 유니레버나 다국적 기업 사람들 혹은 모임에서 아는 사람을 만날까봐 더 좋은 호텔을 피했을 것이다.

어느 날 피터에게 또 컨퍼런스가 있다는 말을 들은 직후 호텐시아는 여행을 갈 거라고 말했다. 아베오쿠타에서 예비 사업 파트너와 며칠 있다 올 거라고. 아데바요 씨와 사업을 하게 될 거라는 건 거짓말이 아니었다. 보디야의 한 개인 주택에서 열린 미술 전시회에서 만났던 그들은 비슷한 사업을 하고 있다는 걸 알고 다시 만날 약속을 잡았다. 부티크를 열자는 그들의 계획은 비교적 구체화된 상태였지만 그래도 밖에서 며칠 묵어야 할 정도의 일은 없었다.

"알았어." 피터가 말했다. "아베오쿠타면 별로 멀지도 않은데…… 왜 거기서 묵는데?"

"내가 그쪽 문화에 관해 거의 아는 게 없잖아. 며칠 있고 싶어. 아데바요 씨가 안내해준대. 그쪽 미술에 지식이 약간만 더 있어도 좋겠어. 너무 아는 게 없어서…… 민망하거든."

피터가 고개를 끄덕였다.

왠지 모르게 호텐시아는 말을 계속 이었다. 어쩌면 뭔가 되살리려는 시도였을지도 모르겠다. 초기에 그들은 끊임없이 대화를 이어갔으니까.

"그러니까 엄밀히 말해서 피카소가 영감을 훔친 곳이잖아, 안 그래?"

피터가 얼굴을 찡그렸다. 그에 대해선 전에도 다툰 적이 있었다. '훔쳤다'는 단어에 대해서. 당시 피터는 이렇게 말했다. "차용했을 수도 있고, 그조차 아닐 수도 있고……" 그들은 둘 다 미술사에 관한 한 전문가는 아니었다. 유럽이든 아프리카든 어디

든. 둘 사이의 논쟁은 불같았다. 아프리카는 한 '시대'로 축소됐다. 피카소가 영감을 받은 작품들은 프랑스인이 약탈해 갔다. 아프리카는 일시적 유행이다. 물론 이국적이긴 하지만 음울하다. 호텐시아는 그 모든 얘기를 반복했다. 옛 대화의 재료가 불쏘시개가 될 수 있다는 양, 사랑이 마치 모닥불이라도 된다는 양.

피터는 얼굴을 찡그리고 그녀를 바라보았다. 그녀를 꿰뚫어볼 수 있다는 듯, 거짓말을 간파할 수 있다는 듯. 호텐시아는 자리에서 일어나 다가가 그의 눈을 똑바로 들여다보았다.

"이번 부티크 개점에 난 정말 흥분되고 떨려. 새로운 걸 할 수 있을 것 같은 기분이야. 당신이 내 일을 하찮게 생각한다는 건 알지만……"

"안 그래."

"하여간 이번엔 굉장한 작품을 내놓을 수 있길 바랄 뿐이야."

피터는 고개를 끄덕였다.

호텐시아는 자신이 멀리 가 있는 동안 그들이 섹스를 할 거라고 생각했다. 피터가 여자를 안방 침대로 데려와 서로 껴안고 뒹굴 것이다.

금요일 저녁, 호텐시아는 피터가 '컨퍼런스'에 가기 위해 집을 나설 때까지 기다렸다 짐을 싸서 렌트한 트럭에 올랐다. 두 시간

동안 목적지 없이 차를 몰고 배회한 뒤 집 앞으로 되돌아왔다. 가정부 폴라는 주말 동안 휴가를 보내는 걸로 해결했다. 일요 경비원은 좀더 까다로웠다. 이 동네는 안전하기로 정평이 나 있는데도 불구하고 유니레버는 만의 하나도 용납하지 않았다. 회사에서 추가로 일요 경비원을 고용해 주변을 감시하게 했다. 호텐시아는 일요 경비원이 회사의 지시만 따르거나, 적어도 그가 '오가'*라고 부르는 피터의 말만 들을 거라고 추측했다. 호텐시아는 이 문제를 피터 본인의 속임수를 이용해 해결했다. 나도 집에 없고, 당신도 집에 없잖아. 이번 주말하고 다음 주말 정도는 저 사람도 가족과 오붓하게 보내게 해주지―어때? 집은 괜찮아. 이렇게 온갖 허세를 부리니 런던 길거리에 있을 때보다 안전하다고. 이바단에서 그들이 새로 얻은 부와 그 덕분에 누리는 지위에 대한 호텐시아의 음흉한 비평에 피터는 속이 쓰렸지만 그래도 동의했다. 일요 경비원은 두 번의 주말 휴가를 얻었다.

호텐시아는 결정적인 게 필요했다. 시장 한가운데서 벌인 키스보다 더 진하고 노골적인 것이. 논란의 여지 없이 명백하고 완벽한 진짜 배신이 어떤 모습인지 분명한 그림을 갖고 싶었다.

그녀는 트럭을 집에서 좀 떨어진 길가에 세웠다. 그래도 대문

---

* 나이지리아 피진어로 두목 혹은 상관을 뜻하는 말.

과 드나드는 사람을 다 볼 수 있었다. 그녀는 기다렸다. 그들은
오지 않았다. 그녀는 부르카를 입은 차림이었고, 오렌지를 두 개
먹었다. 결국 저녁 열시쯤 근처 여관으로 가서 방을 빌렸다. 다
음날에도, 일요일에도 같은 짓을 했다. 주말이 지나갔다. 피터가
컨퍼런스에서 돌아왔다. 호텐시아도 아베오쿠타에서 돌아왔다.

"잘되어가? 그 아데바요 씨 말인데, 나중에 나도 보게 될까?"

"아마도. 지금은 굉장히 바빠서." 그 말은 사실이었다. "우리
가 부티크를 열면 아주 큰 파티를 할 거야. 어쩌면 그때나."

다음 주말, 호텐시아는 재차 시도했다. 변장을 하고 트럭을 멀
찍이 떨어진 길가에 세우고 그 자리에서 감시했다. 피터의 차가
모퉁이를 돌아 와 대문이 열리는 동안 잠시 멈췄다가 안으로 들
어갔다. 남편은 그 여자를 차에 태우고 왔다. 쥐를 몰아넣은 후
무시하는 고양이처럼 호텐시아는 여관에 가서 잤다. 그리고 이
튿날 동이 트기 전에 다시 왔다. 그들은 하루종일 집에 있었다.
호텐시아는 이따금 동네를 한 바퀴 돌며 다리를 풀었다. 그녀의
계획은 근처 이슬람 사원과 이웃 동네의 대규모 무슬림 공동체
덕분에 잘 풀렸다. 아무도 그녀에게 의심을 품지 않았다.

호텐시아는 시곗바늘이 저녁 아홉시를 가리킬 때까지 기다렸
다가 대문 안으로 슬쩍 들어갔다. 피터의 차는 진입로에 주차되

어 있었다. 집 전면부의 불은 꺼져 있다. 정원등도 모두 꺼진 상태다. 불을 켜는 건 그녀나 가정부가 하는 일이었으니 피터는 불을 켠다는 생각 자체를 해본 적이 없을 것이다. 집은 긴 직사각형 모양의 단층 주택이다. 방이 주르륵 붙어 있고 뒤쪽으로 갈수록 잘 사용하지 않는다. 낮은 산울타리 관목이 집 외벽을 따라 심겼고, 늘어진 굵은 가지에는 진한 마젠타색—거의 갈색—을 띤 넓은 잎이 달렸다. 호텐시아는 허리를 숙이고 손가락으로 잎사귀를 훑으며 집 옆면을 따라 걸었다. 침실 창문 아래서는 검정 치맛자락을 모아쥔 다음 낭창낭창한 가지 사이를 가르고 산울타리를 홀쩍 넘었다. 창문에는 커튼이 없었다. 높은 담벼락이 있어서, 아름다운 정원이 있어서 호텐시아는 커튼을 달지 않기로 했었다. 레이스만 살짝 있어도 충분하다고 생각해서 지금 그렇게 달려 있다. 하얗고 섬세한 망사로 엮여 눈부시게 밝은 레이스는 단 한 가지 사실을 의미했다. 호텐시아가 포목상에 금속성 실이 섞이지 않은 레이스를 주문했는데 가게 주인이 그녀의 말을 무시하고 멋대로 일을 진행한 것이다. 어떻게 저걸 모르고 넘어갔지? 그렇게 잠깐 정신이 팔려 있는데 피터의 목소리가 들렸다.

방에 전등이 켜져 있었지만 레이스 때문에 똑똑히 보긴 힘들었다. 그림자를 보는 것에 가까웠다. 누군가 침대에 누워 있었다. 피터의 등과 둥그스름한 볼깃살이 보였다. 나체인 피터의 모습이 낯설었다. 다시 그의 목소리가 들렸다. 그러나 여자는 보이지 않았다. 없을지도 모른다. 그 모든 일이 자신이 꾸며낸 상상일지도 모른다. 그때 여자 목소리가 들렸다. 사람의 형체가 방으로 들어오면서 뭐라고 말했다. 피터가 웃음을 터뜨렸다. 여자가 그의 위로 올라가 몸을 쭉 뻗고 가슴을 그의 견갑골에 밀착할 때도 계속 웃었다. 이제 호텐시아는 여자의 엉덩이와 등을 볼 수 있었다. 여자가 또 뭐라고 말하자 피터가 다시 웃었다. 그가 저렇게 웃었던가? 그의 웃음소리가 저랬던가? 그들이 대화를 이어가는데 피터의 말소리는 침구에 묻혀서, 여자의 말소리는 그의 살갗에 묻혀서 잘 들리지 않았다. 호텐시아는 오줌이 급해졌다. 아바야를 들추고 쪼그려앉는 것보다 더 급한 일은 없는 것 같다. 그녀는 쪼그려앉아 조준을 하면서 나이키 운동화에 약간 튀는 건 묵인했다. 해방감에 한숨이 나오면서 동시에 이런 생각도 들었다. 이게 무슨 의미가 있나? 이미 강탈당한 영역에 표시해봤자 무슨 소용인가?

그들을 지켜보는 동안 비열하다는 느낌은 들지 않았다. 그녀는 올바른 일을 하고 있었고, 엄격함과 고결함이 요구되는 중대한 임무를 수행하는 기분이었다. 그녀의 임무는 상황이 허락하는 한 면밀히 지켜보는 것이었다. 모든 것을 기억하고 싶었다. 나중에 다시 생각해낼 수 있기를, 필요한 때가 오면 그대로 그려낼 수 있기를 바랐다. 피터가 저 여자를 어떻게 안는지, 어떻게 키스하는지 보고 싶었다.

호텐시아는 거의 밤새도록 서 있었다. 세 사람 모두 거의 쉬지 못했다. 하늘에 빛이 번지려 하자 호텐시아는 살금살금 물러났다. 주택가를 벗어나 다시 트럭에 탄 뒤 이러다 불붙겠다 싶을 때까지 자신의 질을 힘껏 문질렀다. 그러고서 휘청거리며 트럭 문을 열고 나와 길가 풀밭에 토했다.

나이 서른하나에 호텐시아 제임스는 증오를 시작했다. 어떤 유행이 실제로 크게 퍼지기 전까지 덜덜거리며 시동을 걸듯 호텐시아도 시간이 좀 걸렸다. 한동안 그것과 씨름하며 저항했다. 증오가 일종의 산酸이라는 것을 잘 아는 그녀는 타지 않는 쪽을 선호했다. 또한 그 당시에 어쨌든 증오는 인기가 없었고, 그녀는 아직 사랑받고 싶었다.

그러나 그 갈망도 서서히 그녀를 떠났다. 분한 마음은 피터에게뿐 아니라 가정부와 운전기사와 시장 상인에게도 옮겨갔다. 사람들은 느려지고 아둔했다. 다들 나쁜 의도를 품고 있으며 특히 서비스가 요구되는 직종에서는 쓸모없기로 작정한 것 같았다. 그들은 질문에 똑바로 대답하는 법이 없고, 누구라도 말을 걸면 상대방을 좌절시키기 위해 평생을 바쳐 훈련한 것처럼 대꾸한다. 호텐시아는 고약한 성질을 드러내며 입을 굳게 다물고,

미간을 찡그리고, 이를 악물고, 매섭게 노려보았다. 칼 없이 오로지 말만으로 사람들의 팔다리를 잘라내는 데 능했다. 늘 화가 나 있었고, 처음에는 자각도 하고 분노가 사라질까봐 걱정도 했지만, 차차 그것이 평소 상태가 되어갔다. 그녀는 두통을 키웠다. 발목에 시멘트블록을 묶고 끌려 내려가게 놔뒀다. 결국 증오는 물 없이 익사하는 것이었다.

호텐시아는 둘의 사진이 걸려 있던 자리, 액자가 얼룩을 가리고 있던 자리를 쳐다보았다. 사랑이 어떻게 그런 모퉁이를 돌 수 있는지, 호텐시아는 영영 혼란에서 빠져나오지 못할 것이다. 한때 진짜로, 사랑만이 가능한 형태로 불안정하고 위태로운, 그러나 부드럽고 달콤한 뭔가가 있었기 때문이다.

그들이 결혼하기 전, 그리고 서로에 대한 사랑을 공표한 직후는 편안한 즐거움의 나날이었다. 피터는 알다시피 몸이 길었다. 둘이서 나란히 누워 서로 발을 걸치면 호텐시아는 그의 명치에 뺨을 부빌 수 있었다. 몸을 동그랗게 말고 그의 창자가 무슨 얘기를 하는지 그에게 말해줄 수 있었다. 그는 검지로 그녀의 동그마한 귓불을 간지를 수 있었다.

그에게는 남자에게 허용되지 않는 부드러움이 있었다. 그들은 장난을 많이 쳤다. 시시한 게임들. 그중 하나가 상대의 특징 찾기 게임이었다.

"내가 길을 잃었다 치자." 피터가 시작한다. 그들은 공원에 있고, 피터는 작은 맥주병을 재킷 안주머니에 숨기고 있다. "당신은 나를 잃어버렸고, 다른 사람한테 내 모습을 묘사해야 해."

"피터 제임스. 몸집이 크고 느릿느릿 움직이는 남자 거인. 굵은 손가락. 강해 보이는 인상. 유능함."

피터가 웃음을 터뜨린다. 칭찬과 모욕을 동시에 주자는 발상이었다. 이 게임은 내가 널 쭉 보아왔으며, 보통 사람들은 알지 못하는 것을 나는 안다는 의미였다. 심장을 너무 큰 위험에 몰아넣지 않고도 사랑을 꽁꽁 묶어둘 수 있는 종류의 게임이었다. 둘 다 이런 놀이를 좋아했다.

지금은 어떨까—지금 그녀가 이 게임을 한다면?

"모래색 금발은 시간이 흘러 하얗게 셌다. 회색 머리칼이 비듬을 가려준다. 안경을 쓰는데, 이마 위로 올리거나 내가 사준 끈에 매달아 목에 늘어뜨린다. 녹색 끈이다. 피부는 금방 타고, 숱 많은 눈썹에 수염도 무성하다. 젊을 때는 깨끗이 면도하고 다녔지만 말년에는 턱수염을 무성하게 놔뒀다. 머리털은 내 뺨이나 턱에 닿을 때면 뻣뻣하고 따갑다. 심플한 흰 셔츠와 카키색 반바지를 입고 샌들을 신었다. 결혼반지와 우리가 연인이 된 후 내가 사준 구슬 팔찌 외에는 전혀 장신구를 착용하지 않는다. 의사의 지시에도 불구하고 열렬한 육식주의자다. 바시와 한통속이 되어 몇 주에 한 번씩 몰래 베란다에서 스테이크 조각을 먹는다는 걸 내가 모르는 줄 안다. 앞니 하나가 누렇게 변색되고 있다. 입안은 옅은 분홍색이어서 볼 때마다 나는 늘 깜짝 놀란다."

그리고 화학을 잘 안다. 티아르$_{Tr}$, 몸을 직각으로 포개어 그의 배에 머리를 대고 그녀가 말한다.

"아냐, 그런 건 없어."

"티지$_{Tg}$, 티엘$_{Tl}$?"

"티엘. 81번. 탈륨. 금속 원소."

"에스씨$_{Sc}$."

"21번. 스칸듐."

"거짓말."

"아냐, 진짜야. 스칸듐. 램프에 쓰이지…… 여러 가지 있지만."

"좋아. 에스에이$_{Sa}$. 아냐, 그거 말고, 에스지$_{Sg}$."

"시보귬."

그녀가 고개를 들고 그를 쏘아본다.

"진짜라니까. 시보귬. 106번이야."

고든 마마의 웃음소리가 우레처럼 집안을 뒤흔들었다. 매리언은 자기 방 문가에 서서 귀를 기울였다. 저렇게 웃는 사람은 처음

보았다. 처음. 그녀는 손잡이를 잡고 돌리지는 않은 채 그대로 서 있었다. 아마 정기검진을 하고 있을 것이다. 의사가 나를 보자고 할까? 가짜긴 해도 간병인이라는 위치에 있으니. 매리언은 손잡이를 돌리고 복도로 나섰다. 웃음소리는 아까 그쳤다. 매리언은 계단을 내려가며 난간을 쓰다듬다 난간재로 특정 호두나무 목재를 명시했던 게 기억났다. 이어서 그녀가 요구한 나뭇결과 촉감이 나올 때까지 목수와 싸우며 내내 고생했던 게 떠올랐다.

"좋은 아침입니다, 매리언." 그 무엇도 몰래 지나칠 수 없는 바시가 계단 밑에서 그녀를 맞이했다.

"바시." 매리언이 말했다.

"아침 드시겠습니까?"

"응, 먹을게. 닥터 마마가 온 것 같은데."

"서재에 계십니다." 바시는 가보라며 손짓했다.

매리언은 어색한 기분으로 문을 두드렸다.

"그래, 매리언." 호텐시아의 반응이 왔다.

그녀를 보는 호텐시아는 기쁜 기색이 아니었다.

"아, 매리언." 닥터 마마가 말했다. "마침 당신을 찾고 있었어요."

"안녕하세요, 선생님. 좋은 아침, 호텐시아."

"예후는 양호합니다. 순조로이 회복되고 있어서 정말 기쁘군요." 그는 진지한 어조로 매리언에게 말했다.

매리언은 웃지 않으려 애썼다. 곧이어 겸연쩍은 기분이 들었다. 그녀는 10호에 들어온 뒤 단 한 번도 호텐시아에게 몸 상태가 어떤지 묻지 않았다.

"잘됐네요." 매리언은 호텐시아가 눈을 치켜뜨는 것을 못 본 척했다.

닥터 마마가 가방의 버클을 채웠다.

"금방 끝났네요." 매리언은 대체 자신이 뭐하러 왔나 싶었다. 의사를 다시 보는 게 왜 그렇게 중요하게 느껴졌는지 의아했다.

바시가 열린 문틈으로 나타났다. "아고스티노 부인, 여기서 아침식사를 드시겠습니까?"

닥터 마마가 이미 채운 버클을 만지작거리는 동안 침묵이 내려앉았다.

"같이 하시죠?" 매리언이 권했다.

호텐시아는 인상을 썼다.

"아침식사 말예요. 호텐시아랑 저랑 같이 드시고 가세요."

바시가 전에 없이 솜씨를 부렸다. 그는 일광욕실의 긴 나무탁자를 호텐시아의 파인애플옐로색 샴브레이 천으로 덮었다. 가운데에는 흰색 수반을 놓고 정원에서 꺾어 온 붉은 히비스커스 잔

가지 세 개를 꽂았다. 매리언과 닥터 마마는 팬케이크와 달걀프라이, 소시지와 버섯볶음 냄새를 맡으며 거실에 앉아 있었다.

호텐시아는 일단 다 같이 아침식사를 하자는 제안을 받아들이고 나자 옷을 갈아입겠다고 고집을 피웠다. 그녀는 첼시 칼라가 달린 올리브그린색 재킷에 파스텔그린색 티셔츠와 물 빠진 청치마를 입었다. 그렇게 갈아입으려면 꽤나 힘들었을 것이다. 신발도 바꿔 신었는데, 매리언 생각에는 돼지가죽이었다. 전체적인 효과는 훌륭했으나 다만 보행보조기가 옥의 티였다.

"가실까요?" 호텐시아가 말했다.

그들은 일어나서 호텐시아를 따라 일광욕실로 갔다.

대화는 태양을 찾아 중구난방으로 흘렀다. 몇 분 동안 바시는 부엌을 치우며 무대 뒤에서 일했다. 그는 얇게 자른 키위와 민트 잎을 넣은 물을 갖다놓고 서성거리다 이미 꽉 찬 탁자 위에 자른 딸기와 크림 그릇을 추가했다.

"샴페인 드시겠습니까?" 바시가 고요의 우물에 질문을 던졌다.

호텐시아가 고개를 젓자 바시는 부엌문을 닫고 물러갔고, 뒤쪽에서 부산스럽게 들리던 소리가 주던 위안도 같이 사라졌다.

"흠." 닥터 마마가 팬케이크 위에 딸기를 올렸다. "이거 근사한데요." 그는 십자형으로 꿀을 바르고 계피를 뿌렸다.

"아이가 있으신가요, 닥터 마마?" 매리언이 느닷없이 물었다.

호텐시아는 사레들렸다.

"하나 있습니다. 딸아이요."

"멋지군요. 몇 살인데요?"

"서른여섯 살이에요. 사실 다 큰 아가씨죠. 저는 잘 모르겠지만. 아직도 그애를 보면 침대 밑에 괴물이 있는지 확인해달라던 꼬마로 보여요."

다들 미소를 머금었다.

"당신은요?" 닥터 마마가 매리언에게 물었다. "아이가 있습니까?"

매리언은 얼굴을 찡그렸다. "있죠. 넷이에요."

공간이 잠시 동안 다시 얕아졌다. 포크와 나이프가 긁히는 소리. 매리언은 바시가 정말 샴페인을 넣었을 거라는 기분으로 오렌지주스를 한참 들여다보았다. 목을 만지며 닥터 마마와 호텐시아를 번갈아 쳐다보다 다시 주스로 눈길을 돌렸다. 여기에 시간이 흐르고 있는 거 맞아? 잠시 멈춘 거 아냐?

"내가 여태 해본 일 중에 가장 힘들고, 유일하게 실패한 일 같아요."

"매리언, 굳이 그렇게……"

"아냐, 정말로, 호텐시아."

닥터 마마는 포크와 나이프를 접시에 내려놓고 귀를 기울였다.

"나는…… 난 스테퍼노를 낳고 이어서 매릴리나를 낳았어요." 매리언은 그를 바라보았다. "남편이 이탈리아 사람이거든요. 그다음에 설리나를 가졌고, 가이아가 막내죠. 저도 모르겠어요. 출산이 가장 힘든 부분일 거라고 생각했는데. 어쩌다 이런 생각을 하게 됐는지 모르겠지만…… 육아는 잘할 거라고 생각했어요. 그게 얼마나 힘들지 전혀 상상도 못했던 거죠."

"호텐시아, 아이가 없는 당신은 운이 좋은 거예요." 닥터 마마는 농담삼아 던져본다는 투였다. 호텐시아는 얼굴 반쪽으로만 연습한 듯한 미소를 지었다.

"심지어 아이들을 낳은 후부터 기도를 시작했다니까요." 매리언은 딸기를 입에 넣고 천천히 씹었다.

"왜요?" 닥터 마마가 물었다.

"매릴리나 때문에요. 아직 많이 어리고 걸음마를 할 때였는데 아이가 넘어졌어요. 나는 좀 떨어진 곳에 있었는데 우는 소리가…… 마치 누가 자기 눈을 파내기라도 한 것처럼 울더라고요. 난생처음 들어보는 비명이었어요. 나는 아이한테 달려가면서도 내가 달리지 못하길 빌었어요. 아이한테 가고 싶으면서도 동시에 가고 싶지 않았던 거죠. 아이의 몸을 샅샅이 훑어보았는데 당연히 좀 긁힌 것뿐이었어요…… 실제론 아무것도 아니었죠. 설명을 잘 못하겠는데, 너무 속상했어요. 속은 기분인데, 그렇게 말할 순 없는 노릇이고."

"그때 기도했던 거야?" 호텐시아가 물었다.

"기도했지. 내가. 사실 부모님이 이혼하고 어머니와 함께 살면서부터 한 번도 기도하지 않았거든. 우리 부모님은 유대인이셨어. 아니, 그보다는 유대인이 아니게 된 사람들이었지."

닥터 마마가 얼굴을 찡그렸다. "당신은요?"

"글쎄요…… 따르는 종교는 없어요."

"그런데도 기도했다?"

"네, 그랬죠. 다시 기도할 이유가 생겼으니까. 매럴리나가 넘어졌으니까. 내 아이가 넘어지니까 난데없이 신이 필요해지더라고요."

닥터 마마가 손짓을 하자 호텐시아는 그의 잔에 물을 따랐다. 키위 한 조각이 컵으로 떨어지면서 식탁보에 물이 튀자 그 부분의 색이 어두워졌다.

"무슨 말인지 알 것 같군요." 마마가 말했다.

그들은 계속 식사를 했고 호텐시아는 누군가와 밥을 먹는다는 게 얼마나 친밀한 행위인지 생각했다. 같이 수프를 먹고, 후루룩거리거나 후루룩거리지 않으려 애쓰는 소리를 듣고, 음식을 삼키는 소리를 듣기 전까지는 그 사람을 진정으로 아는 게 아닐지도 모른다.

14

피터는 집에 와서 휘파람을 불었다. 아침 식탁에서도 휘파람을 불었다. 무슨 곡인지는 알 수 없었지만, 흥겨운 가락에 경쾌하고 초연한 느낌이 주로 기쁨을 전하는 노래였다.

"집중이 안 되잖아." 호텐시아가 말했다.

피터는 그쳤다가 몇 분 뒤 다시 불어댔다.

"피터." 호텐시아가 보고 있던 신문을 내리자 신문지가 먹다 만 포도에 닿았다.

"미안…… 버릇인가봐."

혼자 씨익 웃자 호텐시아는 그가 연인 몸의 특정 부분을 떠올리고 있나 싶었다. 등허리 혹은 척추 근처에 난 점이라든가. 피터가 숨을 몰아쉬면 후각으로 연인의 기억을 음미하며 입술냄새나 눈꺼풀냄새를 맡고 있는 게 아닐까 하는 생각이 들었다.

"일은 잘되어가? 당신이 얘기했던 그 프로젝트 말이야."

프로젝트 같은 건 없었다. 아니, 하나 있긴 하지. 중키에 파파야만한 가슴과 우윳빛 피부를 가진 여자.

"괜찮아. 좋아. 여기저기 많이 돌아다녀야 하지만…… 할 만해."

"응, 자주 돌아다니네. 부티크는? 개점일 아직 안 잡혔어?"

"아직, 하지만 곧 열 거야. 인테리어 전 제품군을 런칭하고 싶어. 제대로 인상을 남겨야지."

"흠. 그럼…… 다 별일 없나?"

호텐시아는 그가 뭘 묻는 건지 알 수 없었다.

"별일 없어. 난……"

피터는 시계를 확인했다. "그래?"

"회사 늦겠다. 가봐."

"아냐, 아냐, 들을게."

"괜찮아. 다만…… 좀 가봐야겠다는 생각이 들었어. 알지? 다른 병원에. 모모두 선생이 그렇게 말하긴 했지만, 보통은 두 군데 이상 얘기를 들어보라고 권하니까."

"아." 피터는 바닥을 긁으며 의자를 뒤로 밀었다. "어디 마음에 둔 곳 있어?"

"당신은 포기한 거야, 피터?"

"호텐시아, 내 말은 그게 아니잖아."

눈물이 터질까봐 호텐시아는 의자를 밀고 일어나 침실로 갔다. 문을 잠갔다. 피터가 방문을 두드리다가 그녀가 대답하지 않자 그대로 출근해버렸다.

호텐시아는 두 번 다시 그 말을 꺼내지 않았지만 혼자서 다른 병원을 예약했다. 후세인 선생이 밝힌 내용은 그녀도 이미 들었던 얘기였다. 자궁 기형. 의사는 마치 그녀가 자기 손으로 자궁 혈관을 쥐어짜기라도 한 것처럼 나무라는 어조로 말했다. 더는 다른 방법이 없다면서.

피터는 계속 휘파람을 불었다.

왜 날 떠나지 않아? 호텐시아는 속으로 그에게 물었다. 그녀가 망신당하는 것을 보며 즐기는 건가—그게 저 행위의 번뜩이는 즐거움 중 한 부분인가? 그녀가, 버려진 아내가 집에서 기다리고 있지 않으면 재미가 덜한가? 그는 악마인가? 둘이서 말없이 앉아 아침을 먹으며 호텐시아는 접시에 대고 물었다. 당신은 악마야, 피터?

자신이 다 알고 있음을 피터에게 말해야겠다고 결심한 적이 한번 있었다. 조용히 이혼에 합의하고 런던으로 떠나려고 마음먹었다. 호텐시아는 회사에 있는 피터에게 전화를 걸었다.

"오늘 집에 와서 저녁 먹을래? ……늘 집에 온다는 건 아는데, 같이 저녁 먹게 일찍 들어오라고. 그냥 당신하고 있고 싶어서."

이렇게 일정 시간 동안 계속해서 마주보고 있는 데 익숙지 않아 호텐시아와 피터는 다소 뻣뻣하게 앉아 있었다. 둘은 그동안 서로 겹치지 않는 일과를 보냈다. 호텐시아는 작업실에서 끼니를 때우거나 거실 TV 앞에서 연속극이나 뉴스를 보며 밥을 먹었다. 피터는 저녁 열시쯤 들어왔다.

"별일 없었어? 회사에서?" 제 귀에도 건성으로 들렸지만 그래도 억지로 끌고 나갔다.

피터는 어깨를 으쓱했다. 호텐시아가 던지는 거의 모든 질문에 대한 그의 일반적인 반응이었다.

"뭔가 특별히 할말이 있는 거야?" 그가 물었다.

"글쎄. 당신은?"

"무슨 소린지 모르겠는데."

호텐시아는 한숨을 쉬고 닭가슴살에 집중했다. 닭가슴살이란 게 원래 이렇게 고기가 많았나? 한 조각씩 삼킬 때마다 뱃속에서 부풀어올라 배꼽을 밖으로 밖으로 밀어내며 그녀를 조롱하는 기분이었다.

"그냥 같이 밥이나 먹을까 했지. 그게 다야." 진심으로 하고 싶은 말은 차마 입 밖으로 내뱉지 못했다.

그러고 보니 피터 쪽에서 시도했던 적도 있었다. 먼저 잠자리에 든 호텐시아는 자는 척하고 있었다. 피터는 술에 취해 귀가했다. 비틀비틀 휘청거리며 집안을 지나 침실로 들어왔다. 그가 들어오자 술냄새가 났다.

"호텐시아? 자?"

그녀는 어둠 속에서 계속 자는 척했다. 그의 양손이 자신의 팔에 닿자 흠칫했다. 그녀는 심호흡을 하며 가만히 있었다.

"호텐시아?"

그러나 호텐시아는 죽은듯이 자는 척하기로 결심했다. 누가 업어가도 모르게 꿈 없는 잠에 빠진 척. 피터는 옷을 벗으면서 몇 번 더 휘청거렸다. 그리고 속옷 차림으로 침대에 들어왔다. 그녀는 그날 밤 욕조를 닦지 않았고, 단 몇 분의 단잠도 이루지 못했다. 셀 수 없을 만큼 숱하게 생각하고 또 생각했다. 피터는 나를 깨워 무슨 말이 하고 싶었던 걸까. 입 밖에 내기 위해 술에 취해야만 했던 그 말. 그 얘기를 어떻게 꺼냈을까? 호텐시아는 궁금했다. 어떤 말투로? 어떻게든 나를 꼬드기기 위해 섹스할 때 쓰던 말투와 똑같은 어조로 애인이 생겼다고 말하려나? 나를 회유해서 달리 선택의 여지가 없었음을 이해시키려나? 아니면 회

사에서 쓰는 차분하고 평이한 사무적 어조를 활용하려나? 이를
테면 '상황이 종료됐습니다' 식으로. 애원이나 구걸을 원천 봉쇄
하는 종류의 어조.

시간이 지나자, 남편의 바람이 지속된 몇 년의 세월을 보내고
나자, 호텐시아는 더이상 삶이 좋은 것이라 여겨지지 않았다. 런
던의 차디찬 교회에서 그녀는 늘 곁에서 지켜주는 유일한 사람
이 되겠다는 그에게, 필요할 때 그녀의 무게를 짊어지겠다는 그
에게, 아무도 응하지 않을 질문에 답하겠다는 그에게 '네'라고
말했다. 말할 수 없는 얘기를 들어주고, 두려울 때 함께 있어줄
사람. 그리고 지금 여기서 그녀는 홀로 두려움에 떨고 있다. 밤
이야말로 사랑을 판단하는 진짜 척도라고 호텐시아는 생각했다.
대낮에는 뭐든 반짝거릴 수 있다. 그러나 밤은…… 인간성이 시
험대에 오르는 시간이었다. 둘 사이의 늙고 추한 것들을 보게 되
는 건 언제나 밤이었다.

호텐시아와 아데바요는 레버넌 로드의 유엔 사무국 근처에 아
담한 부티크를 열었다―이제 막 뜨기 시작한 동네였다. 신사업
이라는 다른 신경쓸 거리가 생긴 건 반가운 일이었다. 아데바요
는 왜소한 남자로 콜라 열매를 몹시 좋아한 탓에 치아가 주황색
에 가까웠다. 손가락에는 물이 들었는데, 호텐시아는 그걸 성실

한 홀치기염색가의 문신이라고 생각했다. 목소리는 걸걸했고, 삶이 자신의 예술 주위로만 공전하는 듯 아내와 아이들에 관해선 전혀 언급하지 않았다. 그런 외골수 성격과 무뚝뚝한 태도가 호텐시아와 잘 맞았다. 처음 그의 작업실을 방문했을 때 호텐시아는 그의 디자인에 넋을 잃었다. 매우 예스러웠다. 그녀는 그 인디고 색조와 신문용지 같은 흰색, 단정한 사각형으로 이루어진 '기분 좋은 이바단' 디자인에 샘이 났다.

사업이 점차 궤도에 오르자 호텐시아는 미행을 그만두었다. 며칠씩 가게나 가게에 딸린 공방에서 지냈다. 그녀가 직물 사진을 스케치와 함께 보내면, 리스트 교수는 그 원단을 사용해 새로운 보석 장식 핸드백 컬렉션을 런칭했다. 아데바요는 텁수룩한 눈썹을 치켜올렸지만 그뿐이었다. 그들 고객의 상당수가 아데바요의 시대를 초월한 디자인과 호텐시아의 현대적 해석의 조합을 반기는 국외 거주자였다. 그녀는 아데바요에게 면직물에 하듯 레이스에도 홀치기염색을 해보자고 제안했고, 그 원단을 잘라서 침대보와 식탁보, 커튼과 쿠션 커버를 만들었다.

그리고 밤새도록 주름 장식을 고민하다가, 앉아서 라디오를 듣다가, 분열되어 내전중인 나라에 대한 신문 기사를 읽다가 했다. 1967년 5월 30일, 오두메구 오주쿠 중령이 나이지리아 동부 지역에서 비아프라공화국을 선포했다. 전쟁중이던 삼 년간 거의 내내 배경음악처럼 에다는 호텐시아에게 귀국하라고 닦달했는데, 자기 손으로 자신의 아이를 묻어야 한다는 생각에 미리 겁에 질린 음색이었다. 그러나 피터의 사무실에서 들리는 얘기—몇몇은 퇴사하고 몇몇은 무급휴가를 떠났다—에도 불구하고 그들은 남아 있었다.

전쟁이 끝나자 남편의 표정에서 기쁨이 가시고 양볼의 장밋빛도 엷어지고 휘파람도 불지 않는다는 것을 깨달았다. 당시를 회고하면 당황스러웠다. 그렇다, 전쟁이 끝났고, 수백만 명이 죽었고, 남편의 연인은 처음 등장했을 때처럼 슬그머니 그들의 삶에서 종적을 감춘 것 같았다. 바람피운 남편을 둔 아내로서 그녀는 뻔뻔하게 전쟁의 진정한 참상에 눈감아버렸다. 호텐시아는 그 여자가 전투중에 붙잡히거나, 가슴에 총을 맞거나 혹은 더 바랄 것 없이 참수되는 상상을 즐겼다.

1970년대 중반, 국제 전문직 여성 단체 '존타'가 이바단에 지부를 설립했고 호텐시아도 가입했다. 부티크가 성업을 이루고 피터의 혼외정사가 정리되면서 호텐시아는 행복을 기대했다. 나중에 돌이켜보니 어리석었다. 단순히 몇 년을 되감아 멈췄던 지점으로 되돌아가면 다시 침대에서 서로 껴안고 웃을 거라 생각했다니. 피터의 기분은 충분히 우울해졌고, 기분이랄 것 없이 원래 본인의 성격이 나오기 시작했다. 이따금 호텐시아가 일터에서 돌아오면 오렌지를 먹자고 할 때도 있었고, 오한에 떨면 발을 문질러줄까 물어볼 때도 있었다. 이런 선한 본성의 조각은 몇 시간 지속되다 어디론가 사라져버렸다. 그렇게 훌쩍 나왔다 사라지는 본성은 평소의 고약한 성미보다 더 견디기 힘들었다.

달아나버릴까 망상에 빠지는 순간도 있었다. 상대는 아데바요로 점찍었지만, 그는 그녀와든 누구와든 육체관계에는 도통 관심이 없었다. 서글픈 날에는 웃어나보자고 그를 유혹할 계획을 세웠고, 서남부에서 북쪽으로 배낭여행을 떠나는 상상도 했다. 혼자 꾸며낸 계략에 뱃가죽이 당길 때까지 눈물나게 웃는 날도 있었다.

서너 달에 한 번쯤, 자다가 깨보면 피터의 긴 팔이 그녀를 감싸고 있을 때도 있었다. 그들은 격렬하고 치열하게 사랑을 나눴다. 둘의 불행에도 불구하고 드문 성관계는 불같은 폭발성을 요구한다는 것을 잘 알고 있다는 듯이.

그들은 행복한 것도 아니고 불행한 것도 아니었다.

1990년, 피터는 예순여섯이라는 원숙한 나이에 은퇴했다. 그리고 얼마 안 있어 눈이 잘 안 보인다고 푸념하기 시작했다. 그는 안경점을 찾아가 안경을 맞췄다. 그녀는 남편을 놀려댔다. 늘 근시였던 쪽은 호텐시아였는데. 어느 날 둘이서 산책을 나갔다가 거의 삼십 년 전 피터와 그의 애인을 뒤쫓던 시장길과 흡사한 곳을 걸었다. 호텐시아가 그때를 회상하며 남편보다 몇 걸음 뒤에서 느긋하게 걸어가고 있는데 피터가 쓰러졌다. 곧장 든 생각은 피터가 죽었나보다였고, 그에게 몇 발짝 달려가는 사이에 눈물이 쏟아졌다. 그는 눈을 뜨고 있었다.

병원에서 각종 검진을 받고 난 뒤 욕실 캐비닛은 처방받은 알약으로 채워졌다. 그래도 몸이 쑤신다느니 머리가 어지럽다느니 피터의 불평은 끊이지 않았다. 사 년 후 제임스 부부는 케이프타운으로 이사했다. 장소를 옮겨도 별로 달라지지 않았다. 피터는 이런저런 질환으로 계속 고통받았고, 병원에서는 잘못 알아듣거나, 잘못 진단하거나, 그냥 통증을 무시하라고 조언했다. 남아프리카에서 피터는 점점 더 말이 없어졌는데, 그건 금방 알아차릴 만한 일이 아니었다. 1995년에 피터는 1994년보다 말수가 십분의 일 이하로 줄었다. 아무도 몰랐지만 이런 경향은 지속되기 마련이었고, 2014년 숨을 거둘 때 그는 정녕 모든 말을 잃어버린 상태였다.

그러나 그렇게 되기까지 호텐시아는 그 몰락을 견뎌냈다. 안 아픈 데가 없는데도 일요일이면 피터는 여전히 비틀거리는 몸을 이끌고 골프를 치러 나갔다. 그 와중에 사냥여행을 가겠다고 우기자 호텐시아는 클럽에 전화해서 남편이 노망났으니 라이플총 근처에도 못 가게 하라고 일렀다. 잠자리에서 그녀는 글을 읽어주었다. 그는 기분좋게 듣고 있을 때도 있었지만 대개는 양손으로 귀를 막거나 그녀의 목소리가 거슬린다고 힐난했다. 그러나 그는 그녀의 토스트에 버터를 발라주었다. 호텐시아가 좋아하는 정도를 정확히 알았고, 바시가 대신하려고 들면 쯧쯧 잇소리를 냈다. 자넨 영 솜씨가 어설프군, 하고 말했다. 아니면 '이 양반아'라거나. 피터는 바시를 그런 식으로 호칭했다. 피터의 신발은 결코 나란히 놓여 있는 법이 없었고 종종 이 방 저 방에 한 짝씩 흩어져 있었다. 걸핏하면 어떻게 그런 용한 재주를 부리는지 호텐시아는 이해할 수 없었다. 가정부도 혀를 내둘렀다. 코는 또 어찌나 고는지 참기 힘들었다. 의사가 금지령을 내렸어도 피터는 고기를 먹었다. 자신은 보청기를 거부한 주제에 그녀에게는 하라고 들볶았다. 그녀보다 그가 더 보청기가 필요한 사람이었는데도. 실제로 그는 귀가 어두운 채 앉아 TV 볼륨을 너무 크게 틀어 이웃의 불만을 샀다. 그는 아팠다. 그들은 함께 늙어갔지만 그게 의미하는 거라곤 서로를 감내하면서 여태 죽지도 않았다는 것뿐이었다. 가끔 피터는 악몽을 꿨다. 한번은 호텐시아를 깨우더니 자기 어머니와 통화하는 중이라고 했다. 당신 어머니는 돌아가셨어, 호텐시아가 말했다. 피터, 통화중이 아냐, 어머니는 죽었어.

그는 여전히 아내에게 과일을 깎아주는 일을 좋아했다. 호텐시아가 장미 덤불을 살펴보고 있을 때 정원으로 나와 그녀 뒤에서 사등분한 오렌지를 담은 접시를 내밀었다.

"당신 기막히게 아름다운걸, 나의 튤립. 그 머리 모양 맘에 드네." 그는 말하곤 했다. 다만 그녀의 머리 모양은 늘 똑같았으므로 찬사는 아무 의미가 없었다. 게다가 호텐시아는 튤립을 싫어했다.

그는 그녀가 TV를 보고 있는 방에 들어와서 리모컨을 집어들었다. 그녀가 뭘 보는 중이든 개의치 않고 채널을 이리저리 돌렸다.

"피터, 정말 이럴래?"

병원에서는 그냥 무시하라고만 했다.

"뭘 찾는 중인데?"

그는 계속 채널을 돌렸다.

"내가 물었지, 대체 무슨 채널을 찾는 중이냐고?"

"섹스 채널이 어디지?" 그는 마치 방에 있는 그녀가 보이지 않는다는 듯 숨죽여 혼잣말을 했다.

"뭐라고? 피터, 우리 TV에 섹스 채널은 없어."

그는 창밖으로 리모컨을 휙 집어던졌다. 리모컨이 웅덩이에 빠져서 새로 하나 사야 했다.

"바보상자 같으니." 그는 방을 나갔다.

그러다가 집에 꽃을 들고 오기도 했다. 부겐빌레아. 당신이 좋아하는 꽃이잖아, 그가 말했다. 그리고 그녀의 목덜미에 코를 대고 물었다. 당신 향수 뿌렸어? 그의 숨결에서 달짝하고 고약한 노인 냄새가 났다. 그는 호텐시아가 지키고 서서 볼 때만 이를 닦았고 그나마 늘 그러는 것도 아니었다. 침대에서 그가 그녀에게 안아도 되겠냐고 물어보는, 드물지만 기분좋은 밤도 있었다. 잠옷 사이로 당신 뼈가 느껴지네, 그가 말했다.

피터의 상태는 점점 나빠졌다. 과거─등장과 퇴장이 전부 수수께끼에 휩싸인 그의 애인─를 꺼낼 기회를, 화해를 구할 때를 놓쳐버렸다. 호텐시아는 아직도 피터가 왜 자신을 향한 사랑을 잃었는지, 왜 다른 데서 사랑을 구했는지 확실히 알지 못했다. 분노와는 별개로, 그가 생기를 잃고 황폐한 몸뚱이가 되었어도 그를 사랑한다는 게 마음 아팠다.

"물 마실래?" 간호사들이 퇴근한 후 호텐시아는 침대가에 앉으며 말했다. 그날 그녀는 웬일로 계단을 올라 예전에는 둘의 침실이었지만 지금은 그의 병실이 된 방에 들어갔다. 그녀는 옆방으로 옮겨가 지냈다.

문 옆의 플로어스탠드가 드리운 그림자가 폐기물이 되어버린 그의 근육을 대부분 덮었다. 피터가 혀를 내민 모양을 보고 호텐시아는 목이 마른가보다고 해석했다. 물을 한 컵 따라 그에게 가져갔다. 그의 시선이 그녀를 좇았다. 몇 주, 한 달이 넘게 그녀는 이 방에 들어오지 않았고 그에게 한마디도 걸지 않았다.

"자."

호텐시아는 남편을 부축해 일으켰다. 흰색 플란넬 잠옷 앞섶에 물을 흘리지 않게 아주 살짝만. 한 손으로 등허리를 받치고 다른 손으로 물컵을 들어 입에 대주었다. 물을 삼키려고 목구멍이 움직였지만 거의 다 양쪽 입가로 새어나왔다. 호텐시아는 그를 도로 눕히고 입가를 닦아주었다. 간병행위는 자전거 타기처럼 한번 익히면 절대 잊는 법이 없다.

"뭐라고?"

피터가 뭔가 웅얼거린 것 같았다. 호텐시아는 컵을 내려놓고 그의 갈라진 입술에 귀를 바짝 댔다. 어느 정도 기적 같은 일이었다. 그는 몇 달 동안 입을 열지 않았다.

"안 들려."

그녀는 남편의 터지고 갈라진 아랫입술에 닿을락 말락 귀를 갖다댔고, 그 느낌, 그 얼얼함과 설렘은 번지수를 잘못 찾은 듯했다.

"피터?" 그래도 안 들려서 호텐시아는 그의 손을 잡았다. 그리

294

고 잠옷 치맛자락을 걷고 침대 위로 올라갔다. 거의 일 년간 함께 쓰지 않은 침대였다.

피터는 언제나 너무 크고 육중했다.

"내 사랑." 그녀는 보기 드문 다정함을 스스로에게 허락하며 다시 한번 말했다.

호텐시아는 자신의 팔이 그의 몸에 걸려 꺾이든 말든 내버려 두고 그의 끊임없는 힘겨운 숨소리에 귀를 기울였다.

피터는 계속 뭔가 말하려 애썼지만 버석거리며 긁히는 소리만 나왔다. 그러고는 며칠 동안 잠을 자다 깨어나 물을 마셨다. 이 따금 간호사가 링거 바늘을 서툴게 꽂으면 소스라치게 놀라곤 했다. 그러나 대체로 잠만 잤다. 그의 와병과 자신의 가차없는 무관심의 나날 이후로 철저히 상실한 것을 만회하기라도 하듯, 호텐시아는 그 기간 내내 피터 곁에 머물렀다. 산책도 포기하고 하루 한 끼 식사할 때와 화장실에 갈 때만 자리를 비웠다. 식욕은 없었지만 의사가 먹어야 한다고 해서 먹었다. 화장실에서 그녀는 거울 속 모습을 빤히 들여다보고 짧게 친 억센 곱슬머리를 쓸어넘기며 자신이 누군지 궁금해했다. 나는 어떤 사람이 되었는가.

한번은 방으로 돌아오는데 간호사의 말소리가 들렸다.

"가엾은 놈."

"죽기 더럽게 힘드네, 그치? 누군가 자비를 보여줘야 해. 알잖아, 플러그를 뽑는 거지."

"너!" 호텐시아가 소리쳤다. 한달음에 방안으로 뛰어들어간 그녀는 간호사의 코앞까지 걸어가 얼굴을 들이댔고 주먹을 마구 휘두르고 싶었다. "네가 어떻게 감히."

"제임스 부인, 저는 단지……"

"네가. 어떻게. 감히."

그녀의 가공할 만한 폭력적인 강경함에 간호사들은 내쫓기듯 나갔고, 호텐시아는 병원에 전화를 걸어 그 간호사들을 두 번 다시 보내지 말라고 요구했다.

"무슨 문제가 있습니까?" 상대편 남자가 물었다.

"사람을 존중하질 않잖아요. 전혀. 죽음을 코앞에 둔 사람에게 인정을 베풀 줄도 모르고. 두 번 다시 저것들을 내 집에 들이지 않을 거예요. 대체 인력도 필요없어요. 또다시 모욕당하느니 그 전에 내가 죽어버리고 말지."

당황한 남자는 사과하긴 했지만 여전히 그녀의 고충이 뭔지, 고객 불만 신고서에 뭐라 적어야 할지 알 수 없었다.

전화벨이 울렸지만 호텐시아는 음성사서함으로 넘어가게 놔뒀다. 의사가 전화해 링거에 대해 설명하면서 열두 시간 내에 교체해야 하므로 적어도 투약을 관리할 간호사 한 명은 들여보내달라고 했다.

호텐시아는 피터의 침대로 올라가 지난 며칠 동안 익숙해진 방식대로 그를 안았다. 그는 말을 하려고 애썼다. 그녀는 기운 없는 분투로 그의 이마에 맺힌 땀을 닦아주었다.

이튿날 아침, 호텐시아는 의사에게 전화해 간호사가 오지 않아도 된다고 말했다. 실상 자신이 살아 있는 한 그 어떤 간호사도 자신의 집에 다시 올 일은 없을 거라고. 확실히 피터 제임스에게는 그 누구도 필요치 않았다—그는 숨을 거뒀고 더이상 링거는 필요 없었다.

15

입주민협의회 모임이 다가오자 루드밀라가 다시 매리언에게 전화를 걸었다.

"그래서 정부에서 제안했어요. 값을 부른 거죠. 어디 두고 봅시다. 그래도 샘소딘 측에서 거부하면 재판까지 가겠지만. 고집불통이잖아요, 그런 사람들은."

"아." 매리언은 본능적으로 일어나 방문을 닫았다. 호텐시아가 귀를 쫑긋하는 모습이 그려졌다. 매리언은 목소리를 낮췄다. "기사는 읽었어요." 일간지 〈아거스〉에 실린 그 기사는 세간의 말 많은 청구 재개에 관해 다루면서 몇 건의 사례를 분석했다. 샘소딘가는 1960년대에 퇴거 조치를 당했고 고작 몇천 랜드*라는 헐값에 강제로 땅을 매각해야 했다. 매리언은 루드밀라가 그

걸 두고 싸게 잘 샀다고 말한 것이 기억났다. 기사에서는 그 땅
이 현재 1억 랜드가 넘는다고 했다. 싸게 잘 샀다는 건 절제된 표
현이라고 봐야 할 것이다 "약간…… 불공평한 것 같기도요."

루드밀라는 코웃음쳤지만, 매리언은 자신이 방금 아파르트헤
이트에 따른 조건을 '약간 불공평'하다고 언급했음을 자각했다.

"매매는 투명했다고요. 저렴하게 잘 산 거였고. 때론 그런 일
도 있는 거죠."

매리언은 말문이 막혔다. 그 조건이…… 부당한 법률에 의해
통제된 것임을 넌지시 알리고 싶었다.

"매리언, 듣고 있어요?"

매리언은 역사를 피해왔다. 아니, 혼자만의 역사를 만들어왔
다. 어차피 역사란 주목받은 것들의 기록이 아니던가? 주목받기,
사실 삶이란 그런 게 아닌가 싶었다. 주목받은 것과 그렇지 못한
것, 기억하는 것과 잊힌 것.

매리언은 잊기 위한 일환으로 건축을 공부했다.

1951년, 세인트위니프리드 고등학교 졸업반에 재학중이던 매
리언은 부모에게 건축을 공부하겠다고 알렸다. 곤란한 사태가
벌어졌다. 원래 매리언의 어머니는 공부는 그만하면 됐고 결혼

---

* 남아프리카공화국의 화폐 단위.

할 준비나 갖추자는 입장이었다. 그러나 그럴 가망은 희박했고, 매리언이 어엿한 아가씨가 되자 어머니는 다른 종류의 판타지에 몰두했다. 어머니 본인은 공부를 해본 적이 없었던 바, 과학과 수학에 재능이 있는 매리언이 의대에 진학해 여타 직업을 모조리 압도하는 직업을 가졌으면 하는 바람을 품기 시작했다. 한편, 함께 일할 아들이 없었던 매리언의 아버지는 사물의 구성에 대한 딸의 이해력이 기특했다. 주말이면 부녀는 작업실에서 망치질을 하고 사업 물품을 싣고 다니는 하얀 소형 트럭의 엔진을 손보았다. 토목기사는 그녀의 아버지가 가슴속 가장 깊은 곳에 조용히 묻어둔 꿈이었고, 그는 자신의 이름을 붙인 다리를 상상하는 단계까지 갔다.

부모 둘 다 계산에 넣지 않은 건 매리언 본인의 의지였다. 매리언은 죄책감을 듬뿍 입히려는 부모의 시도와 위협과 언쟁, 어머니의 눈물과 아버지의 부루퉁함, 그들의 논리를 정면 돌파했다. 딸을 설득하려는 와중에 자기들끼리 소리 높여 싸우는 일도 있었다. 저마다 상대를 탓했다. 그때 그들 속에서 뭔가 부서지며 불쾌한 기억이 떠올랐고, 몇 년간 조곤조곤 얘기해온 끝에 다시 언성을 높이는 계기로 작용했다. 매리언이 목깃 있는 하얀 반팔 셔츠와 붉은 플리츠스커트에 모스그린색 로퍼를 신고 케이프타운대학의 어퍼 캠퍼스에 발을 디딜 때쯤, 그녀의 부모는 재산을 분할하고 각종 서류에 서명하느라 정신없었다.

공부를 마치고 회사를 차린 뒤 주택설계 분야에서 그녀의 위상은 해마다 높아졌다. 가장 자주 받는 질문은 이랬다. 어째서 건축가가 되고 싶었습니까? 거기에는 수많은 대답이 있었는데 점점 작아지는 마트료시카인형처럼 하나씩 벗겨낼수록 좀더 복잡하고, 은밀하고, 진실에 가까워졌다. 가장 거창하고 떠들썩한 대답은 '나는 훌륭한 설계를 사랑해요'였다. 실제로 그랬다. 모든 부분이 제자리에 딱딱 맞아들어가 그 어느 것도 튀는 일 없이 잘 시공된 설계.

기자들이 없을 때면 살짝 톤을 낮춘 부드러운 대답이 나왔다. 저녁파티용 답이었다. 방 한 귀퉁이에서 마음 맞는 지인들에게 들려주는 답. 사물을, 존재감 있는 실물을 만들고 싶다는 소망. 하루가 저물었을 때 노동의 결과가 물리적으로 손에 잡혀야 하고 오래 지속되어야 한다는 생각. 여기에 매리언은 부모님 이야기와 자신의 직업 선택에 부모님이 얼마나 반대했는지를 덧붙이기도 했다.

건축학과에서의 첫 일 년은 혼란의 도가니였다. 수업과 일련의 시험이 연이어 몰아치다 그다음에는 기말시험이 왔다. 분명 거기에 있는데 아무도 입 밖에 내지 않는 것들 때문에 두통이 점점 심해졌다. 걸어가야 할 길이 번연히 보이는데도 안 보이는 척하는 사람들. 그 모든 흐릿함은 서서히 기하학의 정교함과 원근법의 규칙, 2점 투시와 3점 투시로 대체됐다. 매리언은 자신이 뾰족하게 깎은 연필을 좋아한다는 것을, 핀란드에 가서 그곳의 건축을 알고 싶어한다는 것을, 알바 알토의 제자가 되고 싶어한다는 것을 알게 됐다.

그것이 그녀가 건축을 공부한 이유였고, 이목구비도 거의 없고 종종 몸통에 칠도 안 되어 있고 프릴도 없는 작디작은 인형의 답이었다. 너무도 복잡미묘한 답이라 스스로도 뭐라고 설명하기 어려웠다. 그녀가 건축을 전공한 이유는 공부를 시작한 이후에야 명확해졌다. 그녀의 잠재의식은 맨정신이 모르는 뭔가를 알고 있는 듯했다. 건축은 이룸에 관한 것이며, 가짜로 지어낸 것을 진짜로 만드는 일이라는 것을. 매리언에게는 그 기술이 필요했다는 것을. 현기증이 완전히 사라지진 않겠지만 건축은 매리언이 스스로를 진정시키기 위해 손에 쥔 유일한 것이었다.

"이게 무슨 소리지?"

"뭐가?" 매리언이 고개를 빼고 귀를 쫑긋 세웠다. "구급차네."

호텐시아는 매 걸음 앞에 보행보조기를 꿋꿋이 눌러박으며 복도를 다시 걷기 시작했다. 오늘은 일도 없고 한가한 매리언의 눈에 정해진 운동을 하는 호텐시아가 포착된 것이다. 호텐시아는 관객을 싫어했다. 보행보조기가 마룻바닥을 때릴 때마다 철컹거리는 소리가 라디오 잡음 번지듯 그녀의 팔을 타고 올라왔다.

"아이스크림 트럭이야." 호텐시아가 말했다.

"아냐. 구급차야. 뭐 중요한 건 아니지만. 오늘은 몸이 좀 어때? 필요한 거 있으면 갖다줄까?"

호텐시아는 매리언을 한번 노려보고 느릿느릿 그녀를 지나쳤다. 몇 초 있다 매리언은 복도를 따라 좀더 앞으로 걸어가 호텐시아를 추월해 현관문 근처 벽에 등을 기대고 섰다. 호텐시아가 절뚝거리며 다가왔다.

"아파?"

"뭐?"

"인상을 쓰길래."

"흠. 요즘은 헛소리를 못 들었다 했지. 공사는 어떻게 되어가? 프리키, 그 건축업자 말이야. 일 좀 할 줄 아는 사람인가?"

"글쎄. 그런 것 같은데."

"이번주에 고든이 올 거야. 목요일쯤. 오후 늦게."

"아. 난 그 사람 아주 마음에 들어."

"나도 알아. 그래서 당신한테 얘기해주는 거야."

호텐시아는 발을 멈추고 몇 박자 쉬면서 매리언의 얼굴이 붉어진 걸 알아차렸다.

"검둥이한테 홀딱 반한 건 처음인가?"

"호텐시아 제임스, 난 그런……"

"됐어, 매리언." 호텐시아는 다시 걷기 시작했다.

"난 그 사람을 흑인으로 보지 않아."

"당연히 아니시겠지. 그러니까 당신이 인종차별주의자라는 거야."

"호텐……"

"매리언! 싸우기엔 너무 이른 시간이야. 난 환자라고. 게다가 시시콜콜 싸우기엔 우린 너무 늙었어."

호텐시아는 현관문에 다다랐고 몸을 돌리는 데 몇 분이 걸렸다. 돌아서면서 욕을 내뱉었다. 닥터 마마는 조만간 계단 오르기를 시작할 수 있을 거라고 장담했지만 너무 무리하지 말라는 경고도 덧붙였다. 몸이 낫는 데는 운동뿐 아니라 시간도 한 요인이라면서. 호텐시아는 별 의미 없는 대화라도 통증을 무시하는 데 도움이 된다는 사실을 마지못해 인정했다.

"그럼 말해봐, 매리언."

"뭘?"

"당신하고 맥스."

"그게 뭐?"

"바른생활 사나이."

"맥스가 그렇게 보였어?"

"멀끔한 양복쟁이." 호텐시아는 매리언에게 등을 보인 채 키득거렸다. "당신이 흑인-아닌-고든-마마 타입의 여자라곤 생각도 못해봤네."

"이봐!"

"웃자고 한 소리였어, 매리언. 농담도 못하나."

호텐시아는 의자로 향했다. 보행보조기를 옆에 놓고 의자에 앉았다. 매리언이 다가섰다.

"토지청구 건은? 내가 물어봐도 되나?"

"그게…… 생각중이었어. 루드밀라한테 전화가 왔거든."

호텐시아가 툴툴거렸다.

"이의를 제기했대."

"도둑놈들!"

"뭐……"

"폰스트러위커 부부를 옹호하는 거야, 매리언?"

"그 기사 읽었어?"

"무슨 기사?" 호텐시아는 보행보조기로 손을 뻗었다.

"〈아거스〉에 난 기사. 사건 전체를 다뤘어."

"아니. 당신하고 달리 나는 개똥을 알아보기 위해 신문 기사까지 볼 필요는 없어." 호텐시아가 일어섰다.

"당신은 날 좋아하지 않아, 그렇지?" 매리언은 걸음을 떼는 호텐시아를 물끄러미 바라보며 물었다.

"응. 안 좋아해."

"그럼 왜 당신 집에 들어와 살라고 했어?"

"될 대로 되라는 심정으로…… 그리고 사람을 잘못 보았을지도."

항상 매리언을 상대해줄 기분이 드는 건 아니었다. 겪어보니 참을 만한 날도 있고 그렇지 않은 날도 있었다. 호텐시아는 재주를 갈고닦아 자신을 불러세우려는 매리언의 시도를 대부분 무력화했다. 현재 불편한 몸이 약점이었지만 잘만 주의하면 일주일 내내 매리언과 마주치는 일 없이 지낼 수 있었다. 매리언이 곧장 와서 문을 두드리지 않는다는 점은 칭찬할 만했고, 호텐시아는 계속 자신의 특별한 능력을 활용해 붙잡힐 염려가 없을 때만 밖에 나오는 모험을 감행했다. 다른 때는, 콘도르가 기웃거릴 때는, 바시의 핸드폰으로 전화를 걸어 얘기했다. 정말 이렇게까지 해야 합니까? 바시가 물었다. 그래, 호텐시아가 답했다.

남들에게 기피를 당하는 데 조예가 깊은 매리언은 이 게임에 참여하는 그녀 자신만의 요령이 있었다. 매리언은 호텐시아의 등뒤에서 슬그머니 다가갔다.

"날 피해 다녔지."

호텐시아는 숨죽여 저주의 말을 중얼거렸다. 신선한 공기를 쐬고 싶은 마음이 굴뚝같아 기회를 엿보다 몰래 파티오로 나왔다가 복도에 매리언이 없어서 기뻐하던 차였다. 그런데 그 여자가 바로 여기 있었다. 바시가 호텐시아를 부축해 파티오의 의자에 앉혔고, 호텐시아는 자리를 옮길 마음이 들면 그를 소리쳐 부르겠다고 얘기해놓은 상태였다. 호텐시아는 자리를 옮기고 싶었다.

"이해가 안 가네, 매리언. 왜 갑자기 우리가 대화하는 일이 그렇게 중요해진 거지?"

"내가 요전날 도서관에 갔는데……"

"그러거나 말거나."

"나는 그 청구 건을 더이상 부정하지 않아."

"상관없어, 매리언. 당신하고 그 얘긴 안 할 거야."

"뭘 안 한다고?"

호텐시아는 매리언이 손으로 쫓을 수 있는 고약한 냄새라도 되는 양 한 손을 내저었다. "몸이 별로 안 좋아. 제발 날 좀 내버려둬."

"뭣 좀 생각난 게 있어서. 그게 다야."

"관심없다고."

"어쩌면…… 그동안 내내……"

"바시!"

어쩌나 목소리가 컸던지 매리언은 깜짝 놀랐다.

"대체 왜 그러는데? 같이 얘기나 좀 하자는 것뿐인데."

"무슨 얘기?"

"그건…… 글쎄, 당신이 노상 하는 얘기가…… 난 그 점을 명확히 하고 싶은데…… 난 정말 인종차별주의자가 아니야."

"아, 당신은 인종차별주의자야. 바시는 어디 있는 거야? 바시! 그리고 난 당신을 위해 그 문제를 해결해주지 않을 거고, 당신 프로젝트의 일부가 될 생각도 없어."

"이건 복잡한 문제야."

"그렇겠지. 어쨌든 난 관심 없어. 지금 더 좋은 세상을 만들기 위해 노력할 마음이 없어. 너무 지쳤어. 바시! 아 좀 제발."

"아, 내가 불러올게."

그때 바시가 나타났다.

"도와줘. 방으로 돌아가게."

수치심이 곤란한 이유는, 매리언은 혼잣속으로 생각했다, 비생산성을 낳는다는 것이다. 그것은 매우 치명적이었고, 어린 나이에도 매리언은 잘 알았다. 똑똑히 밝힐 수 있을 정도(나중에 어른이 된 자신에게 설명할 수 있을 정도)는 아니었지만 그래도 직관적으로 느꼈다.

매리언은 집에 와서 이유를 물었다. 부모님이 싫어할 만한 질문이라는 건 알았다. 아버지는 관자놀이께에 땀을 흘렸고 어머니는 눈을 샐쭉하니 가늘게 떴다. 질문은 과거의 역사와 원치 않는 기억을 소환했다. 그래서 그들은 그날 상황에 따라, 기운이 얼마나 있느냐에 따라 달리 말했다. "왜냐면 그들은 다르니까" 했다가, "법을 어겼으니까" 했다가, "우릴 죽이려 드니까" 하기도 했다. "왜냐면 그들이 말썽을 일으켰으니까" "착한 사람들이 아니니까" "우리 것을 달라고 하니까"라고도 했다. 가끔은 "우리도 몰라"라고 했다. "사는 게 원래 다 그래, 세상 돌아가는 게 다 그렇다고…… 그 문제로 귀찮게 하지 마라."

호텐시아는 이해하지 못하는 것 같은데, 때로는 조상을 기리고 그들의 편을 들어야 할 때도 있다. 끔찍한 과거를 정당화하고 철저한 진상 조사가 필요하다는 사실을 외면한다는 뜻이다. 그렇게 명백한 것을 못 본 척하는 삶은 일종의 체력을 필요로 한다. 그에 대한 대안으로, 앞서 지나간 것은 몽땅 쓰레기라는 전략을 취하는 방법도 있다. 이 접근법—원칙과 행동주의와 투쟁—또한 체력을 필요로 한다. 이거나 저거나지만 매리언은 전자를 택했다.

"내가 좋지 못한 선택을 해왔다는 건 알아." 매리언은 다짜고

짜 말을 꺼냈다. 화장실에서 나오는 호텐시아를 붙잡은 참이었고, 그곳이 얘기하기 가장 좋은 장소라고 생각했지만 호텐시아는 딱히 반기는 기색이 아니었다.

"좀 비켜봐. 사람 걷지도 못하게. 화장실에선 좀 나가자. 어디 앉으면 안 될까?"

매리언은 얼굴이 붉어졌다. 호텐시아가 지나가게 비켜주고 뒤를 따랐다. 호텐시아는 책상에 기대앉았고 매리언은 그대로 서 있었다. 잠시 후 호텐시아가 아무 말이 없자 매리언은 침대 가장자리에 앉았다.

"난 우리가……"

"나도 말 좀 하자, 매리언. 내가 당신의 죄를 사해줄 수 있는 것도 아니고. 당신하고 이런 건 하고 싶지도 않아. 우리 같이 얘기 좀 합시다 같은 거."

"난 우리가 친구 비슷한 게 되는 중이라고 생각했는데."

"그게 무슨 뜻인지도 모르겠고 모르는 편이 더 낫겠어." 호텐시아는 눈을 가늘게 떴다. "당신은 스스로를 존경하나?"

"그게 무슨 소리야?"

"스스로를 높이 평가해?"

"별로 나쁘지 않다고 생각하는데. 이만하면 괜찮다고."

"바로 그거야. 흠, 나는 스스로를 아주 낮게 평가해. 그리고 내가 '괜찮은 사람'에 조금이라도 가깝다는 환상은 전혀 품지 않아."

"그렇군."

"게다가 무엇보다 난 당신이 괜찮은 사람이라고도 생각지 않아. 난 당신을 싫어하는 게 아냐, 매리언, 거짓말쟁이라고 생각할 뿐이지. 그건 내가 간섭할 수 없는 일이잖아. 관심도 별로 없고, 하여간 너무 늦었어. 유대감을 느끼고 싶지도 않고. 당신을 싫어하지도 좋아하지도 않아. 사실 당신에 대해 별생각이 없어. 또 이런저런 일을 처리하고 있기도 하고. 어떤 유대감이든 난 사양이야. 함께 차를 타고 낭떠러지로 돌진하거나 그럴 필요 없다고. 당신은 여기 묵어. 서로 동선에 방해되지 않도록 떨어져서. 당신 집을 다 고치고 내 다리가 다 나으면, 우린 각자 살던 대로 별개의 삶을 사는 거야. 인생에서 이쯤 멀리 오면 당신이나 나 같은 사람은 그 정도가 한계일걸."

매리언은 몸을 일으켜 방을 나갔다. 발걸음이 느리고 무거웠다.

그 대화 덕분에 호텐시아는 다시 편안해졌다. 최악의 말은 다 나왔고 자신의 속을 고스란히 보여줬다. 더이상 매리언을 피해 다닐 필요가 없었다. 어떤 식으로든 자신을 엮으려는 생각을 완전히 바로잡았기를 바랐다. 그런 해방감을 느끼며 호텐시아는 저녁이 되자 TV가 있는 방으로 가서 뉴스를 시청했다. 한참을 못 봐서 보고 싶던 참이었다. 마침 9월 24일*이라 화면은 온통 남아프리카의 역사 이야기로 가득했다. 문화유산의 날과 그 원류인 샤카의 날을 다룬 다큐멘터리를 하고 있었다. 호텐시아는 동료애를 키우려 한 매리언의 시도가 의아했다. 라디오에서 인간애를 부르짖는 뭔가를 듣기라도 했나? 성급하게 새로운 민주주의를 밀어붙이던 시절 남아프리카에 도사리던 인류에 대한 소명감 같은 것 말이다.

남아프리카에 도착한 후, 호텐시아는 피터를 돌아보며 말했다. 여긴 별로 안 좋네. 나라가? 피터의 물음에 그녀는 고개를 끄덕였다. 사람들도. 가장 훌륭한 이들은 스스로 아프다는 것을 알고 이런저런 치료법을 시도하는 사람들이다. 알고는 있지만 기운이 딸리는 사람들도 있다. 최악은 스스로 아무 문제 없다고, 아무것도 필요 없다고 생각하는 사람들이다.

물론 그녀 자신도 오랫동안 별로 좋지 않았다. 그리고 본인이든 타인이든 어서 치료해야겠다는 책임감이나 의향, 기운이 없었다. 그때도 없었고 지금도 없다.

호텐시아는 매리언을 측은해하며 잠자리에 들었다. 몸을 의탁할 만한 더 나은 사람의 집을 찾지 못한 매리언이 가여웠다. 최

---

* 남아프리카공화국의 국경일인 문화유산의 날.

소한 참되고 지속적인 진실과 화해를 추구하는 인간의 능력에 대해 좀더 망상을 품는 경향이 있는 사람의 집을 찾았으면 좋았을걸.

잠옷으로 갈아입고 압박양말을 신는데 매리언이 방문을 두드렸다.

"들어와."

"아직 안 자고 있는지 몰랐는데."

"안 잤어."

"난 괜찮은 사람이 아냐."

"그래."

"그냥 그 얘기를 하고 싶었어…… 당신한테."

"알았어."

매리언은 문을 닫고 나가려 했다.

"매리언, 잠깐만. 알고 싶어? 과거의 일들을? 정말 알고 싶은 거야? 우리 어머니가 해준 얘기를 떠올리던 참이었어. 당신을 보면 어머니가 생각나거든. 아무튼 어머니가 돌아가시기 전에, 우린 별로 사이가 안 좋았는데, 어머니가 죽기 전에 나한테 이런 얘기를 들려줬어. 고향을 떠나서, 바베이도스를 떠나서 영국으로 온 게 너무 후회된다고. 우리 가족은 테네리페섬과 제노바를 경유하는 이탈리아 배를 탔어. 도버에 내려 워털루까지 기차를 탔고. 배에서 내리기도 전부터 집으로 돌아가고 싶었다고 말씀하시더라. 고향 섬을 떠나는 사람은 소수였지. 우리 가족은 배에서 노동자 구역에 머물렀고, 기관사와 이른바 접대를 하는 여자들과 같은 숙소에서 잤어. 난 이미 그런 사람들과 함께 왔지. 장학금을 받아서 먼저 왔거든. 하지만 동생 지피는 부모님과 함께 오는 중이었어. 배에는 몇 개월 된 아기를 둔 젊은 부부도 있었어. 듣자 하니 이런 사달이 났더군. 우리 어머니와 지피가 아기를 안은 젊은 부인과 함께 갑판을 걷고 있었어. 아기는 피부색이 좀 밝았지. 그런데 백인 여자들이 와서 아기를 보더니 유괴한 거라고 단언하더래."

매리언은 목에 한 손을 얹었다. 손가락에 닿을 진주목걸이는 없었다.

"여자들이 엄마한테서 아기를 빼앗고는 서류를 보여주고 입증할 때까지 돌려주려 하지 않았대. 우리 어머니는 그 즉시 틀린 방향으로 가고 있다는 걸 알았다더군. 문명으로부터 멀어져 야만으로 가고 있다는 걸."

"끔찍한 얘기네."

"그래, 끔찍하지. 그런 얘기가 수두룩해…… 셀 수 없을 만큼."

"왜 그런 얘길 나한테 하는 거야?"

"당신 속을 뒤집고 싶으니까."

"사람들이 고통받는 걸 내가 모른다고 생각해? 인생은 불공평하고 불공정하다는 걸?"

"당신이 뭘 아는지 난 몰라. 하지만 내 생각은 이래. 당신은 나한테 뭔가 납득시키고 싶어하지. 진실 주위를 빙빙 돌면서, 꺼내지 않는 편이 낫다고 생각하는 참상들 주변만 맴돌면서 나한테 말을 걸고 싶어해. 난 그런 얘길 들어주려 여기 있는 게 아니야. 내겐 나만의 참상이 있어."

매리언은 방에서 나가기로 했다.

"그런 때가 있었지." 호텐시아가 말했다. "당신이 전혀 신경쓰지 않던 때가. 내가 뭘 생각하든 아랑곳하지 않았을 때의 당신이 훨씬 좋았어."

"그래. 신경 안 쓸 때가 좋았어. 나도 그게 훨씬 좋았어."

16

매리언은 엿들을 생각이 아니었지만 그 자리에서, 계단 꼭대
기에서 사적인 대화가 분명한 얘기에 귀를 기울였다.

"하느님 맙소사!" 호텐시아는 수화기를 내려놓으며 말했다.

"별일 없어?" 매리언이 물었다.

"아니, 별일 있어."

"왜 소릴 지르고 그래."

"여긴 내 집이야. 내가 소리지르고 싶으면 지르는 거야. 무슨
일인지 알고 싶어? 군침 도는 재미있는 정보 하나 줄까. 내 남편
한테 애인이 있었어."

"저런, 설마."

"저런, 사실이야. 둘은 몇 년 동안 사귀었어—새로운 소식은

아니지만. 피터와 그 여자가 무슨 짓을 했는지 알아? 아기를 만들었어. 거기다 그 아기는 지금 성인이고 피터의 유산을 받을 상속자야. 그래서 나는 그 여자한테 전화를 걸어 사실을 알려야 해, 피터의 돈이 그가 바랐던 곳으로 갈 수 있도록. 사실 피터가 원하는 건 내가 그 여자와 만나는 거야―상상이 돼? 그리고 방금 통화한 사람은, 당신도 들었지, 당연하지, 내가 소리를 질러댔으니까, 마르크스라는 어처구니없는 이름의 얼간이 변호사야. 나는……"

"호텐시아……"

"아니, 내 말 끊지 마. 난 피곤해 죽을 지경이야. 피터와 그 암호 같은 유언장에다, 영화 속 델마와 루이스 같은 당신의 닦달에다, 내 남편의 피가 흐르는 어딘가의 여자까지. 난……" 호텐시아는 걸어가서 앉았다. "이건 너무하잖아. 난…… 당신 뭐하는 거야?"

"좀더 가까이 있으려고 온 건데."

"아냐, 그러지 마."

그들은 묵묵히 복도에 있었다.

"내 아이여야 했는데."

"뭐라고?"

호텐시아는 중얼거리듯 속삭였고, 매리언은 그런 호텐시아의 모습을 난생처음 보았다.

"그건 내 아이였어."

"대체 무슨……"

"난 아이를 낳을 거였어. 아주 잔뜩."

매리언은 다리가 아팠지만 복도의 하나뿐인 의자에는 호텐시아가 앉아 있었다.

"안타깝네."

"잔뜩. 그 아이들이 나를 쫓아와. 아기 유령들의 놀이방이지."

"귀신 들린 것처럼?"

"날마다."

매리언이 쪼그려앉자 엉덩이가 바닥에 닿았다. 볼썽사나워도 상관없었다. 두 다리를 앞으로 쭉 뻗었다. 무릎이 곧게 펴지지 않은 지는 이미 수십 년이었다.

"정말 안타깝다."

"그 얘긴 아까 했잖아. 맥스는 유언장을 남겼어?"

"청구서를 남겼지."

두 여자는 동시에 웃음을 터뜨렸다. 그들 스스로도 뜻밖이었다. 그들은 갓난아기가 자지러지듯 깔깔 웃었다. 이렇게 시커먼 물속에서도 농담이 숨쉴 수 있다니 놀라웠다.

"하지만 심각해. 당신이 유언장을 읽어봐야 하는데. 마치 피터가…… 그 사람이…… 모르겠어, 그 사람이 무슨 생각이었는지 정말 모르겠어."

"그 아이가 어디 있는지 알아? 혹시 행방을 몰라서 당신이 찾아나서길 바란 게 아닐까?"

호텐시아는 고개를 저었다. "유언장에 다 나와 있었어. 마르크스가 그 아이의 이메일과 전화번호를 알려줬지."

"내 생각엔…… 내가 오지랖이 넓은 거라면 말해줘, 그런데 피터는 왜 그렇게 만반의 준비를 해놨을까?"

"두 가지 이유를 생각해볼 수 있겠지. 하나는 내가 너무 미워 혼내주고 싶어서. 뭣 때문인지는 짐작도 안 가지만. 자기가 주도권을 쥐고 나한테 이래라저래라 지시하고 싶었나?"

"그럼 두번째는?"

"그 아이와 내가 만나기를 원해서. 피터는 나를 사랑했지만 그 아이 또한 사랑했고, 그래서 안타까웠던 거지."

"일이 잘 안 풀릴까봐 걱정돼?"

"난 그 여자가—그 아이 말이야—존재하지 않았으면 좋겠어. 어째서 내가 그 여자한테 이메일을 보내야 하는데?"

"솔직히 말하면, 나라도 어떻게 할지 모르겠다."

"하지만 이런 생각도 들어. 만약 그 여자가 극도로 궁금하다면? 나는 상상도 못하겠어, 친아버지를 모르고 아버지의 사랑도 모른 채 자란다는 걸. 만약 이게 그 여자에게는 아버지가 자신을 생각했다는 걸 알 수 있는 계기라면?"

매리언은 입이 떡 벌어지는 걸 어쩔 수 없었다. 아주 잠깐이지만 호텐시아가 마음이 따뜻한 여자로 보였다. 쿠키도 구울 수 있고 걸스카우트 아이들한테 미소도 지을 수 있는. 매리언은 어쩐지 벌거벗은 기분이 들면서 거북해졌다. "내가 당신한테 억지로 얘기를 시키는 것 같네."

"오, 집어치워."

밖에서 누군가 경적을 울려대자 매리언은 문득 쌍안경이 그리워졌다. 캐터린의 여왕 자리에서 쫓겨난 기분이었다.

"한 가지," 호텐시아가 다시 말을 이었다. "내가 피터를 언제까지나 미워할 수밖에 없는 일이 한 가지 있었어. 예전에 브라이턴에서. 아버지가 돌아가셨는데 난 브라이턴을 떠날 수가 없었어. 뭐랄까—그냥 집에 갈 수가 없었지. 집에 가면 아버지의 부재가 영영 돌이킬 수 없는 기정사실이 되어버릴 것 같았달까. 보통 난 여름 동안 크로이던에서 일했는데, 그해에는 브라이턴에서 지냈고 피터가 보러 왔어. 그가 애쓰는 모습은 참…… 다정했어. 난 이미 사랑에 빠져 있었지만 그때 피터의 어떤 모습이 나의 버튼을 눌렀던 거야. 하여간 어느 날 피터가 해변에 가자더군. 당신도 알겠지만 난 세계 최고의 해변에서 나고 자랐어. 나한테 브라이턴은 장난 같은 곳이었지. 몇 번 혼자서 가본 적은 있었지만 피터와 동행한 적은 없어서 함께 갔어. 피크닉이랄까. 피터가 일몰을 구경하자더군. 우린 담요를 덮었고 그는 한쪽 다리를 나한테 걸쳤어. 난 숨을 쉬려고 버둥대면서 아무 소리도 내지 않았던 게 기억나. 피터가 자기 다리의 무게를 내게 얹고 있다는 사실이 더 중요했던 거지. 점점 추워져서 천을 하나 더 펼쳐서 덮었고 이윽고 밤이 됐어. 피터가 내게 프로포즈를 했지. '당신을 보살피고 싶어'라더군. 믿어져? '나한테 의존해도 된다는 걸 알아줬으면 해.' 의존이라고 말했다니까."

매리언은 이해의 신음을 토했다.

"내가 피터를 결코 용서할 수 없는 지점이 바로 거기야. 왜냐면, 당신도 알겠지, 난 그날 피터의 진심을 들었거든. 귀보다 더 깊숙이 자리한 뭔가로. 어쩌면 비장이나 췌장으로도 들을 수 있을지 몰라. 그렇게 느껴졌거든, 매리언. 나는 피터의 말을 내 몸 깊숙한 곳을 통해 들었어."

"흠."

"물론 피터가 뭘 알고 그랬을 리는 없지. 결과적으로 보면. 그리고 나는 그 모든 과정을 혼자서 농담처럼 웃어넘겼어. 결혼을 결심하는 건 외국 식당에서 음식을 주문하는 일과 같았지. 생선 요리겠거니 하고 주문하면서 너무 오만하고도 쑥스러워 영어로 확인할 생각도 안 한 거야. 그러고는 웨이터가 피를 뚝뚝 흘리는 정체불명의 뭔가를 접시에 담아 내 앞에 내려놓으면 간이 철렁하는 거지. 먹을 수 없으리란 걸 단연코 확신하는 무엇, 아무리 열심히 노력해도 입에 넣을 수 없는 요리."

호텐시아는 의자에 앉아 허리를 숙이고 치마를 끌어올린 다음 양쪽 엉덩이를 번갈아 들었다. 아침부터 너무 지쳐버렸다. 옷을 갈아입는 게 부담이 되다니―누가 상상이나 했겠는가. 마음을 털어놓은 상대가 매리언이라는 것도 짜증났다. 그럴 생각도 관심도 없었는데. 그녀는 원래 매리언이 내보인 열망을 거부했었다. 대화하고픈 욕구, 들어주는 사람이 있었으면 하는 욕구. 호텐시아는 콧잔등을 찡그렸다. 얘기를 하는 사람이 있는 반면, 그녀처럼 석회화된 사람이 있다. 이바단에서 두 연인을 몰래 쫓아다니는 동안, 비통함에서 헤어나오지 못했던 그 시간 동안 부서진 심장의 논리가 호텐시아를 인도한 방향이 그쪽이었다. 현명한 일은 아니었지만 그래도 화석처럼 자신을 보존하는 방향이었다. 그녀는 살아남았다. 몸뚱이라는 기계는 계속 움직였다. 증오의 독액을 기름으로 삼아. 피부는 팽팽했고 아무도 그녀의 나이를 짐작하지 못했다. 확실히 그녀가 다른 삶을, 마음을 털어놓고 감정을 드러내는 삶을 살았다면, 여린 마음을 간직한 채 그의 뒤를 쫓아가 애원하고 간청했다면, 그녀는 삶을 사용하는 게 아니라 반대로 삶이 그녀를 사용하도록 놔두었을 것이다. 그리고 사용한 것들은 차차 낡아간다. 그렇다면 피터에게 감사해야 하리라, 이 티 없이 맑은 피부와 아름다움에 대해.

호텐시아는 일어섰다. 벽장 바닥에 마구 뒤섞여 널브러진 신발들을 응시했다. 아름다움도, 늙지 않음도 당연히 그녀가 추구하던 것이 아니었다. 호텐시아는 사랑을 원했다. 빼어나게 예쁘지도, 그렇다고 구역질나게 볼품없지도 않은 갈색 스웨이드 로퍼에 발을 집어넣었다. 무조건적 사랑. 그녀는 보행보조기 쪽으로 손을 뻗었다. 그녀에게도 그런 시절이 있었다. 그를 사랑하고, 그의 혀가 그녀의 입안에서 치아의 굴곡을 따라 훑고, 그의 손이 그녀의 목을 감싸쥐던 때가 나긋나긋하던 시절. 그녀가 나긋함을 용납하던 때. 그 시절을 떠올리면 바보가 된 기분이다. 당시에도 바보 같다고 생각하긴 했다. 눈 가리고 아웅 하기. 그녀는 억세지고 냉담해지기로 한 결심을, 성취하는 대신 속지 않기로 했던 거래를 기억했다. 혼신의 힘을 다해 자신의 고통을 피터에게 전가하곤 했고, 그에 근접하게 피터도 고통받았다. 그들은 괜찮은 결혼생활을 이어갔고 괜찮은 삶을 살았다. 괜찮은 집이 그렇듯 들어가지 않는 방이 딱 하나 있었을 뿐이다. 가구가 없거나 방에 하자가 있어서가 아니라 귀신이 들렸기 때문이다.

그런데 사실 귀신 들린 방은 없다. 귀신 들린 집이 있을 뿐.

　그럼에도 불구하고 찡얼거리는 매리언이 여태껏 잘 돌아가던 진짜 훌륭한 시스템을 뒤흔들고 있었다.

　호텐시아는 부엌으로 들어갔다. 매리언이 계단을 내려오면 볼 수 있도록 문을 약간 열어놓았다. 그녀는 매리언을 부를 생각이었다.

　아침에 일어났는데 목에 담이 결렸다. 그 통증이 잠을 잘못 잔 탓이 아니라는 걸 매리언은 알았다. 통증은 원래 제 맘대로 나타나는 법이었다.

　매리언은 호텐시아를 보기가 겸연쩍었고, 피해야 할 것 같은 기분이었다. 이런 느낌을 어디에 견줘야 할까. 신혼 첫날밤 남편이 볼세라 이불을 끌어당겨 넓적다리를 가리고, 화장실에 가고 싶은데 말을 꺼낼 수 없는 그런 기분이랄까.

　침대를 빠져나와 슬리퍼를 찾아 두리번거리다 너무 급히 허리를 숙이는 바람에 머리가 어질했다. 샤워를 한 뒤 화창한 날씨에도 불구하고 한기가 느껴져 황토색 터틀넥 스웨터를 입었다.

　"어제 말인데," 두 여자는 동시에 말을 꺼냈다가 멈칫했다. "먼저 말해." 동시에 말하고 또 멈칫. 일제히 한숨. 문간에 서 있던 매리언은 안으로 들어와 식탁에 앉아 있는 호텐시아의 맞은 편에 앉았다. 변함없이 사려 깊은 바시는 식기세척기에 그릇을 넣다 말고 그대로 자리를 비켰다.

"무슨 말을 하려고 했어?"

"난 그냥, 뭐라고 표현해야 할지 참, 그게 말이야, 피터의 유언장을 읽는 기분이 어땠을까 생각해봤는데…… 나 같으면 어땠을까 생각해봤어." 말하려던 건 이게 아니었는데.

"흠."

매리언은 손깍지를 꼈다. "당신은 무슨 말을 하려고 했어?"

"잘 잤어?" 호텐시아가 하려던 말도 이건 아니었다. 이 물음에 매리언도 놀란 것 같았다.

"응. 목이 좀 뻐근하지만. 당신은?"

"이만치 나이를 먹으면 온몸이 뻐근하지. 닥터 마마가 그러더군, 재미있는 농담이라도 하듯."

매리언이 미소 지었다. 할말이 생각났다.

"곰곰 생각해봤는데. 오 맙소사!" 매리언은 양손으로 얼굴을 가렸다.

"이번엔 또 뭐야?"

"내가 울면 당신은 짜증내겠지."

"왜 우는데?" 호텐시아는 조급함과 동정심 사이를 오락가락하다 그 중간 어딘가에 안착했다.

"창피해서."

"좋아." 호텐시아는 실용적으로 접근했다. "울어, 매리언. 나는 커피를 내리지. 우리집 부엌에 있는 이 멋진 기계를 당신이 알아보았는지 모르겠네. 항공특송으로 주문해서 어제 받았어. 블루먼솔. 좀만 기다려봐."

"당신은 어떻게 해?" 매리언이 손수건에 대고 코를 풀었다.

"뭘 어떻게 해?" 호텐시아는 조리대 위에 에스프레소잔 두 개를 꺼내놓았다.

"마음을 다잡고 추스르는 거."

호텐시아는 버튼식이 마음에 들었다. 조작이 이렇게 간편하다니. 버튼 몇 개만 누르면 맛있는 커피가 나온다. "다잡고 추스르는 거 없는데. 진작에 다 잃었어. 뭐가 남아 있어야 다잡고 말고 하지." 그녀는 김이 피어오르는 커피를 한 잔 매리언 앞에 놓고 다른 잔을 들어 한 모금 마셨다. "난 그랬어."

"커피 좋네."

"끝내준다는 얘기로 들을게."

둘은 그렇게 앉아 있었다. 집안 어딘가에서 진공청소기를 돌리는 소리가 나기 시작됐다.

"아는지 모르겠는데, 난 6구에서 태어났어. 그거 알았어?"

호텐시아는 고개를 저었다.

"사실 기억은 없어, 부모님이 이듬해에 이사했거든. 윈버그로. 그다음에는 플럼스테드였고. 슬금슬금 남쪽으로 내려왔지." 매리언은 커피향을 음미했다. "늙으면 치매에 걸리고 싶어. 정말 잊고 싶어. 이제야 이런 게 생각나다니. 아버지가 돌아가시기 전에 치매였거든. 그때까지 부모님은 이혼한 상태였고. 그리고 늙으셨지. 나는 두 분을 유대인이 잔뜩 있는 양로원에 모셨어. 평생 그들을 피해 살았는데 어쨌든 받아들이셨지. 제법 괜찮은 곳이었어. 내가 일요일마다 방문해서 셋이 함께 아침을 먹었고. 그럼 아버지는 신문을 펼쳐들고 읽으시는 거야. 전에는 전혀 몰랐는데. 난 아버지가 그저 좀 기억이 희미해지시나 했어. 셋이 앉아 있으면 〈케이프 타임스〉에 난 기사 제목을 몇 개 소리 내어 읽어…… 아니 〈아거스〉였나? 모르겠네. 아버지는 목소리가 진짜 굵은 저음이었는데, 혼잣말하듯 읽다가 갑자기 큰 소리로 이렇게 읊곤 했어. '아무개 공장 내 흑인 차별을 지원' 또는 '남아프리카 백인을 수호하는 국민당에 대한 도전'. 이런 얘기를 할 때도 있었어. '반체제 광부들 시위에 경찰 출동, 어디어디 거리에서 총격전' 등등. 문제는 그때가 1990년대 초반이었다는 거지. 실제로 그런 기사 제목은 없었어. 아버지가 옛 기억을 떠올리며 지어냈던 거야. 꽤 당당한 투로 얘기했어. 정당성을 강조하려는

것처럼. 나라란 게 꼴이 어떤지 봐라…… 잘 봐라, 하고 말하려
는 듯."

호텐시아는 다리를 쭉 펴고 의자에 앉은 채로 허리를 숙여 다
리를 주물렀다. 피가 잘 통하게 해야 했다. 혹시나 자리에서 일
어날 수 없게 될까봐 두려웠다. 영원히.

"그런 얘기를 불쑥 내뱉는 거야. 귀신을 소환하듯, 아파르트헤
이트라는 유령을 불러내듯. 말하자면…… 한탄이랄까. 내 생각
엔 그랬던 것 같아. 지금 기억나는데, 어머니는 그만하라고 화를
내곤 했어. 한두 번쯤 꽤 험악한 소리도 나왔고. 제발 그만하라
고 어머니가 말하면 아버지는 멈추긴 했지만 다음 일요일이면
또 똑같은 짓을 했어. 진짜 심약한 사람이었지. 하지만 난 이렇
게 생각했어. 어쩌면 아버지는 노력하고 있는 거라고…… 정말
아버지가 노력했던 거였으면 좋겠어." 매리언의 눈에 눈물이 그
렁그렁했다.

호텐시아는 아무 말도 하지 않았다. 그녀는 손가락으로 계속
다리를 주물렀다.

"아버지 가게가 잘돼서 남쪽으로 내려올 수 있었어. 보석 장사
를 하셨거든. 사촌이 거래처를 제대로 잡았고, 물류도 잘 돌아갔
고. 잘은 몰라, 당시엔 관심이 별로 없었으니까. 1951년에 콘스
탄티아로 이사왔어. 집은 그렇게 크지 않았지만 동네는 확실했

어, 우린 성공한 거였지. 그리고 앨버타가 우리집에 들어왔어. 원래 이름은 바탄드와였는데 어머니가 앨버타라고 불러도 되느냐고 물었어. 어머니가 그 이름을 좋아했거든, 이유는 말해준 적 없지만. 바탄드와도 동의하는 것 같았고."

아주 오래전 일이라 매리언은 책에서 읽은 얘기로 치자고 스스로에게 말해왔었다. 매리언보다 나이가 많았던 바탄드와는 이십대 중반쯤이었다. 바우만가의 정규 청소부 헤티는 그 전해에 죽었다. 결핵을 앓다가 약도 충분치 않고 침상도 없는 흑인 전용 병원에서 숨졌다. 매리언은 처음에 바탄드와가 너무 젊어서 놀랐다. 그다음에는 개가 점심 대신 씹어먹은 듯 너덜너덜한 바탄드와의 귀에 놀랐다. 귀가 어쩌다 그렇게 된 건지 물어볼 용기는 없었다.

이웃의 스미스가에 잠시 일할 사람이 없었을 때, 스미스 부부가 바우만 부인에게 그 집 아이, 앨버타를 빌려달라고 부탁했다. 이 주 동안 바탄드와는 바우만가와 스미스가를 오가며 일했는데 그후로 매리언은 그녀를 다시 보지 못했다.

하루는 앨버타가 빨랫감을 가지고 나오다 복도에서 매리언과 마주쳤다. 그녀는 매리언에게 옆집 스미스 부인의 발가락이 아홉 개뿐이라는 걸 아느냐고 물었다. 부인의 왼쪽 새끼발가락이 어떻게 됐는지 알아? 그리고 스미스 씨는 약지 손톱이 곪았어, 금방 손톱이 다 없어질 거야. 생인손이지. 앨버타는 매리언의 어머니 목에 둥근 자국이 있다고, 붉게 쓸린 자국이 있다고 말했다. 너 그게 어떻게 생긴 건지 알아? 어떻게 생겼다 없어지는지 알아? 아무개는 국경에서 사고로 다리를 잃고 의족을 했다. 아무개는 술을 마시고 간이 망가졌다. 그런 식으로 상흔의 목록이 늘어갔다. 매리언은 아무 대답도 하지 않았지만 마음이 불편했고, 그렇게 마주칠 때마다 한마디씩 하는 게 앨버타의 의례가 되었다. 한번은 매리언이 샌드위치를 만들어 먹으려고 부엌에 들어갔는데, 싱크대 앞에 서 있던 앨버타가 어깨너머로 돌아보며 또 시작했다. 너 그거 알아? 스미스 부부가 성교를 못한다는 거? 남자는 좆이 없고 여자는 보지가 없어. "애들은 빌려 온 건데, 약자를 가엾게 여긴 신이 선물로 보내준 거야."

매리언은 스미스가의 딸들과 친했고 자주 어울리며 차를 마셨다. 어느 날 스미스가에 놀러가서 친구들과 크래커에 마마이트를 발라 먹고 있을 때였다. 집 안쪽에서 뭔가 소란스럽더니 쾅 소리와 함께 스미스 씨가 고함을 쳤고, 아이들은 벌떡 일어나서 소리가 난 곳으로 달려갔다.

"아빠, 무슨 일이에요?" 스미스가의 딸이 물었다.

"앨버타가 욕실을 썼어."

"청소를 하고 있었어요. 방금 일을 끝냈고요. 이제 집에 가려고요."

바탄드와는 남색 청바지와 몸에 딱 붙는 붉은 민소매 차림이었다. 매리언에게 좀더 익숙한 하늘색 유니폼은 바탄드와가 메고 있는 토트백에서 삐쭉 나와 있었다.

"네가 왜 아내의 귀걸이를 하고 있어? 내놔."

"이건 제 귀걸이예요."

모조 다이아몬드가 송송 박힌 가늘고 긴 물건이 그녀의 맨어깨에 닿을 듯 달랑거렸다.

"헛소리. 내가 바본 줄 알아? 내놔."

아이들은 몽땅 복도에서 얼어붙었다. 매리언과 스미스가의 딸들은 바탄드와를 더 잘 보려고 했지만 스미스 씨의 육중한 몸이 시야를 거의 가렸다.

"제 거예요, 스미스 씨."

그의 손이 허공을 가르며 그녀의 뺨을 때렸다.

"그 신발도." 그가 말했다.

그 주 초반에 그녀가 매리언에게 자랑스레 떠벌렸던 굽 높은 새 신발이었다.

"신발 벗어."

스미스 씨는 자기 집을 청소하던 여자애를 벗겼다. 막판에 그녀가 거의 벌거벗다시피 됐을 때 그가 말했다. "그리고 이건 무슨 냄새야? 누가 너한테 아내의 향수를 써도 된다고 했어?"

그뒤로 아무도 그 일에 대해 얘기하지 않았다. 집에 돌아온 스미스 부인은 남편이 물건을 훔치던 여자애를 잡았다고 말했을 때 한쪽 눈썹을 치켜올렸을 뿐이었다. 그는 아내에게 맞지 않는 옷과 취향이 아닌 구두를 건네주었다. 스미스가는 결국 자기네 하녀를 들였고 바우만가도 새로운 사람을 찾았다. 여자가 제 이름을 말하기도 전에 바우만 부부는 그녀에게 앨버타라고 불러도 되는지 물었다.

"아파르트헤이트는 실제로 있었잖아, 호텐시아?"

"듣고 있어."

"그 모든 일이 실제로 벌어졌는데 난 방관했어."

호텐시아는 공기에서 어떤 냄새를 맡았다. 땀과 로션 냄새.

"그런 일이 바로 코앞에서 일어났을 때조차 난 아무것도 안 했어. 난 사람들을 지나쳐 걸어갔고 그들을 보지 않았어. 인구 집단 하나를 통째로 지웠고 역사를 지웠어. 지금도 그래. 애그니스 알지, 애그니스가 내게 자기가 고등학교 마지막 학년을 마치기에 너무 늦었다고 생각하느냐고 물은 적이 있다는 거 알아? 에휴, 이젠 몇십 년이나 된 얘기네. 우리 애들이 다 태어나고, 애그니스가 아마, 확실친 않지만 사십대였을 거야. 그런데 어느 날 그러더라고…… 모르겠다, 설거지를 하고 있었나, 내가 왜 식기세척기를 안 쓰냐고 물었거든. 맨날 그렇게 야단쳤어. 설명해줬는데도 왜 집에 있는 가전을 제대로 안 쓰냐고. 아직도 행주를 어떻게 접는지 모르고, 침대에 꼭 맞게 시트를 넣는 법도 모르냐고. 하여간 애그니스가 도로 학교에 들어가 공부해도 될 것 같냐고 물어보면서, 원래 선생님이 되고 싶었다고 하더라고. 내가 애그니스한테 뭐랬는지 알아? 나는…… 너무 늦었다고 했어." 이 말을 큰 소리로 입 밖에 내고 매리언은 숨을 헐떡였다. "당신이 나보고 위선자랬지. 난 그래야 해. 그 일이 어딘가 다른 곳에서 일어난 척해야 해. 책에서 읽은 것처럼. 안 그럼 침대에서 나오지도 못할 거야."

매리언은 고개를 숙이고 몸을 돌렸다. 오래 울지는 않았고 괜히 멀쩡한 치맛자락을 매만지더니 일어나서 부엌을 나갔다.

〈콘스탄티아버그 신문〉에서 사건을 기사로 다뤘다. "캐터린 토지청구에서 합의에 이르기 위한 마지막 시도."

샘소딘가는 주정부에서 소비자 물가지수에 기초해 과거 상실분을 현재 가치로 환산한 중재안을 거부했다. 현재 가장 유력한 해법은 정부 보유 토지(문제의 토지에서 일정 반경 이내에 있는)

를 샘소딘가에 할당하는 것이다. 폰스트러위커는 그대로 자기네 농장을 유지하고, 샘소딘은 그에 상당한 보상으로 커피 언덕의 일부를 받을 것으로 보인다. 여기저기서 말이 많았다.

"흠."

"왜 그게 해법으로 느껴지지 않을까?"

"그게 무슨 소리야?" 호텐시아가 물었다. 그녀는 신문을 내려놓고 레모네이드 잔을 들었다. 그들은 가끔씩 거실에 함께 앉아 있었다. 그런 습관이 들었다.

"폰스트러위커는 실상 아무것도 할 필요가 없는 거잖아. 공정해 보이지 않는걸."

"이제 '공정함'은 당분간 세상에서 사라져 잊힌 것 같은데. 게다가 뭐가 공정한지 그렇지 않은지 누구한테 얘기할 거야? 샘소딘가가 이사오면…… 아니 누가 오든 가서 물어봐. 이게 공정합니까? 보상받은 기분이 들어요? 다 용서됐습니까?"

매리언은 말이 없었다. 호텐시아는 리모컨을 찾기 시작했다. 그녀는 보행보조기 없이 느릿느릿 걸어다녔다. 그러면 안 되지만 그래도 보행보조기가 필요 없다는 듯 굴면 결국 필요 없어지겠지 싶었다. 인테리어 잡지 밑에서 리모컨을 발견해 이리저리 채널을 돌렸다.

"그…… 할머니 중에 한 분이, 샘소딘 집안의 할머니가 죽었어. 죽었다는 게, 어, 목매어 자살한 거야. 그 모든 일을 겪고 나서, 가족 모두 이주해서 자리를 잡으려고 노력할 때…… 허리띠로 목을 맸어."

호텐시아는 채널을 돌리다 멈췄다. 신호등 앞에 서 있다는 생각이 들었다. 차가 지나가길 기다리며.

"우리 또래였어, 호텐시아. 당신은 알 수…… 난, 난 모르겠어. 그 사람은 무슨 생각이었을까? 어떤 기분이었을까?"

호텐시아는 TV를 끄고 리모컨을 치웠다. 그녀는 양볼을 불룩하게 부풀렸다 바람을 뺐다.

"그런 일이야 널렸지. 날 바보 취급하는 거야, 아님 우습게 보는 거야."

호텐시아는 미간을 찡그렸다. "전에 어떤 손님이 왔었어. 딱히 잘 아는 사람은 아니고 지피의 친구였는데, 지피가 우리한테 손님치레 좀 해달라고 부탁했어. 이름이 마리아루이자였고, 피렌체 사람이었지. 흔히들 케이프타운에 대해 좋은 말만 하잖아. 마리아는 그게 싫었나봐. 우린 그 사람을 비치로드를 따라 안내했어. 캠프스베이, 밴트리베이―아주 자화자찬이었지. 포도밭들도 보여줬어. 마리아도 멋지다고 감탄사를 연발했지만 그 속에 뭔가 참을 수 없는 게 있더군. 그 사람은 여행 일정을 줄이더니 돌아가버렸어. 자." 매리언이 이야기에 완전히 빠져들자 호텐시아는 흐뭇하게 등을 뒤로 기댔다. "자주 일어나는 건 아니지만 어쨌든 그런 일도 있어. 몇 주 뒤에 지피한테 전화를 걸어서 대체 무슨 일인지 물었어. 동생 말로는 마리아가…… 뭐, 영어를 괜찮게 했지만 뛰어난 건 아니라는 걸 염두에 둬, 마리아의 영어 말이야. 하여간 지피 말로는, 자기가 제대로 이해한 게 맞는지 확실치 않지만 마리아는 '분투'했던 거래. 그런 표현을 쓰더군. 지피가 마리아한테 끌어낸 가장 솔직한 얘기는, 스스로 그렇게 자신이 하얗게 느껴진 건 난생처음이었대. 백인이라는 게 그토록 특별하다니. Mi ha fatto male, 고통스러웠대. 메스꺼웠대."

매리언의 낯빛이 파리해졌다.

"물론 본인이 속한 유럽의 역사만으로도 충분히 토하고 싶을 테지. 그걸 보려고 남아프리카까지 올 필요는 없었던 거야. 하여간…… 불편함이야, 매리언. 당신이 있는 그대로 정직하게 보고 싶다면 불편할 각오를 해. 메스꺼워질 만큼. 전에 내가 만난 한 백인 여자는 이러더라. '소름 끼쳐요.' '끔찍해.' 내 생각에 그건 아무 소용 없어. 그 사람이 느껴야 하는 감정은 책임감이야. 하지만 생각해보면, 날 봐…… 나도 누구한테 설교할 처지는 못 되지…… 나 자신도 용감하지 않아. 겁쟁이지. 가능한 한 고개를 돌리고 안 보려 했어."

"하지만 당신이 뭘 잘못했어? 잘못한 건 없는 것 같은데. 서약을 깬 건 남편이었지."

"전부 잠잠해진 다음에. 불륜이 끝나고 우린 그저 서로를 인내하며 계속 살았어. 그것도 일종의 범죄라는 생각 안 들어? 나는 그의 삶을 갈취했어. 그리고 나 자신의 삶도 낭비했지."

매리언은 서글픈 표정이었지만 울지는 않아서 호텐시아는 속으로 안도했다.

"당신과 맥스는 임신을 쉽게 했지? 별생각 없이?"

"당신 일은 유감이야, 호텐시아."

"묻고 있잖아."

"그래. 그래, 쉽게 했어."

"나도 임신은 했어, 당신도 알다시피. 계속 품고 있지 못했을 뿐이지."

매리언은 열심히 호텐시아의 손을 찾았다. 아주 작고 섬세하게 주름진 손이라 놀랐다. 호텐시아가 손을 잡아뺄 줄 알았는데 그러지 않았다.

"그래도 첫번째는 달랐어. 첫 임신은 피터에게 말하지 않았거든. 결혼하고 거의 일 년이 다 돼서였어. 하우스 오브 브레이스웨이트를 설립하고 한창 성공가도를 달리는 중이었지. 바쁘고 즐거웠어. 그래서 임신 사실을 알고 나서도 피터에게 말하지 않았어."

매리언은 앙상한 손이 자신의 손을 꽉 잡는 것을 느꼈다.

"확신의 순간을 경험한 적 있어, 매리언? 명료한 신념. 그런 게 들었던 적 있어? 처음 아이가 생겼을 때 나는 지워야 한다는 명백한 확신이 들었어. 일단 확신이 드니까 딴 건 다 간단했어. 거짓말을 하고. 돈을 구하고. 장소를 찾아내고."

"호텐시아, 나는……"

"들어봐. 내가 어디 있는지 아무도 몰랐어. 그게 얼마나 외로운지 알지. 어머니와 지피. 피터. 어느 디자인 박람회 이름을 대는 건 일도 아니야. 그들은 내 일을 자기 일처럼 기뻐하고 관심을 가졌지만 내가 언제 어디에 있는지는 알지 못했어. 나는 회사에서 돈을 꺼내 일주일 동안 모습을 감췄어."

"어떻게……"

"지금은 아무것도 기억나지 않아." 말은 그렇게 했지만 호텐시아는 정확히 그 반대라는 표정으로 매리언을 쳐다보았다. 그 눈빛에 잠시 공포가 어렸을 때 그녀는 전혀 호텐시아로 보이지 않았다. 완전히 딴사람 같았다. "돌아왔을 때 집에 피터가 있었어. 얼마 전까지만 해도 난 피터가 나를 진심으로 받아들이지 않는다고 불평하곤 했어. 내 일을 진지하게 여기지 않는다고. 하지만 집에 와서는 이불을 두세 겹 깔고 그 속에 들어가 눕고 싶은 마음뿐이었어. 온몸을 덮을 수 있는 무거운 걸 뒤집어쓰고 싶었어. 그런데 피터가 내가 뭘 전시했는지 알고 싶다는 거야. 갖고 있던 디자인 몇 개를 꺼내서 보여줬더니 설명해달라더군. 자세히 살펴보고 이런저런 질문을 하면서. 난 이불을 머리끝까지 뒤집어쓰고 눕고만 싶었는데."

이후 몇 년 동안 임신은 차례차례 유산으로 이어졌고 호텐시아는 자신의 업보라고 자학했다. 그들이 아직 함께 애통해하던 시절에도 그녀는 자신의 비탄이 피터와 다르다는 걸 늘 자각했고, 매번 유산할 때마다 그 거리감을 증오했고, 그를 증오했고, 자기 자신을 더욱 증오했다.

"정말 안타깝고 유감이야."

"그리고 누군가 날 비웃고 있었어. '봤지?'라면서. 날 놀려대고 있었어."

매리언은 고개를 절레절레 저었다.

"나는 싸워야 한다고 생각했어. 달을 채우지 못하고 유산할 때마다 그 목소리와 싸우지 않았다면, 난 작아지고 줄어들다 못해 결국 사라져버렸을 거야."

"당신 잘못이 아니었어."

"매번 새로 생기고, 매번 유산했지. 분노가 차올랐어. 얼마나 강해져야 하는지 알아? 머릿속 소리와 싸우려면. 남들 모르게, 혼자 있을 때 주먹을 내려치곤 했어. 뭔가 단단한 것에 대고. 통증이 필요해서. 피터를 용서해줄 마음은 없지만 가끔은 이런 생각도 들어. 어쩌면 그 때문일 거야. 어쩌면 그래서 피터가 다른 사람을 사귀었을 거야. 집에 오는 것보다, 내게 오는 것보다 그 편이 더 쉬워서."

"호텐시아."

"아, 걱정하지 마, 나도 놈이 이기적인 개자식이라는 거 알아. 그 점은 변명의 여지가 없지. 하지만 내가 그에게 좋은 핑곗거리를 줬다는 생각이 들 때도 있어."

바깥은 빗방울이 떨어지기 시작했다.

"그거 알아? 사실 난 아이를 원하지 않았어. 진짜로. 가질 수 없다는 사실을 깨닫게 된 바로 그 순간 전까지는."

이튿날 매리언은 대담한 모험을 감행했다.

"여기가 우리집이 아니라는 건 아는데…… 뭔가 연결되어 있는 것 같지 않아? 그게……"

"뭐가 연결돼?"

"그…… 당신한테 없는 아이들하고," 매리언은 속삭였다. "뷸라의 요청—할머니가 죽은 자식들 옆에 묻어달라고 했다는 거. 그렇지 않을까?"

"매리언……"

"호텐시아, 당신을 약 올리려는 게 아니야. 나는…… 평화조

약을 성사시키려 온 거라고. 왜냐면, 뭐랄까, 어제 얘기를 나누다 당신이 했던 말 있잖아, 문득 깨달음이 왔어."

매리언은 기다렸고 심장이 빠르게 뛰었다. 호텐시아는 무릎 위에 잡지를 펴놓고 침대 머리판에 기대앉아 있었다.

"당신은 뷸라의 요청에 화가 났고 심지어…… 아, 그 할머니 이름이 뭐였더라? 애너마리? 하지만 뷸라가 부탁한 모든 건 가족과 사랑과 아이들에 관련된 거야—아이들이 잔뜩 있어, 물론 죽은 애들도 있고 더러 유산되기도 했지. 그치만 살아남은 아이들도 있잖아."

호텐시아가 구멍이라도 낼 듯 노려보았지만 매리언은 계속했다.

"내가 의견을 낼 자격이 있는 사람이 결코 아니라는 건 알지만, 그래도 뷸라의 요청을 왜 거절하는데? 정말로 왜?"

잠시 후 호텐시아가 입을 열었다. "난 그 여자한테 빚진 거 없어." 하지만 속으로는 이렇게 생각했다. 내 속이 지옥인데, 왜 그 여자한테 평화를 줘?

매리언은 안타까웠다. "호텐시아."

"뭐야, 매리언? 뭐가 더 있어?"

매리언은 무슨 말을 해야 할지 알 수 없었다. 울고 싶었지만 그래봤자 호텐시아한테 얕보이기만 할 터였다. 지금 당장은 호텐시아가 매리언을 다르게 보도록, 그녀 말대로 따르도록 해야 했다.

"어째서 '안 된다'는 거야, 호텐시아?"

"거긴 내 땅이고, 그걸 갖고 뭘 할지는 내 맘이야. 뷸라 히르딘이 그에 대해 적법한 청구를 할 생각이면, 감상적인 헛소리를 늘어놓을 게 아니라 변호사한테 연락을 했어야지."

매리언의 머릿속에도 설득력 있는 반박 논거가 들어 있었지만 그걸 적절히 꺼내 표현할 말재주가 없었다. 매리언은 자신도 호텐시아 같았으면 싶었다. 언제나 말할 준비와 논쟁할 채비가 되어 있었으면. 눈에서 눈물이 핑 돌았다. 맺힌 눈물이 미안하다고 사과하는 소리가 들리는 듯했다.

"맙소사, 매리언."

"미안해." 매리언은 훌쩍이며 바로 옆 티슈 상자에서 휴지를 뽑았다. "당신이 '된다'고 말해줬으면 했는데."

호텐시아는 이를 갈며 고개를 저었다. "그게 왜 그리 중요한데?"

"당신은…… 더 나은 사람이어야 해."

"무슨 소린지 모르겠네."

"봐, 나도 '안 된다'고 했을 거야. 만약 뷸라가 원한 게 내 땅이었다면. 난 그들에게 안 된다고, 저리 꺼지라고 했을 거야."

호텐시아의 얼굴에서 핏기가 가셨다. 그리고 짜증이 치밀었다.

17

식은 단출했다. 그래도 과거 애너마리의 장례식에는 라벤더힐과 그 근방 인구의 절반쯤이 참석했을 거라고 매리언은 상상했다. 자고로 나이든 여자의 장례식이 그쯤은 되어야 하지 않겠는가? 심지어 나이든 남자라 하더라도.

뷸라는 갈색 도기를 가져왔다. 말이 없고 어깨가 구부정한 노인도 같이 왔다. 매리언은 노인이 애너마리의 두번째 남편일 거라 짐작했다. 뷸라의 어머니와 남동생도 있었다. 호텐시아와 매리언이 그들을 대문 앞에서 맞이했고, 그들은 한목소리로 호텐시아에게 감사를 표한 다음 같이 온 소규모 친구들과 함께 들쭉날쭉한 줄을 이루어 예의 은엽수를 향해 걸어갔다.

남동생이 땅을 파고, 뷸라가 몇 마디를 했다.

호텐시아는 식을 지켜보다 머리가 아프다며 집안으로 들어갔다.

다른 사람들은 정원에 길게 펼쳐진 나무 격자 구조물 안에서 어울렸다. 컵케이크와 시럽을 끼얹은 꽈배기도넛, 뜨거운 차는 평범한 것과 루이보스 두 종, 조그만 파이와 사모사*, 그리고 작고 네모난 퍼지 사탕이 차려졌다. 의자가 몇 개 놓였지만 대부분서 있었다. 매리언은 뷸라와 말을 텄다.

"변호사라고 들었어요, 남동생분한테."

뷸라가 고개를 끄덕였다. 그녀는 우유를 넣은 루이보스차를 한 모금 마셨다.

"토지에 대한…… 청구 건을 전부 다루나요?"

"일부만요. 워낙 많아서."

"여기도 진행되는 게 한 건 있는데. 폰스트러위커 농장이라고."

뷸라는 도넛을 하나 더 집어들었다. 그걸 다 먹고 사모사도 집었다. 그녀는 씨익 웃었다.

"임신중이라서요."

"축하해요."

"할머니는 종종 강제 이주 때 얘기를 하셨어요. 노인들이 얼마나 많이 죽었는지. 억장이 무너져서. 계속 사신 분도 계시긴 해

---

* 인도와 네팔 등에서 간식으로 먹는 튀김만두.

요. 억장이 무너졌지만 살긴 살았죠. 어느 쪽이 더 힘들까요?"

매리언은 알지 못했다.

"이렇게 말해서 미안하지만, 매리언, 정말 악랄한 짓이었어요―사람들을 그렇게 뿔뿔이 흩어지게 만들다니. 한 문화권 전체를 망친 거죠. 자긍심을 무너뜨리고."

뷸라가 자신의 배를 문지르자 매리언은 그 배가 약간 불룩함을 알아차렸다.

"당신들은…… 백인들은 잊고 넘어가라고 하죠. 하지만……나아져야 넘어가죠. 넘어갔는데 여전히 상황이 안 좋다면 앞으로 나아간 의미가 없잖아요? 우리도 나아져야 해요. 할머니는 잊지 않으려 하셨어요. 망각은 상실과 다름없으니까, 우리가 어디 있는지 모르는 것과 다름없으니까. 나는 늘 그렇게 생각했어요. 할머니는 우리에게 이 장소에 대해 얘기하셨고요."

매리언의 표정이 어두워졌다.

"이렇게 큰 바퀴가 있었대요." 뷸라가 한 손을 머리 위로 올렸다. "탈주자. 백인 여자와 함께 있다 걸린 남자 노예. 백인을 때렸을지도 모르는 노예. 뭘 훔쳤을 수도 있죠. 먹을 거라든가. 대저택에서 숟가락을 훔쳤다거나. 그럼 그 노예를, 그 사람을 바퀴에 매다는 거예요…… 그 바퀴는 기본적으로 뼈를 부러뜨리기 위해 고안된 기계였죠."

매리언은 실례한다며 자리를 떴다.

끝이 안 보이게 한 주 한 주가 흘러가는 와중에 그나마 들를
현장이 있다는 게 다행이었다. 진행중인 수리 작업은 사실상 거
의 끝났다고 봐야 했다. 매리언은 땅을 골라 디디며 정원을 지나
현관으로 갔다. 프리키가 일꾼들과 앉아 있다가 그녀를 보고 걸
어나왔다.

"안녕하세요, 아고스티노 부인."

"프리키."

매리언은 머리에 떠오르는 뭔가를 애써 억눌렀다.

"잠시 둘러보실까요?" 프리키가 물었다. "뭔가 아이디어가 떠
오르실 수도 있고요."

매리언은 고개를 끄덕였다. 프리키가 현관문을 열고 그녀를
먼저 들여보냈다. 매리언은 넘어질까봐 초조해하며 한 발씩 내
디뎠지만 진짜 사투는 형이상학적으로 벌어지는 중이었다.

"부엌부터 시작할까요?"

전에 매리언이 좋아하는 오페라—〈라 트라비아타〉였다—를
TV 녹화방송으로 보면서 화면을 조정하려다 버튼을 잘못 눌러
있는 줄도 몰랐던 채널이 나왔다. 화면에는 자홍색 드레스를 멋
들어지게 차려입은 흑인 소녀가 나와 불만을 토로하고 있었다.

청소년 대상 방송이었고, 1994년 이후로 저런 종류의 프로그램이 TV를 질식시키기 시작했다. 흑인 청소년과 이런저런 이야기. 하여간 소녀는 케이프타운에서 요하네스버그로 이사하기로 결심했는데, 그 이유가 그저 케이프타운에 흑인 중산층이 부재하다는 것이었다. 도무지 희한했다. 그런 건 늘 매리언에게 희한하게 다가왔다. 소녀는 케이프타운을 '폐쇄적'이라고 묘사했다.

"내 나라에서 이상한 취급을 받는 데 신물이 났어요." 소녀는 하소연했다.

소녀는 레스토랑에 갔을 때 자기들 말고 흑인은 주문을 받고 접시를 닦는 사람들밖에 없었다는 사실을 지적했다. "케이프타운은 마지막 남은 오지예요." 소녀는 조롱하는 투로 말했다.

그 모든 장면이 매리언의 뇌리에 남았다. 소녀가 공들여 문제점을 설명한 건 그다지 의식하지 못했다. 매리언의 의식 깊숙이 남은 건 소녀의 항의에 오류가 있는 것 같다는 점이었다. 매리언이 볼 때 흑인은 어디에나 있었다―오히려 너무 많기까지 했다.

"이곳이 마음에 들어요, 프리키?"

그는 어리둥절한 표정이었다. "무슨 말씀인지?"

"케이프타운에 사는 거 말이에요."

그는 얼굴을 찌푸렸다. "저는 여기 출신입니다."

"아."

"뭐, 원래는 이스턴케이프지만, 네, 저는 랑가에서 나고 자랐어요."

"그렇군요."

"'마음에 든다'고 말하긴 어렵겠죠. 하지만 케이프타운은 제 고향입니다." 프리키는 번개와 같은 미소를 지었다. 빛이 반짝이며 사방으로 튀었다.

매리언은 고개를 끄덕였다. 딱히 더 할말이 없었다. 프리키는 얼떨떨한 표정으로 현장 점검을 계속했다. 그는 매리언에게 사고 당시 무너졌던 중앙 목제 계단의 옆대를 잘 살펴보라고 했다. 그리고 매리언의 얘기가 다 끝났다고 생각하고, 나선 계단의 폭이 좁아지는 단도 그 정도면 괜찮은지 물었다.

"난 프리키가 맘에 들어."

호텐시아는 인상을 썼다. 둘은 거실에서 길이가 넉넉한 소파에 앉아 있었다. TV를 켜놓았지만 소리는 죽었고, 여자 요리사가 시청자를 위해 연이어 요리를 선보이고 있었다. 둘 다 TV는 거들떠보지도 않았다. 매리언은 주간지 〈메일 앤드 가디언〉을 읽는 중이었고, 호텐시아는 뜨개질을 하면서 그게 긴장을 푸는 데 얼마나 도움이 되는지 얘기했다. 한참 전에 손에서 놓았었는데 그때 왜 그랬는지 기억이 안 난다며.

"천치라고 하지 않았던가?"

"내가 언제?"

"건축에 대해 잘 알지도 못하고 당신 걸 훔치려고만 든다고."

"프리키가?"

호텐시아는 입술을 샐쭉 내밀었다. "그래, 꼭 닥터 마마가 맘에 든다고 했던 것처럼 프리키를 좋아하네!" 그녀는 낄낄거렸다.

"비웃고 있군."

호텐시아는 한참을 낄낄거리다 고개를 저었다.

"뭐, 알아야겠다면, 나도 마마를 좋아해. 강직한 남자지—몇 안 되는."

닥터 마마는 얼마 전에 왔다. 그는 조만간 호텐시아가 충분히 회복되면 매리언은 12호로 돌아가도 좋다고 말했다. 거의 마무리 단계인 옆집은 일단 공사가 끝나면 다시 처분 목록에 올라 부동산에 내놔야 할 것이다. 한동안 잊고 지내다 감쪽같이 사라진 피에르네프가 생각났다. 10호에서 지낸 시간은 그 모든 것을 잠시 잊고 살 핑계가 되어주었고, 이제 생각을 해야만 하는 날이 머지않았다.

"연락해봐." 뜨개질감에서 눈을 들어 힐끗 쳐다보는 건방진 눈빛만이 호텐시아가 짓궂게 장난치고 있음을 알려줬다.

"누구한테?" 매리언은 골치 아픈 것들을 머릿속에서 밀어내며 최소한 잠시 동안은 그런 생각을 상대하지 않아도 된다는 사실에 한숨 놓았다. "누구한테 연락하냐고?"

"마마."

"뭐? 진짜?"

"어서 해봐."

"글쎄…… 나한테 좀 어리지 않아?"

"당신한텐 좀 까맣지 않냐고 할 줄 알았는데." 호텐시아는 농담임을 드러내며 크게 코웃음을 쳤다.

매리언은 상처받은 표정이었다.

"오, 그러지 마, 매리언. 당신이 백 살쯤 먹지 않았냐는 뜻이었어—마마한테 연락해서 대체 둘이 뭘 한다고?"

"호텐시아, 아무래도 다리가 부러지면서 숫자 세는 법도 까먹은 모양이야. 난 백 살 근처에도 안 갔네요."

호텐시아가 툴툴거렸다.

"그리고 내가 나이를 좀 먹었다고 이따금 벗해줄 남자를 환영하지 않는 건 아냐."

"그래, 그렇지." 호텐시아는 다시 눈알을 굴렸다. "누굴 만난다는 생각을 해본 적 있어? 맥스 이후로."

"글쎄, 누구 말이야, 솔직히?"

"떨이 중에 그나마 괜찮은?"

"잘도 그렇겠다. 죄다 뚱뚱하고 지루한 것들이잖아. 늙고 야비한 것들."

"그럼 우린 어떻고? 파이처럼 달콤한가?"

"뭐, 그렇게까지 나쁘지 않지, 호텐시아. 최소한 다른 처자들보다 나은 점도 있잖아. 요즘 우리가 보는 노파들보다야." 매리언은 고개를 저었다. "요전날 쇼핑몰에 갔는데 몇 번은 얼굴에 칼을 댄 게 분명한 여자를 보았어. 눈을 깜박이는 것도 아플 것 같더라."

"우리 나이엔 숨쉬는 것만으로도 충분히 아파—왜 쓸데없이 일을 더 복잡하게 만들어? 그냥 안고 살지. 망할 주름 따윈 그냥 냅둬. 눈가의 잔주름 몇 개로 벌벌 떨고, 대체 어디까지 겁쟁이가 돼야 하는데?"

"글쎄, 온갖 압력이 들어오니까. 불공평한 것 같긴 해. 우리 여자들은 부당한 대우를 받지."

"흠."

"그런데, 지금 생각났는데," 매리언이 상체를 앞으로 숙였다. "전에 세라 클라크가 이런 얘기를 해서 좀 곤혹스러웠어. 한 남자가, 캐터린에 사는 사람은 아니었던 것 같은데 기억이 잘 안 나네. 하여간 세라의 친구 아들이 의사인데, 그 아들 친구의 애인이 성형외과 의사라서 알게 된 사실이라고."

호텐시아는 코웃음을 쳤다.

"얘기인즉슨, 그 남자가—아마 칠십대였을 텐데—제법 어린 사람하고 결혼했대. 이십대처럼 말도 안 되게 어린 건 아니고 오십대쯤 됐을 거야. 그래서 그 사람이, 그 남자가…… 버팀대를 해결하러 갔대."

"매리언, '자지'라는 말에 무슨 문제라도 있어?"

"난 '버팀대'가 좋아. 더 점잖은 단어잖아."

"버팀대는 건물에 들어가는 거지. 이건 생물학에 관한 거야, 건축학이 아니라."

매리언은 어깨를 으쓱했다.

"자신의 데이트 상대가 인체 구조도 제대로 모른다는 걸 알았을 때 고든 마마가 어떤 반응을 보이는지 꼭 들려줘."

"오, 호텐시아. 누가 데이트를 한다 그래?"

호텐시아는 눈을 흡떴다. "어쨌든." 그녀는 다시 뜨개질로 돌아갔다. "그 사람이 크루즈를 탔다고 내가 얘기 안 했던가."

"뭐?"

"크루즈여행을 갔다고…… 여자친구랑."

"당신이 그걸 어떻게 알아?"

"워낙에 신사인 닥터 마마가 전화를 걸어와 조만간 지팡이로 바꿔도 된다고 알려주더군. 그러면서 자기가 없는 동안 트루디가 봐줄 거라고. 나는…… 호기심이 생겨서 어디 가느냐고 물었지."

"아."

"실망한 어투네." 호텐시아가 싱글거렸다.

"뭐. 그쪽이 대어를 놓친 거지!"

"젊은 애들이 하는 말이네."

"말이야 옳은 말이지." 매리언은 자신의 손목을 주물렀다. "하여간 난 너무 늙었어. 데이트는 꿈도 못 꾸지. 여기저기 쑤시고 결리고. 안 아픈 데가 없어."

"하지만 사실이잖아."

"뭐가?"

"그거. 늙어간다는 거. 점점 더 아프고."

매리언은 인상을 썼다. "그리고 뭐든 다 뜯어고치려 들고."

"그게 먹혀?"

"뭐가?"

"고치려 드는 거."

"그다지. 나는 애가 넷이야, 호텐시아. 세 아이하고는 근 일 년 동안 말도 안 했어. 도무지 보질 못해. 매럴리나는, 큰딸은 전화는 하지. 하지만 걔랑 얘기할 때마다 내 머리에 총구를 들이대고 있는 기분이야. 나도 걔 머리에 총을 겨누고."

호텐시아는 뜨개바늘을 옆으로 치웠다.

"아니, 고치려 드는 건 전혀 안 먹혀. 난 형편없는 엄마야. 이건 고칠 수도 없지."

"왜 그렇게 단정적으로 말하는데? 무슨 사형선고야?"

매리언은 설명할 방법을 찾으려 애썼다. 그녀의 심장에는 이빨이 달려 있었다. 그게 거기 있어서는 안 된다는 건 알았지만 실제로 그랬다. 이빨 달린 심장.

"난 어릴 때 행복하지 않았어. 복에 겨운 말로 들리겠지만……
우리 부모님한테 화가 나 있었던 것 같아."

"어째서?"

"우리 부모님은 다르길 바랐어. 좀더 강인하길. 말이 안 되지, 나 자신부터 그러지 못했는데. 우리 아이들을 키울 때 난 전혀 그러지 못했어."

호텐시아는 다시 뜨개바늘을 집어들었다. 매리언은 벌거숭이가 된 기분이 들어 손톱을 물어뜯었다.

"내가 웃기다고 생각하지."

"아니, 그런 건 아냐. 그냥. 뭘 그렇게 겁내는데? 아이들하고 맞부딪혀봐. 부딪혀보라고!"

매리언은 고개를 절레절레 저었다.

"왜?"

"이해 못할 거야."

"뭘?"

"아냐. 그런데…… 당신이 나한테 지금 가족에 관해 설교하는 거야, 당신이?"

"무슨 소린지 모르겠네."

"딴청 피우지 마, 호텐시아. 가족에 관해 쥐뿔도 모르면서 누굴 가르치려 들어."

호텐시아는 평생 사람을 때려본 적 없었지만 바로 지금, 여든이 넘어서 자신의 숨은 재능을 발견했다. 철썩 얻어맞은 후 매리언은 양손을 포개어 한쪽 뺨을 부여잡았다. 그 속에 통증을 담아두려는 듯, 아니면 통증이 오는 것을 막으려는 듯. 어느 쪽인지 호텐시아는 알 수 없었다.

매리언은 거실을 나간 뒤 삼십 분이 못 되어 작은 여행가방을 끌고 내려와 현관문을 나섰다. 호텐시아는 매리언이 감사인사도 작별인사도 없이 나갔다는 데 불쾌감을 느끼는 스스로에게 놀랐다.

18

　살면서 얼마나 큰 분노를 느껴왔든 호텐시아는 자신이 폭력
을 쓰는 사람인 줄 몰랐다. 여하튼 호텐시아―평생 숱한 사람
을 공포로 몰아넣었던 여자―는 마침내 스스로를 겁주는 데 성
공했다. 그만하면 됐다고 생각했다. 됐어, 이제 그만.

　"여보세요?"
　"여보세요, 에스메이 웨더스인가요? 에스메이 웨더스 씨?"
　"네, 맞습니다."
　"안녕하세요, 웨더스 씨. 나는 호텐시아 제임스예요. 고 피터
제임스의 아내죠."
　"아."

"누군지 아는 모양이군요. 뭐랄까, 이런 식으로 연락하게 되어 유감이에요. 사정상 어쩔 수 없어서."

"괜찮아요."

"피터는 두 달 전쯤 죽었고, 내가 당신한테 연락하길 바랐어요. 남편이 유언을 남겼는데…… 난 당신이 존재하는지도 몰랐지만, 피터는 우리가…… 서로에 대해 알기를 원했어요."

호텐시아는 상대가 지금 이 상황을 이해할 수 있도록 잠시 뜸을 들였다.

"재촉해서 미안하지만, 지금 남편의 유산 문제를 처리하는 중이라서요. 좀……" 호텐시아는 '보복성'이라고 말하고 싶었지만 부적절하다고 판단했다. "……특이한 경우죠. 하지만 피터가 왕복 비행기표를 마련해뒀어요. 남편의 마지막 소원이 우리가 만나는 것이었어요."

전화를 해놓고서 호텐시아는 마음이 복잡해졌다. 피터의 아이를 만나면 어떻게 될까? 트루디가 집에 들러 지팡이를 주고 갔다. 닥터 마마는 여행에서 돌아왔고, 그의 전화 목소리를 들으니 좋았다. 매리언은 옆집에 살고 있었지만 어쩐지 닿을 수 없는 먼 곳에 있는 것 같았다.

"마님." 호텐시아가 지팡이를 시험삼아 써보는데 바시가 복도에서 막아섰다. 지팡이는 단단했지만 어떤 목재를 썼는지는 알 수 없었고 짙은 광택제를 칠해서 번들거렸다.

"어떻게 생각해, 바시?"

"애그니스가 아픕니다."

"오 저런. 많이 아픈가?"

"암이랍니다."

호텐시아는 은엽수 아래로 걸어갔다. 산들바람이 양볼을 스쳤다. 그녀는 나무둥치를 손으로 쓸며 누군가 새겨놓은 자국(워낙 오래전이라 다 지워졌으리라 생각했는데)을 더듬었다. 깊고 길게 새긴 흔적이 하나, 둘, 세 개였다. 사람들이 죽어갔고 누군가 그것을 세었다. 호텐시아는 여동생을 생각하며 속에서 부풀어오르는 서글픔을 경험했다. 지피가 보고 싶었지만 전화를 건다 한들 이 기분은 사그라들지 않을 터였다. 동생과의 어린 시절이 그리웠고, 진정한 친구가 될 기회를 잃어버려서 안타까웠다. 이번에는 뷸라의 할머니 애너마리를 떠올리려 했지만 호텐시아의 마음은 그것마저 비껴갔다. 그러고는 피터를 생각했다. 이미 죽은 자를 생각했다.

병원에 또 오게 된 건 달갑지 않았지만, 타인에 의해 들것에 실려온 게 아니라 자신의 두 다리로 온 거라 그나마 다행이었다. 바시가 애그니스를 문병하겠다고 했을 때 호텐시아는 같이 가도 되는지 물었다. 어떤 청년이 집에서부터 그들을 태워주었다. 이름은 투생이었고, 맑은 눈에 피부가 검은 청년은 불어 억양을 썼다. 그들은 차를 타고 적십자병원으로 갔다. 르노 자동차 뒷좌석에서 보는 케이프타운은 낯설었다. 신호등 옆에 창문용 와이퍼와 하얀 비눗물 스프레이를 든 남자들이 있었다. 호텐시아는 투생에게 뒷좌석 창문을 내려달라고 부탁했다.

"창이 안 움직이네."

"죄송합니다. 어린이용 잠금장치가 되어 있어서." 신호가 바뀌자 투생이 속도를 내며 말했다.

"저 사람들한테 돈을 주고 싶었는데." 호텐시아가 유감스럽다는 듯 말했다.

투생과 바시는 불어로 얘기했다. 호텐시아는 따돌림당하는 기분이 들어서 상체를 내밀고 더욱 귀를 기울였다. 투생의 음성, 억양, 거의 끝음절을 생략하듯 '바시'를 발음하는 방식을 보아하니 친밀한 약칭을 쓸 정도로 그는 바시의 이름에 익숙했다. 조수석에 앉은 바시가 운전석 머리받침 뒤로 한 손을 뻗었다. 그 모든 장면이 호텐시아가 결코 보고 싶지 않았던 뭔가로 들어가는 작은 창문이었다. 그녀는 자기 집 고용인과 친구가 되고 싶지 않았다. 그건 너무 쉽게 그녀를 제시카 탠디의 미스 데이지*, 즉 공상적 박애주의자로 바꾸어놓을 테고, 그와 관련한 온갖 문제를 일으킬 터였다. 호텐시아는 딱 부러지는 직업적 관계를 바랐고, 적절한 서비스에 적절한 돈을 지불하는 점잖은 교환을 원했다.

이미 다른 문병객이 와 있다는 안내데스크 직원의 말을 듣고 그들은 문틈으로 엿보았다. 등을 보인 채 의자에 앉아 있는 매리언이 보였다. 호텐시아는 각오를 다졌다. 애그니스는 베개를 여럿 쌓아서 등을 받치고 앉아 있었다.

"제임스 부인."

"정말 안타까워, 애그니스."

매리언이 돌아보았다. 바시와 투생이 애그니스에게 다가가 그들이 서로 인사하는 모습에 호텐시아는 예의 그 뭔가 놓친 듯한 기분을 느꼈다. 그녀는 여러 화병과 곰인형으로 어수선한 조그만 테이블 위에 정원에서 꺾어 온 꽃을 놓았다. 애그니스는 수술 탓에 몹시 기진해 보였다.

"정말 안타까워." 호텐시아는 거듭 말했다. "달리 무슨 말을 해야 할지 모르겠네."

애그니스는 미소 지었다. 확실히 쇠약했지만 동시에 평온한 모습이었고, 호텐시아가 남들에게 부러워하지 말자고 다짐했던 그 표정이었다.

---

* 인종적 편견을 넘어선 우정을 그린 영화 〈드라이빙 미스 데이지〉의 주인공.

누군가 문간에 나타났다. 호텐시아는 나중에 알았지만 애그니스의 딸 니크넥스였다.

매리언이 니크넥스와 인사를 나눈 뒤 어머니와 딸만 오붓이 있도록 다 같이 병실을 나왔다.

투생이 집까지 태워다주겠다고 했지만 호텐시아는 거절했다. "갈 때 되면 택시를 부를 거니까." 그녀는 매리언을 돌아보며 말했다. "잠깐 차 한잔할까?"

"글쎄."

"얘기가 하고 싶어서 그래, 매리언. 부탁이야."

"알았어."

그들은 음산한 병원 복도를 따라 걸었다. 함께 걷고 있자니 호텐시아는 집에서 매리언이 지켜보는 가운데 장애물 코스를 연습하던 때가 기억났다.

조그만 카페가 하나 보였다. 얼그레이는 없었고 종업원이 '보통 차'라고 언급한 뭔가가 나왔다.

매리언은 인상을 썼다. "젖은 종이 같은 맛이군."

호텐시아는 헛기침을 했다. "때려서 미안해. 그러지 말았어야 했는데. 내가 잘못했어."

매리언은 입술을 삐죽거렸다. 뭔가 생각하는 중인 듯했다. 입술은 그 생각의 도구처럼 보였다.

"왜?"

"그냥 생각이 나서…… 당신한테 사과받는 걸 내가 얼마나 싫어하는지. 당신은 충분히 오래 용서를 구하지도 않고 애원하는 법도 없잖아."

호텐시아는 웃음을 터뜨렸다. 매리언도 피식 웃으며 마치 자신에게 싫증났다는 듯 고개를 설레설레 저었다.

"때려서 미안해, 매리언."

"아까 들었어."

"아이가 없다는 걸 자각할수록 내가 얼마나 엄마가 되고 싶었는지 깨닫게 돼. 우리 엄마와 나는 별로 사이가 좋지 않았고, 난 고칠 수 있을 거라고 생각했어…… 알다시피…… 내 아이하고는."

매리언은 차를 홀짝였다.

"나는 생각했어, 내가 그러지만 않았어도, 피터한테 거짓말만 안 했어도. 처음부터 망친 거야. 그뒤로 모든 게 천벌 같았어. 당신을 때린 건 잘못했어. 하지만…… 여태껏 그런 사람은 없었어. 나의 실패를 내 코앞에 보란 듯 던진 사람은. 그 오랜 세월 동안, 심지어 피터가 가장 야비할 때도 그러진 않았어. 당신이 그 말을 했을 때―그 기분이란. 그렇게 소리 내어 말하다니…… 그런 느낌은 처음이었어."

"그런 말은 하지 말았어야 했는데. 내가 잔인했지."

호텐시아는 갈색 차에 설탕을 한 봉지 더 넣었다.

"에스메이한테 전화했어."

매리언은 고개를 끄덕였다.

"이쪽으로 온대."

호텐시아는 손바닥으로 머리를 쓸어넘겼다. 둘은 이를 악물고 목 근육이 뻣뻣해진 채 진을 들이켜듯 맛없는 차를 마셨다.

프리키와 일꾼들이 작업을 끝마쳤다. 매리언은 호텐시아의 집을 나와 12호로 돌아와서 마침내 공사가 마무리될 때까지 분진과 소음을 견뎠다. 그래도 여전히 임시방편이었다. 집은 곧 부동산에 내놓을 것이다. 자식들은 하나같이 공포스러운 두 단어를 언급했다―은퇴와 양로원.

니크닉스가 전화를 걸어왔다. 그녀의 어머니 애그니스가 매리언을 찾는다고 했다. 왜 찾지? 퇴원해 집에 누워 있는 애그니스가 매리언을 찾는 것이다.

신앙심은 희박했지만 매리언은 지금 자신이 죄를 짓고 있음을 알았다. 만약 애그니스가 죽어가는 사람의 마지막 소원이라며 뭘 부탁하면 어떡하지? 매리언은 바쁘다는 핑계를 꾸며대며 니크넥스에게 못 갈 것 같다는 뉘앙스를 풍겼다. 애그니스의 집주소를 물어보고 틀리게 적었다.

"무슨 꿍꿍이야?"

"뭔 소리야, 나한테 꿍꿍이가 어디 있어? 그리고 전화해서 인사 먼저 하면 어디가 덧나?"

"인사할 시간 없어, 매리언. 방금 니크넥스의 전화를 받았어. 난 당신 일에 휘말리는 거 반갑지 않아."

"무슨 일?"

"니크넥스한테 전화왔다고 말했잖아."

"그래, 들었어."

"그럼 왜 그 전화가 나한테 왔는지 모르겠어? 그리고 내가 왜 당신한테 전화했는지? 인사도 없이?"

"음……"

"세상에, 매리언, 가서 애그니스를 봐야지."

"이런!"

"내 말이. 전화해서 나한테 화를 내는 만용을 저지르더군."

"누가?"

"니크넥스. 그런데 무슨 이름이 그래."

"내 생각도 마찬가지야. 별명인가." 매리언은 호텐시아가 한숨을 내쉬는 것을 들었다. 수화기를 떨어뜨릴까봐 걱정됐다. "난

칩거중이야." 매리언이 말했다.

"그러거나 말거나. 가서 애그니스를 봐. 상태가 안 좋대. 죽어 간다는 것 같은데. 내 경험상 피터를 봤을 때 죽는 데 몇 년이 걸릴지는 아무도 모르지만."

매리언은 니크넉스와 약속을 잡은 후 호텐시아에게 전화를 걸어 애그니스가 사는 카이얼리처에 함께 가자고 했다. 한 번도 가본 적 없는 동네였다. 매리언은 갈등하는 모습을 감상하는 호사를 누리려 했지만 호텐시아가 전혀 망설이지 않고 응낙하는 바람에 허망함만 누렸다. 그래, 호텐시아는 한숨을 내쉬었지만 어쨌든 좋다고 했고, 언제냐고, 주소는 알고 있느냐고 물었다.

그들은 차에 탔다. 호텐시아는 안전벨트를 꽉 잡았고 매리언은 핸들을 꽉 잡았다.

"운전을 이렇게밖에 못해?"

"어떻게?" 매리언은 식은땀을 흘렸다.

"매리언?"

"괜찮아. 신경이 좀 날카로워졌을 뿐이야."

"뭣 때문에?"

매리언은 헛웃음을 터뜨렸다. "그걸 모르겠다니까." 그녀는 핸들을 어루만지고 기어를 넣었다.

호텐시아가 지도를 무릎 위에 펼쳐놓고 길을 알려주었다.

"더 편한 방법이 있을 텐데. GPS라든가."

"그런 건 믿지 마. 여기서 꺾어."

니크낵스도 길을 가르쳐주었다. 고속도로를 나와 베이든파월 드라이브로 접어든 뒤 호텐시아는 니크낵스가 적어준 대로만 말했다. 그래도 길을 잃었다. 호텐시아가 속도를 줄이고 사람들한테 길을 물어보자고 했을 때 매리언은 공황상태에 빠졌다. 그들은 몇 킬로미터를 싸우면서 갔다. 호텐시아는 목소리를 높이면서 땀을 뻘뻘 흘리며 핸들 커버를 밀가루 반죽처럼 매만지는 매리언을 질타했다.

"멍청한 짓 그만해. 속도를 줄여. 차를 세워. 매리언 아고스티노, 다시는 당신과 한마디도 안 할 거야!"

이 드라마 같은 위협이 효과가 있었다. 매리언이 차를 세웠다. 표정이 얼어붙었다. 숨을 들이쉬는 소리는 들리는데 내쉬는 소리가 안 났다. "어처구니없는 여자일세" 하며 호텐시아는 창문을 내리고 고개를 내밀었다.

귀걸이를 하고 호텐시아가 보기에 아무래도 바지를 거꾸로 입은 한 젊은이가 어느 쪽으로 가야 할지 단호히 말해주었다. 사실 그리 멀지 않은 곳에서 그들은 제자리를 빙빙 돌고 있었다. 호텐시아는 젊은이에게 감사를 표하고는 매리언에게 계속 가라고 손짓했다.

죽음이 출석 점검이라도 하는지 애그니스의 옆집에서는 장례식이 진행되고 있었다. 매리언은 좁은 도로 여기저기에 나와 있는 인파를 헤치고 운전하느라 분투했다.

"그냥 지나가." 호텐시아가 말했다.

"칠 것 같아."

"알아서 피하겠지."

매리언은 춤과 고함소리에 정신이 하나도 없었다. 양념구이 고기 냄새에 이미 밥을 먹었음에도 배가 고파졌다. 집 앞마당에 모랫더미가 쌓여 있었다. 현관 앞베란다는 비좁았고 노란색 문이 살짝 열려 있었다. 아이를 등에 업은 니크넥스가 그들을 맞으며 식구들이 앉아 있는 거실을 지나 어두운 복도를 거쳐 작은 방으로 안내했다. 애그니스는 눈을 뜨고 있었고 숨소리가 거칠었다.

매리언이 애그니스에게 다가가 그녀가 덮고 있는 이불에 살짝 손을 얹었다. 호텐시아는 죽음이 부여한 이 특별한 권리를 생각하면 부러움이 없지 않았다.

"앉으셔도 돼요." 니크넥스가 말했다.

아기가 울기 시작했다. 니크넥스가 달래는데 한 남자가 방으로 들어와 아기를 안고 나갔다. 매리언은 침대 가장자리에 앉았다.

"난 밖에서 기다릴게" 하고 호텐시아는 방을 나왔다. 니크넥스도 따라나왔다.

호텐시아는 애그니스가 무슨 말을 했는지 혹은 아무 말도 하지 않았는지 매리언에게 묻지 않는 게 좋다는 것쯤은 알았다. 그들은 말없이 집으로 돌아왔다. 저마다 뭐라 꼬집어 말할 순 없지만 머릿속을 꽉 채운 복잡한 상념을 억눌렀다.

"애그니스는 선생님이 되고 싶었대." 둘의 집 사이에, 캐터린 애비뉴 한쪽에 차를 세운 채 그들은 차 안에 그대로 앉아 있었다. "아이들을 가르치고 싶었대. 글자와 숫자를."

호텐시아는 고개를 끄덕였다. 밖은 어두웠고 조용한 거리에는 볼 게 별로 없었다. 캐터린 사람들(호텐시아의 상식이 도무지 통하지 않는 사람들)은 시의회에 가로등을 설치하지 말라고 공개적으로 요청했다—보존지구라고 주장하면서, 가로등이 있으면 별을 볼 기회만 줄어들 뿐이라고 우겼다.

"애그니스가 말하길, 내가 만약에…… 흠, 애그니스는 자기 집에 대해서 말했어. 어린 시절의 추억. 소에 대해서도."

"소?"

"소. 소가 풀을 뜯어먹는 모습이 좋았대. 나더러 매정한 여자라면서, 젊을 때 처음 우리집에 와서는 자주 울었대."

"그렇군."

"그러더니 날고 싶다고 하더라."

"날아?"

"첨엔 제대로 못 알아들었어. 좀 당황스럽더라고. '죽고 싶다' 고 말한 줄 알았거든. 그래서 물어봤어. 상상이 돼? 그랬더니 아니래. '날고 싶다'고 말한 거래."

"날고 싶다라."

그리고 애그니스는 매리언에게 뭔가를 주었다.

"저기 보세요." 애그니스가 방 한쪽 귀퉁이를 가리켰다.

매리언이 일어났다.

"벽장 안에."

매리언이 문을 열자 좀약냄새가 났고 오래된 신문더미와 옷걸이에 걸린 드레스가 보였다. 동시에 반쯤 포장이 벗겨진 그림을 알아보았다. 진심으로 좋아하고 남한테 넘기기 아깝지만 삶의 수준을 적절히 유지하기 위해서는 팔아야만 하는 그림. 식구들이 함께 액자를 골랐다. 스테퍼노가 네 살 때였고, 두 살이 다 된 매럴리나는 금박 테두리에 감탄했다. 매리언은 그 액자가 멋지다는 데 동의했고 맥스가 값을 지불했다.

"이게 어떻게 여기 있는지 이해가 안 가네."

"착오였어요. 니크냉스가 그 집에서 싸 온 상자들을 풀어보기 전까지 저도 몰랐어요. 심지어 뭔지도 몰랐고요. 그러다 그게 뭔지 알고 나서는…… 뭐라고 해야 할까요? 마님이 계속 '그림, 그 그림'이라고 얘기하는 걸 들었어요. 얼마나 애타게 이걸 필요로

하는지. 그래서 생각했죠…… 의사한테서 가망이 별로 없다는
얘길 듣고 나서 생각했어요…… 그냥 갖고 있어야겠다고. 화가
났나봐요. 마님에게. 이유를 설명할 순 없지만."

"아니……"

"무슨 일이 있었는지는 중요하지 않죠. 사람은 진실해야 하니
까. 여기 마님의 그림이 있어요. 멀쩡해요."

"미안해, 애그니스. 애그니스?"

"네."

"미안해."

호텐시아는 마지못해 그림을 갖고 있어달라는 데 동의했다.
12호의 공사는 끝났고, 문제는 해결됐고, 보험 처리도 다 됐다.
매리언과 맥스의 전 재산은 수많은 채권 추심자에게 배분됐다.
정장을 입은 사람도 있었고, 조끼를 입은 사람도 있었고, 티셔츠
를 입은 사람도 있었는데, 땀에 젖은 겨드랑이 악취가 복도에 진
동했다. 집은 경매에 부쳐질 것이다. 매리언은 가급적 의심을 사
지 않고 피에르네프의 구매자를 찾을 때까지 당분간 매럴리나의
집에 머물기로 했다. 매리언은 적당한 아파트를 구할 꿈에 부풀
었다. 스프레드시트 프로그램을 이용해 그 돈으로 몇 년이나 살
수 있는지, 또한 계속 머리도 하고 페디큐어도 할 수 있는지 계산

했다. 매럴리나는 마지막 뒷정리를 하면서 매리언에게 언제 이사올지 물었다.

"여보세요, 매럴리나, 잘 지내?…… 잘됐네, 애들도 잘 지내고?…… 그래, 난 괜찮아. 집을 둘러보고 있었어…… 응, 내가 지금 어디 서 있는 줄 아니? 네 방이야…… 당연히 지금도 네 방이지, 무슨 소릴…… 아냐, 엄만 괜찮아, 그냥…… 그리울 거야…… 흠?…… 그래, 내일 점심 때 괜찮아, 옆집에 있을게…… 그래, 나중에."

19

에스메이가 항공편 시간을 알려왔다. 하늘이 무너지길 기다리는 기분이었다.

매리언이 놀러왔다. 알아서 문을 열고 들어왔다. 호텐시아는 열쇠를 돌려달라고 하지 않았다.

"머리가 자랐네." 거울 앞에 서 있는 호텐시아를 보고 매리언이 말했다.

"머리칼은 자라게 마련이지." 호텐시아는 고개를 들어 틀고 있었다. 원래부터 아픈 팔꿈치가 말을 안 들어서 안간힘을 써야 뒤통수에 손이 닿았다. 그녀는 움찔했다. "모가지가 뻐근하네."

"혹시……"

"뭔데?"

"내가 해줄까?"

호텐시아는 손을 든 채 잠시 그대로 있다가 옆으로 내렸다. 무슨 말인가 하고 싶었는데 생각나지 않았다. 그녀는 매리언이 걸터앉은 침대 쪽으로 걸어갔다.

"당신이…… 일어서야 해. 난 쪼그려앉지 못해. 다리 때문에."

매리언이 일어나 호텐시아에게 빗을 받아들었고 호텐시아는 침대 위에 앉았다.

"편해? 다리는?"

호텐시아는 고개를 끄덕였다. "조심해."

"응. 이렇게?"

호텐시아의 목이 긴장했다가 풀어졌다. "좋아."

"있잖아." 천천히 부드럽게 빗질하며 리듬을 찾고 나서 매리언이 말했다. "그 오랫동안 우린 한 번도…… 난 당신을 초대하고 싶었거든, 내 올리베티 타자기 컬렉션을 보러 오라고. 분명 마음에 쏙 들 거야. 1950년대 '레테라 22'도 있어."

"단순히 자랑이 하고 싶어서잖아." 호텐시아가 말했다.

"그래, 그 말이 맞겠지."

둘은 웃음을 터뜨렸다.

"상황이 달랐으려나? 사람이 좀 달랐으면?" 매리언이 물었다.

호텐시아는 짧은 곱슬머리가 빗살에 걸리자 움찔했다. 흰머리

쪽이 더 힘이 없는 건 불공평했다. 다른 머리카락보다 흰머리가 더 올이 굵고 엉키기 쉬웠으니까.

"미안."

"살살해." 호텐시아가 나직이 말했다.

매리언은 다른 쪽 손가락으로 호텐시아의 이마를 잡았다. 손끝이 차갑고 축축했다.

"미안." 거듭 말했다.

"이제 내가 할게. 고마워."

매리언은 빗을 내주고 호텐시아를 지켜보았다. 잠시 어느 쪽도 말을 하지 않는 와중에 손님방 바로 앞 복도에 걸린 호텐시아의 낡은 벽시계만 똑딱거렸다. 18세기에 만들어진 괘종시계의 거북딱지 세부장식을 보고 매리언이 호텐시아에게 한마디했었다. 동물권을 보호하는 사람은 못 되는군, 안 그래? 매리언의 말에 호텐시아는 생각했다. 사실 그 무엇의 권리도 보호하는 사람이 못 되지. 하지만 아무 말도 하지 않았다.

"흠, 어떻게 생각해?"

"뭐가 달랐더라면? 당신하고 내가?"

"아니, 당신과 피터가."

"모르지." 호텐시아가 말했다. "상황이 달라졌을 거라고 생각하냐고? 아니었을걸. 나도 엄청나게 시도해봤어. 그래서 이 꼴이

지. 달라질 건 없어—그게 내 결론이야."

"마중하러 나갈 거야?"

"그 짓까진 못해. 택시를 불러줬어. 곧장 집으로 오겠지."

매리언이 고개를 끄덕였다.

"이거 하나는 기억해두려고. 당신이 전에 말했던 거야. 피터와 나 사이에 대화가 어떻게 끊겼는지 기억하려고 해. 중요한 일들에 관해 서로 진심으로 얘기했던 그런 대화, 그저 '안녕, 잘 지내지, 괜찮아' 같은 거 말고. 당신도 알다시피 그런 식으로 관계가 끝나는 거야."

에스메이는 도착하기 전에 마지막으로 한 번 호텐시아에게 전화했다.

"이 말은 꼭 해둬야 할 것 같아서요. 저로선 달리 상상할 방법이 없긴 하지만, 그래도 때론 사람들의 반응에 대처하는 데 도움이 되거든요."

"이런, 네가 무슨 말을 하는지 모르겠구나."

"저는 법적으로 시각장애인이에요, 제임스 부인. 안내견과 함께 다니고요. 안내견의 이름은 토비예요."

이건 선물이었다. 공정하지 않다는 건 알지만 호텐시아는 에스메이가 자신을 볼 수 없다는 사실에 안도했다. 샅샅이 살펴보는 눈길에서 벗어났다. 한숨 놓았다. 그녀는 기다렸다.

"피터, 그러니까 네 아버지는⋯⋯" 호텐시아는 에스메이와 나눌 만한 추억을 찾을 수 없었다. 몇몇 소중한 기억은 혼자만 간직하고 싶었고, 그 외 나머지는 전부 불만과 다툼에 관한 것이었다. "무슨 말을 하려고 했는지 까먹었네." 호텐시아는 웅얼거렸다.

그들은 먼지투성이 길을 나란히 걸었다. 왼쪽으로는 포도 넝쿨이 뻗어 있었고 오른쪽으로는 떡갈나무숲이 그들과 캐터린 사이를 갈랐다. 호텐시아는 실컷 훔쳐볼 수 있겠다고 생각하며 왼쪽에 있는 여자를 자세히 관찰했다.

"제가 그분을 닮았나요?"

"글쎄." 사실을 말하자면 닮지 않았다. 여자는 제 어머니를 닮았다. 어머니와 판박이였다. 키 정도만 예외일까. "피터는 너처럼 키가 컸지. 하지만 네가 훨씬 더 우아하게 훤칠해." 호텐시아는 왜 에스메이에게 호감을 사고 싶은지 알 수 없었다.

"고맙습니다."

"그런데 개 이름이 뭐라고 했더라?"

"토비요." 에스메이는 대답하면서 걸음을 늦추고 갈색 콜리견의 목덜미를 쓰다듬었다. 안내견용 가죽끈을 손에서 놓치지도, 발을 헛디디지도, 어떤 실수도 하지 않고. "주변에 다람쥐가 많네요."

호텐시아는 굳이 어떻게 알았느냐고 물어보지 않았다. 어떤
요술을 부렸는지 어린아이의 참된 장점을 그대로 유지한 채 마
흔 몇 살의 어른이 된 훤칠한 미녀와 함께 걸으면서, 호텐시아는
자신이 얼마나 미숙한 기분이 드는지 드러내지 않기로 했다. 볼
수 있다는 것이 사람을 늙고 피폐하게 만드는 듯했다. 에스메이
에게는 거의 초자연적으로 보일 만큼 신랄함도 비난하는 기운도
없었다. 유령처럼 호텐시아를 홀리고, 당황하게 하고, 보기 위해
선 시각이 필요하다는 그녀의 어리석은 관념을 무안하게 만들었
다. 에스메이는 별로 놓치는 것이 없었다.

비통함이 호텐시아의 몸뚱이를 꿰뚫고 뒤흔들었다. 슬픔이라
면 이미 숱하게 겪었는데, 이 깊은 비통함은 일찍이 접해보지 못
한 것이었다. 발걸음이 점점 느려지더니 결국 멎어버렸고, 호텐
시아는 에스메이의 손을 찾아 쥐었다. 이 여자는, 이 아이는(에
스메이는 분명 다 큰 성인 여성이었지만 호텐시아는 이렇게 부
를 수밖에 없었다) 기꺼이 손을 내주었다. 마침내 할말이 떠올랐
지만 입안에서 혀가 굳어버렸고, 간결히 말을 던진 쪽은 에스메
이였다. 이 모든 게 얼마나 뜻밖이고 놀라운지 몰라요. 그래도
전 여기 오게 되어 기뻐요. 잠시 더 손을 잡고 있다가 그들은 다
시 걸음을 떼고 말없이 피터의 유골을 묻은 곳으로 향했다. 비석

이 있는 곳으로 가 호텐시아는 에스메이에게 자세히 묘사했다.

에스메이가 가죽끈을 놓았다. 토비는 주인이 아기 손바닥만 한 잎사귀로 뒤덮인 부드러운 땅에 무릎을 꿇고 비석을 손으로 더듬는 동안 주인 곁을 지켰다. 호텐시아는 그 모습을 지켜보다 입이 떡 벌어졌다. 지금 이 순간까지 알아차리지 못했던 것이다. 피터가 주문한 판석은, 본인은 결코 만나지 못하리란 걸 알고 아이에게 남긴 메시지였다.

에스메이의 손가락이 거친 표면을 따라 움직였다. 전문가다웠다. 호텐시아는 아이가 읽고 있음을 곧바로 깨달았다. "맙소사." 그녀는 탄식했다.

에스메이는 아버지가 남긴 메시지 위로 손을 이리저리 움직였다.

여태껏 이 비석은 호텐시아에게 수수께끼였다. 이제야 게리의 작품이 실은 일종의 편지였음을 깨달았다. 게리는 돌을 쪼면서 자신이 점자를 새기고 있음을 알았을까? 알았더라도 말하지 않았고, 실상 그는 자신과 피터가 어떤 사이였는지 한마디도 흘리지 않았다. 호텐시아는 그들이 친구였는지 궁금해졌다. 알지 못한다는 것이 슬펐고, 그래서 피터가 더욱 낯설게 느껴졌다.

"우유 넣을까?"

"감사합니다."

토비는 에스메이의 발치에 앉았다. 호텐시아는 개를 좋아하지 않았지만 토비를 개라고 부르는 건 적절치 않아 보였다. 혹은 그 낱말이나 그 낱말이 묘사하는 생명체를 전혀 이해하지 못하는지도 몰랐다.

"개에 별로 익숙지 않으신가봐요?" 에스메이가 묻자 호텐시아는 그녀의 관찰력에 다시 한번 놀랐다.

"뭐, 옆집에서 한 마리 기르긴 하는데…… 종이 뭐라더라? 항상 요란하게 짖는데."

에스메이가 미소 지었다. "치와와요?"

호텐시아는 차를 내왔다. "아니, 소시지 개라고들 하던데."

"닥스훈트군요. 좋네요."

"뭣 좀 물어봐도 될까?"

"네, 물어보세요."

"좀 당황스럽네. 궁금한 게 있는 쪽은 너일 텐데. 피터, 네 아버지에 관해서. 그리고 내게도 질문이 있다면 최선을 다해 대답할게."

"뭐가 알고 싶으세요?"

"태어날 때부터 그랬어?"

"안 보이는 거 말씀이세요?"

"미안하다. 그래, 앞이 안 보이는 거."

"네, 태어날 때부터. 그래서 더 편했다고 전 생각해요. 아닐 때를 모르니까."

"그럼 네…… 네 어머니는."

"어머니를 아세요, 제임스 부인?"

"호텐시아라고 불러줘."

"고마워요, 호텐시아."

"난 네 어머니를 알지 못해. 만나본 적은 없어."

"듣기 안 좋으시겠지만…… 어머니는 훌륭한 분이셨어요. 무척 그리워요."

"미안하구나. 돌아가신 줄 몰랐어. 그러니까 네 어머니가, 그둘이…… 더이상 연락하지 않는다는 건 대충 알았지만, 무슨 일이 있었는지는 알 도리가 없었지."

"안타깝지만 저도 아는 바가 없어요. 저한테서 답을 들을 수 있을 거라고 생각하셨다면 죄송합니다."

"아냐, 전혀. 나도 평생 답을 모르고 살았는데—이제 와서 갑자기 그게 그렇게 중요해질 리가 있겠어?"

에스메이는 찻잔을 비웠다.

"어머니가 한 번도 피터에 대해 말씀하지 않으셨어?"

"어머니는 제가 몇 개월도 안 된 갓난아이였을 때 결혼하셨어요. 친아버지가 누군지 말씀해주신 건 세월이 한참 흐른 후였죠."

"그래서? 뭐라고 하셨어?"

에스메이는 어깨를 으쓱했다. "당신께서 어렸고 철이 없었다고요."

"그런 표현을 썼어? 철이 없었다고?"

"네. 어머니가 그분한테 편지를 보낸 적이 있대요. 임신했을 때가 아니라 훨씬 나중에. 아마 제가 열 살이나 그쯤 됐을 때요. 어머니가 아는 유일한 주소로, 나이지리아로 보냈대요. 세 통을 썼어요. 제 이름을 말해주고, 우리의 근황과 주소, 기타 등등을. 그 무렵 아버지와 이혼했고요. 어머니는 편지에 아직도 사랑한다고, 만약 함께 살 가능성이 있다면 우리를 찾아와달라고 썼어요. 답장은 받지 못했고요."

"나는……"

"우린 힘들지 않았어요. 호텐시아. 사과하지 않으셔도 돼요."

"하지만 결국 피터는 널 찾았지."

"흠."

"나름대로. 늦어도 너무 늦었지만 그이 나름대로 결국 답장을 보낸 게 아닐까."

매일 은엽수 아래 벤치에서 만나는 것이 호텐시아와 매리언의 일과가 되었다. 나무 밑은 시원했다. 차 한 대가 지나갔고 호텐시아는 엔진이 부릉거리는 소리밖에 듣지 못했다.

우릴 찾아오는 사람은 아무도 없군, 호텐시아는 생각했다. "애그니스는 어때?"

"아프지."

"내 말은, 또 찾아가겠다고 얘기했냐고."

"응. 니크넥스한테 전화했어. 그애가 노련하게 말을 잘 피하는데, 내 생각엔 애그니스가 날 보고 싶어하지 않는 것 같아."

"그럴 만도 하지."

"사과하려고 노력했어."

호텐시아는 코웃음을 쳤다.

"뭐야? 미안하다고 얘기했다니까."

"알았어, 매리언."

"하지만 그때 그 눈빛을 당신도 봤어야 해. 애그니스가…… '나는 마님한테 화가 났어요'라고 했을 때. 그 눈빛을 말이야, 호텐시아."

"애그니스는 병들었고, 한평생 당신과 당신 아이들 꽁무니를 쫓아다니며 뒤치다꺼리하고, 당신 집을 쓸고 닦고 광내다가 끝난 느낌일걸. 난 이해가 가. 다 당신 탓이라는 거지."

"그게 아냐! 그만하면 다행이게—애그니스는 나를 탓하는 게

382

아냐. 그럴 필요도 없지…… 애그니스는 그냥…… 지켜보는 거야."

호텐시아는 생각에 잠긴 모습이었다.

"애그니스는 죽을 거야."

"우리 모두 결국 죽어, 매리언."

"애그니스가 죽어서 날 따라다닐까봐 걱정돼, 그거 알아?"

"아, 알지. 당신이라면 분명 다른 사람이 죽어가는 마당에 스스로 주인공이 될 방법을 찾아낼 줄 알았어. 죽어가는 사람은 애그니스인데 우리가 걱정해야 하는 사람은 당신이란 거잖아."

"내 말뜻 잘 알면서 그래."

"흠, 그래, 그것도 하나의 가능성이지. 애그니스가 죽으면 여기 와서 당신을 따라다닐지도. 꼴좋네."

"고맙군."

"뭐가? 당신이 비열하지 않았단 말이야? 누가 책으로 써내겠군.『매리언을 쫓아다니는 유령』."

"그만해."

"난 진지한데, 매리언. 우리 모두 알다시피 애그니스는 굉장한 귀신이 될 거야."

매리언은 고개를 절레절레 저었다. "훌륭한 선생님이 됐겠지, 안 그래? 분명 그랬을 거야, 그치?"

"어쩌면. 제발 머리 좀 그만 흔들어."

"이거 완전 야단났네. 애그니스는 내가 뭘 싫어하는지 훤히 알아. 수도꼭지에서 똑똑 떨어지는 물. 다리지 않은 식탁보. 아," 매리언이 호텐시아의 팔뚝을 꽉 잡았다. "세탁물로 날 교살할지도 몰라―우린 맨날 그걸로 대판 싸웠거든."

"이런 어이없는 사람을 봤나. 내가 졌다, 항복."

"화제를 바꾸자. 그 아이는 어때?"

"누구, 에스메이?" '정서적으로 안정된'이라는 용어가 머리를 스쳤다. "괜찮더라. 화를 내거나 그럴 줄 알았는데. 그건 아니었고…… 밝고 따뜻한 아이였어. 아, 그거 알아?"

"뭐?"

"걔가 피아노를 가르친대. 어쩐지 청력이 초인급이더라니. 자꾸 난처했다니까."

"왜?"

"그냥…… 앞 못 보는 사람이라면 당연히 모를 거라고 생각한―내 무지를 양해해주길―것을 다 알고 있거나 정확히 짚어내는 거야."

매리언은 말없이 꾸짖듯 인상을 썼다. 하다다따오기가 우짖으며 성큼성큼 걷다가 호텐시아의 마당에서 매리언의 지붕으로 훌쩍 날아올랐다.

"그애를 만나서 기뻐?"

또 한 마리가 나타났는데 이번엔 깃털이 색색깔로 마치 핸드백을 멘 것처럼 날개 밑에 파란 깃털이 나 있었다. 이 새도 울부짖더니 머리를 깐닥거리며 지붕으로 날아갔다.

"그게 중요한 거였겠지. 그게 피터의 의도였고."

"그애한테 당신이 필요할 것 같아? 그러니까……" 매리언은 자기 눈을 가리켰다. "피터가 그걸 염두에 두었을까?"

"아니, 전혀. 에스메이한텐 확실히 내가 필요 없어. 그 반대라면 모를까." 호텐시아는 껄껄 웃었다. "그애가 떠났을 때 다시 볼 일이 있을까 싶더라. 걱정되더라고. 그애가 집에 도착하자마자 전화를 해줬는데, 상상이 가?"

"귀엽네."

"주위에 그런 사람이 있다니. 자꾸 이런 생각이 들어. 난 그냥 나쁜 인간이야, 매리언. 얼마 안 있어 죽을 거고, 그럼 지옥에 가겠지."

"무슨 죄로?"

"심통이 고약한 죄로. 지나친 단순화라는 건 알지만, 그애를 봐, 심통이 고약해질 이유가 수백만 가지는 있을 텐데 그애는 너무…… 다정해."

"괜찮아."

"괜찮다니, 그건 또 뭔 소리래? 누가 당신을 그렇게 만들었어? 노상 괜찮다만 연발하고."

매리언이 발끈했다. "생각해줘도 그러네. 우린 늙었잖아. 그러니까 괜찮다고. 다 늙어 꼬부라진 마당에 그럼 무슨 말을 해?"

호텐시아는 어깨를 으쓱했다. 두 여자는 고개를 들었고 새들이 날아올라 텅 빈 하늘에 두 개의 점이 되는 모습을 보았다.

"그럼 우리 둘 다 지옥행이군."

"천하의 호텐시아가 그깟 지옥이 겁나?"

"누가 겁난대? 애그니스 귀신이 어쩌고 하며 징징거린 건 당신이야. 아직 죽지도 않은 사람을 갖고. 애그니스가 우리보다 오래 살면 좋겠다―그러길 빌어."

"좋은 사람들이 먼저 죽는다는 거 알아?" 매리언이 물었다.

"흥. 난 그런 거 몰라, 매리언. 그보단 멍청이들은 절대 죽지 않는다고 하지―그건 들어봤어? 당신은 죽는 순간 일종의 성인이 되는 거야. 지은 죄는 면책되고, 잘한 일은 일일이 수면 위로 떠오르고, 사악함은 용서받고 잊히지. 내가 죽을 때는……"

"유언장은 썼어?"

"응. 그래, 썼어. 내가 죽으면 몰래 태워 재는 하수구에 버리라고. 내 죽은 몸뚱이를 두고 누구든 입도 벙긋하지 말라고……단. 한. 명. 도. 모임도 없고 진혼곡도 없어."

"와! 진짜 금욕적인데. 나는 죽으면 우리 애들한테 좋은 얘기를 꺼내라고 엄포를 놓고 싶어. 스테퍼노가 형편없는 추억을 딱하나 얘기하느라, 가엾은 어머니에 대해 딱 하나 다정했던 점을 생각해내느라 땀을 뻘뻘 흘리는 꼴을 봐야지."

호텐시아가 잇소리를 냈다.

"베르디를 틀라고 할 거야. 〈나부코〉로."

"맙소사!"

"촛불도. 향도. 화장도 예쁘게 해달래야지."

"뭐하러?"

"관 뚜껑을 열어놓잖아. 화장은 하고 있어야지……" 매리언이 속삭였다. "페디큐어도 하고."

"어리석긴."

"왜? 나 좋자고 하는 일인데 안 될 거 뭐 있어?"

"하지만 이미 죽었잖아."

매리언은 어깨를 으쓱했다. 벤치에 등을 기대고 베이지색 카디건 아래 피부가 늘어져 몇 겹으로 접힌 배 위에 양손을 모았다.

"인생 참 길었다." 매리언이 소맷부리에 달린 단추를 만지작거리며 말했다.

"그건 반박하지 못하겠네."

"섹스도 실컷 못해보고."

"흐음."

잔잔한 저녁으로 접어들었다. 옆집의 재스민이 싱그러운 향을 내뿜었다. 호텐시아는 따스한 땅을 지팡이로 꾹 누르고 얕게 끙 소리를 내며 일어섰다.

"호텐시아." 매리언이 등뒤에서 불렀다.

호텐시아는 걸음을 멈췄지만 뒤돌아보지는 않았다. 뒤로 도는 건 신체적으로 아주 많은 노력을 요했다.

"나는…… 음, 내가 지금 무슨 얘기를 하고 싶은 건지 확실치는 않아. 머릿속으로 생각했을 때는 맞는 얘기 같았는데. 난 그냥…… 내 생각엔……"

호텐시아는 체중을 다른 발로 옮겼다. "맞아, 매리언. 백 퍼센트 동감해."

"아니, 그게 아니라 진짜로, 난 지금 심각하다고. 내가 하고 싶은…… 하려는 말은……"

"응, 맞아. 나도 꼭 그래."

20

자신의 죽음을 두고 열릴 이벤트를 설계하는 데 기쁨을 느끼는 사람들이 있다는 건 알고 있었다. 이제 호텐시아는 자신도 그들 중 하나라는 것을 인정해야 했다. 삶의 주도권을 거의 쥐지 못했다고 느끼는 사람들은 유언장의 형식과 내용, 큰돈, 약도와 비밀에서 위안을 얻는다. 피터도 그런 사람 중 하나 같았다. 일을 다 치른 뒤 마르크스 변호사가 전화해서 호텐시아에게 전할 물건이 있다며 집으로 방문해도 될지 물었다.

"고인께서 부인께 이걸 남기셨습니다."

호텐시아는 눈썹을 치켜올렸다. 팔다리가 아무리 쇠하고 약해도 얼굴 근육만은 멀쩡히 기능했다.

"지금? 피터가 그걸 나한테 지금 전하라고 했단 말이에요?"

"바로 그렇습니다." 마르크스는 말하며 일어섰다.

평범한 그 갈색 서류봉투는 봉하지 않은 채였다. 미색 종이는 두꺼웠다. 피터는 떨리는 손으로 날짜를 적어놓았다. '6'은 스스로 '6'이라고 단언하지 못했다. 그리다 만 'o'에 가까웠다. 종이 한 장이 똑바로 반으로 접혀 있었다. 삐뚤빼뚤한 날짜. 그리고 펜을 그은 흔적 몇 개.

호텐시아는 애써 그려보았다. 그는 연초만 해도 힘이 얼마간 있었다. 뭘 많이 할 만큼 세지는 않았지만, 간호사가 피터의 서재에서 뭘 찾는 모습을 보기도 했다.

"도와줄까요?" 호텐시아가 물었다.

"남편분께서……『스테이플』을 갖다달라고 하셔서요. 그렇게 들렸는데.『스테이블』이었나?"

간호사는 금발이었고 주름이 자글자글했다.

"아님『스티플』인가?" 간호사는 반지를 여러 개 끼고 있었다.

책을 갖다달라고 할 힘은 있었지만 제목을 똑똑히 말하기에는 힘이 딸렸다. 푸딩을 먹고 싶다고 할 만큼은 됐지만 그걸 토하지 않고 잘 소화할 힘은 부족했다. 호텐시아를 부를 힘은 있었지만 그녀가 가기를 거부했을 때 나와서 찾기에는 모자랐다. 간호사가 와서 "남편분께서 다시 와달라고 하세요"라고 간곡히 부탁했을 때, 호텐시아는 귀찮게 하지 말라고 했다.

그때였을까, 종이를 갖다달라고 한 건? 유언장은 이미 정리해 놓았으니 그제야 짐을 좀 덜어보려 했을까? 날짜. 거기까지가 그가 짜낼 수 있는 한계였다.

호텐시아는 손가락으로 종이를 쓸었다. 피터는 낱말을, 낱말의 형태를 완성하려 시도했다. 손은 부들부들 떨렸을 것이다.

처음에는 피터가 앙심을 품고 보복하는 거라고만 느껴졌다. 점자로 뒤덮인 비석의 충격이 컸다. 그 용의주도함. 그리고 이젠 텅 빈 편지라니. 그 터무니없이 비싼 만년필로 끄적였겠지. 글자 형상을 만들어보려고 젖 먹던 힘까지 짜내서. 그럼에도 그는 이 편지를 접어 봉투에 넣기까지 했다.

호텐시아는 마르크스에게 전화를 걸었다.

"다른 편지는 없어요?"

"네?"

"편지 말예요, 편지. 다른 건 없어요? 제대로 된 거."

"죄송합니다만, 제임스 부인, 무슨 말씀이신지 모르겠습니다."

"이 편지는 엉망이야. 내용이 없다고. 다른 건 남긴 게 없나요? 좀더 똑똑히 쓴 건?"

"죄송합니다."

"그건 '없다'는 뜻인가요, 마르크스? 대체, 뭣 땜에 사과하는 건데요?"

마르크스는 대답하지 않았다.

"쏴붙일 생각은 없었어요. 당신은 남편을 몇 번 만나봤잖아요, 안 그래요? 그저 무슨 일이 있었는지 알고 싶을 뿐이라고요."

"제임스 부인……"

"제발, 마르크스, 난 지금 겸손하게 부탁하는 거예요. 당신에게 부탁하고 있는 거라고. 나도 겪을 만큼 겪었어요. 난 그저 남편이 뭐라고 말했는지 알고 싶을 뿐이라고요."

"무슨 말씀이십니까?"

"남편이 내 얘길 했다고 했잖아요. 전에 만났을 때 당신이. 피터가 무슨 말을 했어요?"

긴 침묵이 흘렀다.

"마르크스 씨?"

"네, 고인은, 음, 말씀을 많이 하시지는 않았습니다만……"

"그이가 내 얘길 했다고 당신이 말한 걸로 아는데."

"네."

"그러니까, 무슨 말을 했어요?"

"한번은 고인께서 부인이 재능 있는 디자이너라고 언급하셨습니다."

"오?"

"또 부인이 정원을 가꾸시고 특별히 좋아하는 꽃은……"

"그러니까 그냥 잡담이라는 건가요? 허접한?"

"한번은 이런 말을 하신 적이 있습니다. 몹시 슬프시다고요, 제임스 부인. 마지막 만남 때였습니다. 그리고 저한테 술을 한잔 사겠다고 고집을 피우시더군요. 몹시 어색하고 불편했지만 전 그분이 외로워하신다는 인상을 받았습니다. 두 잔째 스카치를 비울 때쯤 이런 말씀을 하셨는데, 그 얘기를 다시 하게 되어 유감입니다만, 전 잊을 수가 없었습니다. 이렇게 말씀하셨어요. 내 아내 말인데, 나는 아내를 아주 많이 사랑한다네. 하지만 그게 제일 쉬운 부분이지."

"제일 어려운 부분은?"

"저도 모르죠, 제임스 부인. 말씀하지 않으셨거든요. 그 외에 전부 다일까요?"

유산 정리는 마무리됐다. 사냥 클럽 회장이 전화해서 후한 기부에 대해 호텐시아에게 감사를 표했다.

마르크스의 말이 옳을 것이다. 그 외 나머지는 모두 어려운 부분이었다. 같이 사는 것, 자신의 아이보다 결혼생활을 선택한 것. 이 바보야, 호텐시아는 점잖게(다정함이 없지 않게) 피터에게 말했다. 그는 죽었지만 매리언과 달리 호텐시아는 귀신을 믿지 않았다. 이 바보 같은 사람, 그녀는 중얼거렸다. 그의 손목을 찰싹 때리고 끌어안고 싶었다.

샘소딘가의 토지청구 건이 마무리됐다는 얘기가 돌았다. 커피 언덕의 일부에 출입통제선이 쳐졌지만, 호텐시아에겐 다행하게도 상당 면적이 여전히 공공에 개방된 공유지로 남았다.

그러나 언론의 관심에도 불구하고 나무를 많이 베어냈다. 이와 관련해 국립공원관리청은 외래종 식물을 고유종 핀보스로 대체하는 계획을 시행했다. 잘려나간 밑둥에서 수액이 흘렀다. 호텐시아는 커피 언덕에 오르며 그루터기 수를 세었고 가끔은 그중 하나에 걸터앉았다. 오르느라 아주 애먹은 날에는 다시 올라올 수 있을까 잠시 고민했다. 그녀는 부러졌던 다리(다 낫기는 했지만 부러진 다리라는 생각을 안 할 수 없었다)를 쭉 뻗고 잠시 주물렀다. 그러고 나서 다른 쪽 다리를 뻗고 그것도 주물렀다. 주무르고 문질렀다. 근육이 풀리면 호텐시아는 일어났다.

매리언이 찾아오면 둘이 함께 올라갔다. 온통 다 죽어버렸군, 매리언은 말했다.

그러거나 말거나 계절은 흘렀다. 연두색 새싹이 올라오고 잿빛과 검은색 사이에서 앙증맞은 스파락시스가 화려한 꽃망울을 터뜨렸다. 다음해 봄에는 진분홍색 제라늄이 매캐하고 진한 향기로 일대를 뒤덮었다. 서서히 프로테아*와 향기로운 부쿠나무도 모습을 드러냈다.

점점 다양한 종이 나타나면서 호텐시아에게 커피 언덕 산책은 선불교식 관찰을 겸한 운동이 되었다. 이곳의 땅 한 자락에 피어난 꽃의 종류가 마을 전체에 있는 것보다 더 다양했다. 잠자리, 나비, 태양새, 개구리, 도마뱀. 현미경으로 봐야 할 것 같은 구근 식물부터 개화하는 골담초까지 온갖 꽃이 풍성하게 피어났다.

"이게 다 어디서 온 거야?" 매리언이 지팡이로 핀보스 덤불을 때리며 호들갑을 떨었다.

"조심해! 가지 다칠라."

"그런 데까지 신경쓰는 줄 몰랐네."

호텐시아는 매리언의 눈에 어린 장난기가 마음에 들지 않아 어깨만 으쓱했다.

"신경쓰는 건 아냐." 호텐시아는 누가 버린 포도맛 환타 캔을 주시하며 말했다. 저걸 줍기엔 너무 늙고 지쳤어. 그래도 그녀는 캔을 발로 찼다. 다음번에는 환경운동가처럼 쓰레기봉투를 가지고 올지도 모른다.

"이런, 시간이 벌써!"

"왜?" 호텐시아가 물었다.

---

* 남아프리카공화국의 국화.

"저녁을 차리려고 했지."

"어디서?"

"그런 눈으로 보지 마." 매리언이 한 손을 내밀었다. "집 열쇠 줘봐. 내가 먼저 가서 준비할게. 당신은 숫자나 세." 매리언은 킥킥거렸다. 지난번 산책 때 호텐시아가 나무 수를 세며 웅얼거리다 매리언에게 들킨 적이 있었다.

"이젠 아주 날 갖고 노는구나."

"그냥 가벼운 농담이지, 호텐시아. 얼른 열쇠나 줘."

호텐시아는 포기하고 열쇠를 건넸지만 웃지는 않았다. 그녀는 걸어가는 매리언의 뒷모습을 지켜보았다. 자신은 자연스럽게 걸으려고 온갖 애를 써도 여전히 후들거리는데 저 부드러운 움직임이라니, 억울하고 부러웠다.

"뭘 만들 건데?"

매리언은 돌아보지 않고 손만 흔들어 보였다.

호텐시아는 그루터기와 죽은 나무를 세면서 핀잔을 늘어놓았다. 마치 수습해주기 힘들 정도로 곤란한 일을 벌인 아이를 나무라는 어머니처럼. 길이 좁아지자 호텐시아는 잠시 걸음을 멈추고 톡 쏘는 강한 냄새에 즙이 많은 운향과*의 향을 들이마셨다.

---

* 향이 강한 꽃을 피우는 무환자나무목의 열매로 귤과 탱자 등이 속한다.

언덕을 내려와 저습지를 지나 10호를 향해 캐터린 애비뉴를 걸을 때에야 비로소 호텐시아는 자신이 말도 안 되는 짓을 저질렀음을 깨달았다. 그 생각에 발걸음이 더욱 빨라지면서 낫긴 했어도 아픈 다리가 이따금 쑤시며 저항해도 개의치 않았다. 저녁을 만들다니, 얼어죽을! 두고 봐. 저 칠칠맞지 못한 여자가 내 집을 잿더미로 만들 거야…… 아니면 날 소화불량으로 만들거나.

호텐시아의 걸음이 더욱 빨라졌다.

감사의 말

항상 곁에 있으면서 음식과 집부터 사랑과 격려까지 필요한 것을 적시에 제공해준 가족에게 감사를 전한다. 재키 랑지, 주키스와 와너, 페이지 닉, 애냐 멘델에게, 다양한 단계에서 내 벌거숭이 원고를 읽어준 데 대해, 그리고 파트너십과 통찰력과 너그러움에 감사를 표한다. 엘리스 딜스워스는 아주 초기부터 이 이야기와 함께했고, 전문적인 탐사로 이야기를 앞으로 밀고 나가는 데 도움을 주었다. 그 믿음과 인내와 끈기에 고마움을 전한다. 베키 하디, 당신의 면밀한 독서와 신중한 편집에 감사한다. 그 결과로 나는 어마어마한 양의 배움을 얻었다. 미셸 로와 2013년 11월 6일 〈타임스 라이브〉에 실린 미셸의 기사 '내가 사는 곳: 은광의 진정한 황금'에도 신세를 졌는데, 저자의 허락을 얻어 기사의 일부를 394~5쪽에 사용했다. 몇몇 이들은 집필에 중요한 정보와 일화를 제공해주었다—라일 쿠피도, 모그시엔 헨드릭스, 래니스 홀러웨이, 이브 멘델, 놈자모 음지, 헬렌 리치필드 부인, 로자일과 줄리언 리치필드, 드보라 슈바이처 부인, 마르셀 탬린, 이시 올먼, 다들 귀중한 시간을 내게 내어줘서 감사하다. 에베디 국제 작가 레지던시와 노먼 메일러 펠로십의 주최측과 운영진 여러분에게도, 작가들과 독자들과 선생들과 어우러질 유용한 기회를 주고 시기적절한 위안을 제공해준 데 감사를 표한다.

나의 친구들에게 고마움을 전한다. 사랑하고 사랑받아서 나는 운이 좋은 것 같고, 그게 없이 글을 쓴다는 건 글을 쓰는 게 아니었을 것이다.

지은이 예완데 오모토소
남아프리카공화국을 기반으로 활동하는 소설가, 건축가, 디자이너. 케이프타운대학교에서 건축학을 전공하고 같은 대학에서 문예창작 석사학위를 받았다. 첫 장편소설 『봄 보이Bom Boy』(2011)로 이듬해 남아프리카공화국문학상 데뷔작가 부문을 수상하고, 남아프리카공화국 선데이 타임스 소설상 최종후보에 올랐다. 두번째 장편 『이웃집 여자』(2016)로 2017년 베일리스 위민스 프라이즈 소설 부문 후보, 2018년 국제 더블린 문학상 최종후보에 올랐다.

옮긴이 엄일녀
서울대학교 언론정보학과를 졸업하고 출판 기획과 잡지 편집을 겸하다 전업 번역가로 활동하고 있다. 옮긴 책으로 『착한 도둑』『나이트 워치』『비바, 제인』『섬에 있는 서점』『레이디 캅 소동을 일으키다』『여자는 총을 들고 기다린다』『고저스』『거짓말 규칙』『비극 숙제』『샬럿 스트리트』『너를 다시 만나면』 등이 있다. 세라 워터스의 『리틀 스트레인저』로 제10회 유영번역상을 수상했다.

문학동네 세계문학
이웃집 여자

초판 인쇄 2020년 10월 15일 | 초판 발행 2020년 10월 26일

지은이 예완데 오모토소 | 옮긴이 엄일녀 | 펴낸이 염현숙

기획 이현정 | 책임편집 고선향 | 편집 류현영 이현정
디자인 김마리 최미영 | 저작권 한문숙 김지영 이영은
마케팅 정민호 이숙재 양서연 박지영 | 홍보 김희숙 김상만 지문희 김현지
제작 강신은 김동욱 임현식 | 제작처 상지사

펴낸곳 (주)문학동네
출판등록 1993년 10월 22일 제406-2003-000045호
주소 10881 경기도 파주시 회동길 210
전자우편 editor@munhak.com | 대표전화 031) 955-8888 | 팩스 031) 955-8855
문의전화 031) 955-3578(마케팅) 031) 955-1917(편집)
문학동네카페 http://cafe.naver.com/mhdn | 트위터 @munhakdongne
북클럽문학동네 http://bookclubmunhak.com

ISBN 978-89-546-7514-7 03840

www.munhak.com